THE VOYAGE OF

The Abyss

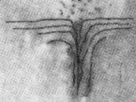

Truthwater

THE EASTERN OCEAN

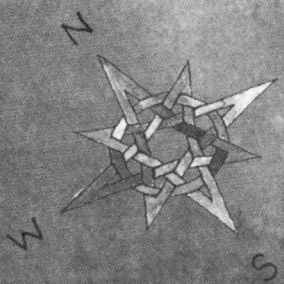

After Island

Whitespire

The Outer Island

THE MUNTJAC

Floating Castle

World's End

Benedict Island

The Underworld

The Doldrums

Roland Chambers ©

Lev Grossman

The Magician King

魔法师之王

〔美〕莱夫·格罗斯曼 著

吴杨 刘雅斓 译

上海译文出版社

图书在版编目(CIP)数据

魔法师之王/(美)格罗斯曼(Lev Grossman)著；
吴杨,刘雅斓译.—上海：上海译文出版社,2017.4
书名原文：The Magician King
ISBN 978-7-5327-7457-9

Ⅰ.①魔⋯ Ⅱ.①格⋯ ②吴⋯ ③刘⋯ Ⅲ.①长篇小
说—美国—现代 Ⅳ.①I712.45

中国版本图书馆 CIP 数据核字(2017)第 051933 号

图字：09-2012-708 号

魔法师之王

[美] 莱夫·格罗斯曼 著 吴杨 刘雅斓 译
责任编辑/宋玲 装帧设计/姚荣工作室

上海世纪出版股份有限公司
译文出版社出版
网址：www.yiwen.com.cn
上海世纪出版股份有限公司发行中心发行
200001 上海福建中路 193 号 www.ewen.co
上海信老印刷厂印刷

开本 890×1240 1/32 印张 13 插页 4 字数 262,000
2017 年 4 月第 1 版 2017 年 4 月第 1 次印刷
印数：0,001—5,000 册

ISBN 978-7-5327-7457-9/I·4548
定价：68.00 元

致索菲

卷一

第一章

昆廷骑在一匹名叫无畏的白蹄灰马上，脚蹬及膝的黑皮靴，彩色长袜，身着深蓝色的长大衣，上面银线刺绣、小珠镶嵌，显得珠光宝气。他的头上戴着一顶铂金王冠。一把明晃晃的佩剑在腿边颠荡着——不是仪式上用的那种，而是一把真的剑，真正可以用于拼杀的剑。那是八月末的一天上午十点，天气温暖而阴霾。昆廷是费勒里当之无愧的国王。他在猎一只会魔法的兔子。

与昆廷国王并辔前行的是朱丽娅女王。前面还有另一位国王和女王，爱略特和珍妮特——费勒里这片土地上共有四位统治者。他们沿着一条森林小路前行，小路两侧是参天大树，路上点缀着黄色的落叶，错落有致，像是被花匠精心修剪摆放的一样。他们一起缓慢前行，却各有所思，凝视着夏末时节的树林深处，一言不发。

这是让人轻松的沉默。一切都很轻松。没有任何苦难。当初的梦想已经成真了。

"停！"走在前方的爱略特说。

他们停下了。昆廷的马却没停——无畏从队伍中走了出来，几乎快要冲入树林中，他赶紧勒它立即停步，先消停一分钟。昆廷在费勒里做了两年国王了，可他的骑术依旧很糟糕。

"怎么了？"他喊道。

他们又停了一分钟。不用着急。无畏在沉默中打了个响鼻：那是高傲的马儿对人类追求的那些事业的蔑视。

"以为看到了什么。"

"我都要怀疑了，"昆廷说，"我们能追上那只兔子吗。"

"那是只野兔，"爱略特说。

"没什么差别。"

"其实不一样。野兔体型更大，也不住在地洞里，它们的窝是在露天地面。"

"快打住，"朱丽娅和珍妮特异口同声地说。

"我真正想问的是，"昆廷说。"如果这只兔子真的能预见未来，那它怎么会不知道我们在抓它呢？"

"它的确能预见未来，"朱丽娅在昆廷旁边温柔地说。"但它无法改变未来。你们三个在布雷克比尔斯经常这样争论吗？"

朱丽娅穿着一身阴森森的黑色骑装，披着一条带帽披肩，也是黑色的。她总是穿一身黑，好像在哀悼谁似的，但昆廷想不起任何人需要朱丽娅哀悼。随意地，就像叫服务生一样，朱丽娅召唤来一只小夜莺，它落在她的手腕上，朱丽娅把它举到耳边。小夜莺叽叽喳喳地叫着些什么，朱丽娅点头回应，之后小夜莺就飞走了。

除了昆廷没有人注意到这件事。朱丽娅总是和会说话的动物交流一些机密信息。好像她和其他三个人不在一个频道上一样。

"如果你让我们把乔利比带来就好了，"珍妮特说。她用手背挡着嘴巴打了个哈欠。乔利比是他们居住的怀特斯拔厄城堡的狩猎大师。他通常负责这种远足活动。

"乔利比很棒，"昆廷说，"但是就算是他也没法儿在林中追上野兔。如果没有猎狗，地上又没有雪。"

"确实，不过乔利比的小腿后肌特别发达。我喜欢看他的腿肌。他总穿那种男士紧身裤。"

"我也穿男士紧身裤，"昆廷说，假装受伤的样子。爱略特哼了一声。

"我猜他就在附近的某个地方。"爱略特依然在扫视着树林。"保持谨慎的距离而已。皇家狩猎时这个人赶都赶不走。"

"把心思放在你的猎物上吧，"朱丽娅说，"免得你真的抓住它。"

珍妮特和爱略特对视了一下：朱丽娅的话越来越高深莫测了。但是昆廷却皱起了眉头。朱丽娅总是见解独到。

昆廷以前从未当过国王，无论是在费勒里还是在其他什么地方。他们以前都没这种经验。昆廷在布鲁克林长大，一直中规中矩，既不会魔法，跟皇室也没有瓜葛，尽管发生了这一切，他依然觉得那儿才是真实世界。他原以为费勒里是虚构的，是只存在于几部儿童魔幻小说里的魔法世界。没想到后来他去了一所名叫布雷克比尔斯的秘密学院学习魔法，之后他和朋友们发现费勒里是真实存在的。

然而一切都出乎意料。费勒里实际上比书里描写的更加黑暗、更加危机四伏。坏事接连发生，相当恐怖。人们受伤、丧生甚至更糟糕。昆廷回到地球，灰头土脸，意志消沉。头发也变白了。

但是之后，昆廷和爱略特等人重新振作起来，一起回到了费勒里。他们勇敢地面对自己的恐惧和失败，还登上了怀特斯拔厄城堡的王位，被拥立为国王和女王。这太美妙了。有时昆廷都不敢相信，他深爱的女孩爱丽丝死了，而他却历经劫难活了下来。他难以接受现在他拥有的这美好的一切，因为爱丽丝再也看不到这些了。

但他必须接受。否则爱丽丝的死不就没有意义了吗？他取下弓，脚踩马镫站起身来，四处张望。僵硬的膝关节舒服地响了几声。周围一片静寂，只有落叶拂过其他叶子的声音。

在他们前方百尺开外，一团灰褐色的物体子弹般闪过小路，迅速消失在灌木丛中。昆廷立刻弯弓搭箭，一套动作经过长期的演练做得如行云流水。他本可以使用魔法箭，但那样就显得不那么光明正大了。他瞄了好一会儿，用尽全力把弓拉满，然后射了出去。

箭射入土壤中，只露出剑羽，恰好落在野兔刚刚一闪而过的地方。

"就差一点儿，"珍妮特面无表情地说。

他们根本就没法抓住这个东西。

"玩儿我呢，是吧？"爱略特喊道。"驾！"

他用马刺戳了戳他的黑色战马，那马嘶鸣一声，前腿高抬，蹄子在空中踢了几下，然后就冲下小径，朝林中的那只野兔追了过去。马蹄声几乎立即就消失在林间。身后的树枝也弹回原位，恢复了平静。爱略特的骑术一点都不含糊。

珍妮特看着他走了。

"喂，白头翁，"她说，"我们大老远到这里要干什么？"

这个问题问得好。关键并不是真的要抓住野兔。关键是——关键是什么？他们在寻找什么来着？他们居住的城堡里充满欢乐。城堡里有一大班人马，他们的任务就是确保四位主子每一天都过得尽善尽美。那感觉就像住在二十星级酒店，独自享受所有的服务，而且永远不需要退房。爱略特仿佛置身天堂一样。在布雷克比尔斯他热爱的一切，在这儿都可以找到——美酒、美食和庆典——但却不用干任何活。爱略特爱上了当国王。

昆廷也喜欢，但是他总是不安。他在追寻其他的什么东西。连他自己都不知道在找什么。然而，预见兔在这广大的怀特斯拔厄现身后，他知道他想摆脱整天游手好闲的生活，哪怕一天也好。他想去捉它。

预见兔是费勒里的神兽之一。在费勒里有十几种神兽——那个当初满足了昆廷三个愿望的引导兽就是其中之一，还有长得又丑又不会飞的和平巨鸟，长得像只火鸡，只要出现在敌对军队中间便能阻止战争的发生。每种神兽都只有一只，所以才叫神兽，每一只都有特殊的本领。隐身兽是一只大型蜥蜴，它会如你所愿地将你隐身一年。

人们很少见到它们，更别说把它们捉住了，因此与它们有关的说法很多都是无稽之谈。没人知道它们来自何方，也没人知道它们存在的意义，或者有没有意义。它们一直存在，成了费勒里这片神奇的魔法土地亘古不变的特色。很显然，它们是长生不老的。传说，谁能抓住预见兔，它就能预知谁的未来。但它已经好几百年没被人抓住过了。

并不是说，未来会变成什么样子对现在来说是个十万火急的问题。昆廷对自己未来前景的看法还是相当乐观的。跟现在不会有太大区别。生活是很美好的。

他们早早就找到了野兔的踪迹，那时晨光依然明媚，露水尚未消退。他们骑着马，努力模仿着埃尔默·福德的声音，用《女武神的骑行》的旋律一齐高唱着"杀了小兔纸"[①]。之后，那兔子就领着他们在树林里兜圈子，走了好几里地，走走停停，来来回回，时而躲在灌木丛中，时而又突然嗖地闪过小径，反反复复，没完没了。

"我觉得爱略特不会回来了，"朱丽娅说。

朱丽娅近来寡言少语。而且不知怎么的，就算说话她也总是一板一眼的。

"那，我们追不上野兔，追爱略特总能追上吧。"珍妮特轻轻拍马走下小径，进了树林。她身穿低胸墨绿色衬衫，男士皮裤。她的轻微易装癖今年已经引起了宫廷上下的反感。

朱丽娅骑的并不是马，而是一头浑身是毛的四脚兽，她称之为麝猫。样子很像只普通的麝猫，身体长长，体毛棕色，隐约是猫科动物，脊背呈流线型，只是大小像匹马。昆廷怀疑它会说话——它的眼睛比别的动物多了一丝灵动，对他们的谈话也总是表现出过多的关注。

无畏不喜欢跟着麝猫，因为它身上散发着与马不同的麝香气味，但它还是听从了昆廷的命令，只是心不甘情不愿地僵着腿走向林中。

"怎么没看到森林女神，"珍妮特说。"我还以为这儿有森林女神呢。"

---

① 埃尔默·福德是迪士尼音乐喜剧动画片《歌剧是什么，博士？》中的猎人，他在捕猎兔子的场景中，配合的音乐是瓦格纳的歌剧《女武神》中的著名器乐曲《女武神的骑行》。福德平卷舌不分，把"兔子 (rabbit)"念成了"兔纸 (wabbit)"。

"我也没看到，"昆廷说。"在皇后森林你是看不到森林女神了。"

多可惜啊。他喜欢森林女神，那神秘的守护着橡树的林中仙女。当你看到身着树叶短裙的仙女突然从树中跳出的时候，你才能真正明白自己是在一个怎样神奇瑰丽的国度。

"或许她们能帮我们捉住魔法兔。朱丽娅，你能召唤出来一个仙女或者别的什么吗？"

"你管她们叫什么都行。她们是不会来的。"

"我受够了听她们絮叨土地分配的事儿，"珍妮特说。"她们要是不在这儿，那在哪儿呢？还有比这儿更凉爽、更魔幻的森林，让她们乐不思蜀吗？"

"她们不是鬼魅，"朱丽娅说。"而是神灵。"

马儿们小心地走过一条崖边的狭道，这条路笔直得不像自然形成的。那是古老的土建工程，年代久远，无从考证。

"或许我们可以把她们留下，"珍妮特说，"颁布些奖励机制。或者干脆限制她们出境。皇后森林里没有森林女神简直就是胡扯。"

"祝你好运吧，"朱丽娅说。"森林女神很有战斗力。她们的皮肤像木头一样，而且还有法杖。"

"我从没见过森林女神战斗，"昆廷说。

"那是因为没有人愚蠢到要去惹她们。"

麝猫听到了什么，意识到这是一个好出口，立即快步冲到了前边。两棵粗壮的橡树竟然斜向两边，让朱丽娅从中间穿了过去。随后又合拢到一起，珍妮特和昆廷只能绕远了。

"你听到她的话了吗，"珍妮特说。"她已经彻底本地化了！真受不了她那副比任何人都了解费勒里的嘴脸。你看到她对着那该死的鸟讲话了吗？"

"哎呀，由她去吧，"昆廷说。"她没事的。"

但是昆廷没说实话，他很清楚朱丽娅女王并不是没事。

朱丽娅没有像他们一样，通过布雷克比尔斯安全有序的系统来学习魔法。她和昆廷一起念的高中，但是她没能进入布雷克比尔斯，结果成为了一名三流女巫：她在外面靠自己的力量学会了魔法。不是正统的魔法。她缺乏丰富的魔法知识，而且她的手法很草率也很诡异，有时昆廷都不敢相信她施的魔法竟然有效。

但同时她也知道一些昆廷他们不懂的东西。她没接受过布雷克比尔斯学院教授们的严格监督，整整四年，教授们一直确保学生们不越雷池一步。她交谈的对象都是昆廷没法接受的人，学习的魔法也是教授们根本不会让他接触的内容。她的魔法锋芒毕露、棱角分明，从未被打磨过。

截然不同的教育方式造就了她的与众不同。她说话的方式别具一格。布雷克比尔斯教会了昆廷他们调侃、讽刺魔法，但是朱丽娅对待魔法非常严肃。她施展魔法时一副哥特式的打扮，穿黑色结婚礼服，画黑色眼线。珍妮特和爱略特都觉得这有点滑稽，但是昆廷喜欢。他被朱丽娅深深吸引了。她古怪又阴郁，而费勒里把他们几个变得很肤浅，昆廷也不例外。昆廷就是喜欢她的不正常，喜欢她毫不在意别人知道。

费勒里人也喜欢。朱丽娅与他们关系融洽，尤其是那些外来族群——鬼魂啦，精灵啦，神仙啦，甚至是更奇怪更极端的族群——那些介于生物和纯魔法之间模糊地带的边缘分子。她是他们的女巫王后，深受爱戴。

可是，朱丽娅所受的教育让她付出了代价，很难说清到底是什么代价，不过不管是什么，都已经在她身上留下了不可磨灭的印记。她似乎不再希望或者需要人类做伴。在国宴、皇家舞会中间，甚至是讲话讲到一半的时候，她总会兴趣索然，离席而去。类似的事发生得越来越频繁。有时，昆廷想弄明白她的教育到底要多大的代价，她又是怎么付的，但是，每当问起的时候，她都避而不谈。有时，他怀疑自己是不是爱上了她。又一次爱上她。

远处传来号角声——三个银铃般美妙的音符，穿过重重寂静的森林，听不太清楚。爱略特吹响了集结号，那是狩猎的号角。

爱略特没法和狩猎大师比，但他吹响的集结号确是千真万确。他对制定法律不感兴趣，但对皇家礼仪却细致入微，包括费勒里狩猎仪轨都做得丝毫不差。（尽管真正的杀戮总是让他感觉厌恶，通常能避开的都尽量避开。）他这微弱的号角对无畏来说就足够了。她浑身颤抖，激动兴奋，单等一声令下就冲出去。昆廷朝珍妮特微微一笑，珍妮特也会心地笑了笑。他像牛仔一样大喝一声，双腿一蹬，冲了出去。

这简直危险到疯狂的地步，他们像是全速角逐的极速摩托，一个个壕沟赫然出现让人措手不及，一根根低矮的树枝也不知从哪儿突然冒出来，直击头部（当然有点夸张，不过这里到处是盘根错节的古树，还真说不准会发生什么）。但是，去他妈的，治愈魔法现在又有用武之地了。无畏是一匹纯种马。一上午跟着他们走走停停，四处闲逛，她现在巴不得撒欢儿呢。

他现在哪有什么机会能够置他的皇家身份于险境呢？他上一次施魔法是什么时候？他的生活中压根儿就没有危险。他们整天倚在软垫上，纵情吃喝，通宵达旦。近来，他一坐下，肚子和皮带扣就会产生一种奇怪的摩擦。自即位以来，他肯定胖了有十五磅。难怪照片中的国王看起来都那么大腹便便。前一秒钟你还是英勇王子，下一秒钟就胖成了亨利八世国王。

珍妮特循着模糊的号角声，在头前开路。马蹄踏在森林地面厚实的土壤上发出令人满意的结实的哒哒声。宫廷生活中那些让人倒胃口的一切，所有的安全和无尽的舒适一瞬间都消失了。树干、灌木丛、壕沟，还有古老的石墙，模糊一片，迅速向后闪去。他们在炎炎的烈日和凉爽的树荫间穿行着。他们风驰电掣，将飘落的黄叶都扫得悬在了半空。昆廷瞅准时机，一踏入开阔的草地，他就旋马绕到右侧，足足有一分钟，他们俩并辔疾行。

然后，珍妮特骤然停下。昆廷也赶紧勒马，让无畏慢慢停下，掉转马头，喘着粗气。他希望她的马没那么差劲。他花了好一会儿才折回到珍妮特身边。

　　她一动不动，笔直地坐在马鞍上，眯着眼望向正午时分森林的阴暗处。听不到号角声了。

　　"怎么了？"

　　"我好像看见了什么，"她说。

　　昆廷也眯起眼睛。确实有些什么。影影绰绰。

　　"那是爱略特吗？"

　　"他们到底在搞什么？"珍妮特说。

　　昆廷从马鞍上滑下，解下弓，又一次搭箭。他在前面带路，珍妮特牵着两匹马。他听得见她在施展某种微小的防御魔法，它能竖起一道轻型的保护盾，以防万一。他听到了熟悉的静电嗡嗡声。

　　"糟了！"他低声说。

　　他扔下弓，朝他们跑过去。朱丽娅单膝跪地，一手捂着胸口，分不清她是在喘气还是啜泣。爱略特弯下身子，轻声地跟她说着话。金丝织成的夹克从他肩膀上被扯落一半。

　　"没事儿的，"他看昆廷脸色苍白说道。"那个该死的麝猫把她甩了下来，然后冲出去了。我试着拽住它，但是没拽住。她没伤着，只是有点喘不过气来。"

　　"没事儿的。"又是这句话。昆廷抚摸着朱丽娅的背，她喘着粗气。"没事儿了啊。我就说吧，骑一匹普通的马多好。我就没喜欢过那个东西。"

　　"它也没喜欢过你。"她吃力地说道。

　　"看！"爱略特指向远处的暮光。"麝猫就是看见那儿才冲出去的。魔法兔也进去了。"

　　几码远的地方出现了一片圆形空地，一片静谧的草地隐藏在森林深处。树木正好长到空地的边缘就不长了，像是有人特意修剪过，将空地的边缘修剪得整整齐齐。这片空地有可能是用圆规量过。昆廷小心翼翼地向草地走去。凹凸不平的黑土地上长着格外繁茂葱郁的青草。空地中央只有一棵巨大的橡树，树干上挂着一个大大的圆形闹钟。

闹钟树是看守婆遗留下来的，那是费勒里一个带有传奇色彩——但也八九不离十——会时间旅行的女巫。闹钟树有魔力，却很愚笨，出了名的温和，并且美丽得如同超现实的画儿。即使你有能力除掉它们，你都不会这样做。即便它们一无是处，至少还会准确计时。

昆廷从未见过长成这样的闹钟。他要把身子向后仰才能看到树冠。它肯定有一百英尺（三十多米）高，而且非常粗大，其根基周长至少有十五码（约十三点八米）。上面的闹钟也十分巨大。表盘比昆廷还要高。树干从绿地上拔地而起，蓬勃伸展出许多歪七扭八的枝权，像一尊木制的海怪①雕塑。

而且它还在动。几乎光秃秃的黑色枝干缠绕在一起，猛烈摆动着，直指灰色的天空。闹钟树似乎被卷入了一场暴风雨中，但是昆廷感觉不到风，也听不到一丝风声。他用五官感受到的那一天是平静的。那是一场无声无息、无影无形的暴风雨，一场神秘的暴风雨。闹钟树痛苦挣扎时，勒坏了上面的闹钟——树干紧紧地勒住闹钟，终于边框还是弯了，水晶饰品也碎了。黄铜的发条装置从破碎的表盘里掉了出来，滚到了草地上。

"天啊！"昆廷说。"什么鬼东西。"

"这是闹钟树中的大本钟，"珍妮特在他身后说。

"我从来没见过这样的东西，"爱略特说。"你说这是她做的第一个吗？"

无论它是什么，它都是费勒里的一大奇迹，真实的奇迹，狂野、

---

① 北海巨妖是北欧神话中的巨大的海怪（有记载说它有 150 米长），平时伏于海底，偶尔会浮上水面。

宏伟而又陌生。他已经很久没见过闹钟树了，或者也许是他很久都没注意过了。他感到一股莫名的阵痛，除了在安火的坟墓前再也没有过这种感觉：恐惧，还掺杂着别的感觉。敬畏。他们正与神秘对视。这是原始的东西，主线，是非常非常古老的魔法。

他们站在一起，在草地边上排成一排。闹钟的分针从树干中垂直地伸出来，像一根折断的手指。离树根一码远的地方有一株小树苗从发条掉落的地方长出来，就像从一颗橡实里长出来一样，在无声的狂风中前后摆动。一个银色的怀表在细长的树干的疙瘩上滴答作响。典型又可爱的费勒里式格调。

好兆头。

"我先进去。"

昆廷一马当先，但是爱略特用手按住了他的胳膊。

"我不去。"

"我去。为什么不去呢？"

"因为闹钟树不会这样动。而且我从来没有见过坏掉的闹钟树。我觉得它们是不会坏掉的。这里不是寻常之地。一定是魔法兔故意把我们引过来的。"

"我知道啊！那还用说！"

朱丽娅摇了摇头。她脸色苍白，发丝里还夹着一片枯叶，但她此刻已经站起身来。

"你们看，这片空地的形状太规则了，"她说。"是一个正圆形，要不至少也是椭圆形。有一个强大的幻景咒从圆心发出，或者从焦点处，"她安静地补充道，"如果是椭圆形的话。"

"你进去了，就说不准你最终会是什么结果了。"爱略特说。

"当然了。所以我才要进去。"

这正是他所需要的。这就是关键——甚至连他自己都不知道这就是他期待已久的事情。天啊，他已经等了这么久。这是一场冒险。他不敢相信其他人竟有所顾虑。在一片沉寂之中，无畏在他的身后嘶鸣了一声。

这并不是胆量的问题，而是他们已经忘记了他们是谁，他们在哪，还有他们为什么来到这儿。昆廷取回自己的弓，又从箭袋里拿出一支箭。当作一次试探，他调整好站姿，拉弓，朝树干射了出去。箭在射中目标之前速度变慢了，不像在空气中穿行，倒像是在水中一样。他们一起注视着那支箭飘浮着，翻了一个又一个的筋斗，慢动作般向后退。最后，它耗尽了自己所有的动能，在离地面五尺高的地方停了下来。

突然，它悄无声息地爆炸成了白色的火花。

"哇！"昆廷笑了。情不自禁。"这地方像魔法舞会一样！"

他转向其他人。

"对此，你们怎么看？在我看来，这就像一场冒险。还记得冒险吗？就像书里写的那样？"

"记得，你记得吗？"珍妮特说。她实际上是面带愠色。"还记得潘尼①吗？我们最近没见到他是吧？我可不想我未来的女王生涯中天天都得给你喂饭。"

她本来还可以说，还记得爱丽丝吗。他当然记得爱丽丝。她永远地离开了，但他们活了下来，这不正是他们活着的意义吗？他踮着脚尖跳了跳。脚趾头在靴子里兴奋激动，焦躁担心，离魔法草地清晰的边缘只有六寸之遥。

他知道其他人这么做是正确的，实际上，这个地方散发着邪恶魔法的妖气。这是个陷阱，像是一根螺旋弹簧，迫切地想要跳起来把他吞下，紧紧地夹住。他也希望这样。他想用手指戳一戳看看会发生什么。某个故事，某个探索，会从这里开始，他想继续走下去。这种感觉新鲜、纯粹又没有安全感，与厚重温热的猪油般的宫廷生活截然不

---

① 潘尼，莱夫·格罗斯曼创作的"魔法师"三部曲中的第一部《魔法师》中的人物，他被怪兽马丁咬断了双手。

同。生活的塑料保护膜已经被撕去了。

"你们真的不去吗？"他说。

朱丽娅只是望着他没回答。爱略特摇了摇头。

"我不想冒险。但是我会设法在这儿掩护你。"

他开始努力施展一个微小的现形术，想要弄清这儿有没有明显的魔法威胁。他施展魔法的时候魔法就在他手边劈啪作响。昆廷抽出佩剑。大家都取笑他配着剑，但是他喜欢握着剑的感觉，那种自己像是个英雄的感觉。或者至少看上去像个英雄。

朱丽娅不觉得这有什么好笑的。话说，她对什么都不再嘲笑了。管他呢，需要用魔法的时候他把剑扔了就行了。

"你打算做什么？"珍妮特叉着腰说，"说真的，做啥？爬上去？"

"等时机到了，我就知道该做什么了。"昆廷耸了耸肩说。

"我不喜欢这样，昆廷，"朱丽娅说。"我不喜欢这个地方，还有这棵树。如果我们开始这场冒险，那就意味着我们的命运将会发生巨大的转变。"

"说不定转变对我们有好处。"

"也就你这么想，"珍妮特说。

爱略特施完魔法，用双手的大拇指和食指拼了个方框。他闭上一只眼睛，眯着另一只眼睛透过方框来回检视这片空地。

"我什么也没看到……"

闹钟树的树枝上方传来一阵沉重的当当声。树冠附近长出了一对巨大的教堂铜钟，摆来摆去。没什么可奇怪的。十一声钟响：显然，尽管部件坏了，它还能准确报时。钟声过后，沉默像被短暂阻断的水流，又重新涌了上来。

其他人都望向昆廷。闹钟树的树枝被寂静无声的风吹得嘎吱作响。他就只是站在那儿，思量着朱丽娅的警告：我们的命运将发生巨大的转变。不得不承认，他如今顺风顺水，拥有一座好得不得了的城堡，能享受到安静的庭院，通风的塔楼，还有费勒里的金色阳光，像热蜂蜜一样倾泻而下。他的心突然动摇了，不知道自己到底在赌什么。他可能会因此而死，像爱丽丝那样。

他如今是费勒里的国王。就算魔法兔向他晃动棉球般的尾巴，他还有去追逐它的权利吗？那已经不再是他该做的事儿了。突然间，他感觉自己很自私。闹钟树就在他面前，剧烈地摇摆晃动，召唤他去冒险。但是他的兴奋劲儿正在渐渐退去，心中产生了怀疑。或许他们是对的，这里才是属于他的地方。或许去冒险不是什么好主意。

踏入草地的渴望逐渐消逝，像是麻醉药慢慢失去药效，他突然清醒过来。他在开什么玩笑？当上国王不是故事的开始，而应该是故事的结局。他不需要一只魔法兔来告知他的未来，他知道他的未来是什么样子，因为未来和现在不会有什么区别。这就是童话故事中"从此快乐地生活在一起"的结局。把书合上，放下，就此离开吧。

昆廷后退一步，收剑入鞘，这个动作他做得一气呵成。这是他的剑术教练教给他的第一堂课：练习两周的收剑入鞘和拔剑出鞘，否则不得挥剑。现在他很庆幸自己练过。没什么比傻站着，拿剑尖半天摸索不着鞘口更怂包的了。

有人把手搭在了他的肩膀上。是朱丽娅。

"没关系的，昆廷，"她说。"这不是你该冒的险。别再继续了。"

他真想歪过头去，像猫咪一样用脸颊来回摩挲她的手。

"我知道，"他说。他不会去了。"我明白了。"

"你真的不去了吗？"珍妮特的声音中似乎带着些许失望。或许她想看他也化为灰烬吧。

"真的不去了。"

他们说得对。让别人去做英雄吧。他已经有了自己圆满的结局。刚才他甚至都说不出自己在追寻什么。没什么值得去送死的，管他呢。

"来吧，快到午餐时间了，"爱略特说。"我们找片安静点的草地共进午餐吧。"

"好的，"昆廷说。"喝一杯吧。"

他们带的提篮中，其中一个里面有香槟酒，像被施了魔法般冰冰凉凉，或者说是类似于香槟酒的饮品——不知道这东西在费勒里叫什么。这些提篮中还有为玻璃杯和瓶子特制的皮圈——他还记得以前在商品目录里见过这些贵而无用的东西，那时在现实世界中的他可无力消费这些。看看现在的他！想要什么提篮就有什么提篮。这不是香槟酒，但是也冒着气泡，也能醉人。昆廷打算午餐的时候好好醉一场。

爱略特爬上马鞍，把朱丽娅也拽了上来，坐在他身后。看来那只麝猫彻底消失了。朱丽娅的屁股那儿还带着摔倒时沾上的一大片湿乎乎的黑土。昆廷的一只脚刚刚踏上马镫，就听到了一声喊叫。

"嗨！"

他们都转过头。

"嗨！"费勒里人都这么打招呼，而不是用"嘿"。

说这话的是个三十出头的费勒里男人，强健有力。他大步流星地朝他们走来，直直地穿过那片圆形空地，洋溢着蓬勃的生命力。一看到他们，便小跑了起来，全然不顾破损的闹钟树枝条在他的头顶张牙舞爪；他毫不在意。只不过是在魔法森林里度过的平常一天罢了。他长着一头浓密的金发，胸肌健硕，还蓄着金色的络腮胡，挡住了他像月亮一样圆的下巴。

这就是乔利比，费勒里的狩猎大师。他穿着紫黄相间的条纹紧身衣，腿部肌肉确实很诱人，要知道他的世界里既没有腿部推蹬机也没有爬梯机这样的健身设备。爱略特说得对，他肯定一直都跟在他们后面。

"嗨！"珍妮特高兴地大声回应道。"这下可热闹了，"她对其他人低声说。

他戴着皮手套的大拳头抓着大野兔的耳朵，野兔疯狂地乱踢乱舞。

"混蛋，"无畏说。"他抓住了它。"

无畏是匹会说话的马。只不过少言寡语罢了。

"他确实抓住了，"昆廷说。

"真走运，"乔利比走近之后大声朝他们喊道。"我发现这野兔的时候，它正坐在一块石头上，一副幸灾乐祸的样子，就离这儿不到一百码。它全神贯注地盯着你们看，我逼着他向错误的方向逃。赤手空拳就抓住它了。你们信不信？"

昆廷愿意相信他的话。尽管他还是觉得这事儿说不通。一只会预测未来的动物怎么会不知道有人悄悄靠近了呢？可能它能看见别人的未来却不能预知自己的吧。那野兔的眼睛在眼窝里滴溜溜地转。

"可怜的小东西，"爱略特说。"瞧瞧他那副生气的样子。"

"噢，乔利，"珍妮特说。她双臂交叉，佯装生气地说道。"你应该把它留给我们捉呀！现在好了，它只能预测你的未来了。"

她的话听起来可没有半分对此失望的意思，但是乔利比——卓越非凡的全能狩猎大师，而不是国家荣誉学者——对此十分懊恼，皱起了浓密的眉毛。

"要不我们把它传递一圈，"昆廷说。"那它就能轮流预测我们的未来了。"

"它又不像烟枪一样能传着抽，昆廷，"珍妮特说。

"不，"朱丽娅说。"不要问。"

但是乔利比很享受成为皇室成员的焦点。

"真的吗？你这只废物？"他说。然后把预见兔倒过来握在手里，把它举到面前。

它放弃了挣扎，软绵绵地倒吊着，满眼的惶恐。它是只令人印象深刻的野兽，从不断抽动的鼻子到尾巴有三尺长，长着漂亮的棕灰色毛皮，颜色像冬天的干草。它并不可爱。它可不是只温顺的野兔，不是魔法师表演时用的那种。它就是个野兽。

"那你看到了什么？啊？"乔利比晃动着预见兔，好像这都是它的馊主意，都是它的错。"你看到了什么？"

预见兔将视线锁定。它直直地看向昆廷，呲出硕大的橘黄色门牙。

"死亡，"它恶狠狠地说。

他们都愣了一会儿。这话与其说吓人，倒不如说不得体，就像是有人在小孩子的生日聚会上讲了个荤段子。

乔利比眉头一皱，舔了一下嘴唇，昆廷发现乔利比的牙上有血迹。他咳了一下，像在实验似的，好像他只是在试试这话对不对，然后他的头就软绵绵地向前倒去。那野兔从他无力的手指中掉落下来，迅速地穿过草地逃跑了。

乔利比的尸体面部朝下倒在了草地上。

"死亡和毁灭！"那野兔边跑边叫喊道，唯恐先前说的话没说清楚。"失望和绝望！"

第二章

怀特斯拔厄城堡里有一间国王与女王会面的专用房间。这是作为国王的另一个好处：你拥有的一切都是特制的。

它可不是一般的房间。整体呈方形，在方形塔楼的楼顶，四面有四扇窗户。这座塔楼同城堡中的其他塔楼一样，缓慢地旋转着——怀特斯拔厄城堡是以巨型黄铜发条装置为地基，复杂难懂，由矮人族精心设计，他们绝对是这方面的设计天才。塔楼一天完成一次自转。这种转动是难以察觉的。

房间中央是一张特制的方形桌子，一边各有一张交椅——这是王座，或者说像是王座，某个能工巧匠把它们制成王座的样子，但是坐上去又相当舒服，昆廷以前可没见过这样的椅子。桌面上绘制了一幅费勒里的地图，层层涂漆。四把交椅上都有坐在王座上的统治者的名字，嵌在木头里，还有一些标志着统治者形象的小玩意儿。昆廷的座椅上有一只白牡鹿的图像，还有溃败的马丁·查特文和一副扑克牌。爱略特的座椅最为美轮美奂，是至高国王专属的宝座。那张桌子虽然是方桌，但哪边是上座却是一目了然的。

今天的椅子坐着并不舒服。对昆廷来说，乔利比倒下的画面依然历历在目，挥之不去；事实上，那一幕时不时地在他的脑海中重演，每隔三十几秒就重演一次。乔利比倒下的时候，昆廷也扑了上去，抓住他，然后把他慢慢地放在地上。他在乔利比健硕的胸膛上无助地来回摸索，就像乔利比把他的精神气儿藏在了身上的某个地方一样，也许就在某个隐秘的内兜里，如果昆廷能找到它，乔利比就可以死而复活了。珍妮特放声尖叫，那种看恐怖电影时扯开嗓门、抑制不住的尖叫，持续了足足十五秒，直到爱略特抓住她的肩膀，硬将她转过身去，背对着乔利比的尸体。

与此同时，那片空地上布满了诡异的幽幽绿光——朱丽娅念动了她阴冷、离奇的咒语，这咒语，别说细节，就连大概内容昆廷至今都搞不明白，这咒语可使所有隐匿的坏蛋现形。这条咒语使得朱丽娅的双眼变得全黑了，看不到眼白也看不到虹膜。她是唯一一个想到要发起进攻的人。但是却没有敌人。

"好，"爱略特说。"我们来谈一谈。大家对今天发生的事儿怎么看？"

他们互相干瞪着眼，每个人都心神未宁，惊魂未定。昆廷想做些什么，或者说些什么，但是他无从下手。事实上，他对乔利比并不是那么了解。

"他当时那么得意，"他终于说了句话。"他还以为自己扭转了局面。"

"一定是那只兔子，"珍妮特说。她的眼睛都哭红了。她咽了口唾沫。"是不是？或者说是野兔，反正就是它。就是它杀了乔利比。要不然还能有谁？"

"我们不能这么猜测。那只野兔预测了他的未来，但可能不是它杀掉了乔利比。倒果为因。这是个逻辑谬误。"

如果他再多等一秒钟，他就能明白，珍妮特不管有没有逻辑错误，都对他这文绉绉的说法毫不在乎。

"抱歉，"他说。"是我的阿斯伯格综合征①又犯了。"

"就是说那只是个巧合？"她厉声说道。"那野兔刚刚预测了他的死亡，他就正好死掉了？或许我们都理解错了。或许那野兔不是预测

① 一种主要以社会交往困难，局限而异常的兴趣行为模式为特征的神经系统发育障碍性疾病，在分类上与孤独症同属于广泛性发育障碍。其中一个症状是，缺乏对他人情感的理解力。

未来，而是控制未来。"

"可能它不喜欢被人捉住，"朱丽娅说。

"我可接受不了宇宙的历史是由一只会说话的兔子写的，"爱略特说。"虽然这样能解释清楚很多事情。"

现在是下午五点钟，他们的例会时间。他们刚刚来到怀特斯拔厄城堡的前几个月里，爱略特放任他们各顾各的事情，以为他们能自然而然地找到属于各自的统治方式，承担起最适合各自天赋的事务。结果一切都乱了套，要么大家什么都不做，要么同一件事被两个人用两种不同的方式处理。因此爱略特设立了每日例会，四个人共同处理王国里的紧急事务。五点钟的例会通常会配有最华丽最周到的威士忌服务，这可能是多元宇宙中的任何一个无限世界都无法比拟的。

"我告诉他的家人说，我们会帮着料理丧事，"昆廷说。"他的家人只有他的父母。他是独生子。"

"我来讲讲吧，"爱略特说。"是他教会了我吹号角。"

"你们知道他其实是个狮人吗？"珍妮特苦笑了一下。"这是真的。他根据阳历算日子——只有在春分、秋分、夏至和冬至的时候会变身。他说这有助于他了解动物。变身的时候他全身都长满了毛。"

"别说了，"爱略特说。"千万别讲你是怎么知道这事的，求你啦。"

"这倒是有助于解释很多事。"

"我有个想法，"昆廷连忙说道。"或许是芬威克人杀了乔利比。自从我们来到这里，他们就看我们不顺眼。"

在他们一行人回到费勒里之前，芬威克人在掌权的几个家族中地位最高。他们对被赶出怀特斯拔厄城堡一事很是不满，但是由于没有政治资本，所以也掀不起什么浪花。于是就在宫廷外搬弄各种是非，以此来解恨。

"暗杀行动对芬威克人来说可不容易，"爱略特说。"他们都太平庸了。"

"那他们为什么要杀掉乔利比呢？"珍妮特说。"大家都那么喜欢他！"

"或许他们真正的目标是我们四个人中的一个，而不是乔利比，"昆廷说。"理应是我们中的某个人捉住预见兔。你们知道吗，他们已经在散布流言，说咱们杀了乔利比了。"

"但是如果是这样，他们是怎么做到的呢？"爱略特说。"你的意思是，他们派了一只野兔当刺客？"

"他们请不动预见兔，"朱丽娅说。"神兽不干预人类事务。"

"可能那根本就不是预见兔，它可能是由人幻化而成的。一个兔人。好吧，我瞎猜的。"

昆廷揉了揉太阳穴。要是他们去猎杀那只笨蜥蜴就好了。他很恼火自己怎么忘记了费勒里是个什么地方。他努力让自己相信爱丽丝杀掉马丁·查特文之后，生活已经变得好起来，不会再有人死于非命，不会有绝望和幻灭，不会有那野兔预言的所有灾难。但是，不幸还是发生了。这与书中的故事发展并不相同，不幸会源源不断地出现，就像《阿卡迪亚的牧人》①。

虽然他知道自己的想法很疯狂，孩子气又高尚，但他总是隐隐觉得乔利比的死是他的错，要是他抵抗住了去冒险的诱惑，这一切不幸就不会发生。又或者说，他想去冒险的念头还不够足？规则究竟是什么？或许他就该走进那片空地呢。或者说乔利比的死亡原本是为他准备的。理应是他进入草地然后死在那儿，但是他没有这样做，所以乔利比就当了替死鬼。

"或许这根本就没有什么原因，"他大声说。"可能这只是个谜

---

① 《阿卡迪亚的牧人》是普桑的一幅油画作品，展现的是阿卡迪亚一块宁静的旷野，天色渐暗，夕阳照耀着整个大地，有四个人正围着一座石墓仿佛在探讨什么问题。墓碑上用拉丁文写的是"Et in Arcadia ego"——"我们是阿卡迪亚人"，意为即使是生活在阿卡迪亚这样的乐土上的人，仍然是要死的，人的生命相对于永恒的大自然来说，是短暂的。

团。只是费勒里神秘魔法之旅的又一个疯狂的站点。该发生的就是发生了,没有理由。没有人能解释得通。"

爱略特对这说法可不赞同。他还是那个爱略特,那个布雷克比尔斯酒鬼,整天萎靡不振,但是做了费勒里的至高王以后,他展露出了严谨的一面,令人感到惊愕。

"我们的统治领域内不允许有原因不明的死亡事件发生,"他说。"不允许。"他清了清嗓子说道。"事情是这样安排的。我会让芬威克人产生对安火的恐惧,以防万一。小事一桩。他们不过就是群花花公子。我这么说是因为我本身就是个代表。"

"如果那不管用呢?"珍妮特说。

"那么,珍妮特,你就去投靠罗莱恩人。"罗莱恩与费勒里北部相邻。珍妮特负责费勒里与外部势力的外交工作——费勒里称呼她为"费拉里·克林顿"。"书里一切坏事的幕后主使都是他们。或许他们正设法干掉咱们的领导呢。一帮傻了吧唧的伪海盗。现在看在上帝的分上,我们谈点儿别的吧。"

但是他们除此之外无话可说,因此陷入了沉默。大家对爱略特的计划并不是十分满意,尤其是爱略特自己,但是他们想不出更好的计划,也想不出比这更糟糕的计划。事情过去已经六个小时了,但是朱丽娅的眼睛里依然黑漆漆的。这让人看起来很是不安。现在依然看不到她的瞳孔。他怀疑她是不是能看到些他们看不到的东西。

爱略特翻动着笔记,看看有没有另一项可以商议的事情,但是最近发生的事儿不多。

"到时间了,"朱丽娅说。"我们该去窗户那儿了。"

每天下午的例会之后,他们都会离开座位,走到阳台上向民众挥手致意。

"该死的,"爱略特说。"那好吧。"

"要不今天别去了吧,"珍妮特说。"感觉不好。"

昆廷明白她的意思。一想到站在狭窄的阳台上,脸上挂着僵硬的笑容，像个公主一般，向来参加这项日常仪式的费勒里人民挥手，就感觉有点怪怪的。今天也是同样的感觉。

"我们应该去，"他说。"尤其是今天。"

"我们这是无功受禄。"

"我们要去鼓舞民众，在悲剧面前，生活还要继续。"

他们一个接一个地走上狭窄的阳台。望向下面的皇家庭院，这个高度让人眩晕，下面聚集了几百位费勒里民众。在这个高度看去，下面的人们像玩偶般十分不真实。昆廷向他们挥了挥手。

"我真希望我们能多为他们做些什么，"他说。

"你想做什么？"爱略特说。"我们是魔法乌托邦①的国王与女王。"

欢呼声从遥远的塔楼下方传了上来，模糊而又飘渺。这声音很遥远，微弱无力——音质如同音乐贺卡发出的声音。

"来场渐进式的改革怎么样？我想帮大家做些什么。如果我是费勒里人，肯定会想废黜掉自己这条贵族寄生虫。"

当昆廷和其他人坐上王位的时候，他们并不知道等待自己的是什么。具体需要做些什么，大家都说不清楚——可能要执行些仪式性的职责，昆廷估计，可能会领导制定国策，还要负责些他们统治国度的福利事业。但是事实上，他们并没有多少实际的工作可做。

奇怪的是昆廷没有经历这些事。他原以为费勒里就像是中世纪的英国，因为它看起来就像中世纪的英国一般，至少大致看上去很像。他还以为会用到欧洲历史知识，就像当年打小抄时记得的那样。他会推行标准的人道主义启蒙进程，这没什么了不起的，取其精华罢了，并因此名垂青史。

但是费勒里毕竟不是英国。其中一个不同便是费勒里人口稀少——整个国家不足万人，还有那么多会说话的动物啊，矮人啊，精

---

① 乌托邦是人类思想意识中最美好的社会，如同西方早期"空想社会主义"。是西方一位学者提出的空想社会主义社会：美好、人人平等、没有压迫、就像世外桃源。

灵啊，巨人啊什么的。所以他和其他君主——叫四巨头也行——更像是小地方的市长。另一个原因是，在地球上魔法显得非常真实，而费勒里本身就是个魔法王国。二者截然不同。魔法是这里的生态系统的一部分。散布在天气、海洋和异常肥沃的土壤中。在这里，你要想让自己的农作物欠收，恐怕是要费一番功夫了。

费勒里是一个物产超常丰富的国度。矮人族可以给你制作任何你需要的东西，或早或晚的吧，他们并不是被压迫的无产阶级，事实上，他们爱好手工活儿。除非你是个蛮横跋扈的暴君，就像马丁·查特文那样，否则这里资源太多，人口太少，根本无法制造内乱。费勒里经济方面唯一的不足就是他们长期什么都不缺。

其结果就是，每当这群布雷克比尔斯人——费勒里人这么称呼他们，虽然朱丽娅总是急着说明她从未去过布雷克比尔斯——想要对什么事情较真儿时，却总是发现没什么好较真儿的。一切都是例行公事、装装样子罢了。就算是金钱也只不过是摆设，只是玩具币，像是大富翁游戏里的假钱。别人都放弃了要努力做个有用的人的念头，但是昆廷还无法释怀。或许这就是他站在皇后森林的草地边缘时一直纠结的原因吧。在某个地方一定有某个实实在在的事情发生，但他却看不到摸不着。

"好了，"他说。"接下来做什么？"

"嗯，"爱略特说，他们已经从阳台陆续回到了房间。"外岛出了情况。"

"哪儿？"

"外岛。"他拿起了一个御用模样的文件。"文件上是这样说的。我是那里的国王，我竟然都不知道它在哪儿。"

珍妮特哼了一声。"外岛在东海岸之外。路途遥远，得花个几天的航程。天啊，我真不敢相信他们让你当上了国王。估计是在费勒里帝国的最东端吧。"

爱略特凝视着绘制在桌面上的地图。"我没看到啊。"

昆廷也一起研究起了地图。他初到费勒里的时候曾最远航行至西海，在费勒里大陆的另一边，但是对于东部区域，他不是很了解。

"地图不够大。"她指向朱丽娅的大腿说。"如果桌子再大一点，那它的位置就在那儿。"

昆廷试着想象了一下： 一小片白色的热带沙滩，美丽的棕榈树点缀其间，嵌在一片蓝绿色静谧的大海中间。

"你去过那里吗？"爱略特说。

"没人去过那儿。它只不过是地图上的一个小点。大约一百万年前，有个人的船撞到了那个岛，就在那里建立了用来捕鱼的殖民地。我们为什么要讨论外岛呢？"

爱略特又看看文件。"好像他们已经有两三年没交过税了。"

"那又怎样？"珍妮特说。"可能那是因为他们没有钱交税。"

"给他们发封电报，"昆廷说。"亲爱的外岛岛民们句号交钱句号如果你们没有钱那就别交了句号。"

会场变成一盘散沙，爱略特和珍妮特两个人你追我赶，看谁能写出给外岛居民最无聊的电报。

"好了，"爱略特说。塔楼旋转到他的身后，正对着费勒里火红的夕阳染红了的天空。粉红色的云彩层层叠在他的肩膀上。"我更倾向于芬威克人害了乔利比的说法。珍妮特负责与罗莱恩人谈。"他含糊地示意了一下。"还需要有人去处理外岛一事。谁想来点威士忌？"

"我去吧，"昆廷说。

"就在那边的餐具柜里。"

"不，我的意思是去外岛。我去一趟。我来料理税务问题。"

"什么？"爱略特对这个主意似乎很生气。"为什么？它只不过是个犄角旮旯的地儿罢了。再说了不管怎样，这是个财政事务。我们会派一位使者去。要不然还要他们干什么。"

"派我去吧。"

昆廷说不清楚到底什么是冲动，他只知道必须找点事做。他想起了那片圆形草地和破碎的闹钟树，于是乔利比死去的一幕又开始在眼前循环播放了。如果人能像那般骤然死去，那所有的这一切还有什么意义？这是他想弄明白的问题。还有他妈什么意义？

"要知道，"珍妮特说，"我们并不是要侵略它。我们不需要派一位国王去外岛。他们只不过没纳税，税款也就是八条鱼那么点儿钱。确切地说，他们并不是推动整个经济发展的中坚力量。"

"我很快就回来了。"他已经清楚自己做对了。说完这话他心里紧绷着的弦就松开了。轻松感蔓延到周身各处，为什么会感到轻松他根本搞不懂。"谁知道呢，说不定我能学到什么呢。"

这将是他的远征：去向一群落后地区的乡巴佬收税。他已经放弃了破闹钟树的冒险，那也没什么。这个他不能再错过了。

"可能会显得很软弱，乔利比事件之后。"爱略特摩挲着他的下巴说。"一有麻烦事儿你就走。"

"我是国王。又不是说他们不打算再选我了。"

"等一下，"珍妮特说。"乔利比不是你杀的，对吧？这就是一切的关键吧？"

"珍妮特！"爱略特说。

"不，说真的。这样的话就都说得通了——"

"我没杀乔利比，"昆廷说。

"好吧。很好。非常好。"爱略特在他的议程表上打了个勾。"外岛，搞定。那就这样吧。"

"嗯，我希望你不要独自去，"珍妮特说。"天知道那里是怎样一番景象。库克船长①的历史可能就要重演了呢。"

---

① 库克船长是英国皇家海军军官、航海家、探险家和制图师，他曾经三度奉命出海前往太平洋，带领船员成为首批登陆澳洲东岸和夏威夷群岛的欧洲人，也创下首次有欧洲船只环绕新西兰航行的纪录。库克曾经三度出海前往太平洋地区，透过运用测经仪，他为新西兰与夏威夷之间的太平洋岛屿绘制大量地图，地图的精确度和规模皆为前人所不能及的。1779 年库克和他的船员在第三次探索太平洋期间，与夏威夷岛上的岛民发生打斗，他在事件中遇害身亡。

"我没事的，"昆廷说。"朱丽娅会跟我一起去的。对不对，朱丽娅？"

爱略特和珍妮特都盯着昆廷。上次他让他们惊掉下巴是什么时候了？或者他多久没让任何人感到惊奇了？他肯定意识到了什么。昆廷对朱丽娅微笑着，朱丽娅也看向他，只不过她黑漆漆的瞳孔使得表情难以琢磨。

"我当然会了，"她就说了这一句。

那天晚上，爱略特去了昆廷的卧室。

他初见这个房间的时候，屋内堆满了丑陋的仿中世纪风格的家具，数量惊人。毫不夸张地说，有好几个世纪怀特斯拔厄都没同时有四位主子了，与此同时，闲置的皇家套房也逐渐被大量奢侈的枝状大烛台、废弃的枝形吊灯所侵占，它们一个个歪斜着，像是搁浅的水母一般没有生气，还有无法弹奏的乐器，无法归还的外交礼物，桌子椅子极具装饰性，可怜巴巴的，好像你看它们一眼，甚至不去看他们，它们都会碎一样。还有被无情地定格在求饶瞬间的动物的标本，还有罐子啊，壶啊，还有一些甚至难以辨认的容器，让人分不清哪些是用来喝水的，哪些是用来如厕的。

昆廷让人把房间里的东西都清空了，只留下光秃秃的墙壁。所有的东西都必须清空。只留下了一张床，一张桌子，两把椅子，几块较好的地毯和一些赏心悦目和（或）政治性的挂毯。昆廷特别喜欢其中一张挂毯，描绘的是一只穿戴豪华的格里芬①，定格在指挥一队步兵战斗的场景。它理应象征着胜利，很久以前有一群人战胜了另一群不招人喜欢的人，但是出于某种原因，那只格里芬在愤怒之中向一边高昂着头，从挂毯的世界里直直地望向欣赏者，似乎在说，是的，的

----

① 格里芬是一种希腊神话传说中的生物，也称之为"格芬"、"狮鹫"或"鹰头狮身兽"。它拥有狮子的身体及鹰的头、喙和翅膀。

确，我很擅长这个。但这真的是对我生命最好的利用吗？

当所有东西被清空之后，整个空间好像比以前大了三倍。又可以在这里喘口气了。可以在里边思考问题了。事实上，房间大约有篮球场那么大，还有光滑的石头地面，高高的木质天花板，光线只能照到上半截，因而投下了稀奇古怪的阴影，几扇哥特式铅玻璃窗敞开着，高耸入云。房间里宏伟壮观而又空荡寂静，若是你拖着步子走在石头地面上都能听到回声。就像在地球上，远远看去，高档场所围栏里的那种无声的寂静。是那种关闭的博物馆或是夜间的大教堂才有的寂静。

一些管家私下里抱怨，说这么简朴的房间不太适合费勒里的国王居住，但是昆廷立场坚定，当国王的一个好处就是你可以自己决定什么适合费勒里国王什么不适合。

不管怎样，如果他们想要高档的皇家范儿，那至高王是他们的最佳人选。爱略特对奢华的欲望简直就像是无底洞。他的卧室是镀金、镶钻、珍珠装饰的洛可可式天王级巢穴。不管它有没有什么其他用处，做国王的房间是绝对适合的。

"你知道吗，在费勒里系列的书里，你是可以进入挂毯的？"夜深了，已经是午夜之后，爱略特站在那里，与那只格里芬对视着，不时地啜饮着一杯琥珀色的液体。

"我知道。"昆廷四仰八叉地躺在床上，穿着丝绸睡衣。"相信我，我已经试过了。如果他们真能走进挂毯，那我真的不知道他们是怎么做到的。在我眼里，它们只不过是普通的挂毯罢了，甚至都不能像《哈利·波特》电影里的挂毯一样移动。"

爱略特也给昆廷拿了一杯酒。昆廷还没喝，但也不是坚决不喝。至少，他不会让爱略特再喝了，爱略特喝完自己的酒就一定会喝这杯的。昆廷用身旁的毯子围住了酒杯。

"我不确定，不确定是不是想进入这张挂毯，"爱略特说。

"我知道。有时候我会想，他是不是正设法逃出来呢。"

"那么这个家伙，"他说，走到一张穿着盔甲的骑士的全身画像前，"我倒是不介意进到这张挂毯里去，你明白我的意思吧。"

"我明白。"

"我会把他的剑从剑鞘里拔出来。"

"我明白。"

爱略特正在酝酿什么，但是不用催他说。要是他拖延的时间再长一点的话，昆廷就要睡着了。

"如果我走进去了，你从这张小小的挂毯里会看到我在里面到处跑吗？我不知道那会是什么感觉。"

昆廷就静静地等着。他做出要去外岛的决定以后，内心有一种许久未有的平静。窗户敞开着，开至最大限度，温暖的夜风涌了进来，闻起来就像是不远处夏末的草地和大海一般的味道。

"那么说说你的外岛之行，"爱略特最后说。

"说说吧。"

"我不明白你为什么要这样做。"

"你非得弄明白吗？"

"就是探索、冒险之类的呗。航行至天涯海角。这都没什么。我们不需要你在这里处理乔利比一事。反正咱们真得有一个去那儿的，他们可能都不知道费勒里又有了新的国王和女王。别忘了捎回来点艳遇细节，当成国家安全大事来办。"

"我会的。"

"但是我想跟你聊聊朱丽娅。"

"噢。"小酌的时间到了。昆廷试图躺着喝酒，没想到咽了一大口，五脏六腑好像燃起了一团火一样。他强忍住了咳嗽。"听着，你只是至高王，"他喘息着说，"又不是我爸。我能搞定的。"

"别急啊，我只是想确定一下，你知不知道自己在做些什么。"

"我要是不知道又怎样呢？"

"我有没有跟你讲过，"爱略特说，坐在其中一把椅子上，"我跟朱丽娅是怎么遇见的？”

　　“嗯，当然了。”他说过吗？具体的细节已经很模糊了。“我的意思是，并没有详细说过。”

　　事实上，他们几乎不谈那段时间，彼此都绕过了这个话题。对于所有人来说都不是什么美好的回忆。就是在安火的坟墓发生了那场大灾难以后。昆廷那时候已经奄奄一息，爱略特和珍妮特及其他人回到现实世界时，不得不把他留给那些烦人但医术高超的马人族照顾。昆廷在费勒里待了一年时间才痊愈，然后他回到了地球，再也不碰魔法。他在曼哈顿的一个公司又工作了半年的时间，直至珍妮特、爱略特和朱丽娅来曼哈顿最终找到了他。如果他们没来找他，他可能还待在那儿呢。他对此十分感激，这一点永远都不会变。

　　爱略特望向窗外那黑漆漆的没有月亮的夜空，像是穿着晨衣的东方君主一般，那晨衣上的刺绣过于繁琐，穿着肯定不舒服。

　　“你知道吗？我和珍妮特离开费勒里的时候特别狼狈。”

　　“知道。不过至少马丁·查特文没把你撕成两半儿。”

　　“这不是在比谁更惨，不过你说的没错，确实如此。但是我们十分惶恐。我们也爱着爱丽丝，你知道的，以我们自己的方式爱她。连珍妮特都是。我们以为从此之后不仅失去了爱丽丝，还失去了你。我们当时和费勒里以及这里的一切已经一刀两断了，我跟你说实话。

　　“乔希回到了他父母的身边，去了新罕布什尔，理查德和安娜依斯不知去了什么地方，接着做他们来费勒里之前做的事儿。那两人并不是十分悲痛。我无法再次面对纽约，也无法面对我在俄勒冈州那群可笑的所谓的家人，所以我跟着珍妮特回了家，去了洛杉矶。

　　“这个决定太英明了。你知道吗？她的父母都是律师。娱乐业的律师。富得流油，住在布伦特伍德的豪宅里，时时刻刻都在工作，无论发生什么都无动于衷。于是我们围着布伦特伍德转悠了一两个星期，后来珍妮特的父母受够了每天晨起打壁球时，看见我们俩劫后余生的苦脸，步履艰难地上床的样子。于是把我们打发去了怀俄明州的一处高级温泉浴场，让我们在那儿待两周。

"你应该没听说过，它是那种地方。就是那种普通人进不去，贵得要命的地方。但是钱对于那些人来说根本不算事儿，我这么说不是为了要跟你争辩。珍妮特几乎是在那里长大的——她还是个小女孩的时候，那里的员工就已经认识她了。你想啊——我们的珍妮特，小女孩！她和我住在专属于我俩的平房小屋里，有一大票人前来服侍我们。我觉着，珍妮特的每个指甲都有一名专属的美甲师。

"他们还用泥浆和热石头——我发誓，那东西肯定施了魔法。没有魔法的话，它怎么会那么爽。

"当然了，待在那种地方的人们都有个可怕的秘密，那就是他们无聊得要命。你根本不知道，我们无聊到了什么分儿上。我竟然打起了网球。我啊！这么跟你说吧，我一在球场上喝酒，他们就变得爱骂人了。我告诉他们，这只是我生活的一部分。你不可能重新学会某种技巧，反正在我这年纪已经不能了。

"嗯，第三天的时候，珍妮特和我打算做爱，只是为了舒缓烦闷的心情。这时，朱丽娅像仁慈的黑天使一样出现了，来保护我的贞操不受侵犯。

"就像是发生在奢华别墅中的大侦探波罗谜案似的。在游泳池边发生了什么意外——具体细节我从没搞清楚过，但是人们特别大惊小怪。我觉得花了那么多钱就会得到上等的大惊小怪。总之，我第一次看到朱丽娅的时候，她被绑在了一块篮板上，被人抬着，穿过大厅，她浑身湿透了，像连珠炮似的骂个不停，坚持说她很好，好得很。把你的爪子从我身上拿开，你这该死的脏猩猩。

"第二天下午三四点钟，我去酒吧，又遇到她了，她穿着一身黑衣服，孤零零地喝着酒，我确定，她喝的都是烈性的伏特加鸡尾酒。真是个神秘的女人。她明显不属于温泉浴场，真令人难过。你简直想象不到，当时她的头发乱得像个鸡窝，比现在还糟糕。手指甲啃得都露出肉来。肩背驼着。说话也紧张得结结巴巴的。那时，她完全搞不懂处事规则。她想给全体员工小费。点法国葡萄酒的时候，发音竟会变成纯正的法国腔。

"当然了，我立马就被她吸引了。我猜她一定是个俄国人。也许是某个入狱的政治寡头的女儿之类的。除了俄国人，怎么会有人顶着那样的发型，还能在这儿消费得起。珍妮特认为她肯定刚从戒毒所出来，看她那副样子，很快就又进去了。无论怎样。我们俩就像饥民一样朝她扑了上去。

"接近她是很微妙的。我们的计策并没有惊动她，很显然，她的警惕性一触即发。是珍妮特这个魅惑情人最后把她攻破了——珍妮特坐在公共休息室里，大声抱怨一个特别难解的电脑问题。你真应该看看我们的朱丽娅是怎么与自己斗争的，但是那已经是个既成事实了。

"在那之后——嗯，你知道的，那里的度假方式是什么样子的。一旦你知道一个人的名字以后，那人就再也无处遁形了。我们在哪儿都能碰见。你不会觉得那种地方是适合她待的地儿吧，是不是？但是有一次我又碰见她了，她把泥浆从脚抹到了脖子，眼睛上还敷着黄瓜片。她不停地在浴室和其他地方进进出出。有一次珍妮特想跟她一起做蒸气浴，但是她把温度调得太高了，其他人也没办法，就都离开了。有可能是因为她让人用桦木细枝鞭打自己，别人才离开的。好像在想方设法地把身上某些顽固的污点去掉。

"事实上，她特别喜欢玩纸牌，所以我们就一起边喝酒边玩三人桥牌，玩了几个小时，一句话也不说。当然了，我们不知道她是个魔法师。怎么可能知道呢？但是你能看出来，她藏着可怕的秘密。而且她有着魔法师才有的魅力：她聪明到让人讨厌的地步，相当悲伤，有点孤傲。说实话，我觉得我们喜欢她的一个原因就是她让我们想起了你。

"对了，你知道在波罗侦探集里面，他为了躲避谜团之类的事，总是会去度假，只是为了寻求安宁和美食，结果他所到之岛就一定会有谋杀案发生。我们当时就像他那样，只是我们是为了躲避魔法。有一天晚上，大约是十点或者十一点的样子，我闲逛到了她住的小屋那。那天晚上，珍妮特和我吵了一架，我想去找个人，向她数落数落珍妮特。

　　"我经过朱丽娅的窗前时，看到她在生火。首先，这就不正常。这些平房里的壁炉确实很大，但是那时正值盛夏，正常人这时候可不会生火。但是朱丽娅点燃的火十分旺盛，她生火的时候，有条不紊，每根圆木摆放得十分仔细。她把每个放入壁炉里的木头上都做了记号——用一把银色小刀把一些树皮削掉。

　　"然后，我看到……我不知道该怎么描述，你才能明白。她在火堆前跪着，然后开始往里面添东西。显然，有些还是贵重物品——一个稀有贝壳，一本老书，一把金粉。那里面肯定有些东西对她很珍贵。还有一件人造珠宝，一张老照片。每次她把东西放入火里以后，就会停下来等一会儿，但是什么都没发生，那些东西除了被火焰烧焦融化外，还散发出一股难闻的气味。我不知道她在等待什么，但是什么都没发生。与此同时，她变得越来越焦躁不安。

　　"我知道偷窥她很无耻，但是我移不开眼。最后，她烧完了那些贵重的东西，就哭了起来，之后她自己也进到了火里。她爬上壁炉台，掉了下去，一半身子在火里，撕心裂肺地哭着。她的腿直愣愣地从火里伸出来，样子十分骇人，当然，她的衣服立马就烧没了，她的脸也被烟熏得黢黑了，但是那火焰一点也没有伤到她的皮肤。她当时绝对是在啜泣，肩膀哭得一抖一抖的……"

　　爱略特站起身来，走向窗边。他鼓捣了一会儿小块的窗格玻璃，然后他肯定是发现了一个昆廷一直没注意到的窗钩，因为他把窗户全拉开了。昆廷不知道他是怎么做到的。爱略特把他的酒杯放在了窗台上。

　　"我不知道你是不是爱上了她，还是你觉得你爱上了她，我也不知道你在干什么，"他说。"我想，我不能怪你，你做事总爱跟自己过不去。但是也听听我跟你说的这些话吧。"

"一切就是这么开始的，我们因此得知她和我们是一伙儿的。那个咒语特别强大。即使透过火焰，我都能听到它的嗡嗡声，室内的光线也变成了某种古怪的颜色。但是，她的魔法让人理解不了。我立马就知道了，她从未去过布雷克比尔斯，因为她的声音在我听来简直就是胡言乱语，我和她差出十万八千里去，她怎么施魔法，施魔法要干什么，我完全不懂，她从没说过这事，我也从没问过。"

"但是如果非要让我猜一下，我猜她是在试图召唤什么。我觉得她是为了找回失去了的或者被夺走的什么，那东西对她来说肯定很珍贵。如果再让我猜一下，我猜那咒语并不管用。"

第三章

第二天早晨，昆廷乘坐黑色的四轮马车前往码头，马车上挂着天鹅绒窗帘，里面的座椅上有豪华舒适的天鹅绒坐垫。马车内部既安全又古老，像个滚动的客厅。坐在他身边的，是女王朱丽娅，她正随着马车的颠簸左右摇摆。坐在他们对面的，是费勒里的海军上将，由于空间狭窄，他们的膝盖快要碰到一起了。

昆廷已经想好了，既然决定了要去那个犄角旮旯里的岛上，他就得好好做。他应该做些准备工作。这种事儿可是有规矩可循的。比如说：如果你要出远门，就得准备条结实的船。

理论上讲，所有船只都可供皇家支配，但他们养的船中，能随叫随到的大部分都是战舰，而且这些战舰里面朴素得要命。只有一排排吊床，一张张硬板床。看不到特等舱。一点也不适合国王康廷出海，爱略特喜欢在公文里经常这么称呼昆廷。所以，他们要到码头来挑一艘合适的船。

昆廷感觉浑身自在，充满了能量和斗志，很久没有过这种感觉了。这是他期待已久的事情。海军上将名叫莱克，身形异常矮小，面色灰白清瘦，看上去就像一块经受五十多年的风化而凹陷的片岩。

并不是说昆廷不知道自己在找什么，他只是不想说，因为说了之后就太尴尬了。他在找的其实是费勒里小说里出现过的一艘船，确切地说，是斯威夫特号，它在费勒里系列小说的第四部《神秘海》里面出现过。由于被看守婆追踪，简和鲁珀特——他本可以跟海军上将莱克解释的，但是他没有——偷偷登上了斯威夫特号，后来发现这是一艘海盗船，不过他们只是假扮的海盗。他们其实是一群费勒里的贵族，被人冤枉，力求洗清冤屈。斯威夫特号航海时，外形上并不十分强悍，但是等你离开的时候就会对它印象深刻：它是一艘神勇又舒适的小船，外形优雅，但是战斗起来却很勇猛，有着流线型的船身和闪闪发光的黄色舷窗，透过舷窗可以瞥见舒适井然的船舱。

当然，如果他们是在费勒里小说里的话，那么他需要的船早就已经系在码头边，等候他的指挥了，就像书里写的那样。但是现实与小说不同。这里就是费勒里。因此，现在轮到他出场了。

"我需要那种不是太大又不是太小的船，"他说。"中等大小。要舒适、快速、结实。"

"我知道了。您需要枪吗？"

"不用枪。嗯，来几支也不错。来几支枪。"

"几支枪。"

"如果你不介意的话，上将，别这么高傲。等我看到了，我就会知道的，但是万一我没看到，你再告诉我。好么？"

莱克上将微不可察地点了点头表示同意。他会努力不那么高傲的。

怀特斯拔厄城堡位于一片宽阔的弧形海岸上，海水呈奇异的浅绿色。这一切简直太完美了：就像某位神明对人发了善心，将这个海湾从海岸线中切割开来，好让人们在不用船的时候把船停在这里。尽管昆廷知道事实就是如此。他让马夫把车停在一处海滨尽头。然后他们下了马车，三个人都下来了，从摇晃昏暗的马车里出来，被清晨的阳光晃得直眨眼。

空气中充满了咸盐、木材和柏油的味道。十分醉人，像是吸纯氧的感觉一样。

"好了，"昆廷说。"我们开始吧。"他拍了拍手。

他们慢慢地走着，从码头的这头走到那头，跨过紧绷的拉绳和被人踩扁、晒得干巴巴的死鱼，一路绕过巨大的支柱、起锚机，穿过四处堆放的板条箱筑成的迷宫。在这一海滨上停泊着的船只种类多得惊人，它们来自费勒里帝国各地和国外。有一艘庞大的无畏战舰，由黑檀木制成，有九个桅杆，船头装饰是一头跳跃的美洲豹，方形前尖的舾板上插着砖红色的船帆，帆布被帆骨分成了几部分。这里有单桅帆船、小汽艇、西班牙大帆船，双桅纵帆船，凶猛的海防舰和冲劲儿大的小帆船。这海湾看上去就像一个装满贵重洗浴玩具的大浴缸。

他们走了一个小时才到最边上，昆廷转头看着莱克上校。

"你觉得怎么样？"

"我觉得短斧号、五月精灵号或者摩根·唐斯号不错。"

"可能吧。你说的没错。朱丽娅？"

朱丽娅几乎一路上都没怎么说话。她心不在焉，像是在梦游。他突然想起了昨天晚上爱略特对他说过的话。他不知道朱丽娅有没有找到她一直在寻找的东西。或许她希望能在外岛上找到它。

"没什么。都挺好的，昆廷。没什么区别。"

当然了，他们俩说的都对。这里有这么多看上去还不错甚至很漂亮的船。但是它们都不是斯威夫特号。现已将近中午，阳光十分刺眼，昆廷抱着膀，眯着眼睛打量码头的远方。他在看远处漂在海湾里的船只。

"那边的那些船怎么样？"

莱克抿紧了嘴唇。朱丽娅也往那边看了看。自昨天的乔利比事件到现在，她的眼睛一直是全黑的，不用拿手遮挡阳光。她直视远方。

"它们也任您挑选，陛下，"莱克说。"这是理所当然的。"

朱丽娅沿着最近的桥墩走了过去，后背挺直，步履坚定，来到一艘被系着的简陋的小渔船跟前。她灵巧地跳进船里，然后就开始解绳。

"快来，"她冲他们呼喊道。

莱克示意昆廷先行。

"有时候你就得拿出点行动来，昆廷，"朱丽娅说，这时昆廷正跟着她往船上爬。"你等待的时间太长了。"

开进开阔水面的感觉真好，只是风不大，随着气温的升高，他们闻到了小船上的味道。令人吃惊的是，渔船的主人从甲板下出来了，他一定是在下面睡觉来着。他一看就是饱经风霜，胡子灰白，穿着工装裤，一看就知道里面没穿其他的衣服。莱克用一种昆廷听不懂的语言跟他说话。他的船被两位君主和一位海军上将征用了，他却丝毫没显出不快或者惊奇。

至于莱克，在酷热中，依然穿着一身制服，视察了更多不合适的船只之后，竟然看起来还是神情自若，太不像话了。大多数的船只没进港是由于它们吃水太深，不能再近岸下锚了：一艘一线作战用的无敌战船，一艘某个贵族用来聚会的浮华游艇，还有一艘笨重、奶油色的旧商船。

"那艘怎样？"昆廷说。他用手指着。

"请您恕罪，陛下，臣为国效力多年，视力已日渐衰退。您的意思不会是——"

"我就是这个意思。"受够了他那历史剧的腔调。"那艘。就在那儿。"

怀特斯拔厄主要的海湾一角里延伸出来一个平坦的沙洲。有一艘船停在附近，浸入水里几英尺深。退潮将它温柔地侧放在沙滩上，下腹部暴露出来，就像是一条搁浅的鲸鱼。

"那艘船，陛下，已经被闲置在这个海湾很久了。"

"那又怎样！"

这话部分是出于认真，部分是出于别扭地要给上将以惩戒的想法，谁让他嘴上答应，却还是略带傲慢。小渔船的主人与莱克上将意味深长地对视了一下：这个人，那表情在说，收买了他的地儿。

"我们还是回到摩根·唐斯号上去吧。"

"会回去的，"朱丽娅说。"但是昆廷国王想先去看看那艘船。"

渔夫勇猛地逆风航行，船帆发出啪啪的声音，抢风航行十分钟才抵达那艘船。昆廷告诉自己这件事过后一定要奖励一下这个渔夫。他们在浅水中无精打采地围着那艘船骸绕了一圈。船体曾被粉刷成白色，但是颜料由于风化开裂开来，露出灰色的木头。它的线条有些奇怪——线条怪异地急转直下，直至又长又细的船头斜桅处，斜桅已经从中间折断了。

他喜欢这艘船。它既不像军舰似的那么粗糙又短小，也不像游艇似的只有个花架子。它外形高雅，但是也很实用。现在只剩下一堆残骸真是太可惜了。他要是早来个五十年就好了。

"你觉得呢？"

寂静中，小渔船的龙骨刮擦着海底的沙子发出很大的噪音。莱克上将凝视着海平面。他清了下嗓子。

"我觉得，"他说，"那艘船已经不行了。"

"它以前是什么船？"

"载重船，"小渔船的主人大声地用嘶哑的声音说道。"鹿级船。航线是从这里到深渊之间往返。"

昆廷竟然都没意识到他讲的也是英语。

"它看起来不错，"昆廷说。"也许该说，它以前看起来不错。"

"它曾是，"莱克上将严肃地说，"有史以来建造的最漂亮的船只。"

他分不清莱克是不是在开玩笑。不过，很显然，他从不说玩笑话。

"真的吗？"昆廷说。

"世间没有任何一艘船能像鹿级船一样航行，"莱克说。"它们从深渊运来冰山晶石，再回程运去冷香料。又快又结实。乘着它从鬼门关兜一圈都能回来。"

"呵。那为什么现在看不到了？"

"深渊已经没有冰山晶石了，"渔夫说。现在他的话多了起来。"所以我们也不再向他们运输冷香料了。鹿级船的使命就终止了。它们大部分都被拆了，取了其中的钟木材，剩下的当作废料卖掉了。鹿级船是罗莱恩人建造的。费勒里的所有造船匠都想仿造它们，但是它有机密工艺。那工艺已经失传了。"

"我指挥的第一艘船，"莱克说，"是由哈特海姆人制作的神速哨兵号。所有在役的船只都追不上我们，直到有一次我看到一艘鹿级船从我身旁呼啸而过，朝北开去。我们的船两侧都加了辅助帆。可是跟那艘鹿级船一比，我们好像在原地踏步一样。"

昆廷点了点头。他站在船上。一群鸟从破旧的船壳里惊起，一阵风使它们在空中悬停了一会儿，然后又重新落了下来。小渔船绕到了船的另一端，这回他们看到了甲板，至少有两个地方已经被撞破了。船尾上漆着它的名字：赤鹿。

这可不是费勒里小说之物。如果是的话，它正是他要找的。

"嗯，这事就解决了，"他说。"请把我们带回摩根·唐斯号吧。"

"是，殿下。"

"等我们到达摩根·唐斯号，就告诉船长，把他的漂浮拖运夹拿来，把那船"——他指着赤鹿号说——"拖到干船坞去。我们就选它了。"

这感觉真不错。有些事什么时候做都不晚。

即使昆廷利用君主特权强行征用城中所有的能工巧匠，他也确实这么做了，把赤鹿号——赤鹿原来是一种鹿的名字——打造成适于航海的状态也得花个好几周。不过这也没事儿。这让他有时间多做些准备工作。

他的精力过旺，闲适太久了，做点儿事来释放一下也不错，他渐渐发现自己精力太足了，多到足以调动起一个小城市了。第二天，昆廷在国内的每个城市广场都贴了个公告。他要举办一场锦标赛。

老实说，昆廷对怎么举办锦标赛只有一个模糊的概念，甚至对锦标赛是什么也不知道，只知道锦标赛是过去国王们做的事情，介于耶稣时代与莎士比亚时代之间，这是昆廷对中世纪的起止时期最好的猜测了。他知道锦标赛理应包括马上长枪比武，同时他也知道自己对那不感兴趣。长枪比武太怪异了，有阳具崇拜的意味，而且是在马背上比赛，这就更难了。

不过，比剑挺有意思。不是剑术，或者说不只是剑术——他不希望把比赛搞得太正式。他脑中设想的更像是混合武术。终极格斗。他想知道国内最优秀的剑客是谁：一个不折不扣的，桀骜不驯的全费勒里剑术冠军。因此他放话出去：一周以后，任何自认为会使剑的人都可以来怀特斯拔厄城堡挑战，若是能打倒所有应战者，就是冠军。冠军可以得到位于费勒里郊区的一处城堡，面积虽小但是十分精致，同时，还会有幸保护一位即将出行的国王，目的地保密。

昆廷正在指挥清空豪华的宴会厅，这时爱略特走了进来。一群男仆鱼贯而出，每人手里都搬了把椅子。

"原谅我，殿下，"爱略特说，"但是你在搞什么鬼？"

"抱歉。只有这个房间够大，可以举办比赛。"

"我正想说这个呢，'比赛，什么比赛？'"

"我在准备锦标赛。比剑。你没看海报吗？这些桌子也得搬出去，"昆廷对正在指挥清理房间的管家说。"放在大厅里就好。我要举行一场锦标赛，来寻找费勒里最优秀的剑客。"

"这个嘛，你就不能在室外举行吗？"

"万一下雨怎么办？"

"万一我想在这里吃东西呢？"

"我已经吩咐好了，把饭菜端到你的接待室去。所以你要再找个地方接待客人了。室外怎么样？"

有一个男仆四肢着地跪在地板上，用一块粉笔画着击剑场的界限。

"昆廷，"爱略特说，"我刚从造船工匠协会的人那里听说了。你知道修那条船要花费多少吗？鹿角兔号还是什么来着？"

"不，赤麂号。"

"大约是外岛二十年的税收数目，要花这么多，"爱略特自问自答地说，"我告诉你，是因为怕你好奇这会花多少钱。"

"我可没那么好奇。"

"但是你看出这事的讽刺性了吧。"

昆廷思索了一会。

"看出来了。但是这不是钱的事儿。"

"那是为了什么呢？"

"为了沿袭礼制呗，"昆廷说，"你最应该知道的。"

爱略特叹了口气。

"我想，我能明白，"他说。

"而且我需要它。我只能说这么多了。"

爱略特点了点头。"我也能明白。"

几天后，选手们陆陆续续地进城了。他们是一群奇怪的大杂烩：男的，女的；高的，矮的；有人心神不宁，有人凶猛野蛮；有人满身伤疤，有人打有烙印，也有人光头，有人纹身。还有一具走动的骨架和一副活动的盔甲。他们拿的剑有亮得炫目的，有嗡嗡作响的，有冒着火光的，也有能哼歌儿的。有一对帅气的连体双胞胎提议要分别参赛，最终他们征服了赛场，然后勇敢地宣布要向对方挑战。还有一把灵剑也来了，放置在丝绸枕头上，说是它也想参赛，只是需要有人愿意驾驭它。

比赛的第一天，来参赛的人太多了，因此有对战只得在室外举行，就在院子里搭起了木台子。到处萦绕着杂耍的气氛。天气也刚刚开始变冷——这是今年第一个寒冷的清晨——黎明时分，战士们呵出一口口白气。在湿漉漉的草地上，他们做出各种稀奇古怪的伸展和热身动作。

这正是昆廷所期盼的。他没法在一个赛场看完全部比赛，因为其他组的比赛总有些不可错过的看点。喊叫声、撞击声、怪异的呐喊声，甚至还有难以辨别的声音，打破了清晨的宁静。让人感觉像是身处战场一般，不过少了那些死伤而已。

过了整整三天的时间，选手们经过一轮又一轮的角逐终于进入了决赛。期间出现过几次小事故和爆炸的情况，是选手们使用了禁用的武器和大魔法，超过了他们安置的保安人员的能力，所幸没有惨重的伤亡。在比赛开始前，他还有过一个不切实际的想法，那就是伪装起来亲自去参赛，但是现在明白了，要是真的那么做了，后果不堪设想。他肯定连三十秒都支撑不了。

昆廷亲自坐镇决赛。爱略特和珍妮特也屈尊出席了，但是这种呼哧带喘、大汗淋漓的比赛入不了女王朱丽娅的法眼。贵族勋爵们、王公大臣们和随从们沿着宴会大厅的四壁坐成一排，他们一点英武之气都没有，看着很可悲——他这会儿倒后悔了，为什么没在室外举行比赛。最后两名战士一同进场了，肩并着肩，但互不搭理。

不过两人竟然奇异地相似：一男一女，身形细高，都是中等身材，两人的外表都没有什么特别之处。他们面容冷峻严肃，看不出对对方有明显的敌意。他们是专业打手，在雇佣兵协会里排名靠前。他们来这儿只是做生意的。他们精瘦结实的身体里积聚的暴力，此时都隐藏起来，随时可以裂变，只是还没有激活。那女子名叫阿拉尔。男人的名字十分滑稽，叫宾果。

阿拉尔战斗的时候，头戴面纱，身上也穿得严严实实的，就像一名日本武士。她由于优雅的作战技术而名声大噪，成为无数人的偶像。无人能破她的招式，更别提碰她分毫了。她的剑也十分怪异：它的前半部分轻微向一边弯曲，后半部分又向另一边弯曲，像是细长的英文字母 S。样子好看，但是难以随身携带，昆廷暗想。这可没法塞到剑鞘里。

宾果的肤色如青橄榄一般，眼睛半睁半闭，永远一副忧郁的表情。他身上的衣服可能曾是军官制服，上面的肩章和装饰都被剪掉了，他的兵刃是一把细长如辫子的软剑，带有篮状护腕，看上去不像是属于费勒里的物件。尽管他打赢了所有的比赛，但是人们谈论最多的还是他赢了这么多场，竟然没有真正地出招过。有一场不光彩的决斗，从早晨开始打，一直打到了差不多日落时分，而宾果就是一味地采用虚招和闪躲。观众们都等着分出胜负，因而整个锦标赛都被迫中止。

在另一场比赛中，宾果的对手等到开场铃响起后，才不慌不忙地跨过界线，踏入赛场，直接被判为自动出局。显然，他们以前见过，打过一次就够了。昆廷期待着有人能让宾果真正出招。

昆廷点头示意主裁判比赛开始。阿拉尔先使了一套风格迥异的功夫，那把弯曲的剑在空中划出了流畅的招式。她并没有靠近宾果。她演练着某种仪式性的、近乎抽象的武术，好像是忘我了一般。宾果盯着她看了一会儿，剑尖不安地画着圈。

然后他也加入了舞蹈。他做着和对手同样的动作——两人好像镜中彼此的影像一般。显然，他们擅长的是同一路数，并且开场动作都相同。人群里传来一阵阵笑声。这太有趣了，就像是小丑在模仿路人的动作，只是他们俩都没有笑。

后来，昆廷也搞不清这序曲什么时候结束，打斗什么时候开始的了。两位勇士与对方擦身而过，就像是蜡烛的火焰不经意地扫过窗帘。火星窜过界限，对称的模式被打破，裂变材料达到了临界点，刹那间，房间内叮叮当当响起了金属与金属的激烈碰撞声。

这种大师级的比赛动作实在是太快了，昆廷完全跟不上。招式、拆招和你来我往的具体细节，在场的除了两个决斗者，没一个人能看清楚。他俩动作一致，各种弧线、转身和紧凑的招式，双方都在找彼此的破绽，却发现对方无懈可击。让人感觉他们已经把对方的招式破解到最小的细节，捕捉着每一个微妙的抽动、招数和重心的转移。一招一式开始时都很优美，接下来的招式有时甚至会来个筋斗或是空翻，然后动作的流畅性被打破，陷入混战之中，直到剑身缠到一起，无法分离，然后他们各自跳开，再重新开始。

天啊，昆廷想。他将要带着这两个人中的一个出海啊。这有点儿太真实了，不过也很刺激：他们这些人知道自己的使命，绝不犹豫，无论结果输赢。

然后电光石火间，比赛就结束了：阿拉尔身体大张大合，大幅度地向下刺去，宾果团身滚开，她的剑刺了个空，紧紧地插在了地板上，恰好插在两块石板中间。宾果收住滚动站起身来，反身踢剑，剑从中间干脆利落地折断了。阿拉尔迈步向后，无心掩饰心中的失望，承认输掉了比赛。

但是宾果摇了摇头。显然，他对自己的胜利并不满意。他想继续比武。他看向昆廷，等待裁决。其他人也一同望向昆廷。

如果他想按照好汉的规矩比武，那就随他便吧。昆廷巴不得多看会儿比赛呢。他拔出自己的剑，剑柄对着阿拉尔，递给了她。她打量了一下局势，勉强地点了点头，重新恢复了战斗姿态。比赛又重新开始了。

五分钟后，宾果凌空跃起，剑低低地砍下，他想在半空中使个巧劲，结果却被阿拉尔的忍者服装缠住了。结果他贴身落在她身侧，就在她的防御区内，阿拉尔猛击他的肋骨，三拳。他闷哼一声，跟跟跄跄向边界线倒退过去，昆廷感觉他一定会出界的，但是在最后一秒，他意识到了自己的处境。一个反身转体，像跳芭蕾舞一般跳向墙边，在墙上猛推，大头朝下翻回来，双脚轻盈地落在界限以内。

人群都倒吸一口气，然后掌声雷动。那动作简直像杂技演员，浮夸又做作。阿拉尔气恼地扯掉头巾，甩出了一头惊人浓密的赤褐色卷发，重新恢复战斗姿态。

"跟你赌什么都行，这动作她对着镜子练习过，"爱略特悄声说。

比武的动态发生了变化。现在，宾果已经不用他俩先前的芭蕾舞般的动作了。昆廷以为那是他训练时的一贯风格，但是很快他就看出来了，他的技术不拘一格，因为他似乎能随意变换风格。他攻向她时像个狂暴战士，迅速而凶猛，然后迅速从宫廷式的决斗模式转变至某种连喊带跺脚的日本剑道体。阿拉尔越来越迷惑，不知该如何调整战术，而这可能正是宾果要达到的效果。

阿拉尔也不再沉默，口中呐喊，全速地把剑刺向宾果。面对攻击，宾果只是像个杂耍演员似的轻轻一闪：他拦住了她的剑——昆廷的剑——用他的剑尖，因此这两把剑剑尖对着剑尖。

两把剑弯了起来，危险异常，在这千钧一发之际，几乎要弯转回来——随着一声令人焦心的弯曲金属的声音，像拉锯似的——宾果的剑突然断了，发出一声刺耳、响亮的脆响。他不得不猛地扭过头去，躲避飞来的碎片。

他厌恶地将无用的剑柄扔向阿拉尔。剑柄的圆头闷声打在了她的太阳穴上，但是她耸了耸肩，把它甩掉了。她暂停了动作，明显是在考虑是否也要像宾果刚才那样大方一些。她在心中算计着，估计是在考虑荣誉、原则、城堡奖励，主意已定，她举起剑对准了宾果的肩膀，用力切下，使出最后的杀手锏。

宾果闭上了眼睛，迅速单膝跪地。剑落下的时候，他也毫不闪躲，只是平稳决然地将双手合十。时间就在那一刻静止了。

起初，昆廷不知道发生了什么，但大厅里爆发出惊叹声。他站起身来，以便看得更清楚些。宾果用两只手掌夹住了那把剑，徒手夹住了锋利的剑身。他肯定算好了动能及弧度，甚至把时间精确至了纳秒。阿拉尔反应了好一会儿才明白过来他做了什么，但是宾果并没有浪费那一小会儿时间。利用阿拉尔的吃惊，他猛地将剑锋拉向自己，剑脱离了阿拉尔的手中。他潇洒地倒转剑，剑柄就稳稳地落在他的掌中，剑尖直指阿拉尔的喉咙。比武结束了。

"噢，我的天呐，"爱略特说。"你看到了吗？我的天呐！"

在座的贵族们都忘记了他们的矜持。都纷纷起身喝彩，团团围住宾果。昆廷和爱略特也与他们一同欢呼。但是宾果似乎对他们都视而不见。那半开半合的双眼不见一丝波澜。他推开人群，径直走向昆廷的王座，跪到地上，把剑呈给昆廷。

昆廷再次在海边见到赤麂号的时候，船上到处都是工匠，让他想到了不幸的亚马孙河探险家被水虎鱼团团围住的场景，只不过角色倒过来了。工匠们正在修补赤麂号——使它重获新生。整船上下没有一处不经过大力打磨、上漆、拉紧、加固或者更换的。工匠们把它抬进了干船坞，用无数支架高高支起来，修理松动的船板，把缝隙填满，再涂抹焦油，然后上油漆。从船体的各个部分传来此起彼伏的敲打声。

事实证明赤麂号的大体结构基本没什么大碍，这一点很好，因为工匠们根本没有信心能重新造出另一艘赤麂号来。靠近船头的船舱深处，他们发现一个拼出来的复杂机栝，一块复杂的木质发条装置，系着绷紧的线，连接到船体各处。工匠们想不通这是做什么用的，昆廷告诉他们就放在那儿，不用管这些。

赤麂号的船体现在十分精致，乌黑发亮，亮白色镶边。一大批修帆工人此时正在赶制数百码的崭新船帆，这一工艺过程让人惊奇，是在广阔的高空帆布制品间进行的，那制品间有飞机库那么大。空气中弥漫着刺鼻而纯正的木屑和新刷油漆的味道。昆廷深吸了一口气。感觉自己也重获新生了。并不是说他曾死去，只是……半死不活。不是一码事。

还有两三天，赤麂号就可以下水了，昆廷去了趟怀特斯拔厄的地图室，以便了解一下此次航行的目的地。外岛是整个任务中最无趣的部分，但是他怎么也得先找到它在哪儿吧。经历过码头的喧嚣之后，地图室简直就像是凉爽安静的蓄水池。有一面墙都是窗户，另一面墙被一幅从天花板到地板的费勒里地图占满，从北方的洛丽亚到南方的漫游沙漠都在里面。整幅地图前横着一架可以滚动前行的图书馆梯子，你可以攀爬到任何想要研究的地方，离得越近，地图对细节的分辨率就越高，清晰到你能在地图里找到皇后森林里的每一棵树。不过没有森林女神。

地图在某种精妙的地图魔法下显得栩栩如生。你可以追逐小碎浪，看着它们拍打在海岸上，一浪接一浪。昆廷靠了过去：甚至可以听见浪花的声音，飘渺得如同贝壳里的轰鸣。一条阴影线正沿着地图移动，显示出费勒里哪里是黑夜，哪里是白天。在头顶上的拱形天花板上，小星星在一张天鹅绒般蓝黑色的天文图上亮晶晶地闪烁着，显示出费勒里的星座分布。

这就是昆廷的王国，是他统治的这片土地，看上去非常清新而充满生机，又是如此充满魔力。这正是他儿时想象的费勒里的模样，当时他还没来过——它看上去和费勒里系列书籍卷尾的地图非常相似。他看一整天都看不够。

地图室不是一个活动的热闹场所。唯一能看到的仆人是个板着脸的少年，黑色厚厚的刘海挡住了眼睛。他正弯着腰，愤怒地在桌子上用一组钢制的制图仪器做着计算。过了一会儿，他才抬起头，发现有人来了。

少年极不情愿地报了姓名，是本尼迪克特，约莫十六岁。昆廷感觉这个地图室实在是没什么人过来，更别说那些国王了；不管怎样，他并不懂得如何向昆廷显示适当的尊重。昆廷心中油然升起一阵怜悯之情。个人来讲，他是不在乎那些卑躬屈膝的礼仪的。但他还是需要一幅地图。

"你能给我看看有外岛的那幅地图吗？"

本尼迪克特在搜寻记忆时，眼神放空了一秒。紧接着他就转过身，慢慢地走向一面布满方形小抽屉的蜂巢状的墙。他抽出来一个——这才看出来这些抽屉很浅，但是很深——他将抽屉里的一个卷轴抽了出来。

地图室的中心有一张巨大的木桌，上面固定着一个精巧的黄铜装置。本尼迪克特敏捷地将卷轴放进去，转动曲柄。这是他唯一一个做得算是敏捷的动作。曲柄展开了卷轴，把它平铺出来，这样就可以近距离地看到想找的地方。

这卷轴比昆廷预料的要长很多。随着本尼迪克特转动曲柄，好几码空白的羊皮纸逐渐铺开，慢慢显示出经纬的曲线和弧度，或者说费勒里的对等单位，展现出数英里的开阔海面。最后，他停在了一个不规则形状的小岛上，下面用斜体写着它的名字：外岛。

"一定就是这儿了，"昆廷淡淡地说。

本尼迪克特没有承认也没有否认，他与人有目光交流时非常痛苦，很不舒服。昆廷一直在想本尼迪克特像谁，忽然意识到，他的样子正是自己十六岁时给人的印象。害怕所有人，所有事，躲在蔑视的面具后面，最瞧不起的却是他自己。

"看上去非常远啊，"昆廷说道。"要航行几天？"

"不知道，"本尼迪克特答道，这不是实话，因为明显地，他虽然不情愿还是补充道："可能三天吧。有四百七十七里。海里。"

"有什么区别？"

"海里更长。"

"长多少？"

"要长二百六十五码，"本尼迪克特机械地回答。"再长一点。"

昆廷感慨良多。不管怎么样，一定是有人向他的脑袋里灌输了这些信息。黄铜的地图阅读器有许多机械臂，诱人地向外伸出来，每根臂上都带有像镜头一样的东西。昆廷拎起一个转了一圈，一个放大版的外岛地形跃入眼帘。外岛大致是花生形状，在一端标有一颗五角星，边界上画着深色的粗线，线外还有一层模糊的轮廓线，加重了边缘线，好像在暗示周围的海浪，又或者水下的大陆架的边缘一样。

这跟他想的差不多。一条细细的黑线，那是一条孤零零的小河，从内陆向下延伸到海岸。五角星的旁边就是用更小的字号写的"外"字。大概那是外岛的一个小镇的名字。镜头再看不到更多的了。它只会让羊皮纸上的细小颗粒显得更加粗糙。

"谁在那里生活？"

"渔民吧，我猜。那里有国王派去的代表。所以地图上有颗五角星。"

他们一起看向那颗五角星。

"什么烂地图，"本尼迪克特抢先说道。他俯下身来，他的鼻子几乎碰到了地图上。"看这色差。你为什么想了解这儿呢？"

"我要去那儿了。"

"真的吗？为什么？"

"这真是个好问题。"

"你是要去找钥匙吗？"

"不，我不是去找钥匙。什么钥匙啊？"

"有个传说，"本尼迪克特说，好像他在给幼儿园里的小孩讲故事。"结束整个世界的钥匙就在那里。应该是这样。"

昆廷对费勒里的民间传说并不是很感兴趣。

"要不你也一块儿去吧？一起去吧，"他说。"这个地图要是那么差，你可以绘一幅新的。"

现在他成了问题少年的顾问。这个孩子身上的某种东西让昆廷想去鼓舞他。让他走出自己的舒适区，这样他就不会再嘲笑那些走出自己的舒适区的人了。让他换换思路，考虑些除了自己的恐惧症之外的事情。这事儿实际做起来要困难得多。

"我还不够做实地考察的资格。"本尼迪克特嘟囔着说，再次垂下眼帘。"我只是个制图师，不是测量员。"昆廷看着本尼迪克特的目光一直被地图吸引过去，被那个不规则的花生形状吸引着。很明显，这位年轻的本尼迪克特大师更愿意生活在地图的世界里，而不是实际的地点。"画线工作是……"他从牙缝里面挤出几个字，"天啊！"

"天啊"是费勒里的年轻人从他们的新国王们那里学的。无法向他们解释它的实际意义，他们都觉得肯定是某种脏话。

"以费勒里王国的名义，"昆廷正色道，"我特此宣布你有资格去实地考察。可以了吗？"

早知道我就把我的剑带来了。本尼迪克特耸耸肩，面露尴尬。这正是昆廷十年前会有的表现。昆廷发现自己几乎喜欢上这个孩子了。他可能觉得没人能够理解他的感受。这使昆廷意识到他经历了多少风雨，也许他可以帮助本尼迪克特。

"考虑一下吧。我们应该带个人去更新地图。"

不过昆廷觉得图纸看上去很好。他悠闲地转着看地图的黄铜装置的曲柄。真的非常精巧：半露的小齿轮转着，外岛就随之渐渐远去，被卷到卷轴的另一端。他一直摇动着曲柄。几码几码的空白羊皮纸就这样卷了过去，偶尔点缀着些虚线和小数字。空阔的海洋。

最后卷轴卷到头了，末端松垮垮地弹了出来，拍打了几下。

"那边没什么东西，"他说，因为他总觉得应该说点什么。

"这是目录里面的最后一卷，"本尼迪克特说。"自打我来这儿之后，甚至都没人来看过它。"

"我可以带走吗？"

本尼迪克特犹豫了一下。

"没关系的。我是国王，你知道的。从严格意义上讲，这也算是我的地图。"

"我还是得把它登记一下。"

本尼迪克特仔细地卷起卷轴，放在一个皮套里，然后给了他一张让他带出地图室的许可。他也共同签了名：他的全名是本尼迪克特·芬威克。

本尼迪克特·芬威克。天啊。难怪他那么冷面。

昆廷有一艘废弃翻修的航海船。他还带着疯子般有战斗力的剑客和神秘莫测的女巫女王。这根本算不上《魔戒远征队》①，但他也没想从魔王索伦的手里拯救世界，他只是想对那群乡下岛民进行税务审

---

① 电影和小说《指环王》系列的第一部，又名《护戒使者》。

计而已。这样绝对够用了。他们在乔利比去世三个星期后离开了怀特斯拔厄城堡。

一股强烈的海水味道正吹打着海滨。赤麂号的帆已经准备好完全扬起，冲向地平线的那边，寻求更多风景。几面帆的颜色都是雪白的，帆的正中如同水印一般，印有淡蓝色的费勒里公羊图案，帆的边缘劈啪作响，带着一股几乎无法遏制的兴奋。它真的就是一头猛兽。

一支铜管乐队在海边演奏。指挥很明显地在指挥着他的手下们吹奏得越来越大声，但是音符一离开吹奏的乐器，就随风飘走了。还剩下半个小时的时候，本尼迪克特·芬威克才背着衣物出现，旅行袋里装满了精致的地图制图仪器。船长——还是那位镇定的莱克上将——将他安排到了最后一间空房。

爱略特和昆廷一起走到甲板上，为他送行。

"就这样吧，"他说。

"就这样吧。"

他们一起站在踏板的下方。

"你是来真的啊。"

"你以为我是随便说说的么？"

"嗯，有一点，"爱略特说道。"替我跟朱丽娅道个别。别忘了我跟你说过的她的事。"

朱丽娅已经进了她的小船舱，一副登陆之前不准备再出现的架势。

"我会的。我们不在，你们应该可以吧？"

"没你们更好。"

"如果你查清楚了乔利比的事，"昆廷说道，"就直接处理掉那个干坏事的混蛋。不用等我。"

"谢谢。无论如何，我都觉得不是芬威克家族干的。我觉得他们只是把我们当笨蛋。"

昆廷想起他们第一次见面的时候，爱略特那扭曲的下巴看上去有多么奇怪。如今，他们已经非常熟悉了，昆廷甚至都不会对它多加注意了。它看上去非常自然，像座头鲸的下巴一样。

"我觉得我可以做个演讲，"爱略特说道，"但是不会有人听的。"

"我就假装你在劝诫我要为费勒里人民的长远利益着想，告诉那些外岛的叛徒们，他们有可能只是忘了纳税，他们甚至都没什么可以用来纳税或需要纳税的，告诉他们我们代表一切正义与真理，他们最好牢记这一点。"

"你很期待出行，是吗？"

"说老实话，我得竭力控制自己，才能继续站在这个码头上。"

"好吧，"爱略特说道。"走吧。哦，你们还有个船员。我忘了告诉你了。是那些会讲话的动物送来的。"

"什么？谁？"

"正是。谁或者什么，我也不知道什么情况。已经在船上了。抱歉，这是政治上的权宜之计。"

"你应该先问问我的。"

"我是应该这样，但我觉得你可能会拒绝。"

"我已经开始想你了。一周后见。"

步履轻快地，昆廷小跑上跳板，他刚跑到甲板上，那块跳板立马就在他身后被撤走了。四面八方传来海军的呼喊声，听不懂他们在喊什么。昆廷尽可能地远离站满人的地方，自己走向尾楼甲板。赤麂号轻微歪斜，从码头出发了，船体发出一阵嘎吱嘎吱的声音，开始缓慢地、笨重地移动。他们周围的世界，原本是固定不动的，现在开始慢慢松动，并且移动起来。

他们驶离港口后，周围的环境又发生了变化。空气变凉了，开始起风了，海水也突然变成了暗灰色，泛起波纹。水下波涛汹涌，赤麂号的几面巨帆牢牢地抓住了风。新木发出爆裂的声音，渐渐适应了这种张力。

昆廷走到船尾的最边上，看着船尾的浪，在他们经过之后，重压之下的海水变得非常清澈，被碾压成了泡沫。他在此时此刻感觉非常不错。他拍了拍赤麂号磨损的旧栏杆：和费勒里的大部分人和事不同，赤麂号需要昆廷，昆廷也没有让它失望。他挺了挺身子。像是什么沉重无形的东西松开了它巨爪的控制，离开了在他肩膀长期停落的位置，在狂风中扇动着翅膀飞走了。就让它暂时去烦扰别人吧，他想。或许它正等他回来，再次找上他。但是现在就让它等着去吧。

等他转过身来，想要走下甲板的时候，发现朱丽娅就站在他的后面。他没有听到她过来。大风吹着她的一头黑发，狂乱地打在她的脸上。她的样子异常惊艳。也许是因为光线产生的错觉，但是她的皮肤有一种银色的怪异质感，看上去就像一碰就会触电一样。如果他们会坠入爱河，那么一定会发生在这艘船上。

他们一同望向怀特斯拔厄城堡，看着它越来越小，最后变成一个模糊的小点儿。他想，朱丽娅和他一样，也是从布鲁克林来到这里。或许在这个世界上，在所有世界里，她是唯一一个懂得他此时此刻的感受的人。

"还不错，是吧，朱丽娅？"他说。他吸了一下冷冷的海风。"我是说，整个旅程总的来说挺荒谬的，但是你看！"他指着所有的一切——船、海风、天空、海景，还有他们俩。"我们很久之前就应该做这件事了。"

朱丽娅的表情毫无变化。她的双眼自从森林事件以后，就一直没有恢复过来。两只眼睛还是全黑的，衬着她脸上少女的雀斑，看上去非常怪异和古老。

"我都感觉不到我们在动，"她回答道。

第四章

我们不得不回到开头，回到昆廷参加布雷克比尔斯入学考试的那个布鲁克林寒冷彻骨的下午，这样才能知道朱丽娅身上发生了什么事。因为朱丽娅那天也参加了布雷克比尔斯的考试。考完试之后，她就有三年的生活迷失了。

她的故事与昆廷的故事开始于同一天，然而故事的发展截然不同。那天，昆廷、詹姆斯和朱丽娅一起走在第五大道上去往普林斯顿，男生们要参加面试，昆廷的生活出现了大转折。但朱丽娅的生活还没有。然而她的生活出现了一道裂痕。

开始只是个细如发丝的裂痕。不需要怎么注意。它的确有裂痕，但是还可以用。生活依然不错。她没有必要放弃生活。那是很完美的生活。

还是，生活并不好，但是还可以撑一段时间。她在砖房前与詹姆斯和昆廷道了别，他们进去了，她就走了。天开始下雨的时候，她已经到了图书馆。这些她都很确定是真实的，这些应该是实际发生过的。

后来又发生了一些事情，但又好像没发生过：她坐在图书馆里，开着笔记本电脑，旁边放着一摞书，写卡拉斯老师的论文。那篇论文写得特别好，是关于十九世纪纽约州试行乌托邦社会主义社会的。这种社会有一些值得称道的理想，但也有一些恐怖的性行为，最后还是失去了保护，反而成了一家成功的银器公司。她对此有些见解，认为整个系统作为一家银器公司要比试图实现在尘世的基督王国会更成功。她相当肯定自己的观点是对的。她已经进入到数字分析阶段了，按照她以往的经验，当你的论文做到数字分析阶段时，通常都会得出一个很好的结论。

詹姆斯在图书馆找到了她。他告诉她面试的时候发生的事，事情本身就非常怪异，因为面试官竟然死掉了，等等。然后她回了家，吃完饭，回到自己房间，写了剩下的论文，一直写到凌晨四点，睡了三个小时，起床，翘了两节课改她的尾注，然后及时去学校上社会科学课。搞定[①]。

回想此事，整件事情有一种怪异而不真实的感觉，但话又说回来了，熬夜到四点又在七点起床的时候，都会有这样怪异而不真实的感觉。事态真正失去控制是在一周以后她拿回论文的时候。

问题不在于分数。分数很好。是 A⁻，卡拉斯老师很少给这样高的分数。问题是——问题是什么？她又看了一遍论文，虽然读起来没问题，但有很多内容她都不记得了。她当时确实写得很快，她纠结的问题也是卡拉斯老师纠结的问题：她把日期搞错了。

看，她写的乌托邦社会与联邦法定强奸罪法案互相冲突——诡异，太诡异了——这是发生在 1878 年的事。她知道这一点。然而，论文却写着 1881 年，本来卡拉斯老师是不会注意到的——但是细想起来，卡拉斯老师本人也是个怪胎，他若是熟知一两个法定强奸罪法案，她也并不觉得意外——可是维基百科也犯了同样的错误，而卡拉斯老师就喜欢随机抽查看谁使用了维基百科。他查了日期，再核对维基百科，然后在朱丽娅论文的页边空隙上批了一个大红叉。也在 A 后面加了个"－"号。他对她的表现很意外。真的很意外。

朱丽娅也很意外。她从不用维基百科，一部分是因为她知道卡拉斯老师会检查，但主要是因为她跟其他同学不同，她很在乎事实的准

---

① 原文 Mischief Managed，表示任务完成得如同魔法一般。源自于《哈利·波特》中的第二部《哈利·波特与阿兹卡班的囚徒》的主题曲"Mischief Managed"。

确性。她又回头看了论文，通篇检查了一下。继而她发现了第二处错误，紧接着发现了第三处。就这些，但已经到她的忍受极限了。她开始检查论文的前几稿，因为她写论文的时候总是会把每一份草稿备份保存，因为 Word 里的追踪修订功能太差劲了，她想知道究竟是在什么时候出现了这几个错误。但真正诡异的是，其他的草稿都不见了。只有一份定稿。

这件事，尽管是件小事，也能给出许多似有道理的解释，但是，事实证明，这件事就像是启动弹射座椅的红色大按钮，把朱丽娅弹出了她倍感舒适的人生驾驶舱。

她坐在床上，盯着文件上面显示的创建时间，她记得那是晚饭时间，心里生起一阵恐慌。因为越想越觉得自己那天下午有两组记忆，并不是只有一组。其中一个似乎太过真实。感觉就像是某个小说里的场景，作者是一个认真的现实主义者，他更注重将自然主义细节合理地组合在一起，而不是单单讲述一个无聊到读者弃之不读的故事。给人的感觉就像是封面故事。这组记忆就是她去了图书馆，然后遇见詹姆斯，后来又吃晚饭，然后写论文。

但是另一组记忆就像是发神经般地疯狂了。在另一组记忆里，她去了图书馆，在图书馆廉价的工作站里简单搜寻了一下书目，就在那个图书借还台旁边的原木桌子上。然后，查询到了一个图书编号。这个图书编号很奇怪——显示那本书在地下二层的书库里。朱丽娅很确定图书馆没有什么地下二层书库，因为这个图书馆根本就没有地下二层。

仿佛梦游一般，她走进了磨砂钢制的电梯。果然，标记着字母 B 的白色的圆形塑料按钮下方，还有一个圆形塑料按钮，标记着 SB。她按了一下，按钮亮了。电梯下降时胃下垂的感觉与平时没什么两样，就是那种向着地下二层急速下降时的感觉，地下二层肯定满是廉价金属书架，伴着荧光灯发出的嗡嗡声，还能看到一个个裸露的管道，上面红色喷漆的滚筒式阀门手柄歪七扭八地露在外面。

但是电梯门开启后，眼前完全不是她想象中的景象。相反，她看到了沐浴在阳光下的石头阳台，在一座郊区住宅的后院，四周是绿意盎然的园林。实际上，那并不是一座家庭住宅，那里的人们向她解释道，那里是一所学校。叫做布雷克比尔斯，住在里面的人们都是魔法师。他们以为她也想做个魔法师。她只需要通过一门简单的考试就可以了。

第五章

在赤麂号上醒来的第一个早晨，昆廷只能把它比作在布雷克比尔斯醒来的第一个早晨。他的船舱又长又窄，床平直地放置在一排窗户对面，窗户离吃水线不过几码高。他睁开眼睛第一眼看到的就是这些窗户，上面散布着颗颗水滴，被水面反射的阳光照得晶晶亮，他们正以难以置信的速度前行。书架、橱柜和抽屉都被巧妙地沿着墙或是在床下安置。感觉好像走进了中国的智力玩具里一样。

昆廷摇晃着光脚踩在了小船舱宽敞冰凉的木地板上。他感受到船身微微倾斜，和更为轻微的摇晃，也感受到了大风吹动造成的倾斜。他感觉自己就像是在一只巨型但是很友善的海洋哺乳动物的肚子里，它的乐趣就是把他放在肚子里，带着他在海面上大步慢跑。昆廷就是那种永远不会晕船的人，真让人生气。

他从固定在墙上的一个小梳妆台里拿出衣服，或者说那是船舷上缘？还是说是隔板？随便你怎么称呼船上的墙吧。他很喜欢床上方嵌入式书架上的那几排书，整整齐齐的，而且还用一片窄木板固定住了，所以就算是遇上暴风雨，书也不会掉出来。他一点都不想知道早餐吃些什么，而且越少提及厕所一词越好，除此以外，他感到浑身轻松舒适。他已经好几个月没感到这么舒服了。也许，是有好几年了吧。

在甲板上，他是唯一一个无所事事的人。赤麂号的船员人数对于它的规模来说，实在是有些少，加上船长总共才八人，甲板上的船员要么在专注地掌舵，要么在拼接绳索，要么在擦洗甲板，爬上爬下的。没看到朱丽娅的身影，莱克上将和本尼迪克特正在讨论着一些航行细节，昆廷没想到他们俩会这么神采飞扬。

昆廷原以为如果有需要的话，他还能充当一下天气魔法顾问，但是朱丽娅比他更擅长那些东西，不管怎样，他觉得现有的天气状况就算是朱丽娅也做不出什么改进了，此时天空晴朗，一阵冷风从西北方向袭来。他决定爬到桅杆上去。

他走向赤鹿号三个桅杆中排最后也是最矮的那根桅杆，前后甩甩胳膊，活动活动肩膀。这可能是个愚蠢的想法。但是人这一辈子，谁没有萌生过想要飞速爬上船顶的念头呢？这在电影里看起来轻而易举。但是事实上，桅杆并不是用来让人爬的——上面根本就没有阶梯，台阶或者钉刺。他把一只脚搭上黄铜桩子。掌舵的船员看着他。百姓们，你们的国王要爬桅杆了。不，他不知道该怎么爬上去。硬着头皮上吧。

爬上去并不容易，但是也没有那么难。没有系缆角或是横杆的地方，至少有几根绳子，不过你要十分小心，别拽着什么不该动的绳子。他先是蹭破了一个指关节的皮，然后又蹭破了另一个，还有一个粗木刺直直地扎进了柔软的大拇指肚里，断到里面了。桅杆由于张力，发出阵阵嗡嗡声——他能感受到它深深地固定在船舱里，承受住风力，平衡着风力和冲击龙骨的水力。他没有料到的是，爬上去之后天气能变得这么冷，立马就变冷了，就像爬进了另一个气候带，或者外太空的边缘似的。

另一件意料之外的事情是，他没想到船倾斜的角度竟然是这样的。他以前几乎没有注意到，但是他离安全的甲板越远，越觉得船有侧翻的危险。他不得不时刻提醒自己，没真到火烧眉毛的时候，这船不会扣过来把他们都淹死的。应该不会。

等他爬上桅杆最顶端，发现自己已经不在甲板上方了。要是扔下去一个铅垂线的话，会直直地掉进大海里，向下望海水奔流而过，那浪涛就像一块粗糙的绿玻璃。距离船的右舷大约五十英尺的水下，有一只圆头灰白色的物体与赤鹿号共同前行。它体型很大。不是鲸——

它的尾巴是直立的，不是水平的。那它就是一条大鱼，或者是一条鲨鱼。他一边看着，它就越游越深了，然后越来越模糊，越来越不清晰，直到什么都看不到了。爬得越高，越能意识到自己有多么渺小。

爬下来就容易多了。昆廷刚一安全地落在甲板上，就决定接着向下探索，深入船舱里去。刚跨进甲板下黑漆漆的舱口，外面明亮而忙碌的世界的喧嚣就瞬间消失了。距离并不远：只走了三小段阶梯，就来到了赤麂号船底中空的小世界。

这里很暖和。透过潮湿、冒着水珠的木板，他能感受到来自海水的压力。舱底里堆满了供给品，几乎寸步难行。里面没什么好看的。他正想返身回梯子那儿，回到现实中去，或者说回到费勒里的现实中去，突然，一张诡异的毛茸茸的脸，倒挂着，从黑暗中隐现在面前。

他惊慌地高声尖叫，真是失了国王的身份，头也不知道撞到了什么。悬在半空中的那张脸——等他眼睛适应了之后，才看到那东西倒挂在横梁上，那么舒服，就像生来就挂在那里一样。它长着一张怪异的、半融化的脸。

"你好，"它说。

谜底揭晓了。原来那只会说话的动物是一只树懒。它几乎是昆廷见过的长得最丑的哺乳动物了。

"嗨，"昆廷说。"我没看见你挂在这里。"

"好像没人注意到，"那只树懒说，一副泰然自若的样子。"我希望你下次还来。常来。"

他们航行了三天时间才抵达外岛，天气一天热似一天。他们已经离开了怀特斯拔厄秋季的海滩和冰冷的海水，抵达了一个更接近热带的地区。他们一直向东航行，并没有向北或是向南，来自地球的人们对此感到十分纳闷，但是费勒里人民却一点儿也不吃惊。他不禁怀疑费勒里世界究竟是不是球体——本尼迪克特从未听说过什么赤道。船员们都换上了夏天的白色制服。

本尼迪克特站在正在掌舵的莱克上将旁边，手里摊开一本航海图，上面画着去外岛的路线，每一页上都布满了看似专业的圆点和水滴状的同心等压线。一路上，他们俩齐心协力，穿过只有他们才能看到的浅滩和暗礁布成的迷宫，直到外岛映入眼帘：它是水平线上一个凸起的小岛，上面有白色的沙滩和绿色的丛林，中间稍微鼓起个尖儿，与他想象中的样子没什么不同。他们绕过一个海角，驶进了一处浅海湾。

他们刚一进去，风就停了。赤麂号凭着最后一丝冲力，滑行进入了海港中央，在平静的绿色海面上激起了层层涟漪。船帆在寂静中无力地拍动着。这里就像法国蔚蓝海岸的一个沉睡中的小村庄。海滨狭窄多沙，地上散落着干瘪的海藻，还有不断从棕榈树上脱落的棕丝，在午后的骄阳下烘烤着。海滨的一端有一个码头和几座低矮的建筑物，还有一座看上去相当宏伟的建筑物，可能是一家酒店或者乡间俱乐部吧。一个人影都没有。

或许人们正在午休。尽管如此，昆廷心中越来越充满期待。别傻了。这只是份公差。他们是来这里收税的。

他们默默地放下汽艇。昆廷爬了进去，后面跟着宾果，还有本尼迪克特，终于可以开始测量工作了，此时的他由于激动变得不再沉闷忸怩。最后，朱丽娅也从甲板下露面了，悄然登上了汽艇。那只树懒依然舒服地挂在船舱里的横梁上，拒绝离开，不过它在闭上那黑森森的下垂眼之前，嘱咐他们说，如果他们看到什么特别鲜嫩多汁的枝条可得给它带回来，甚至带回个小蜥蜴也行，它不挑食。

码头上有一个长长的、快散架的栈桥伸到了海水里，尽头处还有一个可笑的小圆顶塔。他们向着它划了过去。海湾如池塘般平静。到现在他们还没看到其他人，也没听到什么动静。

"阴森森的，"昆廷大声说道。"天啊，我希望它可别像罗阿诺克①那

---

① 罗阿诺克是英国 16 世纪时在美国第一个建立起来的殖民地。但在某天夜里，罗阿诺克居民竟然一夜消失，而这起事件也成为不解之谜。

样，是个被人遗弃的地方。"

没有人回应他。他怀念有爱略特在身边可以和他说说话的日子，就算珍妮特在身边也不错。而朱丽娅即使是被逗乐了，或者猜出了什么线索，她也会不动声色。自从他们离开怀特斯拔厄之后，她就一直拒人于千里之外。不想与人交流，也不想和人有身体接触——她一直把手夹在大腿中间，胳膊肘向里缩着。

他用一副折叠望远镜扫视着海岸线，他对这望远镜施了魔法，因而能够看到所有可见的和隐形的生物，至少是大多数生物。海滨的的确确是空空荡荡的。如果你调整一下望远镜——它还有一个额外的刻度盘——还可以显示一点回放镜头。至少一个小时没有人来过这片海滩。

栈桥在寂静中嘎吱作响。天气热得要命。昆廷觉得身为国王，他应该走在最前面，但是宾果坚持先行。他可真是兢兢业业地执行皇家贴身保镖的职责啊。他这个人一点儿都不像他的名字听起来那样喜庆，不过要他像名字一样也是不太可能的，因为他的名字听上去就像是在孩子们的派对上逗人乐的小丑。

他们先前看到的那个大型建筑物是木制的，被粉刷成了白色，前面有爱奥尼亚式柱子和豪华玻璃门。油漆都已剥落。看上去就像古老的南方种植园里的房子。宾果推开门，走了进去。昆廷也紧跟着他推门进去了。如果他在这里一无所获，那他至少要感受一下未知事物带来的惊悚，不管那感觉有多短暂。从午后耀眼的阳光中走进去，感觉眼前漆黑一片，却十分凉爽舒适。

"当心，殿下，"宾果说。

眼睛适应了屋里的光线之后，昆廷看到了一间破旧但是装饰宏伟的房间，房间中央有张桌子。桌子前坐着个金色长发的小女孩，在一张纸上使劲儿地涂色。她看到他们之后就转身冲着楼梯大喊：

"妈——咪！有人来啦！"

她又转向他们。

"别把沙子带到屋里。"

又接着涂色去了。

"欢迎来到费勒里，"她补充道，头也没抬。

　　小女孩名叫埃莉诺。今年五岁，十分擅长画飞兔，样子就像是普通的飞马，不过不是长着翅膀的马，而是长着翅膀的兔子。昆廷不知道她画的飞兔是真实存在的还是她自己想象的；在费勒里，你不能打包票说这东西到底存不存在。小女孩的妈妈约摸快四十岁了，样貌漂亮，薄嘴唇，肤色苍白，不像是生活在热带地区的人。她轻盈地走下楼梯，踩着高跟鞋，身穿类似制服样式的夹克衫和短裙，粗暴地把埃莉诺抱下椅子，埃莉诺很听话，拿着自己的画儿和涂色工具，跑上了楼梯。

"欢迎来到费勒里王国，"那女人说道，声音嘶哑低沉。"我是报关代理人。请说明一下自己的名字和国籍。"

她翻开一本官方账簿，手里拿着已经印了印泥的紫色大印章，随时准备盖下去。

"我叫昆廷，"昆廷说。"寇德沃特。我是费勒里的国王。"

她顿了一下，挑了下眉头，正准备盖章。她把这项日常工作变得美好起来：有条不紊但是又很性感，还带有恰到好处的讽刺态度。这位报关代理人有点放肆。

"你是费勒里的国王？"

"我是费勒里的其中一位国王。一共有两位。"

她放下印章。在"职务"一栏里写上了：国王。

"也就是说——从费勒里来的？"

"嗯，是的。"

她又填了一项。

"啊，好吧。"她叹了口气，合上账簿。她还没给他盖章。"如果你是从费勒里来的，那就不需要这么多手续了。我还以为你是从海外来的。"

"对殿下说话要恭敬，"宾果厉声说。"你是在和国王讲话，不是什么闲逛的渔夫。"

"我知道他是国王，"她说。"他刚才说过了。"

"那就称呼他为'国王殿下'！"

"抱歉。"她转向昆廷，尝试着，但是没那么刻意，忍着笑意。"国王殿下。我们这儿没怎么来过国王。得先适应适应。"

"好吧，没关系。"昆廷并不在意。"听着，宾果，我自己来守卫自己的尊严，谢了。"然后转向报关代理人："如果你想在我的表格上盖章，那就继续吧。"

宾果瞟了一眼昆廷，好像在说，你真是不知道怎么做国王，一点儿也没个国王的样子。

这位报关代理人的名字原来叫伊莱恩，她得知了他们的入境身份后十分满意，立即变成了慷慨的东道主。在外岛喝鸡尾酒的时间通常是在一小时之后，她解释道，于是问他们在此之前是否有兴趣参观一下外岛？他们当然有兴趣了。来都来了，一定要想方设法地参观参观。不过伊莱恩应该提前警告他们，总得有人把埃莉诺扛在肩上。她是个甜美的小姑娘，但是很容易走神，而且非常懒惰。

"她很擅长要花样。在派对上就直接走向那些男人，如果她断定你是个好骗的人，那你这一整天就得抱着她了。"

他们跟着伊莱恩穿过大使馆，就是他们之前看到的那座宏伟的建筑。里面光线昏暗，惊人的高雅，摆着很多俱乐部椅子和深色木制品，就像是英国绅士们常去的俱乐部。很难想象这些家具被从外部运来再组装时，外岛那段富足的时期。外岛肯定有过辉煌时期。他们从后门走了出去，来到了一条从热带绿色植物丛里开辟出来的小径上。伊莱恩从低垂的树枝上摘了一个味道刺鼻的酸甜果递给昆廷。

"尝尝这个，"她低哼一声。那果子里面密密麻麻的籽儿，昆廷把它们吐在了野草里。

丛林里稠密的绿色植物散发出的闷浊气味盖过了海水刺激的气味。他们每到一处都会经过一扇熟铁大门，被粉刷成了白色，但是锈迹斑斑，门后有一条小路，弯弯曲曲地通往灌木丛。伊莱恩谈论着住在小路尽头的那些家庭的各种历史和丑闻。她很健美，举止明快又有魅力。可昆廷老在琢磨为什么她对自己的女儿，对小帮手埃莉诺，不那么亲热。这跟她热情友好的气质不符啊。宾果大步走在前面，举着剑，随时准备着，若有恶人从丛林里跳出来，企图伤害国王的性命，就上前与之刀兵相见。昆廷觉得他这样太不礼貌了，但是伊莱恩似乎并没有注意到。

他们停下来欣赏一棵热带闹钟树，它是一棵棕榈树的样子，不是橡树。昆廷问埃莉诺能不能看懂时间，她说她看不懂，而且她也不想看。

"在国王面前，我们就成了个小公主了是吧，"伊莱恩说。本尼迪克特跟着他们一边走一边不停地写写画画，努力地保护自己的笔记本不被汗水弄脏。朱丽娅停了下来，在研究一株野草，也可能是在和它讲话，落在了他们后面。她究竟会惹多大的麻烦？昆廷曾有过不成形的念头，要与伊莱恩调调情，以便激起朱丽娅的好胜心，但是如果她真的有好胜心的话，那昆廷确实没能把它激发出来。

走了半英里之后，他们来到了市中心。小路歪歪斜斜地绕成个环形的封闭的圆圈。这里有个市场，或者说至少有些摊位，散发着腥臭味，散落着几颗被丢弃踩破的水果，好像就是他们刚刚捡到的那种水果。环形小路的前方有一栋宏伟的官方建筑，那是市政厅，不同的是，它的三角墙上有一面停止走动的钟，就像是独眼巨人库克罗普斯瞎掉的那只眼睛，还有一面费勒里国旗，已然褪色，但是依然清晰可辨，无力地耷拉着，在这湿热的天气中显得无精打采。

在环形小路的中央伫立着一座石碑，花岗岩的方尖碑，顶部有一个男人的雕像。它已经被季风侵蚀得不成样子了，热带的野草也顽强地从石碑底部一角生长出来，但是你依然能够辨认出那个男人的英姿，一副坚韧不屈地直面悲惨来临的模样。

"那是班克斯船长，"伊莱恩说。"是他发现了外岛，在外岛创立了费勒里的殖民地，我的意思是他把船开了进来。"

昆廷在想"创立者"和"发现者"之间有没有什么可以编造出个笑话。如果有的话，那这个笑话早就在外岛流行起来了。

"大家都去哪儿了？"

"噢，他们就在附近，"她说。"我们大部分时间都不跟人来往。"

埃莉诺想让伊莱恩抱着，但是被推开了。她又冲着昆廷举起了胳膊，昆廷只好把她举起扛在了肩膀上。伊莱恩翻着眼睛，好像在说，别说我没提醒过你啊。太阳落在了树林后面，残阳如血，夜间的昆虫们也出来活动了。

埃莉诺被昆廷举高之后，兴奋地尖叫，她一般不会被举到这么高。她拉着自己的裙子边儿，挡住了昆廷的眼睛。昆廷温柔地把她的裙子边儿拿开，她再次尖叫，又把裙边推下来。他们在玩游戏。她竟然非常有力气。昆廷觉得当个爱遭人骗的傻瓜也没那么糟糕。

他在那儿站了很久，眼睛被埃莉诺的裙子边儿捂着，沉浸在热带的黑暗中。我在这里，率领英勇的远征军来到了外岛，我是高贵的首领。统领着我勘察的一切。就是这样了，没有什么意外的转折，也没有什么重大的启示。听之任之的感觉还是挺开心的，是一种柔和又逐渐麻木的快感，就像夜晚喝的第一口醇香的烈酒。

他叹了口气。并不是抒发苦闷，而是想着：只要我拿到税款，就立马离开这里。

"你先前好像提到了鸡尾酒，"他说。

大使馆的晚餐真是好：一种露着吓人牙齿的当地的鱼，用一种像芒果的当地水果做成了甜味，整条端了上来。埃莉诺十分庄重地服侍着客人们，不断地从厨房把盐瓶、玻璃杯和其他东西拿向餐桌，后背挺得直直的，刻意地迈着缓慢的步子，重心从脚尖转移到脚跟，像是在走平衡木。大约八点半的时候，她摔碎了一个水晶酒杯。

"看在上帝的分上，埃莉诺，"伊莱恩说。"去睡觉吧。不准吃甜点了，去睡觉吧。"挨骂的孩子哭着要蛋糕，但是伊莱恩对此无动于衷。

后来他们去了楼上的阳台，坐在柳条编制的长沙发和椅子上，小心翼翼地啜饮着当地的特别甜的酒。黑暗的夜空下，海湾就在楼下向远方延伸开去，赤麂号漂浮在上面，被船首、船尾和桅杆顶端的灯笼照亮了。朱丽娅施了魔法让臭虫无法近身。

昆廷问了洗手间在哪儿，然后起身离开。后来发生的事就像封面故事了：他走到厨房，找到剩下的被扣在半球形的玻璃碗里的蛋糕。他切了一块，端着走向了埃莉诺的卧室。

"嘘——"他说，关上了身后的门。她郑重其事地点点头，好像昆廷是个间谍，来给她传达战时公报。昆廷等埃莉诺吃完蛋糕，然后把证据——空盘子和叉子——送回了厨房。

等他回到阳台时，只有伊莱恩在那儿。朱丽娅已经去睡觉了。就算她对他有什么感觉，也不会为了此事与他争吵。他与朱丽娅的豪华之旅的念头已经渐渐消失了。如果他俩擦不出什么火花那就这样吧——此时如果他能让朱丽娅跟他谈谈那他就知足了。他很担心她。

"我为之前的事道歉，"伊莱恩说。"国王殿下。没把您当国王。"

"算了吧。"他努力定了定神，笑了一下，把注意力重新放在了伊莱恩身上。"我自己还在适应过程中。"

"如果你戴王冠的话，可能就容易适应了。"

"我确实戴过一段时间，但是戴着它太不舒服了。而且它老是在一些最不恰当的场合掉下来。"

"我能想象得到。"

"洗礼仪式啊。骑马冲锋啊。"

站在外岛的月光下，他发现自己无忧无虑的，很是迷人。好似《逍遥王》①。

"听起来倒成了公害了。"

"实际上就是国家公敌。现在我只是保留着国王的封号而已。我相信你已经注意到了。"

在暮色里，昆廷很难看清她的表情。很多从东方过来的星星洒满了头顶上方黑色的夜空。

"噢，非常明显。"

她开始卷烟。他们这算是在调情吗？她至少比昆廷大了十五岁。他现在漂浮在费勒里的热带魔法自然世界，方圆四百七十七海里中偶遇了唯一的一个熟女。他不禁疑惑埃莉诺的爸爸是谁。

"你是在这里长大的吗？"他问。

"噢，不。我的父母是从大陆来的——在南方果园附近。我没见过我父亲。我一直在外交部门工作。来外岛是例行安排而已，我已经走遍了全国各地。"

昆廷睿智地点点头。他还不知道费勒里有外交部门呢。等他回去一定要调查一下。

"那，有很多人来这儿吗？我是说，从费勒里外面来这儿的人多吗？从海那边来的人？"

"很遗憾，没有。告诉你一个可怕的秘密：没有外人来过这里，至少我来大使馆之后没见过外人。事实上，大使馆建成以来，有三百年了吧，在这整个历史中，没有一个人渡过东海来到这个海关。记录完全是空白的。从这个角度看，我想，你会认定我这工作是个闲职。"

---

① 法国作家雨果的剧作《逍遥王》，这是十六世纪意大利曼都瓦城发生的故事，该城的公爵是一位风流潇洒的年轻贵族。他所豢养的弄臣为了娱悦公爵，除了要哭笑逗乐和百般阿谀之外，还得常常物色美女来满足公爵贪色的本性，最后遭到报应。

"好吧，因为也的确没有什么工作要做。"

"真可惜，你应该去看看海关申报单，真的设计得很华丽。上面只有信头。你应该拿一些。还有那印章——明天早上我给你盖些章。那印章绝对是个精品。"

她手中的香烟在微暗中闪着火星。昆廷想起了上一次吸烟的时候，那是三年前在纽约，那段短暂但精力充沛、快乐至上的日子。她的香烟散发出甜美的芳香。他也想来一支。伊莱恩只好给他卷了一支，他已经不记得怎么卷烟了。他以前会吗？不会，爱略特有一个智能的银质设备可以卷烟。

"我特不想谈这事，"昆廷说。"但是我来这里也是有原因的。"

"我猜也是。是为了魔法钥匙的事吗？"

"什么？噢。不，不是为了魔法钥匙。"

她向后倚着，双脚搭在一个箱子上，她平时把它当桌子用。

"那是为了什么？"

"和钱有关。来收税款。你们去年没交税。我的意思是外岛没交税。"

她爆发出一阵大笑——嘴巴大张着，开怀大笑。她向后倚着，拍了下手。

"然后他们就派你来了？派了个国王过来？"

"他们没有派我来。我是国王，是我自己想来。"

"也对。"她用手掌根轻拭眼睛。"你有点事必躬亲，是不是？嗯，我猜你一定在想那些钱在哪里。我们应该上交税款。我们也有能力交税，在外岛没有人穷到揭不开锅。明天我带你出去看看我们这儿的黄金甲虫。它们简直太神奇了：吃的是土，排出来的却是金矿石。它们的窝都是用金子做的！"她踢了一下他们歇脚的箱子。"拿着这个。里面都是金子。这个箱子也免费赠送给你。"

"太好了，"昆廷说。"谢了。成交。"

任务完成了。他吸了一口烟，忍住了想要咳出的冲动。他的吸烟史十分短暂。也可能是因为他喝多了这个什么酒。朗姆酒？这酒是甜的，而且这又是个热带岛屿，暂且叫它朗姆酒吧。

"我们很多年没听过你们的消息了。好像这也不重要。我的意思是，你要拿这些金子做什么呢？"

昆廷本想回答，但他不得不承认答案并不能让人满意。或许他们会用这金子给爱略特的权杖再镀一层金。这是场毫无代表权的征税。她可以就此发起一场革命。她是对的。这一切都太不真实了。

"不管怎样，静观其变吧。他们给我们派了位国王。我想，我们感到骄傲自豪，应该是情有可原的吧。但是你到底为什么来这儿？别告诉我这就是全部的原因，这也太，太让人失望了吧。你是在探索什么吗？"

"恐怕真的要让你失望了。我没有在探索什么。"

"我觉得你一定是来找魔法钥匙的，"她说。"那把可以转动世界的钥匙。"

真是很难分辨她什么时候是在开玩笑。

"说实话，伊莱恩，我真的对那钥匙知道的不多。我猜里面肯定有什么故事吧？据你所知，有很多人在找它吗？"

"没有。只是除了黄金甲虫之外，也就是它让我们这里声名远扬。"

一轮硕大的金黄明月升了起来，和烟头的颜色一样。它是一弯新月，低垂在夜空中，好像一不小心就会钩到赤鹿号的绳索。费勒里的月亮就是这种月牙形，不是圆月。每天一次，恰好是正午时分，它正好运行到了费勒里和太阳中间，形成了日蚀。每当日蚀，所有的鸟儿们都瞬时安静下来，好像是受了惊吓。但是昆廷早已习惯了，几乎不再注意了。

"反正它也不在这里，"她说。

"我知道。"昆廷拿起酒壶又给自己倒了些朗姆酒。并不是说他想喝，但是管他呢。他在想现在他们有没有解开乔利比的死亡之谜。

"钥匙在后岛上。就是离这里再远一点儿的那个岛。"

"抱歉,"他说。"我刚刚走神了。什么在哪儿?"

"比这儿再远一点有一个岛,它叫后岛。需要航行个两天吧,也可能三天。我没去过那里。但是钥匙就在那个岛上。"

"又是钥匙。别开玩笑了。"

"我笑了吗?"她有吗?她狡黠地冲他微微一笑。

"我还在想,它是不是个比喻。比如说主宰人生的钥匙。就是一张纸,上面写着'欲速则不达'或者'早睡早起'。"

"不,昆廷,它是一把真正的钥匙。是用金子做的。钥匙齿什么的都是金子的。非常有魔力,反正大家都是这么说的。"

昆廷盯着他的杯子底部。他现在需要思考,可他却一步一步让自己的思考机器无法运转了。太晚了。欲速则不达啊。

"谁用金子做的那把钥匙?"他说。"这说不通啊。金子那么软。很容易就会变弯。"

"所以插进钥匙孔的时候,你一定要小心啊。"

昆廷感觉脸很烫。谢天谢地,终于,晚上的天气变得凉爽了,大使馆附近的树林里渐渐生起了一阵夜风。

"也就是说离这里几天航程的地方有一把魔法金钥匙。你为什么不自己去寻找呢?"

"我不知道,昆廷。或许是因为我没有魔法锁。"

"我从没想过钥匙会是真的。"

很诱人。不仅如此:它就像是一面硕大的在黑暗中嗡嗡作响的霓虹灯广告牌,上面写着"探险世界"。他能感受到它从地平线那边传来的吸引力。外岛已经毫无意义,一个幌子,但是这意味着他走得还不够远。

伊莱恩从沙发上坐了起来,看上去比他还要冷静和坚定。或许她已经习惯了喝这种朗姆酒。他很想知道与她亲吻会是什么感觉。他还想知道和她上床又会是什么感觉。在这个汗津津的热带之夜,他们都是独身一人。月亮升起来了。不过他要是真想那么做的话，早就不该再喝了。现在他的确又燃起了这种念头，又不确定是否想亲吻那张盈着笑意的薄唇。

"听我跟你说哈，昆廷？"她说。"我非常想知道，你究竟是不是想找那把钥匙。这座岛和平常的岛没什么两样，十分安全，但是这里也是一个新的起点。这里是费勒里的边境，昆廷。"

"在那边"——她指向大海深处，越过赤鹿号温馨的防风灯，越过海湾边缘的那些棕榈树蓝黑相间的模糊轮廓，指向远方碎浪的哗哗声——"那里不是费勒里。你的王国边界就是这里了。在这里，你是国王，你无所不能。在那里你不是国王。在那儿你就只是昆廷。你确定到此为止就满足了？"

他明白她说这些话的意思。他们都处在某个东西的边缘，临界点。比如森林中那片草地的边缘，乔利比遇害的地方。还有他办公室的窗台，也就是爱略特和其他人在地球上找到他的地方。在这里他位高权重。在那边，他真不知道自己会是个什么角色。

"我当然不确定，"他说。"所以要去。就是去看看该不该到此为止。只是得确定你有没有一颗想要去探索的心。"

"嗯，你有，国王殿下，"伊莱恩说。"你有的。"

那天晚上，昆廷是最后一个睡觉的，第二天早晨也是最后一个起床的。他来费勒里之后，时间观念就变得十分有弹性，因为这里与现实世界不同，他不用经常被恼人的数字时钟吵醒，但是现在已经不早了，外面已经烈日炎炎了。这个时间听着别人都各司其职，而他却还有气无力地缠着被汗浸湿的被单，他感到很惭愧。他的房间很通风，位置在正中间，被单是冷白色的亚麻布，窗户也大开着，但是房间里依旧热得快让人窒息了。

昨天还觉得朗姆酒是个好东西，美妙得让人离不了，现在它可露出真面目了，简直是可怕的毒药，让人口干舌燥，大脑一片混乱。他咒骂着昨天那个喝了这么多酒的自己。然后他就起床找水去了。

附近水源充足。可能这附近有只美丽的鸣鸟，每天早晨都吐出数加仑冒着泡儿的清泉水，与黄金甲虫相伴。他冲了个凉，然后坐在洗澡水里，又喝了些水，直到感觉脑袋好些了。没什么比一边泡在淡水里，一边看着大海更清爽干净的事了。

昨天晚上的大部分事情他已经记不清了，或者说那些事情只是以监视器的连续镜头的形式留在了他的记忆里，影影绰绰的人像，模模糊糊的声音，但是有一件事情非常明确，而且画质高清：金钥匙。她说它是真实存在的。他很好奇它的魔力到底是什么。也很好奇这把钥匙能打开什么。她有告诉过他了吗，他是不是忘了？不，好像不是这样的。但是她的确跟他说过它在哪里：后岛。他需要了解更多。他们需要作个选择：继续前行，或者回家。

但是等他下来吃早餐的时候，伊莱恩已经离开了。她留下张纸条，提醒他别忘了带走箱子，就是装着税款的那个箱子，并祝他一切顺利。她还留给他一本灰色的薄薄的书，名叫《七把金钥匙》。她没交代自己去了哪里。

他心想，她终究不会带我去看那些黄金甲虫了。还有她那昂贵的印章。谢天谢地，他没对她做出什么出格的事情。

伊莱恩连她女儿都撇下了。埃莉诺又在她妈妈的桌子旁边坐着，就像他们刚来这里时看到的那样，专心致志地用色彩明亮的三原色铅笔在外岛大使馆的信纸上描绘着飞兔。这些纸好像永远都用不完。

昆廷从她肩膀上方看过去。信纸上的信头确实很漂亮。

"早上好啊，埃莉诺。你知道你妈妈去哪儿了吗？"

昆廷以前没怎么和小孩子打过交道。他主要都是用对待成年人的方式对待小孩子。埃莉诺似乎并不介意。

"不知道，"她轻声说。头也没抬，手上涂色的活儿也没停。

"那你知道她什么时候回来吗？"

她摇了摇头。究竟是什么样的母亲会撇下自己五岁的女儿，对她不管不顾？昆廷心里十分怜悯埃莉诺。她是个甜美，热心的小姑娘。她让他萌生了父爱，他以前从没有过这种感觉，不过他发现这种感觉很不错。显然，她并没有得到过很多关注，而且得到的关注里也没有多少母爱。

"好吧。我们待会儿就得走了，但是我们会先等她回来的。"

"那倒不用。"

"那，我们还是等等吧。你还在画飞兔吗？"

"嗯。"

"你知道嘛，我觉得它们可能是会飞的野兔，不一定是小兔子。野兔体型更大一些，也更凶猛。"

"它们就是小兔子。"

永远都讨论不完的问题。埃莉诺换了个话题。

"这些是我给你们做的。"

她使劲儿拉开了桌子上的一个抽屉——空气潮湿所以它被卡住了，刚把它拽出来，就整个滑出来掉在了地板上。她在里面翻了翻，拿出来几张纸，四五张的样子，把它们递给了昆廷。上面满是她用彩色铅笔的涂鸦。

"这些是通行证，"她说，等着他提问。"你要是想离开费勒里的话，就会用得上。"

"谁告诉你我要离开费勒里了？"

"你要是离开费勒里，就能用得上，"她说。"要是你不会离开，就不需要了。就是以防万一。"

然后更小声地说："你需要自己把它对折一下。"

她一定是仿照着官方文件做的，因为这些文件都各有特色，让人印象深刻。在前面，都画有费勒里纹章，也可能是她粗略地临摹下来的。昆廷的那张里面——只要你把它从中间对折——有昆廷的肖像，大致就是他，用红笔画着大大的微笑，头上戴着金皇冠，还有一些弯弯曲曲的线条表示文字。背面是外岛的纹章：一棵橡树和一只蝴蝶。她为每个人都做了一个通行证，连树懒的都没落下，虽然她从没见过它，但是对它十分感兴趣。昆廷想，周围没有其他孩子陪她玩，她一定无聊透了。她一定是自己把自己养活大的。

他能理解她。他也是独生子，他的父母对他的关注也不多。他们认为自己养育孩子的态度十分开明：他们不会像其他父母一样，整天围着孩子团团转。他们给了他很多自由，也不会要求太多。不过有趣的是，如果别人从不要求你做什么的话，那么一段时间过后，你就会想，或许那是因为自己没有什么值得给予他人的东西。

"谢谢你，埃莉诺。你真是非常非常贴心。"他弯下腰，吻了一下她头顶的金发。

"因为你给我送了蛋糕，"她害羞地说。

"我知道。"

可怜的小娃娃。或许等他回到怀特斯拔厄之后，可以在费勒里开办一些与地球上类似的儿童社会服务机构。

"我们会等到你妈妈回来再离开的。"

"那倒不用。"

但是他还是那么做了，或者说他尽可能地等了一段时间。他们在大使馆附近闲逛，或是在码头钓鱼打发时间。他又试了一次，想教埃莉诺看懂棕榈闹钟树上的时间，但是又被断然拒绝了。大约下午四点的时候，昆廷不等了。他让本尼迪克特把埃莉诺带去镇上——全然不顾她的尖叫反对——找一个负责任的人把埃莉诺托付给他。同时，昆廷还命令其他人回到已经补给好淡水和装备的赤麂号上。

一小时后，本尼迪克特就回来了，一脸憔悴但是把事情办妥了。星星刚刚出来的时候，他们便起航了。玩乐时间结束了。他们要启程回怀特斯拔厄城堡了。

第六章

在那件假的社会研究论文事件之后，朱丽娅身上又发生了一件滑稽的事。你甚至可以称它为：魔术。如果说以前只有一个朱丽娅，那现在有两个了，记忆也变成了两个版本。在第一个版本的记忆里，也就是在正常版本的那个记忆里，她写了论文，然后回家吃了晚饭，都是些平日里会做的事情。去了学校，做了作业，演奏了双簧管，还终于和詹姆斯上了床，她早就想这么做了，但不知什么原因一直耽搁了。

但是，还有另一个陌生的朱丽娅在第一个朱丽娅的身体里日渐成长，就像一个寄生虫，或者说是一个可怕的肿瘤。起初，它很微小，像个细菌那么小，只是一个有问题的单细胞，但是后来它不断分裂，日渐长大。第二个朱丽娅对上学不感兴趣，也不喜欢双簧管，特别不喜欢詹姆斯。詹姆斯更加印证了第一个朱丽娅的记忆，他也记得在图书馆见了她，可这又能证明什么呢？什么都证明不了。只能证明，她除了写了那篇关于理想社会的论文之外，还和詹姆斯有过接触。

而且詹姆斯完完全全地接受了这个版本。世界上只有一个詹姆斯。

问题是，朱丽娅是个聪明人，她只对真相感兴趣。她不喜欢前后不一致，而且她不达目的决不罢休，决不。她五岁的时候，就想知道为什么高飞狗会说话，而米奇的宠物狗布鲁托却不会。一只狗怎么能拿另一只狗当宠物呢，为什么一只有意识，而另一只没有呢？同样的，她想知道是哪个白痴帮她写了那篇关于理想社会的论文，还引用了维基百科。假使"纽约北部的一所秘密巫师学校的邪恶代理人"不算是一个超级合理的解释，至少它与她的记忆吻合，而且那些记忆正变得越来越清晰。

随着那些记忆变得愈加清晰，第二个朱丽娅也变得越来越强大，她慢慢地从第一个朱丽娅身上夺走能量，第一个朱丽娅变得越来越虚弱，越来越消瘦，逐渐地第一个朱丽娅变得几乎透明，而那个寄生在她面具后面的朱丽娅就要呼之欲出了。

滑稽的是，更精确地说，这个让人哈哈大笑的滑稽故事里有诸多滑稽事，其中之一就是，根本没有人注意到她的变化。没人注意她跟詹姆斯越来越没话说，也没人注意到就在假日音乐会三周前，在竞争异常激烈的曼哈顿音乐进修学院青年管弦乐队里，她失去了双簧管演奏的首席地位，也因此失去了用双簧管生动地独奏《彼得与狼》（鸭子的主题）的机会。这个机会被实力明显比她弱的伊芙琳"噢"抢走了，她的演奏还真是合适，听起来就像是只该死的鸭子在嘎嘎叫，只不过不论伊芙琳"噢"用那该死的双簧"呱"演奏什么，都是这种嘎嘎的声音。

第二个朱丽娅对詹姆斯不感兴趣，不喜欢吹双簧管，也不喜欢上学。这种厌学情绪使她做了件极其愚蠢的事，那就是假装自己申请了大学，其实并没有。她毫不理会朱丽娅的每一个申请。这也没人发现。但是等到四月份他们就会发现了，等到杰出的优等生朱丽娅没有大学可上的时候。第二个朱丽娅为第一个朱丽娅埋下了一颗定时炸弹，准备把她的人生完全毁灭。

那是十二月的事了。等到来年三月，她和詹姆斯的关系变得岌岌可危。她把头发染成了黑色，把指甲也涂成了黑色，以便更精确地符合第二个朱丽娅的形象。起初，詹姆斯觉得她这变化又性感又狂野，在做爱的时候也更加努力，他的变化是意料之外的，招来了朱丽娅的反感，还从此不再与他讲话了，在此之前，他们之间的交流本来就越来越困难了。他们从来就不像旁人看来那么相亲相爱——他并不是一个真真正正的书呆子，只是对书呆子比较友善，比较包容罢了，你就是再怎么解释哥德尔、埃舍尔和巴赫①的内容，问题还是会出现的。不久他就会发现朱丽娅不是在玩角色扮演游戏，不是在扮演性感、忧郁、狂野的丫头，而是真的变成了性感、忧郁、狂野的丫头。

而且她享受其中。她用脚趾探了探不良行为之池的温度，发现水温刚好，正合心意。成为问题少女挺有趣的。朱丽娅做了太久太久的乖乖女了，有趣的是，如果你太长时间一直表现得乖乖的，那人们就会慢慢遗忘你的存在。你不惹麻烦，所以人们就把你从操心人员名单里划掉了。没人会过分关心你。他们只对坏女孩儿们大惊小怪。第二个朱丽娅安安静静地制造了一点小麻烦，她一生中的第一次，感觉还不错。

然后昆廷来找她了。第一学期后昆廷去了哪里，这个问题她很难集中精力去思考，但是她对这件事周围的迷雾十分熟悉。她以前见过：与她失去记忆的那个下午有着相同的迷雾。他的借口，就是他提前从高中毕业，被一所筛选超级严格的实验大学录取，感觉就像第一个朱丽娅的事儿。都是捏造出来的。

其实，她一直都很喜欢昆廷。喜欢他的冷嘲热讽，喜欢他诡异的聪明才智，他在某种程度上，可以说是一个善良的人，只是需要大量治疗，或许还需要能转换情绪的药。显然他的大脑中时时刻刻存在着某种东西，能够有选择地抑制对血清素的贪婪摄取。他爱她，而她觉得他虽不算差，但极其不性感，这让她感到很不舒服。说实话，他看上去很得体，比他自己认为的样子还要帅，但是这个忧郁的孩子气男人，这个费勒里的混蛋，跟她又有什么干系，她多聪明啊，知道是谁的问题，反正不关她的事。

---

① 哥德尔是捷克裔美国数学家、逻辑学家和哲学家，其最杰出的贡献是哥德尔不完全性定理。埃舍尔是荷兰科学思维版画大师，巴赫是巴罗克时期的德国作曲家，杰出的管风琴、小提琴、大键琴演奏家。巴赫被普遍认为是音乐史上最重要的作曲家之一，并被尊称为"西方'近代音乐'之父"。

但是等到三月份，他回来之后，就变得有些不一样了，带着些超凡脱俗的气质，眼睛里也闪烁着光芒。他什么都没说，不过他也不需要再说什么了。他见识过外面的世界了。他的指尖散发出一种味道，像是在自然科学博物馆，发动过范德格拉夫静电起电机后才有的味道。他是个能掌控闪电的人。

他们都去了郭瓦纳斯运河边看船下水，她一根接一根地抽着烟，就那么看着他。她知道：他去过世界的另一面，而她却被留在了这里。

她感觉在那儿见过他，在布雷克比尔斯的考场上，在那个挂着粉笔钟的大厅里，那里摆着几杯水，还有会消失的孩子们。现在她知道自己是对的。但是她也意识到，那场考试对他而言意义非凡。他走进考场时便势如破竹地秒杀了那场考试，是因为那是魔法学校吗？那正是他一生中一直在等待发生的事。实际上，他确实一直在期待那件蠢事的发生，当机会来临时他早已蓄势待发。

然而，朱丽娅却被杀了个措手不及。她从没期待过什么特别的事情发生在自己身上。她的人生计划就是，跃出龙门，然后再制造些意外惊喜，从概率的角度看，这是个更明智的人生规划，要知道像布雷克比尔斯那样刺激的事再怎么也不会落在自己头上。所以等她到了那里，她镇定自若地后退一步，全面估算了一下这件事的诡异程度。她本可以算出那些数学题，老天作证。她从十岁起就与昆廷在同一个数学班学习，他能解出的题目，她也没问题，闭着眼睛都没问题。

但是她花了太多时间打量四周，试图看透这一切，看透其中的隐含意义。她没有像昆廷那样埋头解题。她脑海中最主要的想法就是，为什么大家都坐在这里解答微分几何题，四周的一切都违反了热力学定律和牛顿物理学说，为什么大家对此熟视无睹。这才是重点。这场考试是她最后才会考虑的事情。这场考试是整个考场中最无聊的了。她的反应，她至今都认为是一个理智聪明的人对当时情形的反应。

但是如今，昆廷进入了那所学校，而她被排除在外，只能在郭瓦纳斯河的码头上，与她的半兽人男朋友一根接一根地吸烟。昆廷通过了那场考试，她失败了。就好像理智与智力对那不起作用一样。他们像零度的冰一样刺骨。

昆廷离开那天，朱丽娅才真的感觉到自己跌落了悬崖。

称那为抑郁症一点都不为过。她感觉自己很差劲，一刻也不能摆脱那种感觉。如果说那就是抑郁症，那她真的病了。它一定有传染性。是世界把这病传染给了她。

他们把她送去看精神病医生，医生把她确诊为精神抑郁症，他的定义是无力享受应该享受的一切。她认为这个诊断结果很正确，因为她的确什么都不喜欢了，只是在那个"应该享受的一切"里还有一个空间，精神抑郁症状专家会和她就此辩论的，如果她还有精力的话。因为有一样东西她确实喜爱，或者说将会喜爱，不管自己应不应该喜欢它。她只是无法接触到它。那就是魔法。

她周围的世界，这个直观的世界，这个平凡的世界，对她来说就是一片破败的荒原。是一个空荡的浩劫过后的世界：空荡荡的商店，空荡荡的房屋，停靠着的汽车里的装饰物都被烧毁殆尽，毁坏的交通灯在空旷的街道上方摇摇晃晃。她在十一月迷失的那个下午变成了一个黑洞，把她的余生都吸入其中。一旦你进入了施瓦茨席尔德半径①，再想出去可就没门儿了。

她把邓恩的一首诗的第一节打印出来，贴在自己的卧室门上：

> 太阳消耗殆尽，酒壶已空
> 余烬轻微作响，恒定的光线已不复存在；
> 世界之精元已枯竭；
> 干渴的大地为香蜂草的汁液迷醉，

---

① 根据爱因斯坦广义相对论的引力场方程，当恒星演化到半径小于所谓施瓦茨席尔德半径时，光线及任何信号就无法从这颗恒星发射到施瓦茨席尔德半径以外的区域。

不论哪里，就连河底的生命，都在干涸，

死亡和埋葬，然而这一切似乎都在大笑，

而我，是他们的墓志铭。

显然在十七世纪，分号的使用十分热门新奇。

然而它却很好地总结了她当下的精神状态。水肿：意味着干渴。这个干渴的世界。植物的汁液也已被这干渴的世界消耗殆尽，只留下一个轻飘飘的干枯外壳，死气沉沉，仿佛一触即碎。

她的妈妈每周都会问她一次是不是被强暴了。或许如果她回答是的话，事情就会变得简单很多。她的家人一直都没有真正理解过她。他们都生活在恐惧之中，她掠夺式吸收智慧的恐惧。她的妹妹，胆小羞怯，挑战似的不喜数学，浅黑肤色，比她小四岁，在她身边的时候总是蹑手蹑脚的，好像她是只野兽，一旦被激怒，就会猛地咬上去。不要在野兽面前突然移动。不要把手伸进困兽的笼子里。

事实上，她确实想过自己会被诊断为精神病人。她不得不这样想。哪个神志清醒的人（哈！）不会这么想呢？她现在看上去肯定比以前疯狂了很多。还养成了一些坏习惯，比如啃指甲边的死皮，不洗澡，因为不洗澡，一连几天都不吃不喝也不出房间。显然——朱丽娅医生对自己解释道——她患了和哈利·波特一样的病——诱导幻觉，带有偏执色彩，本质上最可能属于精神分裂症。

但是大夫，有一点很奇怪，它太有规律性了。与幻觉不同，它的质感干燥而又结实。首先这是她仅有的幻觉。丝毫没有影响到其他事。界限非常明显。还有就是它根本就不是幻觉。它真的发生过。

如果这是精神病的话，那它是种新型的精神病，还未被收录到《精神疾病诊断与统计手册》中。她得了蠢呆精神病。她得了笨蛋症。

朱丽娅和詹姆斯分手了。或者说，她只是不再接他的电话，在大厅擦身而过的时候也不会和他打招呼了。就这两种方式，她忘了是哪个了。她精心计算了自己的平均成绩，之前的分数一直都很高，她估算出，她可以一周五天只去上两天学，竭力维持每门功课得个 D，依然能够毕业。这是一种小心翼翼的擦边球政策，朱丽娅如今正生活在峭壁边缘。

与此同时，她依旧定时去看精神医生。他是个十分正派的人，极其善良，胡子拉碴的，相貌滑稽，对自己未来的成就有着合理期待。即便是这样，她也没告诉他那所神秘的魔法学校，更没告诉他自己没被那所学校录取。或许她疯了，不过她并不傻。她看过《终结者Ⅱ》。她不会像莎拉·康纳那样暴露自己的怪异行径。

时不时地，朱丽娅就感觉到自己的信仰懈怠了。她知道自己所了解的一切，但是日复一日，并没有太多的事情发生让自己坚信已经发生的事情。最多也就是每过几周，谷歌就会弹出一个布雷克比尔斯的轰动新闻，有时候还会弹出两个，但是几分钟之后就又消失了。就像是被施了魔法！很显然，她不是唯一对这里设置了谷歌提醒消息的人，那人很聪明，总是在提示消息过后，清除谷歌的缓存数据。但是这也给了朱丽娅某些东西去回味。

后来，四月份的时候，他们走错了第一步棋。他们真的把事情搞砸了，严重地搞砸了。因为她的信箱里被投了七封信，分别来自：哈佛大学，耶鲁大学，普林斯顿大学，哥伦比亚大学，斯坦福大学，麻省理工学院还有加利福尼亚理工学院。祝贺你，我们很高兴地欢迎你到我校上学……哈哈哈哈，你他妈的一定是在逗我！她看到这些信的时候，几乎笑掉了大牙。她的父母也跟着笑。不过他们是欣慰的笑。朱丽娅的笑是因为这件事简直太搞笑了。她一边大笑着，一边把信撕成了两半，一封接一封，然后把它们扔到了垃圾箱里。

你们这群该死的傻子，她心想。聪明反被聪明误。怪不得你们录取了昆廷，你们就和他一样：总是作茧自缚。你们以为用这个就能收买我的人生？用一堆鼓鼓囊囊的信封？你们难道以为，我会接受这些，用来代替本该由我接手的魔法王国了是吗？

天啊，不。休想，先生。现在胜负未分，等你出手，我后发制人，我全天候奉陪。你们寻找的是能够快速解决朱丽娅问题的办法，但是这样的办法根本不存在。你们最好消停下来，我的朋友，因为朱丽娅打的是持久战。

第七章

　　在回程的路上，昆廷给自己定了个皇家任务，每天在赤麂号上遛弯，每天检查人员一到两次。他们离开外岛后的第一个早晨，昆廷的第一站就是去本尼迪克特那里。船在热带的烈日下疾驰，它的每条绳子和帆都状况良好，被拉得紧紧的，发出当当的声音，昆廷觉得自己有点傻，他竟然给赤麂号做了充足的物资供应，结果这次航行也就算是到街边遛了个弯而已。他发现本尼迪克特坐在自己船舱里的凳子上，弓着腰伏在他那小型可折叠的写字桌前。在他面前铺展开的是一幅手绘的航海图表，画着几个参差不齐的岛屿，还零星写着几个小数字，那可能是用来表示海洋的深度。还用淡蓝色润色过浅滩，使它看上去更加水汪汪。

　　自从他们离开费勒里大陆，本尼迪克特就没对昆廷表示过任何热情，但是昆廷不知为什么十分喜欢他。他一直对昆廷不屑一顾，这一点使人振奋，毕竟他是本尼迪克特的国王啊。能一直保持对国王不屑一顾的姿态得需要些骨气。而且别的都不谈，本尼迪克特是他在费勒里见过的最书呆子气的人，是在真实世界里不存在的一种类型：他是个地图痴。

　　"你最近在忙些什么？"他说。

　　本尼迪克特耸了耸肩。

　　"大部分时间在晕船。"

　　他没怎么见到本尼迪克特，只有几次他试着给他辅导数学。显然，本尼迪克特很擅长做心算，但是费勒里的数学并不是特别先进。

他能自学到现在的水平已经很惊人了。

"你在研究什么？"

"旧地图，"本尼迪克特说道，头也没抬。"好像特别旧了。差不多是两百年前的地图了。"

昆廷背着手，目光越过他的肩膀往桌子上瞧。

"是从大使馆拿的吗？"

"说的就像我会做那种事似的。那幅地图还挂在墙上，在画框里。"

"只是因为上面有外岛大使馆的印章。"

"我临摹的。"

"你把印章也临摹了？"

"我把地图临摹了一份。地图上有印章。"

真是一幅极好的地图。说实话，本尼迪克特真的很有天赋。地图详细而又精确，没有任何顿笔或者修改的痕迹。

"真是太棒了。你真有天赋。"

本尼迪克特听了这话，脸红了，更加卖力工作了。他发现昆廷的认可和不认可都让人难以忍受。

"你觉得野外作业怎么样？肯定和你过去的工作不同吧。"

"我讨厌野外作业，"本尼迪克特说。"简直就是一团糟。所有的东西都与我猜想的不一样。根本用不到数学。"他的挫败感让他稍稍放松了戒心。"没有什么是绝对正确的，没有。根本就没有直线！我一直以为地图是在取近似值，我就是不明白他们到底漏掉了多少。一团乱麻。我再也不要做这种事了。"

"就这样？你要放弃了？"

"我为什么不能放弃？你看看——"本尼迪克特向墙上挥着手，朝着汹涌的海面的大致方向。"再看看这个。"他指向地图。"这个你可以做到很完美。那个——"他颤抖了一下。"就是一团糟。"

"但是地图又不是真的。所以当然了，也许它很完美，但又怎么样呢?"

"地图不会让你晕船。"

昆廷听出了讽刺的意味。他是那个下令让船掉头,朝着怀特斯拔厄驶去的人。他看着本尼迪克特一直研究的地图。果然,在地图边缘有几个小岛,其中有一个小岛几乎要被画出边缘之外,它的旁边用很小的书法般的字体写着"后"。

"后岛。"就是它了,就在那儿。昆廷用手指轻轻地摸了一下。他以为自己会大吃一惊。"它在我们的航线上吗?"

"它位于我们东边。与我们的航向完全相反。"

"有多远?"

"航行两天,或者三天。我说过了,这地图真的很旧了。而且这些都是些很边远的岛屿。"

本尼迪克特解释说,对于昆廷的无知,他的白眼几乎要翻到了头顶上,东海那些边远的岛屿会一直动个不停,直到它们明白自己已经被画在地图上了。它们不喜欢被画在地图上,通过某种地质构造魔法,它们会到处游动,确保地图不会太精确。更加乱糟糟了。

本尼迪克特自顾自地小声嘀咕着算了算速度和时间,然后机敏而又精确地——看着他那悬在眼睛上方的黑色刘海,你绝对不会想到他会——徒手用铅笔轻轻地在后岛周围画了一个标准的圆形。

"它一定在这个圆里的某个地方。"

昆廷盯着地图上那个代表小岛的点,迷失在子午线和平行线构成的曲线网里。如果他倒下,这个网不会接住他。那里不属于费勒里了。但是在那个深渊之下的某个地方闪烁着一把钥匙,一把魔法钥匙。他可以带着那把钥匙返航。

一张图像跃入了脑海,是一张二十世纪七十年代的专辑封面,画着一艘老式帆船,航行在狂浪边缘,绿色的海水在汹涌咆哮。那船开始有点倾斜,水流湍急,但至少:在狂风中大胆地抢风航行的话,也许能够险中逃生。船长尖锐、高声地发出一道命令,它就能掉过头去，迎着海浪奋力驶回安全海域。

但是接下来船要去哪里呢？回家吗？还不是时候。

"可以借我用一下吗？"他说。"我想拿给船长看看。"

航向改变之后，他们离开了温暖的蓝绿色海域，猛地冲进了波涛起伏的黑色海域。温度下降了三十度。冷雨被风裹挟着，噼里啪啦地打在甲板上。昆廷本来看不出分界线，但是现在他们四周的水域好像与之前航行过的水域有着完全不同的元素，海水不透明，像固体一样，得把它砸碎甩到一边，不能再静静地在水中航行。

赤鹿号勇敢地劈涛斩浪穿过了强劲逼人的海风。这艘船让众人吃了一惊：似乎在吃水线之下——透过狂风骤雨很难看清楚——伸出了一对光滑的木质鳍片，在船体的凹陷处伸展开来，带动船体游向前方。昆廷不知道它们是受魔法还是受什么机械装置的驱动。但是他心中的感激之情油然而生。这艘老船正在知恩报恩，甚至回报了更多。

他觉得那只树懒可能知道些什么，毕竟它在下面的船舱里待了那么久，但是他去找它的时候，发现它已经睡了，用船钩似的爪子倒挂着，身体随着船一起摇晃。如果要说这与平时有什么区别的话，只能说它在恶劣天气里，睡得更加安详了。船舱里的空气温暖潮湿，还有一股树懒的味道，舱底的污水里还掺杂着腐烂的果皮和一些无法辨认的碎片。

那就去找朱丽娅。她可能知道。而且他想和她讨论一下魔法钥匙。在赤鹿号上，她是他唯一真正的同伴，她能接触到一些他接触不到的资源。而且他很担心她。

天气变差之后，朱丽娅比平时更爱待在自己的船舱里了。她可能在精神上已经属于费勒里了，但是这冰冷的毛毛雨甚至逼近了位于甲板下的她。昆廷沿着通往她房间的狭窄的走廊，蹒跚地走着，变化多端的涌浪恶作剧似的，把他来回抛向两边的舱壁。

她的船舱门紧闭着。有一刻，就在赤鹿号失重地处于浪尖上的时候，昆廷在那个场景下产生了强烈的浪漫感，他对朱丽娅的迷恋在体内萌动着，慢慢张开了坚韧的翅膀。他知道在一定程度上那只是他的幻想。朱丽娅如此孤独，如此痴迷于费勒里，很难想象她是否还需要他，或者是否还需要任何人类。她是缺了点什么，但可能不是男朋友。

然后再一次，他们俩都在这里，在苍茫的大海上，暴风雨肆虐，在这片天寒地冻的海上荒原里，同处一艘温暖的船上。离开了爱讽刺挖苦又爱说闲话的爱略特和珍妮特的视线，真是一种释放。当然了朱丽娅也不至于冷漠到看不出船上恋情的诱人来。这场面几乎不言自明了。她终归还是人。他们很快就会回去了。他敲了敲她的房门。

在他的脑海里有一个想法，虽然从未说出来，但是这种想法一直存在，他觉得朱丽娅是过去的人：在他去布雷克比尔斯之前，在他知道魔法真实存在之前，在一切的一切之前。她并不认识爱丽丝。如果他能重新爱上朱丽娅，那就像时间倒流一样，那他就能重新来过了。有时候他不确定自己是不是爱上了朱丽娅，还是只是希望爱上她，因为爱上她会给他安慰，会给他解脱。这听上去真是个好主意。但是这其中的区别有这么大吗？

朱丽娅开了门。什么都没穿。

不，她不是什么都没穿。她算是穿着条裙子，但是只到腰部。上半部分垂在身前，乳房裸露着。它们颜色苍白，呈圆锥形，不大不小。十分完美。他十七岁的时候，就像法医取证似的，花了好几个月秘密地观察她穿着衣服时的身形，然后在脑海里想象朱丽娅上身裸露的样子。事实证明他的想象十分接近。只有乳头与他之前幻想的不同。颜色更浅一些，只比周围苍白的乳房肤色稍深一点。

他又把门关上了——并没有猛地关上，但是也关得严严实实的。

"天啊，朱丽娅！"他低声说。尽管那更像是对着自己说，而不是对她说。

漫长的一分钟过去了。他用背抵着朱丽娅房门旁边的舱板。靠在坚硬的木板上，他能感觉到自己的心脏在剧烈地跳动。当然了，他希望发生点什么事情，但不是这样的事。或者至少不像现在这个样子。她到底是什么意思，悬着那东西乱逛？什么，难道她在开玩笑吗？他能听到她在房间里来回走动的声音。他深吸一口气，再次慢慢地敲了几下门。这次她开门的时候，已经把衣服穿好了。

"你到底在做什么？"他说。

"抱歉，"她平淡地说。

她坐在了房间另一边的小凳子上，面朝窗户。她没有请他进来，但是也没有关上门。他小心地走了进去。

朱丽娅船舱与昆廷的一模一样，但是由于船的房间布局不规则，他的住处有一个偏梯，稍微要大一些，如果一个人坐在床上的话，那它大约可供两个人坐在上面。昆廷坐在了床上。屋里的照明来自于一个发光的蓝球，飘到了天花板上，像是断了线的气球，朱丽娅的古怪魔法，看上去像是一团被困的鬼火。

"对不起，"她再一次说。"我忘了。"

"你忘了什么？"这话说出来比他想象的语气更愤怒。"忘了把胳膊伸进袖子里？听着，不是我不……"下文没什么好话了。"算了。"

他看向她，真真切切地看，这么久以来第一次这么看她。她依然很美，但是瘦了，骨瘦如柴。她的双眼依然是全黑的。他很好奇这种变化是不是永久性的，如果是这样，那她还有什么变化是他没有看到的。

"我不知道。"她盯着浪花。"我不记得我忘了什么。"

"那，好吧，那么，但是你现在记得了。"

"听着，我有时候会忘记有些事应该是什么样子的。可以了吗？或者说并不是不知道怎么做而是不懂为什么。为什么大家要互相打招呼，为什么要洗澡，为什么要穿衣服、读书、微笑、交流、吃东西。所有的这些人类的事。"她把嘴撇向一边。

"我不明白，朱丽娅。"怒气消失了。他不停地在想象朱丽娅到底遇到了多大的困难，每想象一次就把困难指数提升一下。"帮我理解理解。你是个人啊。为什么会忘了这些呢？怎么会忘呢？"

"我不知道，"她摇了摇头。然后她黑色的双眼看向他。"我正在渐渐失去它。它也在离开我。它正在离开我。"

"什么？发生了什么，朱丽娅？你需要回到地球上去吗？"

"不！"她尖声说。"我不要回那里。再也不要。"

这个主意似乎吓到了她。

"但是你还记得布鲁克林，是不是？记得我们是从那里来的？还有詹姆斯，还有高中，还有那里的一切？"

"正在想起。"她纤弱的嘴唇又快速地抽动着，悲苦的样子。她用昔日的语气说道，都是些缩略语之类的。"我的老毛病，不是嘛。我记得布雷克比尔斯。忘不了。"

昆廷想起她记得那些事了。她没能通过布雷克比尔斯的入学考试，他却通过了，事后她本应忘掉这些，这样学校才能保持神秘。以防万一，他们对她施了个咒语。但是那咒语很快就失效了，她没能忘记那段记忆。

但是那件事也把她带来了这里，他提醒自己说。来到了这艘漂亮的船上，与他漂浮在魔法海洋里。也使她成了一个秘密世界的女王。虽然道路曲折，但是它通往了一个美满的结局，不是么？他渐渐明白，费勒里是他的美满结局，但不一定是朱丽娅的。她还需要别的什么。她依然在那条曲折的道路上，夜幕慢慢降临了。

"你希望自己不记得布雷克比尔斯吗？你希望还待在布鲁克林吗？"

"有时会。"她抱着手臂，向后倚在了船舱的墙上，那姿势一定不舒服。"昆廷，你为什么没有帮我？那天我在切斯特顿①找你帮忙的时候，你为什么不救救我？"

---

① 切斯特顿是美国宾夕法尼亚州切斯特郡的一个小村庄。

这问题真难回答。他以前也不是没有这样问过自己。他甚至还想好了几个答案。

"我做不到，朱丽娅。那不是我能决定的。你知道的。我不能把你弄进布雷克比尔斯。我自己都是勉强进去的。"

"但是你可以来看看我啊。把你学到的东西告诉我。"

"他们会把我开除的。"

"那你毕业之后——"

"现在我们为什么还要讨论这些呢，朱丽娅？"知道自己处于下风，昆廷反击道。有利的进攻是最好的防守。"听着，你让我和他们说一下你的事。我按你说的做了。我告诉他们了。我以为他们会找到你，然后抹掉你的记忆！他们一直都是那么做的。"

"但是他们没有。他们找不到我。等他们来找我的时候，我已经消失了。无影无踪。"她打了个响指。"就像魔法。"

"那不管怎么样，朱丽娅，事情应该是什么样子？难道，你想要成为魔法师的学徒，像米老鼠那样？你有没有考虑过我的感受。你以前对我不屑一顾，然后突然我就成了咒语大师，你开始讨好我了。事情不应该这么发展。"

"我才不在乎你，我只是不想跟你上床。天啊！"在这个狭窄的空间里，她对他怒斥道。她本来把凳子向后倾斜，用两条凳子腿撑着地面，突然一声闷响，凳子完全落在了地上。"不过顺便说一下，如果你那时给了我需要的东西，我会和你上床的。"

"好吧，不管怎么说你得到了，不是吗？"

"哦，我当然得到了，还得到了更多。大家不应该为此惊讶，尤其是你。你把我丢弃在现实世界里，没有魔法的世界！我身上发生的所有事情都是因你而起！你想知道发生了什么吗？我可以告诉你。但现在你还没有资格。"

房间里充斥着沉重的静默。外面的夜色已经覆盖了青石色的海浪，小巧的窗户上也被溅上了海水。

"我从未希望这一切发生在你身上，朱丽娅。不管发生了什么。我很抱歉。"

他必须要说，这是事实。但这不是唯一的事实。还有一些其他的事实，就不那么美妙了。比如说：他之前一直在生朱丽娅的气。高中的时候，他只是她的哈巴狗，跟屁虫，她却和他最好的朋友搞在一起，当棋局反转的时候，他心里其实挺享受的。所以他才没有拯救朱丽娅吗？这不是唯一的原因。但肯定是个原因。

"我感觉好像我自己又回来了，"她闷声说。"就在刚才。我生气的时候。"窗上的玻璃开始蒙上一层雾气。朱丽娅在上面画着什么，然后擦掉了。"现在消失了。"

别管什么魔法钥匙了。这才是应该关注的事情。朱丽娅不需要他的爱。她需要他的帮助。

"给我解释解释，"他说。他把她冰冷的手指攥在手里。"告诉我，我能做些什么。我想帮你。我想帮你记起来。"

房间里除了那团鬼火之外，又有什么在发光。他不确定它是什么时候开始闪光的。是朱丽娅——或者说不是朱丽娅，而是她体内的什么东西。她的心脏在发光：他可以透过她的皮肤看到它，甚至可以透过连衣裙看到它。

"我正在不断地记起来，昆廷，"她说。"在这片海上，在远离费勒里的地方，记忆又回来了。"现在她微微地笑了，灿烂地，看上去比她没有表情的时候还要糟糕。"我记起了这么多我以前甚至都不知道的事。"

那天晚上，昆廷吃过难以消化的航海晚餐之后，回了下面的船舱，从墙上拉下简陋的折叠小床，躺了上去。寒冷、黑暗、坏天气还有与朱丽娅的谈话，一切都交织在一起，好像让时间变得很快，感觉一个星期没睡过觉似的。不是时间的问题，而是走了多少海里。借着油灯飘忽的灯光，他盯着头顶上粗糙的棕红色横梁。

他很冷，身上黏糊糊的粘着盐粒子。他本可以把它洗掉。他知道怎么从海水中提取淡水。但是需要个咒语，他的手指已经冻僵了，他决定还是被盐粘着吧。反正他在毯子下慢慢暖和过来了。他刚来的时候，发现床上有一床按规定配备的海军毛毯，像是一头长着刚毛的野兽，约有十磅重，简直能够抵挡链弹的进攻。盖着它简直就像是和一头野猪的尸体睡在一起。他把它换走了，换了一床一英尺厚的鸭绒被，虽然一直潮气很重，也完全不合规定，但是舒服极了。

昆廷等待着，看看他的思绪能否平静下来，然后入睡。然而思绪并未平静，而且还表明如果不经过一番挣扎，它是不会平静下来的，他坐了起来，看向书架上的书。以前每当这种情况，他都会伸手拿一本费勒里的小说来看，但是时过境迁，他已经失去了过去那种欢乐了。但是还有那本伊莱恩给他的书呢。《七把金钥匙》。

七把。这数量超出了他的预料。他觉得找到一把就足够了。事实证明，这本书不是一本小说，而是一本童话故事，大大的字体，画着木刻版画插图。一本儿童读物。她一定是从埃莉诺那里抢来的。这女人真是个极品。书的背面印着大使馆图书馆的印章。他支起枕头两端，好用它支撑着脑袋。

书中讲述了一个男人和他的女儿以及一位女巫的故事。他妻子死了，女巫来到他们的镇子上时，他的女儿才刚刚蹒跚学步。女巫嫉妒小女孩的美貌，再加上她自己没有孩子，就一边咯咯大笑着，一边把小女孩偷走了，把小女孩锁在一个偏远小岛上的银色城堡里。那个男人只有找到城堡的钥匙，才能解救他的女儿，但是他不会找到的，因为钥匙在世界的尽头。

男人勇敢地出发去寻找钥匙。天气炎热，他走了一整天，太阳下山了，他走到一条小河边停了下来，想让自己提提神。他刚弯下腰想要喝水的时候，听到了一个微弱的呼喊声，把我打开！把我打开！他环顾四周，不一会儿就发现声音来自于一只淡水牡蛎，它附着在河里的一块石头上。在它的旁边，有一把非常小的金钥匙陷在河泥里面。

那个男人捡起牡蛎和金钥匙，果然，牡蛎的壳上有一个非常小的锁孔，就在铰合部的那一侧。他把钥匙插了进去，拧了一下，牡蛎壳就张开了。他用自己的刀子把它撬得更开了。这样之后牡蛎就死掉了，所有的牡蛎被撬开之后都会死掉。在牡蛎壳里，本该生着珍珠的地方，有另一把金钥匙，比第一把稍微大了一点儿。

男人吃掉了牡蛎肉，拿着钥匙，继续上路。不一会儿，他来到了森林里的一幢房子前，他敲了敲门，想问主人能否让他留宿一晚。门是虚掩着的，所以他自己推门进去了。他发现房子里有好多床，每间房里都挤满了床，每个床上都有一个人在睡觉，男女都有。他在房子里逛来逛去，直到给自己找着一张空床。墙上挂着一个已经停止运转的钟表。没有钥匙给它上发条，所以他就用在牡蛎壳里找到的那把钥匙给它上了发条。之后就睡觉了。

第二天早晨，钟敲了七下，他醒了。房子里其他睡觉的人也醒了。他们每个人都重复着同样的故事：他们也都是来这所房子借宿的陌生人，但是他们好像已经沉睡了很多很多年，还有些沉睡了好几百年，直到钟表敲响。男人收拾自己东西的时候，在他的枕头底下发现了一把金钥匙，比他用来上发条的那把钥匙又稍稍大了些。

男人走得越远，天气越冷。或许自从他的女儿被关进城堡之后，对他而言，就没有让他感到温暖的地方了。这时，男人遇到了一个漂亮的女人，坐在亭子里哭泣，因为她的竖琴走调了。他把金钥匙给了她，让她给竖琴调音，她给了他一把更大一些的钥匙作为交换。这把钥匙原来可以打开埋在树底下的一个箱子，箱子里有一把更大些的钥匙，这把钥匙可以让他进入一座城堡——但不是那座关着她女儿的城堡——在城堡最高的塔里，最高的那间房的桌子上还放着一把钥匙。

男人走啊走，走了几周，几个月或者是几年，他自己都不知道了。没有陆地可走了，就坐船航行，当无法继续航行的时候，就来到了世界的尽头，那里坐着一位气质高贵，穿着晚宴服的男人，坐在世界边缘，两条长腿晃来晃去。他拍打着自己的衬衫领，又翻翻口袋，一副困惑的样子。

"兄弟，"那个穿着考究的男人说。"我弄丢了开启世界的钥匙。如果我不给它上发条，让世界时钟恢复走动，那么太阳、月亮和星星就不会交替，世界将会陷入永久的黑夜，陷入可怕的严寒和黑暗。老兄！"

男人已经注意到了，要想成为英雄，就要听懂别人在暗示什么。他一言不发，掏出了那把在城堡里发现的钥匙。

"见鬼——？"那个男人说。"哦，老兄，拿到这儿来。"

他拿了钥匙，平躺在地面上，弄皱了精美的西装，把胳膊伸出了世界边缘，开始用力地上发条。传来一阵响亮的齿轮转动的声音。

"在我的后兜里，"他一边上发条，一边回头大声喊道。"你得自己拿了。"

男人迟疑地将手伸进他的口袋——那个穿着考究的男人一直在上发条——取出了最后一把钥匙。他回到了自己的船上，按原路往回航行。

就在片刻之后，时间出奇的短，他就来到了女巫囚禁他女儿的那座魔法城堡，他已经不知道那是多久之前的事了。这真是一座令人难忘的城堡，银色的墙壁闪闪发光，反射着太阳的光芒，整个城堡飘浮在地面上，所以就必须得顺着一道狭窄、蜿蜒的银色楼梯爬上去，有风的时候，楼梯还会令人心烦地变弯。

城堡的大门是一道黑铁门。男人把最后一把钥匙插进锁孔，转动了钥匙。

钥匙刚刚转动到位，门就自动打开了，出现了一个漂亮的女人，站在门的后面，就好像她一直站在那里等他一样。她和他一样高，在离开他的这段时间里，她肯定从女巫那里学到了不少东西，因为她身上闪烁着的绝对是魔法力量的光芒。

但是他还是认出了她。她就是他的女儿。

"美丽的姑娘，"男人说道，"是我啊。你的父亲。我来带你回家了。"

"我的父亲？"她说。"你不是我的父亲。我父亲不是个老头子。"

漂亮的女人发出一阵陌生的咯咯笑声。

"但我真的是你的父亲，"他说。"你不明白。我一直都在找——"

女人根本没听进去。

"不管怎么说，谢谢你，给了我自由。"

她吻了一下他的脸颊。然后递给他一把金钥匙，迎风飞走了。

"等等！"他在她身后大声喊道。但是她没有停下。他无法解释。他眼看着她越飞越远，直到消失不见。直到那时，他才坐在地上，哭了起来。

男人再也没有见过自己的女儿，也再也没有用过那把钥匙。因为不管他去到哪里，打开哪一扇门，能找到什么宝藏，对他而言，都不如他女儿给他的那把金钥匙更有价值。

第八章

昆廷很早就被吵醒了，瞭望员大声地对舵手呼喊，就像地铁上的报站员在大声报站一样，说看到陆地了。他在睡衣外面披了一件厚实的黑色斗篷，走上了甲板。

他的梦里全是男人和他的女儿还有女巫和那几把钥匙的事。这个故事让他很困扰，尤其是因为他觉得故事不应该就那样结束了。男人真的没能作出解释吗？他的女儿真的不理解到底发生了什么吗？这都不合情理。如果他们能好好谈一谈，把事情弄清楚，那结局可能就圆满了。童话故事里的人从来不会把事情搞清楚。

灰色的云低垂着，一团一团的，只比赤麂号的主桅杆的顶端高了一点点。昆廷眯着眼睛，朝瞭望员指的方向看。就在那儿了：要去的那座岛在薄雾中依稀可见。还得有几个小时的航程。

宾果正在艉楼甲板上晨练。昆廷与他仅有的几次交流让他有些担心，费勒里最厉害的剑客会不会患有忧郁症。他从来不笑，连个微笑都没有。身旁放着两把剑，套在皮质护套里，他用手做着一连串的，看上去像是静力训练的动作，与昆廷在布雷克比尔斯学到的指法练习有些类似。

他想知道怎么才能像宾果那样擅长搏击。如果他要继续进行探险活动的话，昆廷想，他应该好好观察一下。他觉得这个想法不错。一名剑斗魔法师：双重威胁。他不需要像宾果那样剑术高超。只要练到比现在的水平强一点儿就行，他现在的水平实在是拿不出手。

"早上好，"昆廷叫道。

“早上好，国王殿下，”宾果回应道。他从来没有把昆廷的称呼叫错成“国王陛下”，那是对至高国王的称呼方式。

“我不想打扰你。”

宾果没有停下他的动作，昆廷猜想这意味着他并没有真正打断他的晨练。他爬上宾果旁边的短梯。看见宾果双手的手指交叉，然后一个动作就把手由内而外地翻转一圈，看得昆廷直咧嘴。

“我在想，或许你可以教教我。教我点剑术。我已经学到了些皮毛，但是水平还远远不够。”

宾果的表情没有丝毫变化。

“如果你能自保的话，”他说，“我会更容易保护你。”

“我也是这么想的。”

宾果小心谨慎地松开缠在一起的手指，上下打量了一下昆廷。他走上前去，把昆廷的剑从剑鞘里抽了出来。他的动作十分敏捷，一气呵成，尽管昆廷觉得自己本可以阻止他这么做——他刚刚与宾果有几英寸的距离——不过他也不敢打包票。

宾果检查了一下昆廷的剑，先检查了一面，然后又检查了另一面，摸了摸剑刃，又掂了掂重量，若有所思地噘起了嘴。

“我会再给你找个武器。”

“我已经有武器了。”昆廷指着剑说。“那把剑就是啊。”

“剑很漂亮，但是不适合初学者使用。”有那么一瞬间，昆廷还以为他要做什么猛烈的动作，比如把它抛下船，但是他只是把它放到了甲板上，挨着他的那两把剑。

宾果走下甲板，回来的时候呈给昆廷一把他训练时要用的剑，精短而又沉重，是钢制的，还涂着油，剑刃也钝了，整体近乎黑色而且没有任何的装饰。剑身和剑柄是用一大块完整的金属制成的。它是昆廷在费勒里见过的最有工业气息的物件了。重量也就是他那把剑的一半。它连个剑鞘都没有，那他就不能炫耀他那一套流畅的出鞘入鞘的动作了。

"握着它，手臂向前伸直，"宾果说。"像这样。"

他拉直了昆廷的肘部，把他的胳膊抬高，与甲板平行。昆廷充分伸展胳膊，握着剑。已经感觉自己的肌肉开始痉挛了。

"剑尖向前伸直。保持不动。能坚持多久就坚持多久。"

昆廷还在等待下一步的指示，宾果却镇定自若地去练习他自己的动作了。昆廷的胳膊僵硬了，然后开始有痛感，然后火辣辣地疼了起来。他大约坚持了两分钟。宾果让他换个胳膊。

"这叫什么招式？"昆廷问道。

"人们常犯的一个错误，"宾果说，"就是认为剑术包含很多种不同的招式。"

"好吧。"

"力量，平衡，杠杆，动能——这些原则永远都不会改变。它们就是你的招式。"

昆廷十分确定，他的物理知识水平比宾果高上好几个数量级，却从未想过这些物理知识还可以应用在剑术里。

宾果解释说，他练习的并不是某种单一的搏斗技巧，他的技巧就是，掌握所有的技巧，根据情况和地形的需要，再把这些技巧施展开来。如果你愿意的话，可以把它称为一种出色的元技术。他曾经花了多年时间，走遍了费勒里还有费勒里之外的地界，去过山中寺院寻访武僧，也曾去过人潮拥挤的宗教圣地寻找街头打手，汲取他们的打斗秘诀，直到变成站在昆廷面前的他：一本行走的剑术百科全书。至于说为了获得这些秘诀，他曾立下过许多誓言，又将之背弃，也为此引诱过不少美女，又将之背叛，这些不提也罢。

昆廷不断地把剑换手，再换手。这让他想起了那段他还是个只会耍些花招的半吊子魔法师的日子。刚开始也是打基础的阶段，这一阶段总是最困难的，正是因为这样才很少有人成功。世间万事也是同理：并不是事情比你想象得困难，而是困难出现在你没有预料到的方面。为了摒除杂念，他开始观察宾果，宾果不断地在甲板上来回走动，目光不满地盯着前面，用极其复杂的招式挥舞着剑，在空中画着表示和的"&"与凯尔经结的符号。

寒冷的薄雾被海风吹散。他可以更清楚地看到外岛了；他们马上就要登陆了。他决定今天就练到这儿。他觉得在出发去寻找金钥匙之前，至少要把身上的睡衣换掉。

"我今天就练到这儿，宾果，"他说。把他练习用的剑放在甲板上，挨着宾果的另外两把剑。他的两条胳膊已经不听使唤了。

宾果点了点头，没有中断自己的节奏。

"等你能坚持半小时的时候再来找我，"他说。"每条胳膊各半小时。"

他展示了一招非常漂亮的徒手横空翻，眼看着就要掉下艉楼甲板了，但不知为何，他抵消了惯性的力量，及时稳稳地落在了甲板上。他的结束动作是把剑插入了假想攻击者的肋骨里。然后收剑，用他的裤腿擦了擦。

或许再上个几节课才会学到这个。

"小心你跟我学到的剑术，"他说。"用剑刻下的字是擦不掉的。"

"这就是我找你的原因，"昆廷说。"这样我就用不着拿我的剑刻字了。"

"有时候我觉得自己是命运女神的一把剑。她残酷地挥舞着我。"

昆廷很好奇，如此不顾他人感受的戏剧风格是什么感受。或许不错吧。

"对。不过，这次的旅途上不会有什么残酷的事发生。我们很快就会回到怀特斯拔厄城堡。然后你就可以去看看自己的城堡了。"

宾果转过身去，迎风而立。他似乎沉浸在自己的故事里，在里面昆廷只不过是个小人物，一名合唱团成员，甚至在节目表上都没有他的名字。

"我可能再也看不到费勒里了。"

昆廷不由自主地打了个冷战。他不喜欢这种感觉。他本来就已经够冷的了。

后岛呈低矮的条形，布满了灰色的石头和贫瘠的草地，聚集着羊群。如果说外岛是热带的天堂，那后岛可能会被认为是外赫布里底群岛①丢失的一员。

他们围着后岛转了一圈，紧靠海岸航行，直到找到一处海港，才抛下锚。几条被雨水淋坏的渔船也停泊在那里，还有几个空空的浮标，看来还有几条渔船出海了。这里简直太凄凉了。如果来这里的是位更有事业心的国王，可能会试图把它纳入费勒里版图，昆廷想，不过这里看上去并不值得那么做。离人间仙境差得远了去了。

这里没有码头，海湾里也全都是激流的浪花。他们放下汽艇上岸，却怎么也没法穿过拍岸的大浪而不被吞噬。昆廷跳了出去，海水没到了腰部，一路跌跌撞撞，终于来到了布满岩石的沙滩上。几个渔民看着他们，一边抽烟，一边修补着一张巨大的网，那网都缠在一块了，摊在他们周围的页岩上。他们有着常年进行野外活动的人所特有的砖红色皮肤，看上去都傻乎乎的。他们的前额似乎都不够发达——发际线太低了，就在眼眉的上面。昆廷觉得他们的年纪应该都在三十岁到六十岁之间。

"嗨，你们好，"他说。

他们都对他点点头，不知咕哝了什么。与他们攀谈了几分钟后，他们成功地从那个比较友好的人那里套出了最近一个城镇的大致方向，也可能是唯一的一个城镇。昆廷、宾果和本尼迪克特对他们表示感谢，然后步履维艰地沿着海滩向前走去，白色的沙滩上还有一些呈

---

① 欧洲最偏僻的地方，一连串被明奇（Minch）海峡分隔的岛屿绵延 200 公里，构成了独具北部特色的群岛。

波纹状的黑色潮汐痕迹。朱丽娅安静地跟在他们身后。昆廷曾努力劝说她留在船上，但是她坚持同行。不管她身上还要发生什么事情，她都准备好了参与其中。

"你知道这场旅程中，我最期待的是什么吗？"昆廷说。"我期待见到的不是对我们露出笑脸的人。而是看到我们之后，一脸惊讶的人。"

天空慢慢阴沉，风开始呼啸，下起了小雨。昆廷的湿裤子相互摩擦着。沙滩慢慢变成了覆盖着克拉莎草的沙丘，然后又变成了一条小路：长草的沙子，然后是夹杂着沙子的草地，之后才走到了长满草的正常地面。他们踏过了略带起伏的没有篱笆的草地，还有几座矮山坡，经过了一口孤零零的荒井。他试图唤起英勇的感觉，但是这背景似乎不起作用。此情此景让他想起了，他去参加布雷克比尔斯考试的那天，和朱丽娅还有詹姆斯一起走在冻雨中，走在布鲁克林第五大道上。在过去的时光里，有一个男孩，他年轻、强壮、勇敢……

他们一到了那个城镇，就发现它完全是中世纪的风格，石头农舍，茅草屋顶，还有泥土路。最显著的特点是，当地人对出现在他们中间奇装异服的陌生人完全无动于衷。有五六个人坐在酒馆前面露天的桌子旁边。在这种天气里，他们竟然一边吃着三明治，一边拿金属大酒杯喝着啤酒。这种天气，昆廷想躲都来不及。

"嗨，"他说。

一阵咕噜声。

"我是昆廷。来自费勒里。我们来你们的岛上是为了寻找一把钥匙。"他扫视了一眼其他人，咳嗽了一声。他不想听上去像是在背诵巨蟒剧团的介绍，但是好像不太可能。"你们知道钥匙的事儿吗？一把魔法钥匙？用金子做的？"

他们互相看了看，点了点头：表示同意，我们都知道他说的那东西。他们有点像一家人。可能都是兄弟吧。

"对，我们知道你说的那东西，"其中一个人说道——他是个大块头，看着很野蛮，裹着一件巨大的羊毛大衣。他搭在膝盖上的手就像是一片粉红的花岗岩。"就在这条路的尽头。"

"路的尽头，"昆廷重复了一遍。

是啊。当然。金钥匙就在这条路的尽头。还能在哪儿呢？他想知道这种感觉是从哪儿来的，就像在一部戏剧中，别人都有剧本，而他在即兴创作的感觉。

"对，我们知道那把钥匙。"他猛地仰了下头。"就在这条路的尽头。"

"好的。就在这条路的尽头。好的，非常感谢。"

他想知道这里有没有暖和而又阳光灿烂的日子，还有他们生活的这个地方的天气是不是永远都像是新英格兰的十一月份。这些人知不知道他们距离热带地区只有三天的航程？

他们一行人开始沿着这条路向前走。如果他们此时骑着马的话，看上去会更高贵一些，而不是像一群在泥土里打滚的农民那样，但是在赤鹿号上他们并没有备着马。或许他们应该租几匹当地的马。这里的马都是健壮但是毛发杂乱的矮种马，可以耐受长期的寒冷和潮湿，但是无法保持毛发光滑漂亮。他想念无畏了。

脚下的路变成了鹅卵石路面，方形的石块被磨得浑圆，在这种下着小雨的天气里特别光滑，容易崴脚。这种场景并不适合探险和冒险，甚至连跑个腿都不合适。也许宾果是对的，他们只是他戏剧里的小人物。

本尼迪克特甚至都没有像往常那样记笔记。

"我会记在心里，"他说。

知道了吧：这是个连本尼迪克特都懒得在地图上标注的岛。

这个镇子并不大，路也不长。路的尽头是一座像教堂一样的石造建筑，但它并不是教堂，只是一个四四方方的二层建筑，用当地扁平的灰色石头建造而成，还没有用灰浆涂抹。外墙上什么都没有，像是还没完工，或者那里曾经有什么装饰物，只是后来被剥落了。

昆廷感觉自己像是《老雷斯的故事》①开头里的那个小男孩，站在忧郁的老万的神秘塔楼前面。他们本来应降服手持天然盾的黑骑士，或者解开圣隐士们提出的棘手的神学难题。或者最起码也要抵抗住邪恶迷人的女妖的诱惑。而不只是对抗季节性情绪失调。

如果要他确切地说的话，他会说，最重要的事情是现在的节奏不对。太快了。他们不应该这么快就找到金钥匙，也不应该不经一番打斗就拿到它。

但是管他呢。或许他就是幸运罢了。或许这是命中注定的呢。抛开所有事，他觉得越来越兴奋。就是这样了。两扇门非常大，橡木质地，但是门中间还有一扇一人高的小门，或许是为了懒得推开整扇橡木大门的时候准备的，这扇橡木大门足有小门的两倍高。门口的两侧是空的，用来放雕像的壁龛，可能以前里面放着雕像，也可能以后会放上，但是现在里面空无一物。

他们陆续走到它面前停了下来，好似一群英勇的骑士集结在冒险教堂前。他们当中谁会英勇地面对这里面的一切呢？昆廷流鼻涕了。他的头发也被雨淋湿了；他其实有一顶帽子，但是他感到一股难以抑制的冲动，想要直面眼前的任何苦难，如今只不过是一场冻毛毛雨。他和朱丽娅同时抽了下鼻涕。

最后，他们都勇敢地进入了小教堂，起码能避避雨。里面一点也不比外面暖和。气氛和古老的乡村教堂一样，一副教堂管理人刚离开几分钟的样子。空气闻起来有一股石粉的味道。室外模糊暗淡的光线，穿过几扇狭长的窗户透了过来。一些生锈的园艺工具堆在一个角

---

① 《老雷斯的故事》根据苏斯博士创作的同名儿童故事书改编。故事中泰德是一个理想主义的孩子，他住在一个小镇子里。为了赢得自己梦中女孩的芳心，泰德离开了家乡，去找一棵真正的树。故事的主人公是生活在森林世界中的一个矮矮胖胖的小人，人们都叫他"老雷斯"，反派是一个名叫"老万"的贪婪鬼，他肆意砍伐森林中的树木，用于制作一种叫做"Thneeds"的大家都需要的东西，以此来赚钱。为了保护森林，老雷斯多次找到老万替那些可怜的树木求情，但最终却无济于事。

落里：有一把锄头，一把铁铲还有一把耙子。

房间的中央立着一张石桌，石桌上放着一个破旧的红色天鹅绒枕头，枕头上放着一把金钥匙，有三个钥匙齿。

钥匙旁边放着一张泛黄的纸，上面整齐地印着：

金钥匙

它没有闪亮的光泽，但也没有生锈。它像真正的老物件一样，没有光泽，生着深色的铜绿。它的高贵气息并没有受周围简陋的环境影响——房间里的静谧好像就是从它的体内散发出来的。或许这里的乡巴佬们知道的不多，所以没有把它当回事。就像某个欧洲乡村，把机关炮当成战争纪念碑，没有人知道它的炮膛里还有一颗实弹，直到有一天……

宾果把金钥匙拿了起来。

"天啊！"昆廷叫道。"小心点。"

这个家伙一定是不想活了。宾果把它拿在手里，转来转去，正面反面地来回检查。什么都没发生。

昆廷回过神来。好像又情景再现了。又回到了森林里的那片草地的边缘，但是这次他要走进去。比起住在豪华度假村，过着机械式的生活，每天优哉游哉地长胖之外，生活中还有其他更重要的事情。或者没有更重要的事情了，但是他准备亲自去寻找。那怎样才能找到呢？去进行一场冒险。就是这样。从拿起一把金钥匙开始。

"让我看看，"他说。

确认它不会致命，或者至少不会立即致命后，宾果把钥匙递给昆廷。它没有发出嗡嗡声，也没有发光。也没有在他手中重获新生。它凉凉的，沉沉的，但是他想象中的金钥匙应该要更加冰凉，更加沉重才对。

"昆廷，"朱丽娅说。"那把钥匙上有古魔法。魔力很强大。我可以感觉到。"

"好的。"

他对着朱丽娅咧嘴笑了。很是兴奋。

"你不用非得去做。"

"我知道。但是我想做。"

"昆廷。"

"怎么了?"

朱丽娅主动向他伸出手。上帝保佑朱丽娅。不管她失去了什么，她的内心依然有很多人性的善良。他握住她的手，另一只手拿着金钥匙在空中到处摸索着。或许他要是——? 是的。他感觉钥匙碰到了什么硬东西，某个根本看不到的东西。

一会儿之后他又感觉不到了——他四处挥动着钥匙，但是找不到。后来他又感觉到了，传来一阵金属击打金属发出的噼啪声。他让钥匙停下来，抵着它，然后推了一下，钥匙刚好滑了进去，钥匙齿划过一个看不见的锁芯，正好合适。他试探性地松开手。钥匙停在了那里：一把金钥匙悬浮在半空中，与地面平行。

"是的，"他低声说。"就是这样。"

他深吸一口气，比他想象的抖得还要厉害。宾果做了一件奇怪的事，就是把剑尖插到地上，单膝跪地。昆廷又紧紧地握住了钥匙，顺时针转动了一下。他出于本能地摸索了一下门把手，而且找到它了——他可以在脑海里勾勒出它的样子，冰冷而雪白的陶瓷。他转动它，拉了一下，一阵巨大的破裂，撕裂的声音响彻整个房间——那声音并不令人讨厌，而是一种十分满足的声音。像是被密封了数百年，等待着被人开启。朱丽娅柔软的手在他的手中绷紧。他身后的空气从他打开的那道裂缝涌了出去，强光淹没了他。

他在空中打开了一道门，对他来说足够高，不弯腰就能走进去。里面非常明亮，很温暖，有阳光，有绿地。就是这了。后岛的灰色石屋已经看起来很虚幻了。这就是他一直渴望的——你可以称之为冒险，或者随便什么名字。他想知道自己现在去的是费勒里的某个地方，还是一个完全不同的世界。

他走了过去，踩到草坪上，带着朱丽娅跟着他走过大门。他们周围强光闪耀。他眨了眨眼。双眼渐渐适应了这里的光线。

"等一下，"他说。"这个地方不对劲。"

他返身冲向门口，但是门已经消失了。没有可以让他穿回去的门了，没有回头路了，只剩下空荡荡的空气。他失去平衡倒了下去，用双手支撑住了身体，手掌被温热的混凝土人行道磨破了皮，他倒在了位于马萨诸塞州切斯特顿的父母家门口。

卷二

第九章

"好吧，"他说。"好吧。太令人失望了。"他坐在路边，胳膊肘杵在膝盖上，眼睛盯着电线，想试着劝劝自己。磨破皮的双手刺痛着，颤抖着。这里感觉正处在夏末。不知怎么的，在费勒里待了两年之后，他觉得电线看起来很古怪。

电线还有汽车。它们看起来很不对劲，像是动物。愤怒的外星动物。朱丽娅坐在草地上，抱着双膝，轻轻摇着。她看上去比他还要糟糕。

昆廷的心正慢慢沉下胸膛，沉出体外，落在这该死的没用的星球的尘埃里。我是一位国王。我有一艘船。我有一艘漂亮的船，我自己的船！

这一切就像是有人在试图给他传送信息。如果是这样的话，那他收到了。信息已接收。

"我收到了，"他大声说。"我听到你的话了。我已经收到了。"

我是一位国王，他想。就算是在现实世界里，我仍是一位国王。没有什么可以改变这个事实。

"没事的，"他说。"我们来弥补这一过失。"

这是在试验，看看他说出来的话能不能成真，也想看看这样说能否让一切更真实一些。

朱丽娅现在四肢都趴在了草地上。她往草地上吐了些又稀又苦的东西。他走了过去，跪在她身边。

"你会好起来的，"他说。

"我感觉不舒服。"

"我们可以搞定的。你会好起来的。"

"别再说了。"她咳嗽了一声，然后向草地上吐了口唾沫。"你不明白。我不能待在这里。"她停了下来思索合适的话。"我不应该在这里。我必须得走。"

"跟我说说。"

"我必须要离开！"

难道那把钥匙以为他想回家吗？这里不是他的家。昆廷抬头看了看房子。没有生命的迹象。他如释重负；他现在没有心情和他的父母讲话。这里是个昂贵的郊区，房子很大，甚至还能在房子周围种上草坪。

一个邻居正从她家客厅的窗户里直勾勾地看着他们。"嗨！"他挥了挥手。"最近怎么样啊？"

那个人消失了。房子的主人拉上了窗帘。

"来吧，"他对朱丽娅说。他果断地呼出一口气。我们勇敢些。"我们进去吧，洗个澡。还可以换身衣服。"

他们现在里里外外穿的都是费勒里的服装。非常显眼。她没有回答。

他正在努力地打消恐慌。天啊，他第一次花了二十二年的时间才找到了费勒里。他现在要怎么做才能再回去呢？他转过头找朱丽娅，但她已经不在了。她已经站起身，摇摇晃晃地走在了宽阔而空旷的郊区大道上，已经离他有一段距离了。她在整个柏油马路的背景中看上去十分渺小。

那是另一件怪事。柏油马路看上去一点都不自然。

"嘿。别这样。"他站起身来，小跑着追了上去。"冰箱里可能还有迷你德芙巧克力棒呢。"

"我不能待在这里。"

"我也不能。我只是不知道应该怎么办。"

“我要回去了。”

“怎么回去？”

她没有回答。他追上她，在昏暗的光亮下与她并排走着。周围很安静。巨屏电视的彩光映照在窗户上。电视什么时候变得这么大了？

“我只知道一个可以回费勒里的方法，就是魔法纽扣。我们最后一次看到它是在乔希那里。或许我们可以去找他。又或者，安火可以把我们召唤回去。除此之外，我觉得我们就要完蛋了。”

朱丽娅在出汗。走路也有点摇摇晃晃。不管她哪里不舒服，现在这样都于事无补。他做了一个决定。

“我们去布雷克比尔斯，”他说。“那里会有人帮我们的。”

她没有反应。

“我知道成功的几率很小——”

“我不想去布雷克比尔斯。”

“我知道，”昆廷说。“我也不是特别想去那里。但是那里很安全，他们会管我们食宿，那里也会有人有办法让我们回去。”

私下里，他其实自己也很怀疑那里会不会有老师知道多元宇宙的线索，但是他们可能知道如何找到乔希。或者是拉夫莱迪，就是那个第一个发现魔法纽扣的废旧品商人。

朱丽娅一动不动盯着前方。昆廷有那么一会儿以为她不会回答了。

“我不想去，”她说。

但是，她停了下来。一辆耀眼的蓝色大马力跑车独自停在路边，车前部突出，底盘很低，前面有涡轮增压引擎盖，还有后尾翼。不知道是哪个富二代的十六岁生日礼物。朱丽娅左右环顾了一会儿，然后走进草坪，上面有园艺师摆放的一排脑袋大小的大卵石。她轻松地举起一块，就像举起健身球一样，用她的小细胳膊掂了掂，惊人地轻松，半投半扔地丢进了大马力跑车的驾驶侧车窗。

昆廷甚至都没来得及发表建议或是意见——类似于不要朝汽车窗

户上扔石头之类的话。它就已经发生了。

朱丽娅扔了两次才把车窗砸破——安全玻璃先是裂成散射状，凹陷进去，然后碎了。震耳欲聋的警报声划破了郊区的宁静，但难以置信的是，房子里并没有灯光亮起来。朱丽娅把手伸进窗户上砸出来的洞，熟练地打开车门，把石头扔到柏油马路上，自己敏捷地坐在了黑色人造皮的座椅上。

"你这一定是在逗我，"他说。

她捡起一块碎玻璃碴，用它在大拇指上割了一道口子。她低语着什么，然后把她冒血的大拇指指尖靠在点火器上。

警报声停了。车子轰鸣着发动了，车里响起广播的声音：范·海伦乐队①的《甜妞》。她抬起屁股，把座椅上的碎玻璃碴清了下去。

"上车，"她说。

有时候你就是得做点什么事。昆廷绕过去，走到另一边——他真应该从引擎盖上滑进去才够有型——他还没关好车门，朱丽娅就突然加速开走了。他们以非常快的速度驶离了他父母所在的小区。他不信没人报警，但是他的确没听到警笛声；要么就是用很好的魔法控制了，要么就是他们走了狗屎运。她没有把范·海伦乐队的歌关掉，也没有调小声。灰色的街道迅速被他们甩到后面。不管怎么说，这要比马车好多了。

朱丽娅把被打破的车窗摇了下去，这样它看上去就没那么破了。

"你他妈到底是怎么做到的？"他说。

"你知道热线吗？"她说。"这就是'拆线'。我们以前一直这么叫。"

"以前你到处偷车吗？还有'我们'是谁？"

---

① 1974 年成立于美国加利福尼亚州 Pasadena 的 Van Halen 乐队曾经是 70 年代中后期到 80 年代末世界上最受欢迎的摇滚乐队，在 80 年代末以后也一直是摇滚乐领域最重要的乐队之一。

她没有回答，只是转弯的时候速度太快了，侧轮都滑稽地跳起来悬在空中了。

　　"那是红灯，"昆廷说。"我还是觉得我们应该去布雷克比尔斯。"

　　"我们就是在往布雷克比尔斯走。"

　　"你改变主意了。"

　　"的确是。"她的大拇指还在流血。她吸了一口，用裤子蹭了蹭。"你会开车吗?"

　　"不会。我从来没学过。"

　　朱丽娅骂了一句。她把广播的声音调大了。

　　从切斯特顿到布雷克比尔斯大概要四个小时的车程，或者说驾车去布雷克比尔斯的最短路径需要四个小时。朱丽娅三个小时就开到了。他们横穿马萨诸塞州一路向西开去，飞驰过古老的新英格兰州际公路，穿过松树林，掠过低矮的青山，两边都是裸露的红色岩石。岩石的表面被流淌过的地下泉水打磨得十分光滑。

　　太阳落山了。车主的烟味在车里弥漫着。一切都是有毒的、化工合成的、不自然的：塑料的赤褐色汽车内饰、各种灯光、燃烧的汽油、载着他们前行。整个世界都是一个加工过的汽油产品。朱丽娅一路上都开着收音机听经典摇滚乐。要说她知道每一首歌里的每一句歌词有点夸张，但是也不为过。

　　他们穿过了纽约比肯海滩的哈得孙河，从州际公路转向了双车道的地方高速公路，道路蜿蜒，有很多以前霜冻的鼓包，一路颠簸。除了朱丽娅在唱歌之外，他们俩没有说话。昆廷还在努力地回想他们到底是发生了什么事情。现在太晚了，今天肯定到不了布雷克比尔斯了，所以在一个到处都是虫子的加油站，朱丽娅教他怎样不用卡从自动取款机里面取钱。朱丽娅买了一副太阳镜，遮一下她奇怪的眼睛，他们在汽车旅馆里面睡了一宿——分房睡。昆廷很想激服务员去对他们的怪异着装说点什么，但实际上并没有。

第二天早晨，昆廷在一个真正的西式浴室里洗了个真正的热水澡。现实世界加一分。虽然浴缸是塑料的，而且角落里有好几只蜘蛛，还散发着清洁剂和"空气清新剂"的刺鼻味道，他还是一直泡在水里，把头发里的海盐全都泡了出来。他把身上洗干净，退房之后从自动贩卖机里买了一瓶十六盎司的可口可乐，出来发现朱丽娅早就坐在车子的引擎盖上等着他了。

她没有洗澡，但是喝了两瓶可乐。车子压着碎石噼噼啪啪地从停车场驶了出来。

"我以为你不知道它在哪儿，"朱丽娅说道。"我问你的时候你就是这么告诉我的。"

"我这么告诉你，"昆廷说，"是因为那是事实。我不知道它在哪儿。但是有一个办法可以找到它。至少我知道有人这样做过。"

他指的是爱丽丝。她在高三的时候找到过，所以他们应该也能找到。现在想想挺奇怪的。他就要步她的后尘了。

"我们需要在树林里走上几英里，"他说。

"我没关系的。"

"现形咒应该能让它显现。布雷克比尔斯被掩盖住了，但只是防止普通人进去。有一个阿那萨吉咒。要么就是曼恩咒。可能就是一个曼恩现形咒。"

"我知道阿那萨吉咒。"

"好的。太棒了。那么我会告诉你什么时候用。"

昆廷竭力让他的语调听上去很中立。最让朱丽娅愤怒的无过于让她觉得她还不如一个布雷克比尔斯的毕业生。至少她并没有因为昆廷把她带回了地球而怪他。不过也许她在怪他，只是没有大声说出来而已。

现在是八月末的上午，天气非常热。空气中弥漫着青铜色的阳光。离他们一英里的地方，就是山谷的底部，他们看到了宽阔的蓝色哈得孙河。他们把车停在马路的一个弯道处。

他明白带她回布雷克比尔斯寻求帮助很伤她的自尊，甚至可能是更严重的伤害。但事实就是这是他们首选，无法改变，也是最好甚至可能是唯一的选择。他娘的，他也不想待在地球上。他不是想探索吗？现在就有一个。探索的是如何回到这该死的探险的出发点。这应该给了他教训，但是也不错。

他们出发之前，朱丽娅花了十五分钟的时间念了一个咒语，简单地告诉昆廷说可以让这辆车过一个小时后自己开回切斯特顿的家里。昆廷看不出来这怎么可能，无论从哪个层面上讲，但是他没有说出他的怀疑。如果他想到要保留车窗玻璃的话，他至少可以把车窗修好，但是他没想到，所以不管是谁的跑车，车主是够倒霉的了。他把一叠二十元面值的二百美元塞进了贮物箱里面。然后他们把剩下的可乐喝完了，爬过了钣金护栏。

这里并不是休闲的树林，不是用来徒步或者野餐的。这片树林也没有人监管，更没有好心的护林员把树林搞得更人性化。树木茂密，光线昏暗，走在这片树林中并不是件开心的事。昆廷不停地低头，可还是躲不及被树枝划伤脸。隔几分钟，他就觉得自己撞到了蜘蛛网上，但是又找不到蜘蛛。

而且他也不确定如果他们不自知地闯入了布雷克比尔斯的地界会发生什么事。当然，理论上是没什么事，不过昆廷之前看到桑德兰教授在野兽袭击后设下了结界。他还看到她磨成粉末的东西。他们俩随时都有可能踏入布雷克比尔斯。这个想法使他的脸感到一阵刺痛。半个小时后，他建议停下来。

树林一片寂静。没有学校的迹象，但是他感觉学校就在附近的哪个地方，好像它就藏在某棵树的后面，等着突然跳出来吓他。他也想象着自己能够感受到林中的老路。比如爱丽丝的路——可怜又不幸的小爱丽丝，整夜地游荡，寻找着进林子的路。她要是没有找到就好了。小心你要捕猎的猎物，以免你抓到它。

"我们试试这里，"他说。

朱丽娅立即施展阿那萨吉咒，施咒方式还是一如往常的粗暴和激烈，清除了她前面一片正方形里看不见的几个层次，就像从挡风玻璃上把雾擦掉一样。昆廷看着她上手的姿势心里直退缩，但这并没有使她的咒语变弱。有时好像还更强了。

他开始施加曼恩咒。这个相对来说容易多了，但这并不是比赛。最好大家用的咒不一样。

他还没有念完咒语，就听见一向冷静的朱丽娅尖叫一声，向后跳了一步。在她前面刚刚清出来的方形中，有一张脸悬在空中。是一位老者，蓄着山羊须，系着一条宝蓝色领带，穿着亮黄色的上衣。

是弗格院长，布雷克比尔斯的老大。他的脸出现在那片方块地的空中是因为他正站在朱丽娅的面前。

"哎哟——"院长说道，一直拖着长音，差不多都唱成歌了。"败家子回来啦。"

几分钟后他们就走进了海区，这里一如既往的茂盛常青、巨大宽阔。就在他们周围铺开，有六个足球场那么大。夏天的太阳从头顶直射在他们身上。魔法墙的里面正是六月。

简直是不可思议。昆廷已经三年没有回来过了，自从他去找弗格教授要求将自己从魔法世界除名后就没回来过，但是一切都没有变。这里的味道，草地，树林，孩子们——这个地方就像香格里拉一样，被时间遗忘，停留在永恒的现在。

"从你离开那条路开始，我们就一直在看着你们。防御系统的范围比你在的时候大多了。非常大。有双层魔法线——我们理论部有一位非常优秀的年轻人，我对他做出的东西都一知半解。你可以看到现在整个森林的地图，是实时的，可以显示出里面的任何人。甚至还通过不同颜色区分它们的目的和思想状态。太棒了。"

"太棒了。"昆廷仍然感觉心有余悸。朱丽娅在他的另一边，什么都没说。天知道她在想什么，他也完全猜不到。她高中的时候没有通过考试，所以也没有来过。她自打弗格出现就没再说过话，但是她还是在互相介绍的时候勉强与弗格握了手。

弗格喋喋不休地讲着学校、操场、昆廷的同学们以及他们从事的所有感人和高尚的事情。好像没有人意外地被放逐到了其他维度的空间。还有很多当地的火爆新闻。布雷克比尔斯已成为国际重量级比赛中一股不可小觑的力量，这多亏了一名特别有运动天分的年轻教授的不懈努力。改造的动物中，有一头象牛，冲破了围住它的树篱，在领地里胡作非为，虽然速度很慢，大约也就一天走一码左右。自然魔法部正非常努力地要把它关回去，绳之以法，但是目前为止还没有成功。

图书馆还是被飞来飞去的书搅得一团乱——三周前，有一整套的远东地图册长了翅膀，翅膀宽得吓人，大部头的书就像一群信天翁，捣毁了借书处，吓得学生们钻到桌子底下爬着走。这些书竟然找到了路，从前门飞了出去，在弹跳板旁边的树上落了脚，它们在树上用沙哑的声音用多种语言质问过路人，后来下起雨来把它们给浇湿了，不得不垂头丧气地飞回了书库，此时它们正被狠狠地重新装订了起来。

昆廷满脑子想的都是这一切还在进行着，太诡异了。不可能的，肯定违背了某个物理学定律。草地上有几个学生，多是女生，尽可能地让皮肤露在校服外面，让苍白的身体享受着日光浴。本学期的课已经结束了，但高年级的还没毕业。如果昆廷在这里左拐，走上五分钟，穿过橡树林，就走到了小屋。那里面的人他肯定都不认识，他们或懒洋洋地倚靠在窗边的座椅上，或小酌，或读书，或在床上做爱。他怀疑自己是否想看到此情此景，不过既然已经来了，他真的不想看了。

学生们用胳膊撑起身体，看着昆廷三人走过，满脸的高傲还有同情，觉得他们愚蠢至极，毕业了，年龄也大了。昆廷知道他们是怎么想的。他们自我感觉像国王或王后。趁现在尽情享受吧。

"我不敢相信还能再见到你。"弗格还在说个不停。"在你——怎么说好呢——隐退之后？你知道，没有多少人在做了这个决定后还会回来。当我们失去他们，就意味着我们永远都不会再见到他们了。但是你，我想你是意识到了——该怎么说呢——你人生的错误？

显然，弗格已经决定了走大路，听起来他肯定喜欢那上面的景色。他们离开了炽热的广阔海洋，去往迷宫的清凉小路，迷宫入口开启的时间不定，进去便是小正方形和圆形，中间是发白的石头喷水池。他和爱丽丝以前就在这个喷泉附近闲逛，只是路径不同。迷宫后来肯定重设过——一年一次，年年如此。昆廷跟着弗格向前走着。

"我改变心意了。"大路很宽，能容他们两人并肩前行。"你太慷慨了，能在我——怎么说好呢——在我需要帮助的时候，施以援手。"

"随你怎么说吧。"

弗格从西装的翻领里拿出手帕，擦了下额头。他看起来比以前老了许多。留起了山羊胡，胡须都花白了。他一直在这里，日复一日，为孩子们做着他过去一直做的事，然后那些孩子继续离开。才过了短短五分钟，昆廷就感到透不过气来。弗格还是把他当做原来的那个孩子来看待，但是从前的他已经一去不复返了。

他们走进房子，上楼，到了弗格的办公室。昆廷在进去之前，转向朱丽娅。

"你就在外面等可以吗？"

"可以。"

"从战术上讲，我坦诚地和他谈可能会更好。"

朱丽娅冷冷地用食指和拇指比了一个"OK"的手势。很好。她坐在弗格办公室门外的长凳上，通常这个长凳都是给那些不听话的和/或没能毕业的孩子准备的。她会没事的。昆廷这样期望着。

院长坐在他对面，双手握紧，放在桌面上。浓郁的似皮革的熟悉气味抓挠着昆廷，试图把他拖回过去。他想，如果可以和过去的自己讲话，他会说些什么。多年以前，他就坐在这把看起来一模一样的椅子上，穿着皱皱的睡衣，紧张地抖着腿，想搞清楚发生的这一切是不是真的。小心前进？还是服下蓝色药片①？也许是更实际些的事情。例如，不要跟珍妮特睡在一起。不要碰奇怪的钥匙。

过去的他又会说些什么呢？他会回头看着自己，就像本尼迪克特看昆廷那样，说：好像我会那样做。

"好吧，"弗格说。"我能为你们做什么？ 是什么风把你们吹回母校的？"

问题是如何寻求帮助，又不泄露费勒里的多余信息。费勒里的存在——它的真实性——仍然是个秘密，昆廷最不想告诉的人就是弗格。如果被他发现了，那么所有人都知道了，接下来，费勒里就会成为布雷克比尔斯孩子们春假期间的热门景点，就像是魔法世界里的劳德代尔堡②。

但他不得不开口。就假装什么都不知道好了。

"弗格院长，关于时空穿梭你了解多少？"

"略知一二。当然，理论多于实践。"弗格轻声一笑。"几年前，有一个学生对这方面很感兴趣。我记得他的名字叫潘尼。不过那肯定不是他的真名。"

"他跟我是一届的。他的真名是威廉。"

"对，他和梅勒妮——范·德·维吉教授——在那个独特的研究上花了相当长的时间。当然，教授她现在已经退休了。你究竟是对什么如此感兴趣？"

"好吧，其实我一直都挺喜欢他的，"可怜的昆廷开始胡诌。"潘尼。威廉。我一直到处打听他的消息，不过好久都没人见过他了。"自从他的双手被那个疯狂的怪物咬掉之后。"我想你可能会知道他

---

① 电影《黑客帝国》中，墨菲斯给了尼奥两粒药片，红色的药片将回答"什么是黑客帝国"的问题，而蓝色的药片仅仅是让生活像以前一样继续。
② 劳德代尔堡是美国佛罗里达州布罗沃德县的一座海滨城市，是著名的旅游胜地。

在哪。"

"你觉得他可能——穿越到了别的空间？"

"当然。"有何不可呢。"是的。"

"好吧，"弗格说。他捋了捋山羊胡子，深思熟虑着，或者假装着深思熟虑的样子。"不，不行，未经同意我不能泄露学生的信息。这样做不妥。"

"我又不是要他的电话号码。我就是觉得你可能有他的消息。"

弗格倾身向前，椅子的弹簧吱呀作响。

"亲爱的孩子，"他说，"我听过各种各样的事情，但是我不会告诉别人。当我安排你从曼哈顿①的那家公司撤出时，你觉得我会到处告诉别人你的下落吗？"

"我想你不会的。"

"不过，如果你真的想知道潘尼的下落，我建议你在这个真实的世界里去找。"——一声干笑！——"而不是别的世界。你留下来吃午饭吗？"

朱丽娅是对的。他们不应该来的。很显然，弗格对潘尼一无所知，而且待在他周围对昆廷来说不是什么好事儿。他感觉自己正朝着爱发脾气的青少年时期后退——就像试图跟父母讲话一样。他丧失了所有的判断力，不知道自己是谁，身在何处。他实在难以置信，他过去对这个男人多么敬畏。他曾经扮演的那个高大的甘道夫②式的形象已经不复存在了，取而代之的是一个洋洋自得，顽固守旧的官僚。

"不了，不过还是要谢谢你，弗格院长。"昆廷双手在膝盖上拍了下。"其实，我想我们该走了。"

"在你走之前，昆廷。"弗格院长没有动。"我想再跟你聊聊。过去几年里，我听到了一些有关你和你朋友的传言，非比寻常。学生们

---

① 曼哈顿是美国纽约市 5 个行政区之一。

② 甘道夫（Gandalf），是英国作家 J·R·R·托尔金史诗奇幻小说《霍比特人》和《魔戒》中的人物，须发皆白，是魔戒的守护者之一，一位智慧的白袍巫师。

议论纷纷。你成了学校的传奇人物，你知道吗？"

这回昆廷站了起来。

"好吧，"昆廷说。"都是那些孩子瞎说。你不要信那些道听途说。"

"我当然不信了。"弗格的双眼重现往日冷峻的光彩。"但是，老院长在这里给你一句忠告。虽然很遗憾，我对空间旅行一无所知，我也不知道你为何对潘尼如此感兴趣，但是我很清楚你从来没喜欢过他。好多年都没有潘尼的消息了，也没有爱略特·沃或爱丽丝·奎恩的消息。还有珍妮特·普拉津斯基。"

昆廷注意到弗格并不记得乔希。他先问乔希好了，尽管他很可能会得到一样的答案。

"如今，你突然出现，穿着怪诞，还带了一个平民来，如果我没记错，她当年没有被录取。咳，一般来说，我们不会容忍这样的行为。我不知道你在搞什么名堂，但是这些年来我为你操了不少心，而且，我还要为学校的名声和安全着想。"

啊哈！这才是他熟悉又畏惧的那个弗格。原来那个弗格并没有消失，只是在装傻罢了。但是，昆廷早已不是过去那个顽皮的小男生了。

"哦，我完全明白，弗格院长。请相信我。"

"嗯，很好。不要刨根问底，昆廷。别给我惹是生非，妈的。"弗格很干脆地骂了一句脏话。"现在的你装腔作势，自认为见多识广。但是你要知道谦逊是魔法师的重要品质。魔法很清楚这一点，而你不然。你还记得毕业前那晚我跟你说过的话吗？魔法不是我们的。我也不知道它到底是谁的，我们只是借用，顶多算是借。就像马奇教授过去常说的海龟一样。不要引诱它们，昆廷。对任何人来说，一个世界足矣。"

你说得轻巧。那是因为你只见过一个。

"谢谢。我会记住这一点。"

弗格伤心地叹了口气，像卡珊德拉[①]警告特洛伊人一样，昆廷注定不会听从劝告。

　　"嗯，好吧。如果你需要传送门的话，盖革教授应该在学生公共休息室。除非你想从你来的路出去。"

　　"能有传送门的话就太好了。谢谢。"昆廷站起身。"对了，在走廊里坐着的'没被录取'的那个人？她是一位魔法师，比你的大多数学生都优秀，也超过你的多数老师。"

　　昆廷和朱丽娅走到学生公共休息室。他必须离开这里。这里所有的东西都比他记忆中要小许多——就像《爱丽丝漫游奇境》[②]一样，他已经喝下了魔法药水。他感觉他的头探出了烟囱，手臂从窗户伸了出去。

　　"不来这吗？"他说。"你没多大损失。"

　　"是吗？"朱丽娅说。"但你损失了许多。"

---

① 卡珊德拉是希腊神话中特洛伊的公主。
② 《爱丽丝漫游奇境》是英国作家查尔斯·路德维希·道奇森以笔名刘易斯·卡罗尔于 1865 年出版的儿童文学作品。

第十章

朱丽娅致力于长远目标。但目标长远的问题就是耗时太长了。他们知道她就在这里逍遥，迟早他们会来收拾她的。她要做的就是等待他们出来。但是转眼几个星期过去了。大家都毕业了。极有可能连朱丽娅也毕业了，虽然她没去毕业典礼。

夏季把她阴暗的房间变成了一个恒温烤箱，要把房间里的东西都烤成硬硬的水肿的薯片，之后秋天来了，天气变得凉爽了一些。爬上后面房子的常春藤变了颜色，随风摇曳，雨水拍打着窗户。她可以感觉到周围空荡荡的，因为同班同学都去上大学了。她没去。她现在十八岁了，已经是一个能负责任的成年人了。她长大成人的故事已经结束了。再也没有人可以逼她做任何事。

朱丽娅和老朋友在一起时会更放松一些。但是，朱丽娅的朋友都离开城里了，这令她很不安。这一次她只身一人。非常孤独。她一路来到了世界的边缘，紧贴着脸，只靠手指扒住边缘，然后松开手，自由落体。她会一直掉下去吗？

朱丽娅愿意做任何事来打发时间。她杀死、谋杀、大规模屠杀掉时间，再把时间的尸体隐藏。她将大把大把的时间连同双手都扔进篝火里，看着它们燃起温馨的香烟。这并非易事。有时感觉像是时间停滞了。一小时又一小时一边流逝，一边与她对抗着，好像便秘一样。网上拼字游戏，还有电影，都能打发时间。但是《魔女游戏》①不能看太多遍，最多只能看三遍。

噢，是的，好吧，她的确在一家精神病院住过六个星期。那儿啊，她说对了。那里很可怕，但是她知道她会被送进精神病院，你不能全怪她父母，真的。他们让她自己选择，是去上大专还是去疯人院。她选择了后者。还有什么好说的呢？她以为他们只是在吓唬她，她预言他们会这么做的。读懂了他们，潸然泪下。

事情就这样发生了。情况比她想象的要糟糕很多。整整六个礼拜，忍受着难闻的味道，劣质的食物，还有她室友的絮叨。她室友的手臂上布满了剃刀留下的疤痕，从手腕到腋窝都是，睡觉时翻来覆去，还说梦话，嘟囔着变形金刚，变形金刚，所有的东西都是变形金刚，为什么他们还不变形？

现在到底谁是疯子？那些电影甚至比《魔女游戏》还难看。

朱丽娅和自己的精神病医师兜圈子，她按时吃药，这样有助于消磨时光。当你玩得开心时，时间过得飞快，当然她说的开心是指苯乙肼②。有时，她真的觉得死了更好，只是她不想让那些混蛋称心如意。他们别想让她屈服。是的，他们别想。他们别想。

最后，她还是被遣送了回来。医生们不能继续把她留在精神病院。因为她对自己或者其他人都构不成威胁。她还没有那么疯狂。

于是乎，朱丽娅再次被一家专有机构踢了出来。哈哈哈！非常感谢，你们是最好的听众。我会一直在这，日复一日，年复一年，遥遥无期，除非另行通知。

最后，考虑到朱丽娅还有些可以自己支配的闲暇时间，她又开启了另一条战线。如果真的有魔法，那么自然可以推断，如何施展魔法的真实信息肯定会四处流传。布雷克比尔斯不可能把所有的魔法都占为己有。这是不可避免的：了解信息论③的人都知道这一点。数据量太大了，完全保密是不可能的。太多的信息，也就有太多的疏漏之

---

① 《魔女游戏》1996 年上映的美国电影，由安德鲁·弗莱明导演，主角身上有着超能力。
② 苯乙肼是一种药品，用于治疗抑郁症，缓解心绞痛。
③ 信息论是一门用数理统计方法来研究信息的度量、传递和变换规律的科学。

处。朱丽娅可以从自己这边开始努力寻找。

她开始了系统的调查。对她那一直处于饥饿状态的大脑来说，有东西琢磨也不错——虽然还没达到让大脑快乐的地步，但至少能让它忙起来。她列了一张清单，写着主要的魔法传统，还有一些次要的魔法传统。她还收集了清单上魔法传统的相关书目。然后，她开始一本一本地读着，挑出有用的信息，剩下的就可以弃之不看了——这些书里尽是些无用的故作神秘的废话，而有用的信息隐藏其间。她只能时而离开屋子，时而偷偷潜入电脑房。但这件事还有另外一个效果：多多少少安抚了她的父母，所以无论如何，一切都相安无事。

朱丽娅又研磨又蒸煮。时而四处嗅探，时而涂涂画画。这件事很有趣，像一场寻宝游戏。她常出没于毒品店和商店里有机草药的货架，对鲍威利区的餐厅用品店很熟悉——廉价的五金器具的重要来源——还有网上邮购的实验室用品店。如果你有一个假身份证、一个贝宝①账号，再加上一个邮政信箱，你都想象不到可以通过邮寄买到些什么。如果魔法这件事没有成功，她一定可以从事国内的恐怖活动了。

她曾花了整整一周的时间在一根绳子上打了一千多个结，然后接着往下读，才意识到应该把自己的一缕头发编到这根绳子上，于是她又得重头再来。她一直都是一个工作狂——即使那么疯狂工作，朱丽娅还是不满足，这是詹姆斯的玩笑话——但即便如此，她也有自己的极限。她甚至杀死了两只小东西，一只老鼠和一只青蛙，在夜色的笼罩下，在后院。嘿，这就是生命的轮回。哈库那玛塔塔②。顺便说一下，这句是斯瓦希里语的现代起源，无论重复多少遍，屁用都没有。

事实上，一切都是屁用没有。她从父母的房子搬了出去，租了一

---

① 贝宝是全球最大的在线支付平台。
② Hakuna matata 是一句非洲谚语，来自于斯瓦希里语，意思是从此以后无忧无虑。在非洲时一般用于劝解打架的两人，让他们和解。

个单间小公寓，就在一家百吉饼店楼上，她得在那家店里打零工才能付得起房租，一切还是屁用没有。但是，这也意味着她有更多的空间布置五芒星法阵，她妹妹也不会偷走她的符咒，或者在她念咒的时候哐哐敲门然后跑开了。（不幸的是，恐惧感也少了几分。）甚至，朱丽娅为一位二十几岁，长得跟猴似的年轻人手淫后，依然没用。这人不敢相信在一个聚会的洗手间里也能碰到这种好事，仅仅是因为他说他能在下班后帮她进入展望公园动物园①，老实说，这个动物园对有些非洲魔法的准备来说就像一站式购物的地方。再说了，她还需要一些精液来做几件事，幸运的是，这几件事对动物园管理员都不管用。

一次，就一次，她得到了一点点真东西。这魔法并没有记载在发霉的古抄本上，而是出现在互联网上，尽管按照网上标准它是老古董——网络版的用最精美的小牛皮装订的发霉的古抄本。

在二十世纪八十年代中期，她一直关注堪萨斯城②外经营的一个旧论坛。她跟大家一样，一直试着用常用的关键词搜索，结果通常和大家一样，搜到大量没用的信息。就像在星体辐射中寻找外星生物的迹象一样。但有一个网页看起来很可疑，像暗号，不是乱码。

这是一个图像文件。在使用 2400 波特调制解调器③的落后时代，发送图像文件必须以十六进制④代码的形式分成十份或者二十份，因为一张图片的信息量比单一帖子所允许发送的信息多好几倍。你把所有的文件保存到一个文件夹里，然后用一个程序把它们压缩到一个文档里，之后再解码。在这个过程中，有一半的时间，你会发现有一两个字符消失了，于是整帧图像就都找不到了，最后竹篮打水一场空。乱码，干扰，雪花，然后死机。另一半的时间，你得到的都是一张三

---

① 展望公园坐落在美国纽约市的布鲁克林区。展望公园动物园位于公园东侧，于1993 年 10 月 5 日开放。
② 堪萨斯城是美国密苏里州西部的一座城市。
③ 调制调解器是计算机与电话线之间进行信号转换的装置。
④ 十六进制是计算机中数据的一种表示方法。

十岁左右的脱衣舞女的照片，有点婴儿肥，肚子上还有一道剖腹产后留下的疤痕，上身赤裸，下身穿着中学啦啦队裙子。

但如果朱丽娅要破解魔法的奥秘，就绝不会半途而废。

等朱丽娅把文件压缩解码后，发现这张图像是一张手写文件的扫描图。一个对句——两行字，她不知道是哪个国家的语言，按照发音转写的。每一个音节上面都用五线谱标明节奏和（有一两处）声调。下面是手势的绘图。没有迹象表明这文件是什么，没有标题，也没有任何说明。但是，挺有趣的。这张图有目的性，像绘图员的技术，很精确。看起来并不像一件艺术作品，或是一场恶作剧。因为太费事儿了，而且也不够有趣。

起先，她分开练习吟唱和手势。感谢上帝让她学了十年的双簧管，有了这个功底，她才能边看边唱。歌词都很简单，但是手势太复杂。练到一半的时候，她又开始觉得这是一场恶作剧，但是她太固执了不会轻易放弃。她本可以放弃，但是实验时，朱丽娅才试着唱了前几个音节，就发现有点不对劲。这令她指尖发烫。指尖发出嗡嗡的声音，像触到电门一样。空气都在排斥她，仿佛有点变黏了。某个东西在她的胸口翻腾，以前从未有过这种感觉。那个东西沉睡了一生，现在莫名其妙地，这样一做，朱丽娅就触到了它，它被唤醒了。

她一停下那种感觉就消失了。现在是凌晨两点，八点她还要上班，去曼哈顿的一家法律事务所做文字处理工作。（文字处理是朱丽娅唯一能做的工作。她打字像魔鬼一样快，但是她的外表和电话礼仪却不尽如人意，上一次她做接待工作时，他们一看到她就把她当垃圾一样处理掉。）她已经两天没洗澡、没睡觉，有俩月没洗床单了。她的眼里全是眼屎。她站在桌前，又试了一遍。

又过了两个多小时，她才第一次完整地做了一遍。单词、音高和节奏都是对的。手势还是不对，但是她想到了什么。这可不是屁用没有。她停下来，手指在空中留下了痕迹。好像一种幻觉，那种眼部激光手术失败后，或是连续两晚没睡觉后产生的光学效应。她挥了挥手，眼前呈现出一条条彩色的条纹：从拇指开始依次是红色、黄色、绿色、蓝色，小指是紫色。

她闻到了那种带电的气味。那是昆廷身上的味道。

朱丽娅爬上屋顶。咒语还有效时，她不想碰任何东西——就像刚刚涂完指甲油——但是她不得不出去一下，于是她爬上钢梯，踹开天窗，从里面出来，到了一个满是沥青毡和空调机的地方。她站在房顶上，衬着黎明前迅速变蓝的天空，用双手画着彩虹图案，直到咒语失效。

这是魔法。货真价实的魔法！而她正在施魔法！哈库那去他妈的玛塔塔。要么她没疯，要么她终于真的疯了，回不去了。无论怎样，她都开心得要死。

然后，她下楼睡了一个小时。一觉醒来，看到手指在床单上留下的彩色印记。她的胸部感到被掏空般疼痛，仿佛有人进去用餐刀把所有的器官都挖走了，就像把南瓜灯①里面的瓜瓤都挖空一样。直到那时，她才想起要追查在论坛发帖子的人，但是当她查阅文档的时候，帖子早就不见了。

但是咒语仍然有效。她又念了一遍，咒语又起作用了。然后，她小心翼翼地不让糖果色手指触碰到脸，她低下头，趴在桌子上，抽泣着，像一个挨了打的孩子。

---

① 南瓜灯是万圣节必备的装饰品。人们会在空心南瓜上雕刻人脸的形状或者怪物，并在南瓜里放置蜡烛，用作节日装饰。

第十一章

昆廷让盖革教授把他俩送回切斯特顿。他们安全抵达小镇中心。盖革——一个中年妇女，性格开朗，身材臃肿——曾提出把他们直接送到昆廷家，但是他已经记不得父母的地址了。

那时是下午三点左右。昆廷甚至都不知道那天星期几。他们坐在草地上的长凳上，这片草地在历史上很有名，美国独立战争时期有一场小型战役就是在这进行的。被阳光晒晕的游客络绎不绝。对他这样年轻力壮，二十出头的小伙子来说，这个时候不应该到处乱逛，无所事事。他应该在办公室工作，或者攻读硕士学位，最起码也是忘乎所以地玩着触身式橄榄球。昆廷觉得日光正慢慢侵蚀他的精力。天啊，昆廷想，低头看了看自己穿的紧身裤。我真应该去换身衣服。

幸好切斯特顿是东海岸首批再现殖民地风貌的地方。这应该会使他们稍稍不那么引人注目。

"一切进行顺利，"他说。"喝星巴克么？"

朱丽娅没有笑。

他们一动不动，坐在老橡树下，一言不发：费勒里的国王和女王，竟然无所事事。在费勒里生活之前，他从来没注意过，空气中到处都是现代奇怪的嗡嗡声：汽车，电线，汽笛，远处正在施工的建筑，喷气式飞机划过湛蓝的天空，留下两条平行线。这种声音片刻不停。

昆廷想起，曾在这里见过朱丽娅，要不就是离这不太远的地方，教堂后边的墓地。就是那个时候，她告诉昆廷她仍然记得布雷克比尔斯。

"你没有什么办法了，对吧？"朱丽娅直视前方。

"没了。"

"我不知道为什么我会觉得你有办法。"那种目中无人的愤怒又回来了。她又醒过来了。"事实上，你从未真正在这里待过。这个外面的现实世界。"

"喂，我来过。"

"你觉得魔法就是你在布雷克比尔斯所学的东西。你根本不知道魔法是什么。"

"好，"他说。"就当我不知道。那魔法到底是什么呢？"

"我这就让你看看。"

朱丽娅站起身。她环视四周，仿佛在嗅风，然后突然以一个恐怖的角度横穿街道。一辆银色帕萨特①鸣笛，为了躲她一个急刹车。她一步不停。昆廷小心翼翼地跟在身后。

就这样，朱丽娅带着昆廷远离了切斯特顿的主干道。周围很快变成了居民区。交通和商业的喧嚣渐渐消失了，街道两旁的大树郁郁葱葱，房屋鳞次栉比。人行道变得坑洼不平，弯弯曲曲。出于某种原因，朱丽娅格外留心电线杆。每次路过，她都会停下来研究一番。

"我做这件事有一段时间了，"她说，主要是自言自语。"这附近应该有一个才对。"

"一个什么啊？我们在找什么啊？"

"我可以告诉你。但是告诉你你也不会信的。"

她总是出人意料，这就是朱丽娅。好吧，眼下他正好有空。又过了五分多钟，她在一根特别的电线杆前停下了。上面有几个粉色荧光喷漆的斑点，可能是哪个粗心的线务员留下的。

她注视着电线杆，嘴唇翕动。她以一种昆廷无法做到的方式解读

---

① 德国大众汽车公司设计的一款中型轿车。

这个世界。

"不太理想，"她最后说。"不过将就吧。走吧。"

他们继续往前走。

"我们要去一个安全密室，"她补充道。

他们顶着下午的太阳，走了足足两英里①，从切斯特顿走到了没那么时髦但依然吸引人的温斯顿。放学回家的孩子们一脸好奇地看着他们。有时，朱丽娅会停下来研究路边用粉笔画的记号，或者路旁野花长出来的小花枝儿，然后她就会继续前进。昆廷不知道该不该抱有希望，但是他会等朱丽娅进行她自己的计划，尤其是当他一点建议都没有的时候。可是他的脚很痛，几乎要提议再偷一辆车了。只可惜那样做是不对的。

像切斯特顿一样，温斯顿是马萨诸塞州的老郊区，他们路过的一些房子不仅仅是殖民时期风格，而且是名副其实的殖民地时期建筑。你能看得出来，因为跟其他的房子相比，它们更紧凑，一个接着一个，远离主干路，建在潮湿发霉的松林山谷里。破败的草坪与周围一排排长满尖利松针的松林展开了争夺地盘的持久战。相比之下，新一点的房子，那些受到了殖民地影响的豪宅们，宽敞明亮，它们的草地完全震慑住了松树，有一棵，最多也就两棵，仍然立在那，在风中摇晃着，形成一种均衡的态势。

他们驻足的房子属于第一种，真正的殖民地风格。天色渐暗，朱丽娅又发现电线杆上有几个油漆斑点，她停下来，用某种视觉咒语十分认真地研究其中的一个，咒语什么样昆廷没看清，因为她不想让他看清——事实上，她用一只手施法的时候，用另一只手遮挡。

私人车道直直地俯冲下山谷。肯定有一代又一代的孩子们踩着滑板和滑板车，不要命似的滑下去，不撞到车库门停不下来。学开车的人用标准变速车在这里练坡上起步，一定尝尽了苦头。

---

① 一英里约合 1 609 米。

他们步履沉重地走了下来。昆廷有种基督复临安息日会①的感觉，或者是大龄捣蛋鬼玩"不招待就使坏"的万圣节恶作剧。起先，他以为灯都关了，离得很近才发现其实都亮着呢。窗户上糊了一层厚厚的纸，所以光线昏暗。

"我放弃了，"昆廷说。"谁住在这儿啊？"

"不知道，"朱丽娅欢快地说。"我们去看看不就知道了！"

她按响门铃。开门的男人二十多岁，又高又胖，留着锅盖头，有着原始人的红脸庞。他穿着一件 T 恤，T 恤下摆掖在运动裤里。

他面无表情。

"有事吗？"他说。

朱丽娅用一个奇怪的举动回答他：她转身，用手撩起黑色波浪长发，让那个男人看了一眼她的后颈。是纹身吗？昆廷没看清楚。

"可以了吗？"她说

肯定是可以了，因为那个大块头咕哝了几句然后就让开了。看到昆廷跟着进去，男人眯起已经非常小的猪眼，一只手抵在昆廷的胸口。

"等一下。"

他拿起一副可笑的小型双筒望远镜，像玩具一样，用一条皮带挂在他脖子上，然后用这望远镜端详着昆廷。

"天啊！"他转过头看着朱丽娅，愤愤不平。"这个人到底是谁？"

"昆廷，"昆廷说。"寇德沃特。"

昆廷伸出自己的手。开门的那个男人——T 恤上写着"魔药大师"——就让昆廷这么伸着手，没有回应。

"他是你的新任男朋友，"朱丽娅说。她拉起昆廷的手，把他拽进了屋里。

---

① 基督复临安息日会是一个世界性的宣教教会。

贝斯声在房子的某个角落里震荡着，以前这也是一栋漂亮的房子，不过有人对房子内部进行了一次极糟糕的翻修，后来又有人把这糟糕的翻新清理了出去。上述翻修一定是在二十世纪八十年代，因为那房子正体现了那个时代的风尚：白色的墙，黑色镀铬家具，轨道灯具。屋内满是陈腐的烟味。石灰墙上到处都是裂缝和墙皮。昆廷并不想在这里待太长时间。他尽最大的努力让自己抱有希望，但是很难看出这里怎么能帮他们回到费勒里。

昆廷警觉地跟着朱丽娅爬上半层楼梯，走进客厅，里面聚集着一群奇怪的人。这个地方可以当做是离家出走的青少年的栖身之所，甚至可以当作二十多岁、中年或者上了年纪的人的临时住所。这里有标准的哥特族伤员，面色苍白，骨瘦如柴，满身伤痕，令人担心。还有一个拖着长长的影子的男人，身上的西装破了，但质量不可小觑，他正在打电话，说着"对，对，啊哈"，听他的口吻，电话的另一端确实有人在听，似乎那人很在意他说的是啊哈还是嗯呐。还有一个六十多岁的女人，留着格特鲁德·斯坦因①的发型，发丝根根雪白。一个年老的亚洲男人孤零零地坐在地板上，赤裸着上身。他身前的白色绒毛地毯上有一个熄灭的火盆，周围有一圈灰烬。看来清洁女工今天没上班啊。

昆廷走到门口停了下来。

"朱丽娅，"昆廷说。"告诉我，我们这是在哪？"

"你还没猜到吗？"她难以掩饰脸上愉悦的表情。她享受着他不安的样子。"这里就是我学习魔法的地方。这里是我的布雷克比尔斯，也就是反布雷克比尔斯。"

"这些人会魔法？"

"他们在努力学习。"

---

① 格特鲁德·斯坦因（Gertrude Stein），旅居法国的美国女作家、艺术品收藏家，犹太人，留着一头短发。

"你在开玩笑吧，朱丽娅。"他抓住她的手臂，但是她甩开了。他又抓住，拽着她走下楼梯。"我求你了。"

"我说的是真的。"

朱丽娅笑逐颜开，露出了捕食者的杀机。陷阱已经弹起，猎物在里面打滚。

"这些人不可能会魔法，"昆廷说。"他们不是——这里没有保安人员。他们还不够格。到底是谁在指导他们？"

"没有人教他们。他们互相指导。"

他要深呼吸一口。这是错误的——不是道德上的错误，而是秩序上的错误。任何人都可以乱用魔法这个想法——好吧，首先，这是危险的。魔法不是这样运作的。那么这些人是谁？魔法是属于他的，他和他的朋友才是魔法师。这些人只是门外汉，他们都是无名小卒。是谁说他们可以施魔法的？一旦布雷克比尔斯发现了这个地方，他们立刻会用他妈的报复手段将它彻底关闭。他们会派一个反恐特警队[1]，一个由弗格领导的强攻战术队。

"你真的认识这些人吗？"他说。

她翻了翻白眼。

"这些家伙？"她轻蔑地哼了一声。"这些家伙就是些笨蛋。"

朱丽娅领着昆廷回到了客厅。

住在这个安全屋里的人，除了都衣衫褴褛之外，他们唯一的共性就是许多人有着相同的纹身：一颗小小的蓝星，七个角，十美分硬币大小。是一个七芒星，实心的，涂了色。昆廷发现他们的纹身有的在手背上，有的在小臂上，还有的在拇指和食指间的虎口处。有一个人有两个纹身，在脖子的两边，一边一个，就像弗兰肯斯坦[2]的颈螺

---

① SWAT，反恐特警队，全名特殊武器与战术小组，是美国一支拥有先进技术战术手段的反暴力、反恐怖特别执法单位，隶属于FBI。

② 弗兰肯斯坦是英国女作家玛丽·雪莱于1818年所著的小说中的主人公，他是一个年轻的医学研究者，他创造了一个毁灭了他自己的怪物。

栓。那个半裸的亚洲男人有四个纹身。昆廷正瞧着，他开始施展一些复杂的昆廷不认识的魔法，他的双手来来回回，昆廷看得目瞪口呆。昆廷甚至都无法看清楚。

一个红发男人，满脸雀斑，长得像缩小版的淘气阿丹[①]，独自坐在灰色石板壁炉台上，密切注视着屋里的动静，但是一看到他们，便从壁炉台上跳下来，大摇大摆地走了过来。他穿着一件超大的军绿色夹克，手里拿着一个破旧的笔记板。

"你们好！"他说。"我是亚历克斯，欢迎来到我的道场。你们是？"

"我是朱丽娅。他是昆廷。"

"好的。很抱歉这里这么乱。这么多人在这里，难免会乱一点。"亚历克斯和房间里的其他人不同，他性格爽朗，说起话来有条不紊。"可以看看你们的星星纹身吗？"朱丽娅又把后颈露出来给他看。

"好。"亚历克斯挑了挑姜黄色的眉毛。不管他看到了什么，都给他留下了深刻的印象。他转过头对昆廷说。"你的呢？"

"他没有，"朱丽娅说。

"我没有。"昆廷自己说。

"那他想接受测试吗？要不然他不能留在这。"

"我明白，"朱丽娅说。

太不可思议了，她竟然没有跟这个家伙爆粗口。她表现得很文明！她，费勒里的女王，竟然会尊重这个地方的狗屁规矩。

"昆廷，他想让你接受一个测试，"她说。"证明你会使用魔法。"

"我也想要很多东西呢。我一定得做吗？"

---

① 《淘气阿丹》是一部让人捧腹大笑的儿童喜剧片。阿丹长着满脸雀斑，一副天真无邪的样子。

"是的，你他妈的必须接受测试，"她不紧不慢地说。"你就做吧。这仅仅是第一步，所有第一次来这儿的人都得测试。你就做一个闪光就行。估计你们给它起了个花哨的名字。"

"做给我看看。"

朱丽娅非常娴熟地做了三个的手势，快如闪电，手指啪啪作响，说了句：

"伊思克！"

啪的一声冒出了一小团火光，像镁光灯泡。

"可以吗？"

"等一下，"昆廷说。"那几个手势可不一般。你能——？"

"你们俩快点，"亚历克斯说，现在他不那么高兴了。"我们现在开始吗？"

此时，昆廷发现亚历克斯有八颗星星，每个手背上有四颗。这想必使他成了这间破房子的老大。

"来吧，昆廷。"

"好，好。再给我示范一次。"

她又施了一次法。昆廷看懂了，试着像她那样弯曲手指。布雷克比尔斯教的都是直线，双手近似于理想的几何形状，但是这些手势松散，简单。都不精准。距离他上次在现实世界里施魔法已经过去两年了。他试了一次，发出噼啪声，然后就什么都没有了。他又试了一次，还是什么都没有。

周围响起了一阵挖苦的掌声。大家饶有兴致地看着这场测试。

"很抱歉，再试一次，再失败的话你就被淘汰了，"亚历克斯说。"你可以一个月后再来。"朱丽娅又开始给他做示范，但是亚历克斯按住了她的手。"就让他试试吧。"

那个门卫，衣服上写有"魔药大师"的那个人，从前门进来，抱着胳膊观看。昆廷听到其他人在说"伊思克"，他们每次说完，镁光灯泡就爆闪一下。

去他娘的吧。他不想在三十秒内学会三流巫师的咒语，因为这没准会破坏他的手法。他是一名受过专业训练的优秀魔法师，而且还是一个国王。让这里光芒闪耀吧。

"‏וַיֹּאמֶר אֱלֹהִים‏，" 他说。"‏יְהִי אוֹר וַיְהִי־אוֹר:‏ "

让我们看看谁的阿拉米语①说得更好。他闭上双眼，大声地拍手。

这光白色炫目——是近在咫尺的镁光灯泡，就在你的眼前。刹那间，整个屋子——劣质地毯，倾斜的落地灯，目不转睛的脸庞——都愣住了，整个房间就只剩下白色的光。昆廷眨了眨眼，才恢复视力，而且他刚刚还闭了眼。

屋子里鸦雀无声。

"天啊……"有人说。然后大家立即议论纷纷。亚历克斯看起来不怎么高兴，但是也没把他们赶出去。

"登记吧，"他说。亚历克斯眨了眨眼，又用脏袖子揉了揉眼睛。"我不知道你从哪学的这个，不过下一次给我看看你的闪光就好。"

"谢谢，"昆廷说。

亚历克斯从纸上撕下一张蓝色星星贴纸，把它粘到了昆廷的手背上。然后，他把笔记板递给昆廷。他在名字一栏写上了国王昆廷，然后又递给了朱丽娅。

她一写完昆廷就拽着她从厨房出去了，地上铺着凹凸不平的油毡。厨房里的炉灶，估计有十五年之久了，看起来烘烤东西很容易，还有厨房的操作台，上面堆满了没洗的各种颜色的玻璃器皿。真的是受够了。

"我们到底在这干吗？"他低声说。

"好了。"

她带着他往屋里走，穿过一个大厅，如果是在一个正常点的世界

---

① 古闪含语系的一支。

里，就会通往爸爸的书房、电视房和洗衣房，直到她在地下室的楼梯上发现了一扇廉价的空心门。

他进去后随手关上了门。郊区的地下室静悄悄，冷冰冰的，无处不在的霉味包裹着他。楼梯是未经润饰的松木板，上面布满了蜘蛛网。

"我不明白，朱丽娅，"他说。"你和我都不属于这里。你和这些人不一样。你不是在这兄弟会里跟这群放纵的笨蛋学的魔法。不可能的。"

他们周围一个人都没有，只有一屋子用胶带封好的纸板箱，一个跟洗衣机一样大的废弃电视机，和半张乒乓球桌。

"也许我不是你想的那样。也许我也是一个放纵的笨蛋呢。"

"我不是这个意思。"是吗？他还在努力搞懂这个地方。"我真不敢相信他们到现在还没有把这间房子一把火烧了。""我觉得你是想说你觉得他们不够优秀。他们没有达到你的标准。"

"这不是标准的问题！"昆廷说，可是他感觉自己的底气开始不足。"这跟——你看，我付出了代价，我就是这个意思。你必须通过努力得到这种能力。你不能随便在一家 7/11 便利店用重量杯①和口袋妖怪②卡片就学会了。"

"那我做了什么？你以为我就没付出任何代价么？"

"我知道你也付出了代价。"他深吸一口气。慢下来。这个地方不是问题。问题是怎么回到费勒里。

"他说这儿叫什么？道场？"

"道场，安全密室，都一样。都是安全的藏身处。他就是一个笨蛋。"

"有很多这样的地方吗？"

---

① 一种以大容量杯子装的饮料。
② 口袋妖怪系列是世界上第二热销的系列电子游戏。

"在这个地区，大概有一百个。海滨那里更多。"天啊！简直泛滥成灾了。

"刚刚那个测试是什么啊？"

"你是指刚刚你搞砸的那个？那是初级魔法师的测试。你必须是初级魔法师才能来这儿。你通过了测试，得到了星星纹身，才可以留下来。大部分人把纹身纹到手上，显眼的地方。你通过的测试越多，等级就越高，得到的七芒星自然就越多。"

"那是谁来管理这一切呢？那个叫做亚历克斯的家伙吗？"

"他只是一个训导员，负责照看这间房子。分级制是自我监督的。任何一个魔法师都可以要求其他同级别或比他级别低的魔法师演示与他们级别相同或比他们级别低的魔法，"她娓娓道来。"来证明他们技艺娴熟。如果技术不熟练，很快就会被降级了。"

"哼！"他想找出这个说法的毛病，但一时之间又无从下手。他记了下来，日后再证明她是错的。"那你是什么级别？"

作为回答，她转过身去，让他看看她给门卫和亚历克斯看的：在她的后颈有一个蓝色七芒星图案的纹身。最顶上的那个角消失在发根处；她一定是把头发剃掉再刺上的纹身。朱丽娅身上的七芒星跟昆廷在楼上看到的那个一样，只是要大一些，有一元硬币那么大，中间有一个圆圈。圆圈里写着一个数字——五十。

"哇！"他不禁赞叹道。"刚才那里的'黄眼珠'也只是八颗七芒星。那你是五十级的魔法师吗？"

"不是。"

她抓着上衣的下摆，双臂交叉在胸前。

"等一下。"

"放松点，逗你玩儿呢。"她猛地掀起衬衫的后面，不过只掀到一半。只见她的后背上一排排齐整的蓝色七芒星，有好几十个。昆廷数了十排——至少有一百个。她放下衬衫，转过身来看着昆廷。

"我是什么级别的？我是这里最厉害的，这就是我的级别了，你他妈的就别问了。来吧。我要把咱俩送回费勒里。"

她敲了敲一道厚重的防火门，多数地下室中这种门都会通向壁炉间。这个门底部有滚轮，可以推向一边。推滑门的男人看起来像一个死板的富家子弟，留着金色短发，穿着粉红色马球衫，只是他大概只有4英尺高。房间里干燥而灼人的热浪扑面而来。

"在这个美好的晚上，有什么我可以帮你的吗？"他说。他的牙齿亮白整齐。

"我们要去里士满①。"

这个身材矮小的男人也不是实体的。他的边缘是半透明的。起先，昆廷并没有注意到，直到他发现他的双眼竟能看到这个男人手指后面的东西，他原本应该看不到的。他们现在真的要穿过镜子②了。

"恐怕今天晚上是全价票了。天气原因，线路很堵。"他面带微笑，言谈举止像一个旧时的列车员，抬起手示意朱丽娅进去。

"只有女士能进，请，"半透明的富家子弟说。"男士止步。"

尽管他很尊重朱丽娅在布雷克比尔斯之外的秘密魔法场地，不过他实在是受不了。昆廷对现实世界情况的理解有点迟钝，但还没那么迟钝。他小声念了一串快速、简短的汉语音节，接着一只无形的手就牢牢抓住了这个男人的后颈，把他朝身后的烟道墙甩了过去，头砰地一声，撞到了墙上。

朱丽娅面无表情，看不出是否受惊了。这个男人只是耸耸肩，用手揉了揉他的后脑勺。

"我去拿账簿，"他费力地说。"你们有存款吗？"

这是壁炉间，非常闷热，墙壁由煤渣砖堆砌而成，还没抹灰泥。房间里有一个真的壁炉，旁边有一个装满沙子的消防桶，还有两面样式古老的全身镜，斜倚在墙边。看起来像是从哪所老房子里淘来的穿

---

① 美国弗吉尼亚州的首府。
② 这里的镜子，指的是《爱丽丝镜中奇缘》中的镜子，是英国作家刘易斯·卡罗尔继《爱丽丝漫游奇境》之后于1871年出版的另一部儿童畅销读物。

衣镜：木制的镜框，镜面有模糊的地方。

朱丽娅有存款。她在皮革装订的账簿上写了点什么，写到一半停下来心算。她写完后，这个男人仔细查看了一遍，递给他们俩一人一叠纸票，就是你在狂欢节赢得滑雪球后得到的那种纸票。昆廷数了数他手中的票，一共有九张。

朱丽娅拿着她的票，走进了镜子里。她消失了，就像被一个注满水银的浴缸吞噬了。

昆廷认为朱丽娅可以走进去。因为镜子很容易被施魔法，不管怎样，它本身就有点诡异。现在他近距离地看这两面镜子，他看明白了其中的奥秘：它们是真正的镜子，并没有呈反像。虽然他刚看见朱丽娅径直走进了镜子，他还是忍不住闭上双眼，鼓起勇气用额头撞向镜子。他穿过的时候却有一种冰冷的感觉。

粗糙，他觉得。一个完美的魔法传送门应该不会让你有任何感觉。

接下来有一种蒙太奇电影的感觉：一连串破旧且平凡的密室和地下室，每个地点都有一位服务员向他们收取纸票，然后又进入另一个入口。他们在临时的魔法公共交通系统中，从一个地下室穿到另一个地下室。这些菜鸟们一定是一间一间地把它们连起来了。但愿外面的人能做些有品质保证的事，而不是这样完全自发的，但愿他们不会突然现身在空中两英里高的地方，或者直接进入地下两英里的地方。那他妈才是普通人的悲剧。

可以看出某些入口的设计师很有幽默感。一个传送门是在塔迪斯①风格的英国公用电话亭里。一个入口墙上全是壁画：一个体型巨大的马戏团胖妇人，拉起裙摆弯腰致敬，因此如果你要进入入口，你就必须走进她的屁股里。

---

① 塔迪斯是英国科幻电视剧 Doctor Who 中的时间机器和宇宙飞船，它是时间和空间的相对维度的缩写。

有一站跟其他站点完全不一样：一间安静的高级套房，在某个莫名的都市夜晚中的摩天大楼内。在这个高度，在这个时间，这里可以是任何地方，也许是芝加哥，也许是东京，或者是迪拜。透过雾气蒙蒙的镜子，也许是单向镜子，昆廷和朱丽娅看见一屋子西装革履的男人围着餐桌磋商。这里没有服务员。这里是诚信制度：你把票放进一个张着嘴的小铜像里面，然后敲一下镜子。

"像这样的房间满世界都是，"朱丽娅边走边说。"人们建立了它们，管理它们。大多数是好的。不过有时你也会遇见坏的。"

"天哪！"他们做了这么多事，但布雷克比尔斯的人竟然毫无察觉。朱丽娅是对的，布雷克比尔斯的人一定不相信这一切是真的。"那个透明的富家子弟是谁？"

"某种小精灵。低级的小精灵。他们不能上楼。"

"我们要去哪？"

"跟我来就是了。"

"对不起，那可不行。"他停下了脚步。"明确地告诉我，我们到底要去哪，还有我们去那做什么？"

"我们要去里士满。弗吉尼亚。找一个人，跟他谈谈。可以了吗？"

可以了。但仅仅是因为昆廷对于详细一点的要求很低很低。

出乎意料的是有一个入口已经废弃了，屋里又空又暗，镜子也碎了。他们沿原路返回，和上一站的服务员理论了一番，那个服务员才答应帮他们改行程，绕过了那个失灵的站点。他们把最后一张纸票给了一个谦恭的年轻嬉皮士，她留着金棕相间的中分发型。朱丽娅在这个女仆的账簿上记了一笔。

"欢迎来到弗吉尼亚州，"她说。

不知怎么的，他们不仅进行了空间穿越，还有时间的穿梭。他们走上楼，首先映入眼帘的便是从窗子射进来的晨曦。他们在一栋大房子里，布局典雅，窗明几净，有一种维多利亚时期的风格：很多深色木家具，东方地毯，惬意，安静。他们俩一定是从温斯顿的房子给升级到这儿了。

朱丽娅似乎对这里的布局很熟悉。他跟着她在各个空房间里搜寻着什么，走到了一个宽敞的客厅的门口，里面是另一番景象，和昆廷心里想的秘密魔术场景不谋而合。一个老男人穿着牛仔裤，打着领带，坐在又软又厚的沙发上接见三个女大学生模样的十八九岁的孩子，她们穿着瑜伽裤，看着他，敬畏和崇拜之情溢于言表。

天啊，他想。这些人还真是无处不在。魔法已经泄露了。反物质隔离带已经瓦解了。也许根本就不曾存在过。

那个老男人正在为女学生们演示一个咒语：简单的寒冰魔法。在他面前有一杯水，他正在努力使杯子里的水结冰。昆廷认得这个咒语，是他在布雷克比尔斯第一年学的。咒语完成了，昆廷觉得基本上正确，但是过于花哨了，这个男人双手围住杯子，然后他把双手拿开，水上就浮着一层冰。他没有把杯子打碎，水变成冰体积扩大，常常会使杯子破裂。

"现在你们来试试，"他说。

女孩们每人拿着一杯水。她们一起重复刚才的咒语，尽量模仿他的手势。不出所料，什么也没有发生。她们不知道自己在做什么——柔软粉嫩的手指根本没放在该放的地方。她们甚至连指甲都没有剪。

当这个男人注意到朱丽娅正站在门口时，他惊愕失色，大概半秒钟之后，他才换了一副惊喜的表情。他可能有四十岁了，棕色的头发和一溜胡子都精心打理过。他看起来像一位时髦而又帅气的名人。

"朱丽娅！"他喊道。"太意外了！你怎么会在这里！"

"我需要跟你谈谈，沃伦。"

"好啊！"为了大局着想，沃伦竭力使自己看起来像是掌握局势的人，但很显然，沃伦并不喜欢朱丽娅的不请自来。

"等我一会好吗？"他对信徒们说。"我一会就回来。"

当沃伦背对着那些学生时，脸上的笑容消失了。他们穿过大厅，进入一间小房间。他走起路来步态很奇怪，左摇右摆的，好像他的脚畸形似的。

"这到底是怎么一回事，朱丽娅？我还有课，"他说。"沃伦，"他又对昆廷说，脸上露出谨慎的微笑。他们握了握手。

"我想跟你谈谈。"朱丽娅细声说道。

"好。"在她开口前，他低声说："这儿不行。看在上帝的分上，去我办公室吧。"

他领朱丽娅穿过大厅，向一扇门走去。

"我就在大厅等你，"昆廷说。"有事的话你就——。"

话还没说完，朱丽娅就把门关上了。

昆廷认为这很公平，之前他也把朱丽娅留在了弗格办公室门外的大厅。他待在这里一定就和朱丽娅待在布雷克比尔斯一样怪异。他听不清他们在说些什么，除非把耳朵贴在门上，但那样做会引起客厅里那几个姑娘们的注意，她们正好奇地盯着他看，也许是因为他还是费勒里国王的打扮。

"嗨！"他朝女生们打招呼。她们立即转过脸去。

屋子里的声音大了些，不过还是听不清楚。沃伦在通情达理地安抚她，但最后朱丽娅还是把他惹恼了，他也提高了嗓音。

"……我教给你的一切，我给你的一切……"

"你给我的一切？"朱丽娅对着他喊。"我给你的……"

昆廷清了清嗓子。这好像是一对夫妻在吵架。对他来说，整个场面开始有点滑稽了，很明显他远离了事实真相，很危险的。门开了，沃伦先走了出来。他面红耳赤，而朱丽娅脸色苍白。

"我请你离开，"他说。"你想要的我都给你了。现在我希望你们离开这里。"

"你给我的是你有的，"她啐了一口说。"不是我想要的。"他怒目圆睁，摊开双臂：你到底想要我怎样。

"就设置一个大门，"她说。

"我的钱不够，"他从牙缝里挤出了一句话。

"天哪，你太——可——悲了！"

朱丽娅僵着腿走路，穿过房子，原路返回，沃伦跟在后面。昆廷在一间镜子屋里赶上了他们。朱丽娅迅速在账簿上潦草地写了几笔。沃伦忙于自己的事。他有些古怪。一根长长的小树枝刺破他的衬衫从肘部伸了出来，似乎树枝是长在他身上的。

这就好像是一个梦，一直进行着的梦。昆廷不管了。不管怎样，他们看来要离开了。

"你看见你做的好事儿了吗？"沃伦说。他把刺出衣服的小树枝拧了拧，试图折断它，但是嫩绿的枝条柔韧性很好，而且似乎在他衬衫里面又有一根树枝从他的肋骨伸出来。"你看看你一出现就带来了什么后果？"

他最后还是把树枝扭掉了，攥在手里，指责地在她面前晃着。"嘿，"昆廷说。他挡在朱丽娅前面。"消消气。"这是昆廷对他说的第一句话。

朱丽娅写完了账簿，盯着镜子。

"我恨不得马上离开这里，"她说，看都不看沃伦。

那个一脸温和，有着杂色头发的女仆被眼前这一切吓坏了。毫无疑问，她也是沃伦的助手之一。她快速退回自己的角落里。

"走吧，昆廷。"

昆廷再次感受到冰冷的刺激，这次的空间转换不是瞬时发生的。他们处在某个空间内，一个黯淡无光，位于两个空间的中间地带。他们脚下踩的是砖石，是古老的石块。这是一座窄桥，没有护栏。他们身后就是刚刚走进来的那面明亮的椭圆形镜子；前方二十英尺远的地方还有一面镜子。脚下和两侧只有一片黑暗。

"有时空间会像这样分开，"朱丽娅说。"不管你做什么都不要失去平衡。"

"那下面是什么？桥的下面？"

"食人妖。"

很难判断朱丽娅是不是在开玩笑。

他们到达的房间漆黑一片，是一间堆满了盒子的储藏室。几乎没有空间让他们挤到镜子外面去。空气中弥漫着一种香味，像咖啡豆的香气。这里没有人迎接他们。

昆廷发现了一扇门，打开进去是一间狭窄的餐厅厨房，咖啡的味道原来来自这里。一个厨师用意大利语呵斥他们走开。他们从他身边挤了过去，尽量避开那些炉火，出去后进了一间咖啡馆。

他们在餐厅里的桌子中间穿行，出来后眼前是一个广阔的石头广场。广场很漂亮，那些沉睡的、年代不可考的石砌建筑使广场很有特色。

"如果不知道的话，我还以为我们已经在费勒里了呢，"昆廷说。"或者是四不像城。"

"我们在意大利。威尼斯。"

"我想喝杯咖啡。我们为什么会在威尼斯啊？"

"先喝咖啡吧。"

明亮的阳光洒在路面的石砖上。一群游客在此处参观，照相，研究旅游指南，有的人看得不知所措，也有的人兴趣索然。广场的前面有两座教堂；其他的都是威尼斯风格的怪异建筑物，由古老的石头和木材堆砌而成，窗户的形状也都不规矩。昆廷和朱丽娅走到这一广场的另一家咖啡馆，不是他们刚刚用魔法现身于厨房的那家咖啡馆。

他们舒适地坐在嫩黄色的遮阳伞下。昆廷觉得自己在飘浮。他一天之内从来没有传送过这么多次，晕头转向的。他们点餐后才意识到身上没有欧元。

"他妈的，"昆廷说。"今早起床时还在费勒里，或者是昨天早上，不管怎样我想要一杯黑糖玛奇朵。咱们在威尼斯干吗？"

"沃伦给了我一个地址。这个人也许能帮我们——有点像中介。他能搞到很多东西。或许他能帮我们弄到一个纽扣。"

"这就是你的计划喽。太好了。我喜欢。"只要有咖啡他什么都愿意考虑。

"很好。之后，我们可以试一下你的惊人计划，不过你现在还没有。"

他们品着咖啡，沉默不语。昆廷神情恍惚，盯着那杯黑糖玛奇朵表面乱七八糟的泡沫。他们并没有像美国人那样在上面画上乳白色的叶子。几只鸽子在咖啡桌之间大摇大摆地踱来踱去，啄着地上脏得无法形容的面包屑，如此近距离地看，它们的爪子是青灰和粉红混合的颜色。阳光笼罩着一切。威尼斯的阳光如同费勒里的一般：纯粹的阳光。

这个世界又变了。魔法与非魔法之间的界线也不像他记忆中那样清楚明了了。现在两者之间还有这么一个肮脏卑鄙又无法无天的世界。他不是很喜欢这里；混乱无序，单调乏味，而且他不了解这里的规则。他想也许朱丽娅也不喜欢这里，但是她没有选择，不像他有的选。

不过，他的世界对他们也没什么好处。他们暂时就待在她的世界吧。

"那个叫沃伦的家伙是什么人？"昆廷说。"看起来你们两个之间有过节。"

"沃伦只是个小人物。他懂一点魔法，所以他常常出没于各个大学，试图吸引那些大学生，然后教她们一些东西，这样就可以把她们骗上床了。"

"真的呀。"

"真的。"

"刚刚在那边发生了什么事？他的手臂——怎么回事？"

"沃伦不是人类。他是别的物种，某种树精。他只是喜欢人类。他心烦意乱的时候便无法维持人形了。"

"那沃伦也和你上床了吗？"他说。

天知道这话从何而起。也不知道它从哪儿就冒了出来：一闪而过的嫉妒，酸臭灼热得如同胃酸反流。他没料到自己会这么问。这一天或一夜，他有太多的东西需要消化吸收，不管刚才发生了什么，都太多了，发生得太快了。超出了他的承受能力。

朱丽娅在桌前探过身子，扇了昆廷一耳光。她只打了一下，但是她打得很用力。

"你哪知道我都做了什么你才能坐享其成。"她咬牙切齿道。"是，我是和沃伦上床了。我还做过很多更不堪的事情。"

你几乎能看见从她身上散发出来的愤怒的波浪，好像汽油燃烧在冒烟。昆廷用手摸了摸她刚刚打过的脸颊。

"对不起，"他说。

"一句对不起就够了么。"

有几个人看过来，不过也就几个人。毕竟这里是意大利。或许人们总打架吧。

第十二章

又过了一年半，朱丽娅才再次见到昆廷。他是一个很难找的男孩。他没有手机，也没有固定电话，甚至连电子信箱都没有。他的父母对他的行踪也是含糊其辞。她也不确信他父母是否能找到他。但是她知道如何找到他们，因为昆廷每隔一段时间就会回来一次，像狗会回到自己的呕吐物旁边一样。昆廷和父母并不亲近，但他也不是那种和父母断绝关系的人。老实说，他还没那么铁石心肠。

但朱丽娅嘛。朱丽娅能狠心做到。她随时会逃走，和这个社会没有紧密的联系。当她听说寇德沃特一家已经把房子卖了，搬到了马萨诸塞州，她马上收拾行囊跟着搬了过去。即使是像切斯特顿这样土气的文化落后地区都有网络和短工中介所——不，应该是说尤其是像切斯特顿这样土气的文化落后地区——这就是她维持生计需要的一切。她从一个退休老家伙那里租了一间房，在车库上面，那个老家伙一脸络腮胡，没准在浴室里藏了一个摄像头。朱丽娅买了一辆破旧的本田思域汽车，用铁丝缠住了后备厢。

她不恨昆廷。那不是问题的关键。昆廷很好，只是碍着她的事儿了。昆廷一切过得太顺了，而她过得太辛苦了，凭什么？其实没有很好的理由。他通过了考试，她却落榜了。这是对成绩的评判，并不是对她，但是现在她的生活就是一场醒来的噩梦，而他却拥有了他梦想的一切。他生活在幻想之中。那是她的幻想。现在她想把它要回来。

也许连这也不是问题。她没想从昆廷那里拿走任何东西。她只是需要他证实，布雷克比尔斯是真实存在的，她需要他在这个秘密花园的墙上打开一个缺口，好让她挤进去。他就是她在布雷克比尔斯的内应。只是他还不知道罢了。

所以计划就是这样进行的：每天早晨上班前她都会开车经过寇德沃特家门前。每天晚上九点左右再来一趟，然后下车，悄悄地在草坪周围转悠，寻找昆廷的踪迹。寇德沃特家是典型的豪宅，双层玻璃的落地窗，到了晚上，房子里发生的一切都可以透过窗户看到，就像一间汽车影院。又是夏天了，夏天的夜晚闻着有种割断的青草味儿，听着像是蟋蟀交配的动静。起先，她只知道寇德沃特夫人是位没什么独创性的，技术很全面的业余画家，可惜画风是过时的波普艺术风格，而寇德沃特先生偏爱色情文学和酗酒。

一直到九月份，那家伙才现身。

昆廷变样儿了：他一直就很瘦，但现在他看起来就是皮包骨头。双颊凹陷，颧骨突出。衣服吊在身上。他的头发——已经把该死的头发剪掉了，你又不是艾伦·里克曼①——平直。

他看起来真狼狈。可怜的孩子。事实上，他的形象就是朱丽娅的现状。

她没有马上去接近他。她必须要做好充分的心理准备。现在只要她想，随时都可以找到他，她却突然害怕和他接触。她辞去了临时工的工作，全天跟着昆廷，偷偷地跟着。

每天上午十一点左右，她都能看见他心不在焉地走出房子，砰地把门关上，骑一辆滑稽的乳白色十速自行车，快速地骑进了城。她远远地跟着他。庆幸的是他毫不知觉，只管沉浸在自己的世界里，不然他肯定会注意到有一辆嘎吱作响的红色本田步步紧跟着他。他就在那里，一个活生生的、真实的证据，代表着她梦想的一切。如果他帮不了她，或者不愿帮她，一切就结束了。她这两年的努力就白搭了。她

---

① 艾伦·里克曼是英国最多才多艺的舞台剧演员和影视演员之一。他在《哈利·波特》中扮演了关键角色——魔药学教授西弗勒斯·斯内普。

没有勇气去检验结果，但是一天天地等下去，昆廷再次消失的可能性就越来越大。那样的话，她就又回到原点了。

朱丽娅只想着如果真的走到那一步，她就和他睡一觉。她知道他对自己的感情。为了和她睡觉，他什么都愿意做。这是核选项①，一定有效，而且毫无风险。可以说，这是她的杀手锏。

谁知道呢，也许事情没有那么糟。肯定不同于詹姆斯步调潇洒的体操表演。朱丽娅甚至不知道自己为什么就铁了心不去喜欢昆廷。也许昆廷说得对，也许他就是朱丽娅命中注定的人。这很难弄清楚，因为所有的事情都缠在一起，她许久没有喜欢过别人了。在这一点上，算起来已经很久没有人碰过她了。自从上次那个派对的洗手间，和那个动物园管理员接触过之后再也没有过了，那次也还只是隔着外衣笨手笨脚地抚摸，完全没有感情。就好像她做手术的时候，病人在手术刀下挣扎。她感觉不到身体有任何愉悦的感觉。朱丽娅医生仔细观察着，纯粹是为了记录，太恐怖了，她变得无情，一点也不招人喜欢。她把这一切都锁了起来，然后把钥匙也熔成了一块废铁。

那是在教堂后面的一个公墓里，昆廷常隐居在那里自己生闷气，就在那里她触动了陷阱。回首这一切，她感到相当自豪。她本来会失败的，但是她没有。她逃过了这一劫。她向昆廷说了自己的遭遇，相当矜持，让他明白她和他一样优秀，分毫不差。她讲了自己的故事。她甚至向他演示了咒语，有彩虹痕迹的那个，这个魔法在过去的六个月里她记得滚瓜烂熟。甚至那些残忍的手法，甚至那个用大拇指的手法，她也做得冷静精确。之前，她从未给任何人看过，现在终于能表演给观众看了，那种感觉真棒。那感觉像是该死的水手终于上岸休假了一样。

当一切归结到这个核选项时，当作战室的红色电话机响起的时候，朱丽娅毫不畏惧。哦，不。她接起电话。如果这就是代价，那么

---

① 核选项是一个议会程序，美国参议院通过多数就可以投票撤销法令或者判刑。

她会去做的，修女保佑。

但问题是这样的：他不会提出这个要求的。她本来也没指望这个。她曾经主动过，非常地直白。她把自己做成鱼饵穿进鱼钩，吊在他面前，蠕动的粉红色鱼饵，可他没上钩。朱丽娅知道要让自己显得诱人一些，可是依然没用。算了吧。没有意义的。

问题不在她身上，是他。某件事或者某个人影响了他。他不再是朱丽娅记忆中的那个昆廷了。可笑的是：她几乎都忘了人是会变的。她从卡拉斯先生那里拿回社会研究论文的那一天，时间对她就已经停止了，但是在她那阴暗、发霉的房间之外，时间如白驹过隙。而就在那段时间里，昆廷·梅克皮斯·寇德沃特对某个人产生了性欲望，那个人不是朱丽娅。

好吧，对他来说挺好。

他走后，她倒在墓地那片冰冷又柔软的湿草地上。雨水打在她的身上，她一动不动。她并没有错。她一直都是对的。他已经证实了她所有的猜测，布雷克比尔斯，魔法，还有其他的一切。这些都是真的，太不可思议了。这就是她想要的结果。她的理论研究非常严谨，令人钦佩，而且她的猜想得到了全部的实验验证。

只是昆廷一点也帮不上她。这一切都是真的——不是一场梦，也不是精神病的幻想——但是他们不让她拥有这一切。外面有一个非常完美而且神奇的地方，那个地方甚至让昆廷感到快乐。那里不仅有魔法，还有爱。昆廷谈恋爱了。但朱丽娅没有。她在外面凄凉冷落。霍格沃茨[1]已经招满学生了，朱丽娅没有被录取上。海格[2]的摩托车永远也不会在她的门前轰鸣了。也不会有淡黄色信封的录取通知书顺着烟囱掉下来。

她躺在那里思考着，在墓地茂盛、湿滑的草地上，在某个教区居

---

[1] 霍格沃茨是小说《哈利·波特》里的一家魔法学校名。

[2] 鲁伯·海格是小说《哈利·波特》中的一名混血巨人，是霍格沃茨校长邓布利多派来接哈利到霍格沃茨上学的巫师。

民的墓碑前——亲爱的儿子、丈夫、父亲——她想着：她对所有事情的猜测都是正确的。她几乎得了满分。又是个 A⁻。只有一个问题出了错。

　　这就是我答错的那道题，她想。我原以为他们永远无法消磨我的斗志。

第十三章

从一个黑店里偷一幅城市地图并不是什么鼓舞人心的大事——当你需要本尼迪克特的时候，他在哪里？——而且用到的魔法也很简单。但这也给了昆廷足够的时间打起精神。他多希望刚刚没有那样说沃伦。他希望自己刚刚没那么累，那么傻。他希望自己重新爱上朱丽娅，或者干脆把她忘掉。也许，他永远陷入这种两难之境，就像处于两个传送门之间。最终成为食人妖的食物。

昆廷深吸一口气。他对自己感到惊讶。他知道自己很怪异，而且有点混蛋。朱丽娅跟沃伦或者别人睡过那又怎样？她什么都不欠他的。天晓得，他没资格去评判她。朱丽娅会这么做，有一部分是他造成的。

昆廷本可以立刻找一个可靠的人，但是随着事情一步步地发展，朱丽娅虽然没什么错，但她不是一个可以依靠的人。应该在朱丽娅身上贴一个飞机零件上那种警告标语：不准靠近。他只得成为他们两个人中那个坚定的、可靠的人，那个保持镇定的人。他们可以一起行动，也可以分头行动，只是他们必须一起行动，因为昆廷毫无头绪，而朱丽娅就快要疯了。这不是个什么有魅力的角色——那不是宾果的角色——但是它是昆廷的任务。到了该接受的时候了。

尽管到目前为止，朱丽娅比他要有用得多。当昆廷回到咖啡厅的餐桌边，她出乎意料地转变了态度。她竟然在笑。

"你看起来很开心。"他坐了下来。"也许你应该经常扇我巴掌。"

"也许是，"她说。她一小口一小口地喝着咖啡。"真不错。"

"这儿的咖啡。"

"我都要忘记咖啡的美味了。"朱丽娅仰起头，苍白的脸沐浴在阳光下，闭上双眼，就像一只晒太阳的小猫。"你也曾怀念过么？怀念在这里的日子？"

"说实话，从来没有过。"

"我也是。直到刚才。我都已经忘记了。"

沃伦把地址写在一张蓝色便利贴上，从里士满起，朱丽娅就一直把那张便利贴紧紧地攥在手里。现在他们一起仔细研究城市地图，就像广场上的其他游客那样，最终他们找到了现在的位置，和他们的目的地。他们的目的地是多尔索杜罗区，在离大运河一个街区远的一条街道上。不远。穿过一座大桥就到了。

昆廷按照自己的生物钟估摸着现在也就是晚上九十点吧，但其实威尼斯现在是下午三点左右，他觉得他们已经好几天没睡觉了。广场上很热，但桥上很凉爽，因为海上的高速气流吹过大运河，所以昆廷和朱丽娅站在桥上确定了一下方位。威尼斯没有车，至少在这片没有。这桥是一座木质人行桥，很可惜是现代的。威尼斯的建筑需要有至少上百年的历史才会和城市相和谐。

油黑的贡多拉从桥下划过，身后激起小型的漩涡，高大的水上巴士在水面上发出轧轧声，又长又窄的驳船缓缓向前滑行，搅得身后绿色的湖水变成了顺滑的乳白色。众多奢华的房子沿着运河而建，瓷砖，露台，柱廊尽收眼底。在昆廷见过的所有城市中，只有威尼斯的现实和照片是一样的。令人欣慰的是，世界上有些东西不负所望。昆廷记得一件半真半假的事，关于大运河的，就是拜伦和他的情人做爱后，喜欢沿运河游回家，一只手举着一个点燃的火把，这样那些船就不会碾压到他。

昆廷想知道费勒里发生了什么。他们会在后岛等他们吗？会展开调查吗？还是会把当地人都杀光？或者是他们会回怀特斯拔厄？事实是，不管将要发生什么事，这些事可能已经发生了。可能都已经过去好几周了，或过去好几年了，你永远也不知道时差到底是多少。昆廷能感觉到费勒里离他越来越远，进入它自己的未来轨迹，把他甩在后面。他们消失的时候，暗黑势力肯定会迸发出来，但是生活还得继续，他们会重新回到正常世界。现在，没有了他，珍妮特和爱略特会独自老去。他们会想念昆廷的，但他们会挺过去的。昆廷，费勒里的国王，与费勒里需要他相比，他更需要费勒里。

多尔索杜罗区的街道狭窄而又安静。与他们来的地方相比，这里不像是摄影棚布景，更像是一个真正的城市——这里的人看起来是真的工作生活在这里，而不是仅仅在游客面前作秀。昆廷想尽快结束这一切，早日回到费勒里，即使是这样，他也无法忽视威尼斯美丽的景色。人们已经在这里活了多少年，一千年？还是更久一点？只有上帝才知道是谁想出在潟湖中央建造一座城市的疯狂主意。但是，你不可否认，这个城市非常成功。左右的建筑都由古老的砖和石头搭砌而成，还有更古老的雕刻花砖，随意地砌入墙内作为装饰。老旧的窗户用砖砌死，在砖墙上破出新的窗户，可以瞥见里面寂静又神秘的庭院。每当昆廷和朱丽娅以为他们已经走出大海时，就会又峰回路转地遇见——一弯细如静脉的黑色海水从建筑物中间淌过，两侧泊着色彩艳丽的小船。

仅仅是待在这里，就让昆廷感觉舒服多了。这里比土气的波士顿更适合国王和女王居住。昆廷不知道他们是不是离费勒里越来越近了，但是他感觉是近了。

朱丽娅脚步轻快，双眼目视前方。本该是一段很短的路，最多也就十分钟，但是街道平面图混乱无序，他们不得不每到一个转角，都要停下来重新确定方位。他们轮流从对方手里抢过地图，走着走着迷路了，地图又被对方抢去看。在这么多的建筑物里，五个中也就有一个建筑物上会标有数字，而这些数字也不是按顺序排列的。这个城市是用来悠闲度假的，迷路也没关系，可要是你要去一个特定地点办一件紧急的事，那就另当别论了。

最终，昆廷和朱丽娅在一道木门前停了下来，木门被漆成了棕色，门还没有他俩高。不知道他们是不是在正确的街道上，但最起码写在门上那块小石牌上的数字是正确的。门上有一个非常小的窗户，也被刷上了油漆。门上没有把手。

昆廷把手放在了门边温暖的石墙上。昆廷小声地念了一段有节奏的序列，深橙色的发热丝组成的厚厚的纵横网线在旧石墙上闪了有1分钟。

"这里的结界还真牢固，"昆廷说。"如果你说的中介不在这里，不论谁住在这里，对自己的事都很有数。"

要么就是他们的情况要变好了，要么就是他们的处境更糟了。这里没有门铃，昆廷只好敲门。昆廷敲了敲门，却没有任何振动——这扇门后应该是有一英里厚的岩石。但是窗户立刻就被打开了。

"Sì，^①"里面一片黑暗。

"我们想和你主人谈谈，"昆廷说。

窗户立刻关上了。昆廷看了眼朱丽娅，耸了耸肩。他还能怎么说？朱丽娅戴着墨镜，无动于衷地看着昆廷。昆廷想离开。他想回去了，但是没有地方可回。唯一的出路便是前进。前行或下行。

街上寂静无声。这里很窄，实际上就是一条小巷，两侧是四层楼建筑。什么事也没发生。五分钟后，昆廷用冰岛语咕哝着什么，手放在离门一英寸远的地方。昆廷在感知门周围的墙，虽然在阴面却也是温热的。

"往后站，"他说。

不管是谁设的结界，他们都清楚自己的魔法。但是他们只知其一不知其二。昆廷才无所不知。昆廷把墙上的温度移走，全部移走，移到那个小小的玻璃窗户上，然后玻璃就受热膨胀了。这里的结界很厉害，这些热量不想移动，但是昆廷有办法催动这些热量移动。当窗户

_____

① 意大利语，意为"是"。

上的玻璃膨胀到最大的程度，它砰地一声，像灯泡一样爆炸了。沃伦的学生看到的话，会佩服得五体投地的。

"混蛋！"昆廷从玻璃碎了的窗框朝里喊。"Facci parlare contuo direttore del cazzo! ①"

一分钟过去了。昆廷的热传递魔法在古老的石墙上留下了霜冻的痕迹。门开了。里面一片漆黑。

"瞧见没？"他说，"我在学校还是学了点东西。"

一个矮小的，体格魁梧的男人在大厅里等着昆廷和朱丽娅，小小的房间里全是棕色的陶瓷砖。出乎意料的是，那个体格魁梧的人很和蔼。那个小窗户他们一定换过很多次了。

"Prego②."

他领着昆廷和朱丽娅上了一小段楼梯，来到了一个房间，这是昆廷见过最美的房间之一。

他被威尼斯奇异的地形蒙骗了。昆廷还以为他带他们来到了一个欧洲破破烂烂的临时屋，建筑外饰纯粹是伪装，里面就是白墙，不舒服的沙发和几何图形状的小灯具。现在他们走进的却是大运河边上一座宏大的宫殿。他们是从后门进来的。

整个前墙是一排摩尔式尖顶的高大窗户，全部面向水面。很明显，这么建造就是为了让客人感到敬畏，颤抖臣服，而且昆廷很快就被折服了。就像是一幅原物尺寸的壁画，也许是丁托列托③的大作，翡翠绿的湖水，各式各样的船只，来来往往，如梦如幻。三个可怕的穆拉诺④枝形吊灯闪闪发光，照亮了房间，如同三个透明的大章鱼浑身滴着水晶水滴。墙上挂满了一排排的油画，是威尼斯经典的山水和

---

① 意大利语，意为："让我和你们老板谈谈，他妈的！"
② 意大利语，意为"请"。
③ 16世纪意大利威尼斯画派著名画家。作品传统又有创新，在叙事传情方面效仿米开朗基罗，突出强烈的运动，且色彩富丽奇幻，在威尼斯画派中独树一帜。
④ 威尼斯的玻璃工业中心，这里生产的玻璃制品被称为"穆拉诺玻璃"，以优美繁荣的古典装饰风格和精细卓绝的手工制作工艺闻名于世。

景色。地板是古老的大理石瓷砖，东方样式的地毯盖住了地上凸起和有斑痕的地方。

房间里的所有东西都是这样。这里令你流连忘返。这里不是费勒里，但是情况绝对好多了。这里感觉像是怀特斯拔厄城堡。

昆廷和朱丽娅的陪同离开了，暂时，他们只好自己照顾自己。昆廷和朱丽娅一起坐在沙发上。沙发腿被雕刻得栩栩如生，就像它要起身走开。这个房间里还有四五个人，但是房间很大，所以依然觉得每个人都有自己的空间，房子很空。三个穿着长袖衬衣的人在一个小桌子旁低声地谈论着什么，用小玻璃杯喝着什么透明的饮品。一个肩膀很宽的老妇人背对着他们，盯着湖水。一个男管家，不知道这里怎么称呼，站在楼梯底部。

没有人理睬他们。朱丽娅蜷缩在沙发的一角。她抬起脚，把鞋架在漂亮的古董沙发垫上。

"我猜我们取了个号，"昆廷说。

"我们得等，"朱丽娅说。"他会叫我们的。"

朱丽娅摘下了墨镜，闭眼休息。她又开始离群了。他能看出来。这种情况是一阵一阵的。也许是因为朱丽娅在这里感到很安全，她可以暂时放松一下。昆廷希望如此。剩下的事就交给他吧。

"我去给你倒点水。"

"矿泉水，"朱丽娅说。"要有气泡。再跟他要点黑麦威士忌。"

如果做国王必须习惯一件事的话，那就是和仆人讲话。男管家既有矿泉水——带气泡的——又有黑麦威士忌。男管家拿来的是纯威士忌，看起来这就是朱丽娅想要的。朱丽娅没有喝那个矿泉水。昆廷担心她酗酒。昆廷喜欢小酌几口，老天作证，但是朱丽娅喝酒却是海量。昆廷记得爱略特曾对他说过的他在温泉浴场的所见所闻。朱丽娅似乎在试图喝酒麻痹自己，或是舔舐自己的伤口，又或是在填补自己缺失的那部分。

"沃伦所说的那个中介一定很擅长修理东西，"昆廷说。"就算是以魔法师的标准来看，这也是一个很棒的地方。"

"我不能待在这里。"朱丽娅回答说。

朱丽娅坐在那里小口地喝着威士忌，身体颤抖，双手捧着杯子，好像这杯酒是一剂疗伤的魔药。朱丽娅闭着眼睛喝酒，像个婴儿一样。昆廷让男管家给朱丽娅披上条毯子。朱丽娅让男管家再拿一杯威士忌来。

"我现在都喝不醉了，"朱丽娅苦涩地说道。

自那之后，朱丽娅就一言不发。昆廷希望朱丽娅能休息休息。昆廷坐在沙发的另一头，小口地喝着威尼斯鸡尾酒（由普罗塞克、阿贝罗酒、苏打水调制而成，然后放点柠檬和橄榄叶），远眺海面，也不想如果这次不成功的话该怎么办。他们正对面的宫殿是粉色的；被落日的余晖染成了橙红色。所有的窗子都拉上了百叶窗。多年以来，宫殿已经变形了——一半轻微下陷，而另一半还完好，这就使得中间出现了一个裂缝。昆廷想这裂缝一定是贯穿了整个建筑物，裂到了所有的房间。人们可能总被绊倒在这个裂缝上。几根条纹状的桅杆横七竖八地立在粉色宫殿前的水面上。

到了一个地方，却不是那里的国王，这感觉挺奇怪。昆廷已经改掉了这个习惯。就像伊莱恩曾说过：在这里他没什么特殊的。没人注意到昆廷。昆廷不得不承认，在这里感到格外放松。一个小时过去了，三杯鸡尾酒下肚，来了一个矮小的意大利年轻人，神色紧张，邀请他们上楼，这个年轻人身穿一套浅色西装，没打领带。穿着这身行头，美国人永远也别想干坏事不受惩罚。

他带着他们进了一间全白色的小客厅，客厅内有一张桌子和三把精致的木椅。桌子上放着一个普通的银碗。

第三把椅子上没有人。但是空中却传来一个声音——一个男人的声音，嗓音很高但是声音很轻，不男不女的。很难分辨声音是从哪里传来的。

"你好，昆廷。你好，朱丽娅。"

太恐怖了。昆廷没把他们的名字告诉任何人。

"嗨。"昆廷不知道该看向哪。"很感谢你能见我们。"

"不客气，"那个声音说。"你们为什么要来这儿？"

原来他也不是无所不知。

"我们有个事情想请你帮忙。"

"你们想让我帮点什么？"

好戏上演。昆廷想知道这个中介是不是人类，或是像沃伦一样的某种精灵，或者更糟。朱丽娅眼中又是那种游离于千里之外的空洞，感觉很茫然。

"嗯，我们来自另一个世界。从费勒里来的。那里是真实存在的。你可能知道。"嗯哼。又开始了。"我们没打算离开那里——是一个意外——我们现在想要回去。"

"我明白。"他停顿了一下。"那我为什么要帮你呢？"

"也许我也能帮你。也许我们可以互相帮助。"

"哦，我对此表示怀疑，昆廷。"那个声音降了一个八度。"我对此很是怀疑。"

"好吧。"昆廷看了看身后。"好，喂，你在哪？"

昆廷开始痛苦地意识到他和朱丽娅是多么脆弱。昆廷没有什么退出策略。而那个中介也不应该知道他们的名字。也许沃伦提前打了个电话。但这并不是一个令人欣慰的想法。

"我知道你是谁，昆廷。在一些圈子里，你是个不受欢迎的人。有些人觉得你遗弃了这个世界。你自己的世界。"

"好吧。我不认为这是遗弃，但是无所谓啊。"

"然后费勒里遗弃了你。可怜的富有的小国王。似乎没人需要你，昆廷。"

"你可以这么认为。如果我们能回到费勒里的话，什么都好说。至少，这跟你无关，对吧？"

"跟我有没有关系，那得我说了算。"

昆廷的后颈一阵刺痛。他和那个中介没有进入怒吼的阶段。昆廷权衡了一下利弊，考虑要不要施加几个基础的防御魔法。这样做很谨慎，但是可能会刺激他先发制人。昆廷向朱丽娅递了个眼色，但是朱丽娅没理会。

"好吧。我来这里只是做些买卖。"

"往碗里看。"

在这个节骨眼上往银碗里看，似乎不是一个明智的做法。昆廷站了起来。

"听着。如果你不帮忙，可以。我们走就是了。如果你可以帮我们，开个价吧。我们会付钱的。"

"哦，但我没必要帮你们。又不是我请你们来的，而且是我来决定你们什么时候才能走。现在，往碗里看。"

现在，那尖锐的耳语声里透着一丝冷意。

"往碗里看。"

大事不妙。所有事都不对头。他拉着朱丽娅的胳膊，费力地把她拽起来。

"我们该走了，"昆廷说。"立刻。"

昆廷反手把银碗打飞了出去，哐当一声撞到了墙上。一张纸从碗里掉了出来。明知不对，昆廷还是瞥了一眼。纸上是一些只要你念就会发动的咒语。这张纸上有几个字母 I.O.U. ONE MAGIC BUTTON（我欠你一个魔法纽扣），这些字母都是用粗糙的魔笔写上去的。

他们身后的门开了，昆廷立刻带着朱丽娅躲在桌子后面。

"啊，妈的！他往碗里看了！"

这个声音比刚才讲话的声音要低沉很多。昆廷对这个声音很熟悉。是乔希的声音。

昆廷一把抱住了乔希。

"天啊！"昆廷拍拍乔希宽阔舒适的肩膀说。"到底怎么回事，兄弟？"

　　昆廷不知道乔希怎么会在这，但这并不重要。将来可能重要，但现在不重要。昆廷甚至都不在意乔希刚刚糊弄他们。重要的是现在他们不会再有新的灾难。他们不会再打仗了。昆廷的膝盖在抖。就好像他从一个安定有序的世界里出来，历经千山万水，终将从另一条路，从另一边回到原来的地方，终于看到了乔希：一个温暖而又熟悉的小岛。

　　乔希巧妙地把昆廷拨开。

　　"好啦，"他说，"欢迎来到狗屁地方，哥们！"

　　"你到底在这搞什么名堂？"

　　"我？这是我的房子！你来这做什么？你为什么不在费勒里好好待着？"

　　乔希还是原先那个样子：圆圆的脸，胖胖的身子，总是笑呵呵的。他看起来像一个酿酒的修道院院长，从上一次见面到现在，已经三年多了，乔希没怎么变老。乔希小心地把身后的门关上。

　　"还是小心一点好，"他说。"得保护形象。有点像《绿野仙踪》，你懂我的意思。"

　　"那碗是怎么回事？"

　　"嗯，我时间不多。我就是觉得很恐怖。你知道。'往碗里看……往碗里看……'"他模仿着刚刚的声音。

　　"乔希，朱丽娅。你们认识吧。"

　　他俩之前见过一次，在他们忙里忙慌地准备回到费勒里之前，在乔希一个人动身去四不像城之前。

　　"嗨，朱丽娅。"乔希亲了亲朱丽娅的双颊。乔希在这边肯定是欧化了。

　　"嗨。"

　　乔希淫荡地朝昆廷挑了挑眉毛，一般人都做不到。昆廷开始觉得他们怎么这么幸运呢。乔希一定有魔法纽扣。他就是昆廷和朱丽娅返回费勒里的车票。他们四处漂泊的日子终于要结束了。

"嘿，听着，"他说。"我们遇到了麻烦。"

"是啊，你们来这肯定是遇到麻烦了。"

"我们甚至不知道这里是哪儿。"

"你们在我家里，这里就是我的家。"乔希敞开双臂。"建在大运河上的一座混蛋宫殿。"

乔希领着他俩参观了整个房子。这个宫殿总共有四层，底下的两层楼用于商业贸易，三、四楼是乔希的私人公寓，他们走了进去。地面铺着巨大的粉色漩涡的大理石地板，墙面是破碎的石灰。所有的房间尺寸都很奇怪，就好像是在一系列异想天开的冲动之下按需而建的，现在想改也改不了了。

一切荣耀归于对费勒里的伟大探索，不过他们需要休息一下。朱丽娅想要洗个热水澡，老实说，她真的需要洗洗了。昆廷和乔希回到了巨大的餐厅，一盏朴实无华的枝形吊灯照亮了整个屋子。看着一盘盘黑色的意大利面，昆廷尽力解释所发生的一切，还有他们为什么来到这里。他说完后，乔希向他诉说了自己的遭遇。

昆廷、爱略特、珍妮特和朱丽娅安稳地坐上了费勒里国王和女王的宝座后，乔希就带着纽扣踏上了探险四不像城的旅程。他曾经想见到的费勒里，他都见过了，并不美好，总之，他厌倦了在别人的阴影下混日子。他不想和他们一起当费勒里的国王，他想按自己的方式做自己的事。他想找到属于自己的费勒里。他想找个人上床。

乔希对很多事情都漫不经心的——吃的饭，穿的衣，抽的烟，说的话，还有做的事——但是，如果你没有某方面的天赋的话，根本进不了布雷克比尔斯，而且只要报酬相当，他绝对做得到有条不紊，甚至一丝不苟。此时，奖金正合他心意。他开始仔细地调查四不像城。

这不是一件容易的事情。谁都知道四不像城的广场和喷泉通向四面八方，无限延长，没有重样的，每一个方向都通往一个不同的世界，或是一个完全不同的宇宙。在那里很容易迷失方向，一迷路可能就永远都找不到回家的路了。

乔希想去中土世界①，就像托尔金的小说《指环王》里的场景一样。因为如果费勒里都真实存在，那么中土世界又有何不可呢？如果中土世界真的存在，那就意味着或许还有许多东西都是真实的：女精灵啊，兰巴斯饼啊，烟草啊，伊露维塔②啊，或许还有别的什么。但是老实说，任何地方都行，只要温度适宜，足以维持生命的存在，有人居住，这些人有合适的器官，并且愿意为乔希所享用。多元宇宙就是属于他的星期五餐厅③。

他从地球喷泉盘旋着向外出发，把每一个经过的广场都记在脑中，边走边认真地做图标。他不需要太多东西。在四不像城，不会有饥饿感。他带了一块面包，一大瓶葡萄酒，保暖的衣服，六盎司④的金子，还有一把电击枪。

"我到达的第一个世界完全没用，"乔希说。"到处都是荒漠。神奇的沙丘，但是一个人也找不到，所以我握紧纽扣立刻离开了那里。下一个世界都是冰。再下一个是松树林。那里有人居住——有点像印第安人。我在那待了两周。没有关爱，但是我轻了十磅。还他妈的赚到了许多贝壳。"

"等一下。这些世界每个地方都一样吗？比如一个世界只有一种气候，是这样吗？"

"呃，我不知道。我甚至都不知道这些世界是不是球体，你懂吗？还是碟形世界⑤，或者环形世界⑥，还是别的什么？也许他们运转

---

① 是出现在托尔金的小说《指环王》中的一块架空世界中的大陆和世界。
② 是托尔金的小说《精灵宝钻》中的人物。
③ 全称是"Thank Godness, it's Friday's"，译义是"感谢上帝啊，终于熬到周五了"，是一家主题式休闲餐厅。
④ 盎司是金衡制的一种质量单位，等于 31.103 476 8 克。相当于中国过去 16 两制的 1 两。
⑤ 《碟形世界》系列是英国奇幻小说作家 Terry Pratchett 的系列作品。
⑥ 《环形世界》是拉里·尼文《已知空间》系列作品。作品结构复杂，充满了偏爱技术的细节描写，与未来的历史相结合，在乐观主义的幻想基调中，描述了人类在宇宙中对一个奇异世界的探险。

的方式不同。也许他们没有纬度。但是我不想只是为了弄清楚这个就长途跋涉到另一个气候带。还不如去试试下一个喷泉要容易得多。"

"天啊！你都不知道我看见了什么。真的，你也应该出去转转。有一段时间，我去了十几个世界。我就像在多元宇宙中自由下落。有的世界是一棵参天大树，看不到树根也看不到树冠。有的是磁力世界，所有的东西都会吸在你身上。有个世界所有的东西都有弹性。有一个世界全是一级一级的台阶，除了台阶还是台阶。还有什么？有一个世界是上下颠倒的。一个失重的世界，你在外层空间飘荡，只是那个空间温暖湿润，有股迷迭香的香气。"

"你知道什么是真实存在的吗？天线宝宝！我知道，很疯狂，对吧？太疯狂了。"

"你没有……"

"嗯，我没去那个破地方。本来可以去的。总之，不是所有的东西都异乎寻常。有时，我会发现一个与我们世界相似的，只有一个很小的地方不一样——比如经济主要依靠锶，或者鲨鱼是哺乳动物，或者空气中氦含量多一点，所以大家说话的声音偏高。"

"经历过这一切之后，我遇见了一个女孩。天啊，那个世界太美了。地形大多是山脉，像一幅中国画，山脉高耸入云，实际上，那里的人看起来都有点像亚洲人。他们住在装饰华丽的悬空宝塔城里。但是他们没剩下几个人了——他们总是无休止地和其他山脉上的人打仗，没有什么特殊的理由。还有好多人都是跌落悬崖而死。"

"我可能是他们见过的最胖的人了，不过他们根本不介意。我想他们觉得胖子有魅力。好像这意味着我是一个好猎手，诸如此类的。他们之前也从来没有见过魔法，这件事给他们留下了深刻的印象。那会儿我也算是名人了。"

"我开始和这个女孩约会，她是她们城市里大名鼎鼎的战士。她对魔法这种东西很感兴趣。而且我猜，那里的男人大炮都不粗，你懂我的意思吧。"

"我懂你的意思，嗯，"昆廷说。

"总之，她死了。被别人杀死了。太糟糕了！真的，我特别难过。起先，我想留在那战斗，努力找出杀她的真凶，但是后来我没能做到。这一切都太愚蠢了。我没有办法像他们那样挺身而战，我想这对他们来说是可耻的，所以他们把我赶了出来。"

"天啊。真替你难过。"

可怜的乔希。他一直以那种方式讲话，有时都忘了他也有感情。但是如果你挖掘得够深的话，你就会发现他的情感也是很丰富的。

"没事，不要紧的。我的意思是我确实很伤心，但是又能怎么样呢。永远都不会有结果的。我想，她也希望那样死去。那里的人并不那么热爱生活，或许他们也爱，而且那就是生活吧，我他妈的也不知道。

"从那时起，诸事不顺。所有的乐趣都消失了。我到了这种希腊式世界，炎炎烈日下，到处都是白色的峭壁和深色的海水。我在那和一只哈比①上床。"

"你想和哈比做爱振作起来吗？"

"我不知道她是不是哈比。基本上就是双臂长成了翅膀。她的脚也有点像爪子。"

"那就是了。"

"实际上，她在中途就飞走了。羽毛掉得到处都是。太麻烦，不值得。到现在我身上还有一道她抓破的伤疤呢。我可以——"

"我不想看。"

乔希叹了一口气。所有的幽默都从他脸上消失了，脸色灰白，胡子拉碴。现在昆廷看出来他错过的这些年在他脸上留下的痕迹了。

"我的意思是，我一直在寻找的基本上就是像《Y：世上最后一

---

① 哈比，希腊神话中的鹰身女妖，长着妇人的头和身体，长长的头发，鸟的翅膀和青铜的鸟爪。

个男人》①里面的场景，对吧？在那，我就是女人世界中唯一的男人。我知道有这样的世界。那的人可能都是女同性恋，我就看着。不管是啥，我都会好好相处的。

"总之，在那之后我就开始在各个世界间穿行。一个又一个的世界。我不再有关心。就像你在网上看了很多黄片，虽然所有黄片看上去都不真实，但你还是要继续看。我到达一个世界后，便立即开始寻找离开的理由，然后继续去往下一个。只要我看见一件不合我胃口的事——噢，这个世界有苍蝇，或这里天空的颜色很奇怪，或者没有啤酒，只要有不称心如意的事——我就会离开。

"然后，有一次我回来的时候，整个四不像城都在塌陷。"

"什么？你说这话是什么意思，塌陷？"

"坍塌了。一团乱啊。你懂么？如果不是亲眼所见，我肯定不会相信。"

他喝光了杯中的葡萄酒。一个侍从过来倒酒，乔希摆手示意他下去。"威士忌，"他说。

他又接着说。

"一开始，我还以为是我搞的，一定是我毁了四不像城。可能是我穿梭得太频繁了。上次我一头扎进水里，就好像冰冷的水直接拍打着我的脸一样。空气冷得都快结冰了，寒风抽打着广场上干粉状的雪，呼啸而过。"

"怎么可能？"昆廷说。"我还以为四不像城不会有气候呢。"

这让他想起了那场无声的风暴，就是在费勒里重创闹钟树的那场狂风。也许是同一场风暴？

"那里真是一团糟，昆廷。肯定有什么东西出错了，一些基本的

---

① 漫画《Y：世上最后一个男人》讲述了 2002 年夏天，地球上所有具有 Y 染色体的哺乳动物突然同时死亡，幸存下来的只有一个叫尤里克·布朗的小伙子和他饲养的一只猴子。

东西。比如系统啊什么的。多半的房屋变成了废墟。这个地方看起来就像被轰炸过一般。所有迷人的石砌建筑物都没了屋顶，暴露在蓝天下。你还记得潘尼说过这些建筑里装满了书吗？我觉得他是对的，因为空气里全是书页，在城市里漫天飞舞。"

乔希摇了摇头。

"我应该抓几张纸，看看上面写的什么。要是你的话，你肯定会这么做的。我当时根本想都没想，后来才想到的。

"你知道当时我脑子里在想什么吗？千万不能死。那会我离地球喷泉还很远，大概有一英里。我带了保暖的衣服，但是在我遇见哈比的时候。就把衣服都脱了。那时候热得要命。而且她还总是很用力地撕扯我的衣服。

"所以我近乎赤身裸体，很多我做的标记也不见了。很多喷泉也消失了。有些喷泉被夷为平地，还有一些冻住了。你知道吗？在那不能施魔法。好几次我就蹲在角落里。我觉得也许我应该等暴风雨结束再出去，但事实上我只想睡一觉。我觉得我不能继续等下去了。我很可能会死在那。我在外面逗留了半个小时。奇迹般地，我竟然找到了地球喷泉。我真的没想到我做到了。"

"不敢相信你做到了。"厉害的老乔希。就在你认为他不行的时候，他开始发力了，而当他开始发力时，那真的是不屈不挠。就像在费勒里那次，他用黑洞咒语打败了那个恼怒的巨人。极有可能他比他们活得都长。

"我一直想弄清楚发生了什么事，"乔希说。"好像有人袭击了四不像城，或者是诅咒，只是谁会这样做呢？我在那一个人都没看见。四不像城一直都是空无一人。我觉得可能——我知道这很愚蠢——我想也许该见见潘尼了。"

"是啊。"

"我是说，并不是我想见他。我受不了那个家伙。不过知道他没死还是不错的。"

"是的。挺好。"

昆廷已经开始考虑，这是不是意味着他和朱丽娅无法通过四不像城回到费勒里。理论上来说，还是有可能的。只要他们穿上御寒的衣服，带上一把冰镐。

"我一直都觉得四不像城刀枪不入的，"昆廷说。"感觉四不像城是超脱时间之外的，我觉得那里不曾变过。但是听起来那里像是遭遇了一次地震，地震伴随着暴风雪。"

"谁说不是呢？这种事发生的几率有多大？"

"我想你没注意通往费勒里的喷泉是不是还在那？"昆廷说。"我想我们要回去的话，还是得这么走。回费勒里。"

"没看还在不在。这么说你要回去了？准确地说，我穿越的时候并不是突然出现的。不过听着，不管怎样，我不知道你还能不能以那种方式回去了。"

"为什么不能呢？我知道四不像城是受灾地区，但总要试一试啊。你回到了地球。看来你要在此定居了。我们只是借一下你的纽扣，回到费勒里。"

"对，你看，问题就在这儿。"

乔希躲避着昆廷的目光。他仔细端详挂在昆廷身后墙上的一幅画，墙皮已经剥落了，好像他以前从未见过那幅画一样。

"怎么了？"

"我现在没有纽扣了。"

"你没有——？"

"是的。我把它卖了。我不知道你还想要它。"

昆廷简直不能相信自己的耳朵。

"不可能。告诉我你没有把它卖了。"

"我已经卖了！"乔希愤怒地说道。"要不然你他妈以为我怎么买得起这座他娘的威尼斯宫殿？"

第十四章

在乔希的餐厅里，餐桌的古木贴着昆廷的额头，感觉凉凉的。再过几秒钟，他会再坐直了。他需要这段时间让大脑恢复到之前的状态，然后才会感觉麻烦过去了。在那之前，昆廷只想再享受一秒钟桌子清凉坚固的触感。他任由绝望涌进他的脑海。纽扣没了。他真想撞一撞自己的头，就轻轻地，但是那样有点太夸张了。

他第一次意识到这座城市是如此的安静。夜幕降临后，街道和运河上都空无一人。好像威尼斯感觉不想再充当千禧夜晚的一部分了，又恢复了中世纪的样貌。

好吧。他坐了起来。充血的脸又恢复了正常的颜色。再次开工了。

"好吧。你把纽扣卖了。"

"听着，你肯定还有其他计划，"乔希说。"我的意思是，别告诉我你当真计划着在威尼斯偶遇我，然后向我讨要纽扣。这可算不上什么计划。"

"嗯，不是，"昆廷说，"这当然不是计划。计划是不被费勒里撞出来，但事已至此，所以我在想一个新计划。你到底把纽扣卖给谁了？"

"嗯，这说起来话就长了！"乔希直接开启了讲故事模式，没有任何的自责。如果昆廷能向前看，那乔希也可以，很显然这个故事比他在四不像城逗留的日子要快乐得多。"明白了吧，我意识到我跟那个纽扣说拜拜了。我和四不像城，费勒里，还有所有那些东西都没有关系了。如果我想和谁上床——我确实做过——我也会和现实世界里的人在这里上床。所以我在地球上到处找事情做，然后我就开始注意到这个隐秘的地方。安全密室，那一类的东西。你听说过吗？"

"朱丽娅带我体验过了。"

"我是说，我一直都知道外界存在着一些三流巫师，但是这件事情越来越难以捉摸，兄弟。我毫无头绪。那些家伙数量不少。他们中很多人都到了威尼斯——他们认为魔法非常古老，嘿，魔法也古老。他们认为也许能学到一点皮毛。有点悲哀，真的。他们中有一些人很麻烦，他们弄懂了很多我们知道的东西，还有一些我们不知道的，但是他们多数人根本不知道自己在做什么，他们很绝望。他们什么都愿意尝试。

"你要小心那些孤注一掷的人。他们中大多数人对魔法知之甚少，这样反而很危险，但是他们引来了食腐动物。精灵啊，恶魔啊，诸如此类的。他妈的卑鄙小人。这些才会给你招来麻烦。捕食者不来招惹我们，因为我们不好对付，但是那些可怜的混蛋，那些三流巫师，他们渴望魔力，为了魔法他们什么都肯干。我听说他们在做一些相当赔本的买卖。

"但是你知道吗？我喜欢他们。你知道的，布雷克比尔斯不太适合我。整个虚伪的牛津大学那一套，品酒会，化装舞会，如此等等——那里倒是蛮适合你的，你和爱略特。还有，还有珍妮特。"他差点就说出爱丽丝，但是在最后一秒话锋一转。"那里很好，不要误解我的意思。但那并不是我的风格。

"我和那些隐秘的人相处融洽。布雷克比尔斯的人觉得我就是个笑话，但是在这里，我是个大人物。我想我就是厌倦了一直处于食物链底端的生活。在布雷克比尔斯，没有人真的欣赏我——没有人，即便是你，昆廷。但是在这里，我就像国王一样。"

昆廷本来可以否认的——但是他没有，他根本无法否认。乔希说得对。大家都喜欢乔希，但是没人把他当回事。他认为那是因为乔希自己不想被重视，不过对乔希，或对任何人来说，都不是那样的。谁不想做自己故事中的主角。没有人想当笑料。在昆廷认识乔希的时候他可能就有这种想法了。难怪乔希会在那个房间里用碗为难他们了。

"所以你就为了这而卖掉纽扣吗？因为你觉得我们没有重视你？"

乔希看上去很受伤。"我把纽扣卖了是因为有人出了大价钱。但是你说的那个算不上理由吗？听着，说起来有点生气。在这里他们很尊重我。以前我从未体验到被人尊重的感觉。我是连接两个世界的桥梁。有些东西你没法在地下世界找到，但是我有办法，反之亦然。所以两边的人有了麻烦都会来找我。

"这真的太疯狂了。这个隐秘的地方有我们不能插手的事情，他们甚至都不知道。他们有很多可怜的小型旧货交换会，然后就会有某种传奇的东西出现，完全是随机的，他们甚至都不识货。有一次我发现了切伦科夫球。没有人知道那是什么，我只好向他们展示如何控制那个球。"

"那纽扣呢？你是在旧货交换市场里卖出去的吗？"

"啊哈，是啊，我就知道你会这么问，"乔希不慌不忙地说。"那更像是一场特殊的交易。一次性的那种。那是一位地位显赫的顾客。"

"嗯，肯定是。也许你可以帮我联系一下你那位地位显赫的顾客。也许他也想跟我做一场特殊交易。"

"试试也无妨，但是我觉得机会渺茫。"乔希像疯子一样咧嘴大笑。显然，他迫不及待地想泄露秘密。

"说说看。"

"好吧！"乔希举起双手，开始讲述。"于是乎，我从四不像城回来之后一直在纽约闲逛，就是享受，因为我仍四肢健全，然后我就接到了那个人打来的电话，他说明天在威尼斯与我会面。谈生意，要保密，诸如此类。我当时生活还不错，但是手头有点紧，所以也不知道会怎样。我就边沿着人行道走边和他通话。正当我说话的时候，一辆宾利停在了我身边，车门打开。我像个白痴一样上了车，车子开去了拉瓜迪亚机场，有一架私人飞机在那里等候。你想想，他怎么会知道我在哪？他怎么知道我那天手头上没有重要的事情？"

"是啊，他怎么能猜得到呢。"老毛病又犯了。反正乔希听不懂话里的讽刺。

"谁说不是呢？"完全没听出来。"而且还给我准备了一个旅行袋，里面装着所有的衣服还有用品。真正的好衣服，我穿着正合适。那个牙膏好像就要花七美元。

"不管怎样，我应当在某个时间和那个家伙在某个码头见面，所以我就去了，这么说吧，我真盼着哪天那种绿底白字的美国街牌来到这个大陆，那肯定他妈的是件乐事，那多美好多传统啊！一个男人把一艘豪华汽艇开到了码头。不是你们那种又小又破的普通威尼斯汽艇。那艘汽艇造型优美，像一把木制的巨大餐刀。完全无声。船滑到码头，那家伙从船上跳了下来。他甚至都没有将船绑在岸边，这只船就乖乖停在那里等他。

"他是侏儒。个子矮矮的——抱歉，是小矮人。不过是一位高级的小矮人。他的穿着非常讲究，你甚至察觉不到他是一个小矮人。他来自一个古老的威尼斯家族，是一位什么什么侯爵。他光说名字就花了一个小时的时间。

"但那之后，一切就进展得很快了。他说他代表某个想买纽扣的人。我甚至都不知道他们是怎么知道我有纽扣的，我问他，那个人是谁。他只是说，我不能说。我说，多少钱。他就说：一亿美元。我加价：两亿美元。再加五千万。一共两点五亿美元。

"怎么样？好好看看！然后我想知道买家到底是谁。怎么样？现在是谁小时候虚度年华，成天看电视？事实上，那种事儿是我的老习惯了。

"然后小矮人拿出一个信封，里面是一张两点五亿美元的支票。

就像他知道我打算要多少钱一样。然后我就说，然后呢？他用他那又短又粗的手指朝我勾了勾。我想他是要在我的耳边悄悄说点什么，于是我走到他面前，弯下腰，他就说，不，然后一直向我招手，让我到码头边上去，然后他向下指了指水面。然后一张脸慢慢浮出来。

"它就向上浮到水面上来。非常大——看起来就像一辆卡车向我驶来。我吓得都快要尿裤子了。"

"那是什么？"

"是一条龙。大运河里住了一条龙！就是它买下的纽扣。"

昆廷知道一些关于龙的信息，至少理论上是知道的。龙的数量并不多，大多生活在河里，一条河里只有一条龙——它们的领地感很强。它们几乎从不出世，也不和任何人交流。它们几乎什么事都不做，只是隐没在河流的秘密之处睡觉，与星球共同老去。但是显然有一条龙早早地醒来了，它和一个贵族小矮人交谈。然后努力地把脸展现给乔希看，然后用两点五亿美元买了他的——是他们的——魔法纽扣。

"然后我们去了银行，证实了那张支票是有效的，之后我们又回到了码头。我拿出纽扣，递给那个小矮人，他戴上一只白手套，迈克尔·杰克逊的那种。他用珠宝商的放大镜查看纽扣，然后他走到码头边，把纽扣扔到了水里。就是这样。接着，他登上汽艇，离开了。"

"太惊人了，"昆廷说。想对此发脾气都很难。尽管不是完全没有可能。

"你能相信是一条龙买了我们的纽扣吗？"乔希说。"他知道我们是谁！至少知道我是谁。我觉得人们甚至都不知道大运河里住着一条龙。我是说，这是咸水啊。你知道的，对吧？事实上，这不是一条河，是潮汐河口之类的。我觉得人们根本不知道有咸水龙！"

"乔希，我怎样才能联系上那条龙？"

这问题一下子让他语塞了。

"嗯，我不知道。我觉得你联系不上。"

"你联系过啊。"

"是他找的我。"

"好吧，那你可以试一试吧？"

乔希恼火地叹了一口气。

"好吧，我认识一个女孩，她对龙十分了解。我可以问问她。"

"很好。听着，接下来的事。"昆廷把自己的意念集中在乔希身上。现在听好了。他迎着乔希的目光，凝视着对方。"恕我直言，你虽是这里的国王，但是我和朱丽娅是费勒里的国王和女王，我们必须要回到费勒里。总而言之，我们他妈的到这儿是来探险的。你现在也是探险队的一员。我正式授权于你。我们必须要回到费勒里，但是我们不知道怎么做才能回去。这正是问题所在。"

乔希左思右想。

"这是一个很大的问题。"

"是的，你可是无所不能的中介啊。对吧？那就让我们一起解决这个问题吧。"

昆廷向乔希表明：也许乔希让他们失去了回到神秘的魔法国度、回去做国王的唯一机会，但是乔希却用这笔钱买下了一座非常漂亮的豪华宫殿。这是一座气势恢宏、风格迥异的十五世纪大理石建筑。面向运河的外墙是白色的，前面有自己漂亮的小码头。宫殿里面都是有卷曲线条的石膏装饰。古老的油画像地衣一样紧紧地贴在墙上。乔希买下这个地方的时候意外获得了一幅卡纳莱托①的画。

这座宫殿庄重大方，为了使它重新屹立于人前一定花了不少的功夫。乔希重新布置了下水管，重装电线，增设了一间餐厅水准的厨房，还在吃水线以下做了一些工程，加固地基，以防整个宫殿向前坍

---

① 卡纳莱托（乔凡尼·安东尼奥·康纳尔），意大利风景画家，尤以准确描绘威尼斯风光而闻名。

塌在运河里。他小心翼翼地做这些事情，所以不打开淋浴器，你根本看不出来这个地方修整过。

所有的花费共计两千五百万美元，外加整修花了一千多万。昆廷不是个数学天才什么的，但他估摸出来，这座宫殿会给乔希留下一笔相当可观的养老金。乔希退休后，这对他来说无疑是莫大的安慰。

这些都提醒着昆廷，乔希是个有能力，有决心的人，值得受人尊敬。即使是出于个人原因，他多数时候努力把这一面隐藏起来。现在昆廷认真去观察，确实看见了乔希身上发生的变化。他变得更自信了。他的站姿都不一样了。他在四不像城里瘦了不少，而且没有让赘肉反弹。物是人非。当你在费勒里躺在靠垫上无所事事的时候，时间并没有因为你而停滞不前。

昆廷可以从乔希的身上学到很多东西。他过得很开心。他做着自己想做的事情，自得其乐。昆廷所经历过的一切他都经历过：他也失去了深爱的女孩，差点儿就死了。但是他没有无所事事地发牢骚或卖弄大道理。他重新振作起来，在这座宫殿里开始了新的生活。

昆廷睡得很死，直到第二天中午才醒，在餐厅享用了一顿正式的早餐。（乔希对他摆的桌子感到格外骄傲。"这里的人用小匙吃果酱。很奇怪，对吧？极小的勺子！简直就是'国王级的待遇'！"眨眼，眨眼。）朱丽娅和他们一起吃早饭，她戴着墨镜，只吃了马麦酱，直接从罐里挖着吃，似乎进一步证明了她的人性越来越少。

乔希的朋友波比也和他们一起吃饭，就是那个应该很了解龙的女孩。她长得跟一根竹竿似的，高高瘦瘦的，蓝色的大眼睛，金色的卷发。波比碰巧也在布雷克比尔斯待过，不过只是以研究生的身份作为研究人员。她来自澳大利亚，在那的大学里学的魔法。

昆廷知道澳大利亚人爱嬉笑玩乐，脾气随和，如果那是真的，他就知道为什么波比要离开那里了。她的行为举止愉快而尖刻，语速快，声音小，而且非常自信。她在挑别人错误的时候尤为自信。她并非假装博学多闻——她似乎不是一个自负的人。她只是想当然地认为每个人的愿望都跟她一样，对所有的事情都要了如指掌，她期望你也这样对她。很明显在阿斯奎斯，那个澳大利亚塔斯马尼亚岛的魔法学校，在她读书的那几年，她一直都是学院的学霸。这些都是乔希说的，但是波比并没有反驳他，如果这不是真的就违背了她厌恶错误的天性。

本质上，波比是一位学者，但她不是那种把自己关在象牙塔中的类型。她对现实世界兴趣盎然，对实地调查很感兴趣。她尤其对龙感兴趣。

昆廷认为这是延续了澳大利亚人都对致命危险动物的执迷。学习要先从湾鳄①和箱形水母②开始，然后一步一步地沿着食物链向上跳，才能到达顶端的龙。关于龙，波比无所不知，以前还亲眼见过一次。她满世界追踪线索，现在她追踪到了这里。乔希伸出触角去打探这方面的专家，结果当他发现那个专家长得很好看的时候，真的喜出望外。波比在那待了三个星期，乔希对她还是满心欢迎。

他把她当作朋友一样介绍，但是考虑到乔希的个性，还有波比公认的美貌，昆廷估计乔希正想方设法地和她上床，或者已经和她睡过了，这么想并不为过。他是改头换面，鸟枪换炮了，但是本性难移啊。

坦白地讲，波比让昆廷有点心烦，但是她马上就派上大用场了。乔希还没有给她讲全大运河那条龙的事。他跟昆廷说他故意拖延，好让波比多待一段时间。但现在到了关键时刻。他们需要她。不用说，波比已经激动得忘乎所以了。她蓝色的大眼睛睁得更大了。

"嗯，好，"她快速地说。"所以大多数的龙都有自己的栖息之

---

① 湾鳄，又名河口鳄、咸水鳄、马来鳄，因二战末期的兰里岛之战而出名，因此又名食人鳄，位于湿地食物链的最高层次，为23种鳄鱼品种中最大型的一种，也是现存世界上最大的爬行动物。
② 箱形水母是一种淡蓝色的透明海洋生物，形状像个箱子，有4个明显的侧面，外表十分好看，但据称会主动攻击人类，因此被人们视为热带海滩上的毒物。虽名为水母，但并不是水母。

地，只要你一跳进他们领域的河流，他们便会发现。他们会一直密切注视着自己的领地，以防某个有价值的人来找他们。如果他们想跟你谈一谈，他们会把你带到他们生活的地方。但是这个过程我们一无所知。有很多关于龙的都市传说。很多人都说他们跟龙说过话，但是都无从查证。据说多数平克·弗洛伊德①的歌都是泰晤士龙编的曲，至少是在西德·巴勒特②离开之后是这样。但是这也无法证明。

"传说，你可以在大海上游的第一座桥跟他们联系，如果是这样的话，我猜是在学院桥③。你们这帮家伙没听说过这些传闻吗？我不敢相信你们竟然都没听说过。你们午夜去，去那个桥中央。拿一份今天的报纸和一份美味的牛排。打扮得漂漂亮亮的。这样就行了。"

"就这样？"

"就这样。然后你跳进去。不过这一切只是传说。我的意思是，天晓得这样做有没有用。毕竟资料太少了，而且其中可信的很少。"

然后你跳进去。就是这样了。

"但这个方法奏效过吗？"昆廷问。

"当然！"波比欢快地点了点头。"嗯嗯。有一些龙比其他的要健谈一些。加尔各答④魔法学校的毕业生代表每年都会跳下去找恒河龙，有半数的人成功。

"不过大运河里有一条龙。这还没听说过。我是说，真的很新奇啊。我开始怀疑你是不是在胡扯。"她给了乔希一个严厉的重新审视的表情。

"开始怀疑？"昆廷说。

"那你打算什么时候去？"

---

① 平克·弗洛伊德是英国摇滚乐队。
② 西德·巴勒特，创立了英国传奇的摇滚乐团平克·弗洛伊德，该乐团首张专辑的大部分歌曲都由他创作。
③ 学院桥是威尼斯大运河上唯一的木制桥。
④ 加尔各答是印度西孟加拉邦首府。它位于印度东部恒河三角洲地区，胡格利河（恒河一条支流）的东岸。

"今晚。但是听着，帮我个忙。先不要把这件事告诉任何人。"

波比眉头深锁，魅力无穷，这可能是她唯一的表情。"为什么不能告诉别人？"

"就给我们一周的时间，"昆廷说。"这是我唯一的要求。那条龙不会走的，我需要等待一个恰当的时机。如果走漏了风声，大家肯定会来围观的。"

她沉思片刻。

"好吧，"她说。

她说话的方式让昆廷相信，她真的会遵守诺言。

波比马上就恢复了兴高采烈的样子，开始专心去吃她的果酱吐司。尽管她很瘦，但吃的比乔希还多，想必是食物都被内心的火炉燃烧掉了，供她一直保持如此热切而兴奋的状态。

接下来的时间，他们什么也没做。在乔希宫殿的生活（原来叫巴贝利诺宫殿，取自修建了这座宫殿的那个十六世纪家族的姓氏，最终它被卖给了一个网络公司富豪，但他从来没有踏足过这里，后来他在庞氏骗局[①]和国际空间站之旅上败光了自己所有的财产，之后，他把宫殿卖给了乔希）并不繁重。昆廷觉得自己这么想就是不忠，不忠于费勒里，但是他几乎适应了这里。宫殿里有许多舒适之处。清晨，你可以躺在床上读书，看着威尼斯细碎的阳光缓缓照到华美的东方地毯上，把你面前的地板照得闪闪发光。威尼斯有许多地方供大家参观——建筑本身的魅力，让整座宫殿无法淹没于泻湖的巨大黏合力，就是世界上的魔法奇观，每个游客到此都要看一看。

然后就是日常的下午茶闲聊时间。这些合在一起每次都能让昆廷有几分钟忘记曾几何时他也是一个魔法世界的国王。

但是朱丽娅不会忘记。不完全是。她看见昆廷在主厅慢慢地喝着酒，倚在沉重的石栏上欣赏着城市的风光。他们一起俯瞰运河上来来

---

① 庞氏骗局是对金融领域或投资诈骗的称呼，金字塔骗局的始祖。

往往的船只，很多都是乘船观光的游客，抬头看着他们，想知道他们是谁，是不是名人。

"你喜欢这里，"朱丽娅说。

"这里太棒了。我以前从未来过意大利。我不知道这里这么棒。"

"我之前在法国住过一段时间，"她说。

"是吗？什么时候的事？"

"很久以前了。"

"你是在那儿学会偷车的吗？"

"不是。"

提到了此事，她似乎并不想深谈。

"这里是不错，"她承认。

"你想留在这里吗？"昆廷问。"你还想回费勒里吗？"

她把酒杯放在宽宽的大理石护栏上。又喝了点威士忌，还是纯威士忌。她的下巴上有块肌肉刺痛了一下。

"我必须回去。我不能留在这儿。"以前她说这几句话的时候，听起来既愤怒又绝望。现在她听起来很后悔。"我必须继续走下去。你要和我一起吗？"

听到朱丽娅请求他，昆廷的心很痛。请求什么都行。她需要他的帮助。大家需要他：这是种全新的感觉。他开始喜欢这种感觉了。

"我当然跟你一起走了。"他问她要不要和他一起去外岛的时候，朱丽娅的答案也是如此。

她点了点头，仍旧目不转睛地看着美景。

"谢谢。"

当晚，在午夜前五分钟，昆廷在戴尔学院桥上徘徊时还在想着这个对话，他努力想保持当时的感觉，他手中拿着加泽蒂诺报和国际先驱论坛报各一份，只为面面俱到，还带着一份非常棒、贵得离谱的生牛排，尽量不给别人留下马上要跳河的印象。

经历了一天难以忍受，还伴有恶臭的炎热之后，夜晚的空气竟然出奇地寒冷。在计划要沉入河里的人看来，大运河奶油般绿色的河水的诱人程度大概就和冰川上的浮冰一样。水面在这里看要比在河岸上看远很多。河水看上去很干净，但是昆廷知道事实并非如此。

但是纽扣就在这片河水下的某个地方。还有一条龙。这似乎并不像是真的。他开始怀疑乔希是不是不小心把纽扣掉进沙发里，然后编造了龙的故事，因为这样不会太难堪。

"会很悲惨啊，老兄。"乔希说。"下去了就成落水狗了。"

"别开玩笑了。"他希望乔希能自告奋勇，或者跟他一起下去，但这是不可能的。

"你会习惯的，"波比环着双臂说。

"为什么你也在这？"昆廷说。

"爱好科学啊。而且我也想看看你是不是真的把事情做完了。"

这是波比的特点，似乎她从来不说谎，尽管别的人会说谎。这一点要么是她傻，要么就应该被称赞，取决于你怎么看了。

昆廷深深地吸了几口气，斜倚着有裂纹的木栏杆，栏杆残留着白天日晒的温热。想想面临的危险。要是朱丽娅的话就不会犹豫。她会像一名该死的奥运会跨栏运动员一样，跨过栏杆。应昆廷的要求，他们并没有告诉朱丽娅他们今晚有行动，在朱丽娅上床休息后悄悄地溜了出来。不然的话，朱丽娅一定会坚持跟着来的。

"他们不怎么吃人，"波比说。"我是说，一百年来也就吃了两个人。据我们所知。"

昆廷没有吭声。

"你觉得这河有多深？"乔希说。他深吸了一口烟。三个人当中，就属他最紧张。

"二十英尺吧，"昆廷说。"我在网上查过。"

"天啊。好吧，无论你做什么，不要大头朝下跳水。"

"如果我把脖子摔断了，最后瘫痪了，那就让我淹死好了。"

"还有两分钟，"波比说。一艘空汽艇搅动着河水，从桥下驶过，下班了，船上的灯都灭了，只有舒适的驾驶室还亮着一盏灯。那河水有百分之九十肯定是大肠杆菌，剩下的可能都是柴油。这里的水真不适合游泳。

桥头的木头上雕刻的可能是某种龙，或者就是个花体的字母 S。

"你要脱掉衣服吗？"乔希问。

"你不知道我等你问这个问题等了多久。"

"说真的，脱吗？"

"不脱。"

波比和他同时说道。

"认真点，"她又说。

他们几个陷入沉默。远处有玻璃碎裂的声音。啤酒瓶撞墙的声音。昆廷不知道自己到底要不要做下去。也许他可以写一张便条扔进去。瓶中信。打电话给我。

"嘿，记得那个小矮人打你的手机吗？"他说。"你有他的电话号码吗？也许我们只要——"

"没有来电显示。"

"到时间了！"波比说。

"该死！"

别再犹豫了。他后退到桥中央，一只手攥着报纸和装有牛排的袋子，冲向栏杆，斜着身子跃了过去。他惊讶于自己竟然如此敏捷。肯定是肾上腺素的作用。即便如此，他下坠时还是差点撞到一根伸出来的支撑梁。

某种原始本能促使他摆动双臂，在半空中松开了牛排和报纸。它们离开他，消失在夜色中。这些东西就到此为止了。他瞥见左边有什么东西和他一起并排掉下来。有个人——是波比！她也跳下来了。

他重重地撞向水面，差不多是脚先入水的，然后沉了下去。他沉下去时，唯一想到的就是憋气或从七窍里把气排出来，以免吸入水或任何液体。运河的水冰冷刺骨，而且非常咸。有那么一会儿，他感觉挺安慰的——没那么冷——接着他的衣服湿透了，变成了冰冻的铅，寒气从四周一直往身子里钻。他惊慌失措，猛烈扑腾着——他的衣服太重了。衣服要把他拽下去了！然后他的头浮出了水面。

他丢了一只鞋。波比在几码外和他同时浮出水面，边吐口水边喘气，她圆圆的脸在路灯的钠光照射下显得非常苍白。他本该对她发火，但是一想到大半夜在大运河疯狂又欢快地游泳，他狂笑起来。

"你在搞什么鬼啊？"他小声说。

撇开别的不说，冰冷的冲击已经消除了他对她的愤怒。他不得不承认她勇气可嘉，这是昆廷不曾想到的。他们俩一起跳进了河里。

"双倍的机会，对吧？如果我们两个人的话？"她也疯狂地咧嘴笑。她是一心渴望这破事。"我错了，我们应该把衣服脱掉的。"

他踩着水。大概三十秒过后，他就筋疲力尽了，身体无法控制地打着寒颤。桥下的水流冲刷着他们——不是水流，是潮汐，肯定是，他提醒自己，因为运河并不是真正的河。天啊，这破河里说不定有鲨鱼。岸上有人用意大利语朝他们呼喊。他希望那不是警察。

昆廷在裤子里撒了一泡尿，暖和了十秒钟，之后就感觉更冷了。他试着不去想什么多氯联苯①或其他工业毒素会顺着尿道游进自己的身体。从这里看下去，运河非常广阔，河岸有几英里远。他是怎么到这儿的，距离他的起点那么远？他是如何这般偏离轨道的？他觉得自己永远也爬不回该去的地方了，再没法登上自己舒适的王位了。一个小浪花不知打哪儿冒出来，直接拍在他的脸上。他决定今晚到此为止了。至少他可以说他尽力了。

"我们还要等多久？"他问波比。

就在那时，一个铁手铐锁住了他的踝关节，使劲把他往下拉。

---

① 多氯联苯，属于致癌物质，容易累积在脂肪组织，造成脑部、皮肤及内脏的疾病，并影响神经、生殖及免疫系统。

那时，他本应该死了。吃惊使得他一口气吐出了所有的空气，下沉的时候，肺里空空如也。

但是有一个咒语让他死里逃生。显然，这是多年以来，龙为了让人类来宾舒适一点而发明的某种咒语。真的是无所不包。非常人性化。可以感受得到，这个魔法经过了几百年的磨炼日渐完善，而且是由长着翅膀和尾巴的古代高手施放出来的。

事实上，昆廷感觉很温暖，似乎是这几个小时以来第一次感到温暖，而且他可以看清楚，即使光线昏暗，他本应该看不到的。他可以在水中呼吸。和呼吸空气不太一样——吸进来的物质要更重一点，需要更多的挤压才能把它吸入再呼出胸腔——却能让昆廷呼吸。氧气继续向大脑输送。他心怀感激地大口吸气，呼气。他觉得轻松多了。有人在照顾他。这简直就是飞机头等舱的待遇。

昆廷一直对龙持有保留意见，对真的龙，确实存在的龙。他打小接触的传统观念认为，龙都是高空飞行，聚藏钱财，会喷火。《贝奥武甫》[1]中的龙，托尔金笔下的龙，《龙与地下城》[2]中的龙。传说真正的龙住在河里，不会在乡间打雷，引起树木着火，这个传说令他很失望。河里的龙听起来比他想象中的更冰冷，更黏滑，更像蝾螈。

所以他很高兴看见那条龙用短小有力的右前肢抓住他的脚踝，把他往下拽，然后轻轻地放到河床上，像一只小狗一样，然后对他说"别动"，那样子十分、近乎标准的严厉。它看起来很阴险，一副冷静地老谋深算的样子，好像随时都能吃了昆廷，但是它又很一本正经。它那似蜥蜴的大头有一辆小汽车那么大。如果从某个角度看，它

---

[1]《贝奥武甫》讲述了斯堪的纳维亚的英雄贝奥武甫的英勇事迹。他曾先后杀死巨妖和火龙，自己也受了致命伤。

[2]《龙与地下城》是由 TSR、威世智开发的一款桌上角色扮演游戏，于 1974 年发行第一版。对角色扮演游戏也有很大的影响，后来的许多相同类型的游戏都受到了它的影响。系列相关的还有同名的电影与街机游戏以及网络游戏等。

的双眼闪着银光。它的鳞片是柔和的水绿色。大运河的龙把昆廷放在软软的沙子上之后，松开了他，像猫一样蹲下身来，把头枕在尾巴尖上。在昏暗之中，它巨大的身躯盘踞在身后的阴暗处。

昆廷打了个喷嚏。当那条龙把他往下拉的时候，他的鼻子吸入了污水，但是现在他周围的水很干净。他和龙一起被一个安静的黑绿色水穹顶包围着。河床本该是堆满垃圾、破铜烂铁和污物的烂泥，但这里却很光滑。那条龙把它栖息的沙床收拾得很整洁。

昆廷盘腿坐着。这里只有他们两个；显然那条龙并没有带波比下来。昆廷很难让自己不随水飘走，但是他发现身边有一个又大又圆的东西——可能是一枚古老的炮弹——就把它放在大腿上保持下沉。

他静默了一分钟，但是那条龙并没有说话。好吧。好戏开始了。

"你好，"昆廷说。他的声音听起来还算正常。只是有点模糊，好像他在另一间房间偷听自己说话。"谢谢你接见我。"

那张大脸一动不动，像头盖骨一样没法读懂。尽管双眼又闪烁了一下。

"可能你知道我为什么来这。我想跟你谈谈纽扣的事，就是你从我的朋友乔希那里买的那个纽扣。"他感觉自己像一个小孩，正在向学校的恶霸要回自己的午饭钱。他挺了挺胸。"问题是，那个纽扣不完全属于乔希，他不能把它卖掉。那个东西我也有份，也属于其他人，而且现在我们需要它。我需要它帮我回家，我的朋友朱丽娅也是。"

"我知道。"

那条龙的声音像是从比低音提琴还低两级的巨大弦乐器发出的。也许是低八度贝斯吧，发出了一个纯五度的音。他感觉到肋骨和眼球都震动了。

"你可以帮帮我们吗？可以把那个纽扣还给我们吗？或者我们再买回来？"

他们周围的运河如同一堵黑暗的实心墙。远处传来隆隆声，昆廷冒险抬眼一瞥：一艘深夜驳船从头顶隆隆地驶过。感觉水变得更冷了，或许是他开始发冷了。他又往前移了移，离那条龙又近了点，因为它身上散发着热量。如果它真要吃他的话，那就吃吧，至少他可以暖和地死去。

"不行，"它回答说。

那条龙的眼睛闭上了，又睁开了。

回到费勒里的大门即将关闭。他必须把脚伸进去抵住门。那个世界，他真实生活的世界，他应该过着的生活，渐行渐远，或者是他自己渐行渐远了。锚绳已经剪断了，潮水流了出来。他们不应该去后岛的。他们就不应该离开怀特斯拔厄城。

"也许你可以借给我们？"他坚决不让自己的声音中透漏出一丝绝望。"就一次旅行。如果我有任何你想要的东西，我都可以给你。我是国王，至少在费勒里是国王。在那我有万贯家财。"

"我把你带到这里不是听你吹牛的。"

"我没有——"

"我已经在这条运河里住了上千年了。进入运河里的所有东西都是我的。宝剑和王冠是我的。我还有教皇、圣徒、国王和王后。结婚当天投河的新娘是我的，圣诞节掉入河里的孩子是我的。圣矛和吊死犹大的绞索也在我这儿。所有丢到河里的东西都是我的。"

说得好。昆廷想知道拜伦是不是沉到这里过。如果他来过，他可能会想到一些机智的话。

"好，好吧。但是我不明白，如果你不想把那个纽扣卖给我的话，那你为什么要把我带到这里来？"

龙的瞳孔放大，大到直径近乎一英尺，它好像刚刚醒来，才真正注意到他一样。它用头把尾巴抬起来。他们俩太近了，要想注视他，它得稍对眼才行。现在昆廷的双眼已经适应了黑暗，他可以看清楚龙背部的大鳞片。那些鳞片看起来像百科全书一样厚，其中几片上面雕刻着昆廷不认识的魔印和象形图。

"除了对我说谢谢，不许你再出声了，人类，"龙说。"你想成为英雄，但是你不知道什么是英雄。你以为英雄就是胜者。而真正的英雄必须随时准备失败，昆廷。你呢？你做好失去一切的准备了吗？"

"我已经失去了一切，"他说。

"噢，不。你还有很多东西可以失去。"

这条龙比他预想的要凶得多。神秘得令人失望。不知怎么的，他心底隐约觉得那条龙可能想和他成为朋友，他们可以一起在世界各地飞，解决神秘事件。现在看来这种事发生的可能性微乎其微。他拭目以待。也许那条龙会给他一些他们能够用得上的东西。

"上古之神要回来拿回属于他们的东西。我会尽己所能。你最好也准备一下，尽好你自己那份职责。"

"这主意听起来不错，但是究竟怎么——"

"你不要说话。那个纽扣对你无用。四不像城已经关闭了。但是第一扇门还敞开着。它一直都是开着的。"

昆廷盘腿坐了很久，突然觉得膝盖僵硬。他想把咸水从嘴里吐出来，可是周围除了咸水，就是咸水，竟然无处可吐。那条龙把尾巴从下巴下面抽出来，甩进黑暗里，抽打起一团淤泥。

"现在你可以谢谢我了。"

等一下，什么？昆廷想张嘴说话——像一个好孩子一样感谢大运河龙，或者问问他是什么意思，或者让他滚蛋，说话拐弯抹角的，他永远都不知道自己会说什么，因为他说不出话来。他呼吸困难。咒语消失了，他满嘴都是肮脏冰冷的大运河水。他快要淹死了。

他另一只鞋也卡在了淤泥里，他疯狂地向上朝水面扑腾。

第十五章

噢，浪子回头！朱丽娅回来了，她的家人欣喜若狂。父母模糊又喜气洋洋的脸，被雨水打湿的一对车前灯都聚焦在她身上，这个改过自新的浪子。她曾无数次，并在各个方面令他们失望过，他们也不敢再奢求太多。他们的悲伤不断升级，数都数不清了。

现在她回来了，从切斯特顿回来了，精神垮了，准备好回归家庭了，他们也同意了。他们真的让她回来了。她的心中有一种从未有过的温柔，他们接纳了她，即使她并不值得他们这样做。朱丽娅这艘好船承载着贵重的货物——父母的爱，离开了布鲁克林，却失事了，正准备被拖离生命中的暗礁，等待打捞和拖离浅滩，他们都做到了。他们接纳朱丽娅回家，一句斥责都没有。

现在轮到朱丽娅悲痛欲绝了，他们由着她，这是另一个礼物。她哀悼自己迷失的人生，也哀悼魔法师梦想的破碎，她永远也当不了魔法师了。她郑重其事地埋葬了强大的女魔法师。与悲痛如影随形的是它幽灵般的快乐表兄——释怀。她曾经是那么努力，那么长时间，就想要做这个世界不让她做的事。现在她终于可以松手了。这个世界赢了。她屈服于家庭的怀抱，她对家人心存感激。和家人的爱相比，魔法又能算什么？真的，算什么？

噢，她妹妹胆小的提议，这个人文学者！此时，她妹妹已经是高三的学生了。她正在竭力申请大学，朱丽娅也要重新申请大学。她们一起努力，一起坐在厨房的桌子旁，交流秘诀，她妹妹指导她的论文，朱丽娅则竭尽全力为她妹妹辅导基础微积分。她们又是搭档了，她们两个人。朱丽娅已经忘记了成为家庭一员是什么样的感觉。她忘记了这种感觉是多么的美好，而她是如此需要这种感觉。

先前朱丽娅收到七所大学的邀请，只有斯坦福大学的还可以挽回，但是这就够了。她的简历上有一处或三处空白的地方，的确，但是如果你抬起头，眯起眼，可能就会把她的魔法研究当作某种有价值的人类学独立项目。于是就选了阳光明媚的加利福尼亚。正是她所需要的。享受阳光。为她的双颊添点颜色。她用一年的时间攒钱，然后秋季入学。一切都安排好了。

因为朱丽娅已经放弃了。她正在把那一切打包收起。她放弃了那个看不见的世界，那个世界也彻底放弃了。她可以借鉴那些欺凌儿童的空想社会主义者的圣书，她曾经为卡拉斯先生写过：如果你神圣的理想社会崩塌了，那就是时候面对现实了，转而去卖银器吧。

朱丽娅可以借鉴杰克·多恩的诗。在诗的最后，他不是奔向山羊（他的意思是山羊座，一个脚注殷勤地告诉了她）去寻找新欢了吗？或者只是欲望吗？或许事实证明对他来说为时已晚。也许另有其人。那首诗他妈的相当晦涩难懂。反正它是一个快乐的结局。差不多。

毫无疑问，她仍有不顺心的日子，沮丧之犬嗅出了她的味道，重重地压在她的胸口，朝她的脸上呼出刺鼻的狗味儿。遇到这样的日子，她就给 IT 商店打电话请假，她在那儿大部分时间都是整理混乱的网络，工资非常低。遇到这样的日子，她就关上百叶窗，闷在黑暗之中十二个小时，或二十四小时，或七十二小时，不管黑狗需要多久才会回到它的黑暗主子那里去，都等着。

她回不去了，她现在知道了。魔法王国已经对她关闭了大门。但有时，她还是无法看清前进的方向。

最后，她总是能纠正自己，当然是在她那位一流的眼睛像猫一样的新心理医生的帮助下，这次是一个女医生，还有每天四百五十毫克的安非他酮①和三十毫克的依地普仑②，还有为抑郁症患者新组建的网上互助小组。

事实上，互助小组真的非常好，非常特别。这个小组是由一位女士创立的，她先后在苹果、微软和谷歌工作过。她在每一家公司都工作过四五年，让每一个职场闪亮的天空都放出异彩，积攒了一批股票期权，之后，她的神经系统就遭到厄运，被一场临床抑郁症从天空中击落。她辞去谷歌的工作的时候，已经四十四岁了，在银行有一大笔钱。所以她提早退休了，然后建立了自由商人贝奥武甫的组织。

自由商人贝奥武甫——至少四十岁，而且是《龙与地下城》游戏中玩角色扮演的玩家才能获得推荐信，不过也很容易的。上谷歌搜一下就行。FTB（自由商人贝奥武甫的简称）是一个帮助抑郁人群的网上互助小组。但不是人们常说的普通抑郁症患者。绝对不是。

想要加入这个小组，首先你需要给他们出示你的医药处方。他们要认证信息，可靠的那种。虽说是一群书呆子，但他们不想听你发牢骚，也不想读你的诗——对不起，哥们——或者看你那忧伤的水彩画。这群人毫不心软。如果你抑郁，他们想看到确切的证据，真正的精神病医生的诊断，还有确凿的治疗神经元化学药品的措施。如果你有两种精神病，就像朱丽娅一样，那就再好不过了。

如果一切进展顺利，那么他们会给你发一封视频邀请函。邀请函本身并没有意义，只是为了转移人们的视线，只有一个可爱的嬉皮士风格男演员说着一堆新世纪的陈词滥调。但是对那些认真思考去找的人，这里藏了一条线索：一帧听起来像白噪声的图片，原来是硬数据。把代表1和0的黑白像素点首尾相接就组成了一个声音文件。音频里有个人说了一串老式论坛拨号的电话号码，当你拨号时，你会被强行带入一系列单纯的数学问题里，如果你能在六个小时内解出所有

---

① 安非他酮，用于治疗抑郁症。
② 依地普仑，用于抑郁和恐慌症的治疗。

数学题，解出来的数字就是乌拉姆数列[①]，乌拉姆数列是这个 IP 地址网站的密码，如果你通过了测试，他们才会发给你，网页上有一个毫无意义的小游戏，除非你用四维空间去思考，才会得到一个南达科他州的全球定位坐标，这个就是地理寻宝地点，在那你会找到一个奇形怪状的复杂的三维木制拼图，里面等等，等等。如此往复循环。

这一切都是健康有益的典型美国式乐趣。一个四十四岁的退休女人没有子女，患临床抑郁症，有着天才级智商和八位数的银行存款，除了大把的空闲时间她一无所有。这过程太讨厌了，但是没有人逼朱丽娅这样做，她只是碰巧也闲得没事干。朱丽娅用了三周的时间闯过了所有智力障碍关——她想看昆廷试试这个——但最后，她提取到的，却是在泽西海岸上一家无人问津的电子游戏厅里，用了好多二十五美分硬币，从夹娃娃游戏机夹来的一个塑料球。这个塑料球里面有一个闪存盘。闪存盘里有真正的邀请函。这次就没什么花招了。她被录取了。

自由商人贝奥武甫有十四名成员，朱丽娅是第十五位。那只是一个留言板，但是自从四年前朱丽娅在布雷克比尔斯度过了两个小时后，再没有一个地方让她更有家的感觉。自由商人贝奥武甫的成员理解她。她不用费力地解释什么。他们明白她的黑色幽默、她提到的哥德尔、埃舍尔和巴赫，还明白她突如其来的愤怒和久久的沉默。她很快学会了他们晦涩难解的内部笑话和插科打诨。她这辈子都觉得自己就像失落的亚马孙部落里最后一个活着的成员，说着失传的土语，但是终于在这里找到了她的族群。他们是一群抑郁、受过多教育、离群的人，但是他们对她来说更像人类。或许不是人类，但是不管朱丽

---

① 乌拉姆数列是由乌拉姆在 1964 年提出的。数列的首两项 U1 和 U2 定义为 1 和 2，对于 n>2，Un 为最小而又能刚好以一种方法表达成之前其中两个相异项的和。

娅是什么，他们都是同类人。

在 FTB，大家都心照不宣地对现实生活避而不谈。不使用真实姓名。在大部分情况下，她都不清楚其他成员住在何处，以何为生，婚否，少数情况下，甚至连是男是女都不知道。据朱丽娅所知，他们从未见过面。FTB 不是现实世界。暴露其他成员在现实世界的身份是一种犯罪，处罚是被开除，或者说一旦发生，可能就会这样，但是从未发生过。欢迎来到"无脸书"网站：一个反社交网络。

自从朱丽娅过去的生活结束后，那个春天是她度过的最开心的时光。她每天都从早到晚地和自由商人们闲扯。一群看不见的人和她消磨时间，对她的工作项目打趣，插嘴。她吃早饭的时候打字。走在街上的时候也打字。她睡前最后看的就是枕边智能手机上的自由商人软件，早晨她睁开眼睛最先看见的也是它。她向成员们敞开心扉，她从来没有对任何人这样过：没有讽刺，没有警告，没有遗憾。她向自由商人们倾吐她破碎的心，他们接过来，清理干净，抚平伤口，然后还给她一个全新的、鲜活的、跳动的心脏。

她对布雷克比尔斯只字未提——即便是对 FTB，这个话题也是禁忌——但令她倍感欣慰的是她根本无须提及。所有错误的事情，细节都不重要。他们知道她的世界有一个巨大的缺失就够了，他们懂得那种感觉，因为他们的世界也有缺失。缺失部分的形状并不重要。就算知道有几个自由商人也是布雷克比尔斯的落榜者朱丽娅也不会惊讶。但是她从未询问过。

她觉得所有的自由商人成员都很温暖，但是必然有几个和她关系更紧密一些：一个小圈子，圈子里的圈子，包括她自己和其他三个人。菲尔斯塔夫，一个温文尔雅的递送快信者，他的文化参考资料显示他比朱丽娅大三四岁；庞西·西尔韦基腾，他辛辣的讽刺连自由商人成员都受不了，但是通常他会很人性地选择目标；还有阿斯莫德斯，心有灵犀地完全明白朱丽娅的感受，而且她对理论物理超级精通，因此她的帖子就像来自外太空一样。

朱丽娅的网名叫恶毒赛斯①。在朱丽娅加入之前，他们就已经是三人组合，但是他们很高兴接受她成为其中一员，他们四个人没完没了地闲聊。

如果大家同意，在FTB是允许私下讨论的，她和阿斯莫、庞西、菲尔斯塔夫会一起隐退到他们极度抽象的世界。在私聊时，虽然泄露任何具体地理位置的细节被公认为是愚笨行为，但他们会透漏些更为具体的个人生活。隐藏身份是游戏的一部分，游戏的另一部分是编造详尽且虚构的个人经历和简历。朱丽娅为其他三个每人都做了一份联邦调查局连环杀手的档案，包括警方的画像。

他们喜欢的另一个游戏叫做序列。很简单：某个人给出三个单词，或者三个数字，或者名字、分子、形状，什么都行。那是序列的前三个词。之后你要想出这个序列的下一个词是什么，还有遵循的是什么基本原理。你要让你的序列最难，但仍要有理可循，而且还要确定只有一个可能的答案，也就是说，这三个例子只能推理出一个指导原则。一旦答案被破解，第一个可以重复说十次这个序列的词的就是第二名。

FTB占据了她的生活，而且她心甘情愿。甚至有时她离线，FTB好像都在她的脑海里自己运行——她的大脑与这些看不见的人物共事了太多的时间，他们好像在她的大脑里产下了自己的小克隆，盗版的阿斯莫、庞西、菲尔斯塔夫还有其他人的软件运行在朱丽娅的大脑硬盘里。她没有精神错乱——她没有！——这只是她自娱自乐的一个游戏。有点疯狂，但是，嘿，只要能让你熬过去就行，对吧？而且其他一切都好啊。她体重增加了，不再抓伤自己，几乎不再咬指甲。她很久没有念那个彩虹咒语了。她知道她当时是鬼迷心窍了，但是结果证明她是那种需要沉迷于某事的人，而且她可能会做出更糟糕的事情。

---

① 赛斯，也叫喀尔刻，希腊神话中住在艾尤岛上的女巫。她是太阳神赫利乌斯和海神女儿珀耳塞所生的孩子，是国王埃厄忒斯的妹妹。在古希腊文学作品中，她善于用药，并经常以此使她的敌人以及反对她的人变成怪物。

天晓得她以前多糟糕。

她明白，让这狂热顺其自然地发展吧。它会降温的，病人会醒来，浑身是汗，但头脑清醒，狂热的梦想就会消退。她会在秋天前往斯坦福大学，开始全新的生活，交一些现实世界看得见的同类朋友。忘记过去，重新开始。

但是首先她要放开缰绳，让这一切再跑一会。朱丽娅就是这样在三月一个周末的傍晚不知不觉地从前景高地公寓漫步到贝德福—斯都维森①。近来，她成了一名惊人的步行者，因为她需要锻炼锻炼身体，晒晒太阳，改善她的心情。而且她还可以带上自由商人成员和她一起运动，他们不仅有能力像幽灵般存在于她脑海里，而且还实实在在地存在了她的智能手机里，为了这个，菲尔斯塔夫还开发了一个智能小应用。（当然，苹果手机不行，只能用安卓手机。自由商人成员绝对瞧不起非开放资源的厂商。）他们虚拟的陪伴对她而言就像穿着看不见的盔甲大步走在街上。

朱丽娅边走边打字；还练就了一个了不起的本事，利用她的周边视觉在消防栓、狗屎阵和其他行人中间穿行。似乎，能当好朱丽娅，一个关键部分就是毫不在意自己看起来很奇怪。今天，她通过软件的文字转语音功能，似听非听地播放着庞西和阿斯莫德斯你来我往地论证着霍夫施塔特怪圈意识原理的有效性，这个原理衍生于哥德尔数②，或者之类的东西。

她另一半的意识，跟霍夫施塔特有没有关系都无所谓，用来观察她路过房子的前门。特别关注的是门板怎样被分成不同大小的正方形和矩形。大部分前门都是这样的。乍看起来，这不是一项非常有趣的活动；实际上，她很难向其他人解释她到底为什么要这么做。只是这些门唤醒了前几天玩序列游戏的记忆。

---

① 位于纽约市布鲁克林区。
② 哥德尔数，即把 S 的不同的语形对象与不同的自然数一一对应，使得我们可以用数代表那些符号、符号的序列以及符号的序列的序列。

庞西贡献了一幅几何拼图，按照美国信息交换标准代码精心制作而成，由一个小网格上的简单方块图案组成。结果证明是——菲尔斯塔夫搞定的——那些图案可以被理解为一个非常简单的细胞自动机的连续形态，太简单了，因此他们一旦掌握了总体思路，就可以在头脑中研究出规律。反正菲尔斯塔夫可以做到。

有趣的是，朱丽娅真没想到走路的时候，竟然会从她路过的不同构造的门上找出序列的顺序。这样看起来，如果她继续走下去，只要走得足够远，她总能找到下一项。

这只是个愚蠢的脑力训练。图案有时在木板上，有时在玻璃上，或是铁门上。有一次是在一扇封闭窗户的煤渣砖上，那是骗人的，但是奇怪的是，她总是能找到下一个。她开始为自己设置规则——如果她走过了一条街区还没找到这个序列的下一个，她就会停下，而且只能在一条街区以内，在街道的同一侧，等等——但正确的图案总是能及时出现。她不确定这是不是一个重大的发现，但她很想知道她能一直做多久。可以想象，如果她把这件事告诉其他人，庞西对她的讽刺会有多尖酸，肯定会把她讽刺得体无完肤。那真的是太尖酸刻薄了，简直就是酸碱度为零的讽刺。

不过所有的事都非常干净利落地完成了。她的细胞自动机和庞西的唯一区别就是她的可以反向运行——反向运行规则，她的可以倒带回到最初状态。她一直走下去的另一个原因就是：序列是有限的。无论发生了什么，很快就会结束。有一次，她在街上迷路了，但是紧接着她就意识到她毁坏了转换规则，一旦她修复好，毫无疑问，就在那，一扇有着插图嵌板的古老木门，通过其中颜色稍微浅一点的三幅插图找出了正确的布局。是幻想引领着她前进，使她走入贝德福—斯都维森危险的沼泽深处，进入朦胧的、似梦似醒的状态。

朱丽娅的大脑带着一丝警惕，对走进贝德福—斯都维森的深处有一种不祥的预感。行列式房屋被空地、汽车销赃店和建到一半的公寓式住宅取代，这些公寓在建成前就遭遇了经济萧条。离天黑还有一个小时左右，她告诉自己一些房子被木板封住了，没用了，因为那些房屋正在进行规模宏大的整修，因为那些房屋还没有翻修过，都是危房。但没多久她就发现了符合庞西初始配置的门，于是这个序列游戏结束了——也就是说，回到了起点——她可以转身返回斜坡公园了。

果真，刚刚经过斯鲁普（发音是"si lu pu"）大街，就在那。那间房子不是很漂亮，但也不是危房。那是一间石灰绿的两层隔板房，屋顶上有一根古老的兔耳天线，一堆破旧的铝制垃圾桶堆在前院有裂缝的水泥地上。前门上有八个玻璃窗格。左上角的窗格被打碎了，现在用塑料包着，由此完成了序列。

就是那个。序列完成了。一看到最后的图案，也就是初始状态，朱丽娅就从序列的魔咒中解放了出来。这个梦幻的逻辑已经震耳欲聋了。她四处张望着，就像刚刚醒来的梦游患者，不知道自己究竟身在何处。耳边依然传来某人用电脑生成的声音絮絮讲述着霍夫施塔特。疲惫排山倒海般袭来。她一定是走了好几英里，太阳都下山了。她在一个露台上坐了下来休息。

她需要搭个便车回家。叫车的话会很贵，但是被抢劫或被强奸的话代价会更大。而且她觉得要是再走一步，她真的就要累倒在路上了。她关了自由商人软件，摘下耳机，耳边的声音逐渐消失了。寂静。现实世界。

她听到身后的门开了。她又站了起来，举起一只手——好吧，好吧，她这就离开。在斯鲁普大街上随便一家石灰绿的简易房前，给主人讲细胞自动机，她觉得真的不能算是擅自闯入的借口。

但是房子里出来的那个男人并没有赶她走。那是一个白人小伙，看起来很严肃，三十岁左右，穿着复古夹克和牛仔裤，戴着一顶一看就让人反感的绅士帽。

他就盯着朱丽娅，打量她。在他身后，朱丽娅看见房子里还有其他人，坐着的，站着的，闲聊的，无聊的，手上忙着什么的。只是他们手里什么也没有。一道诡异的绿色闪光从门口一闪而过，她不清楚哪里来的光，好像那里有人正在焊接。有人开始起哄。空气中弥漫着魔法的气味。都快无法呼吸了，魔法的味道太浓了。

朱丽娅在人行道上蹲了下来，像个孩子一样，用手捂着脸，又哭又笑。她觉得自己就要昏倒了或是要吐了，又或是要疯了。她努力走出那场灾难，跑得远远的，她真的，真的尽力了。她敲碎了魔杖，把魔法书撇掉，发誓再也不碰魔法了。她已经翻过了这一页，连转发地址都不留。但这还不够。魔法来找她了。她跑得还不够远，还不够快，或藏得不够好，灾难一路追踪，终于找到了她。它不会再让朱丽娅逃走了。

一切又要从头开始。

第十六章

这些事发生之时，昆廷一直努力游向岸边，他差点就被水上巴士绞个稀巴烂。他爬到岸边古老的石砌台阶上（大运河为不小心跌落到河里或跳河的人建立了完善的疏散设施）然后独自步履艰难地走回乔希的宫殿——乔希正忙着从宪兵手里救出波比，昆廷沉下去没多久宪兵就来了——昆廷情绪非常激动，想着那条龙给他的唯一一条有用的信息：还有一条路能回到费勒里。他们是拿不回纽扣了，但现在他可以放弃这个念头了，因为还有另一条路可以回去。只要他们能弄明白那条龙的意思。

昆廷边思考边洗澡，把身上的盐水、油污、重金属微粒还有更恶心的脏东西都洗掉，用高温高压的水洗了半个小时，头发洗了三遍，擦干后，扔掉被毁的衣服，他挚爱的费勒里服装，皇室的衣服，扔进垃圾桶，然后爬上了床。第一扇门，那条龙说的。第一扇门。第一扇门。到底是什么意思呢？

当然，还要想想那条龙说的其他的话。那个简短的对话中还有许多信息。上古之神要回来了。还说了成为一名英雄。所有的信息肯定都很重要。至关重要。不过第一扇门：那才是关键点。他有这个察觉力。他要行动起来，他要跟着线索，带他们离开这里，回到属于他们的地方。他要成为一名英雄，他妈的，不管那条龙说了什么。他什么都可以失去，如果这就是成功的代价的话。

第二天早上七点，波比叫醒了昆廷。对波比来说，那就像是个圣诞节早晨。她是那么兴奋，她耐着性子等了很久，终于憋不住了。她甚至一点都不嫉妒。她已经喝了三杯卡布奇诺，也给昆廷带了一杯。澳大利亚人嘛。昆廷觉得波比就要在他的床上蹦蹦跳跳了。

他们吃早餐时一起讨论了各种可能性。

"第一扇门，"乔希说。"应该是像某种原始的门一样。比如巨石阵。"

"巨石阵是历法，"波比说。"不是门。"

在讨论总体方向的过程中，波比已经顺便得知了费勒里的存在。让人气愤的是，她处之泰然，就像她对待其他事一样。她对此感兴趣是从一个知识分子的角度来看。她接受了这一信息。但是并没有让她的想象力像昆廷一样燃烧起来。

"也许像个时间锁。就像在金库上的那种。"

"老兄！"昆廷说。"忘记巨石阵吧！肯定是威尼斯的什么东西，像入海口啊什么的。"

"威尼斯是一个港口。那也是一种门。一个入口。整个城市都是一扇门。"

"对，但第一扇是？"

"或者是一个比喻的门，"波比说。"《圣经》啊什么的。像丹·布朗①小说里写的。"

"你们知道么，我敢打赌这跟埃及金字塔有关。"乔希说。

"那指的是查特文家的房子，"朱丽娅说。

大家顿住不说话。

"你什么意思？"波比说。

"他们姨母的房子。位于康沃尔。在那里，他们发现了费勒里。那就是第一扇门。"

头一回看见波比被先发制人，这感觉真好。

"但你是怎么知道的？"波比说。

---

① 丹·布朗，美国最著名畅销书作家之一，代表作《达·芬奇密码》。

"我知道，"朱丽娅说。昆廷希望她把剩下的话咽回去，但是她还是说了。"我能感觉到。"

"你什么意思，感觉？"波比问。

"你为什么这么在意？"朱丽娅问。

"因为我很好奇。"

昆廷打断了她们的对话。朱丽娅看起来天生不喜欢波比，很容易动怒。

"言之有理。那他们第一次进入费勒里的方法是什么呢？是查特文家的房子。通过后门厅里的大摆钟。"

"我不知道，"乔希说。他摸了摸长满胡茬的圆下巴。"我觉得一条路不能用两回。而且不管怎样，马丁·查特文当时还是个小孩子。那对他来说没问题，但是我绝对不可能通过那扇落地式大摆钟的门。即使是你也过不去。"

"好吧，"昆廷说。"当然，但——"

"更何况那应该是私人邀请，针对查特文家人的邀请。"乔希继续说。"同样地，那些特殊的孩子们都在某方面特别出色，所以安火才召集他们，这样他们就可以用他们出色的个人品质来拯救费勒里。"

"我们也有出色的个人品质，"昆廷说。"我觉得我们应该去找找。这是我们最好的线索了。"

"我要去，"朱丽娅说。

"公路旅行！"乔希说，他抛硬币决定要去。

"好的。"不管怎样，做决定的感觉不错，不管他们的根据是什么。再次行动起来的感觉还不错。"我们明早就出发。除非谁提前想出来更好的办法。"

大家都注意到波比已经笑得全身无力了。

"对不起！"她说。"真对不起。就是——我想说，我知道费勒里是真的，或者我是说我猜那是真的，但是你知道那是孩子的东西么？

费勒里？就好像你们在担心怎么才能去糖果乐园！或者是，我不知道，蓝精灵①之乡。"

朱丽娅起身离开了。她甚至都没有生气。她对待费勒里非常严肃，她对任何不严肃的人既没有耐心也没有兴趣。他直到现在才发现朱丽娅只要愿意，可以让人非常不愉快。

"你觉得糖果乐园是真的？"乔希说。"因为我能为了那破地方立刻舍弃费勒里。巧克力沼泽和所有的糖果。那你有见过冰雪女王么？"

"也许对你来说不是真的，"昆廷有点生硬地说着。"只是那对我们来说非常真实。或者至少是对我来说。那是我住的地方。是我的家。"

"我知道，我知道！对不起，真的。"波比揉了揉眼睛。"对不起。也许你只需要去看看。"

"也许你应该去。"

但是，昆廷想，你可能永远也不会看到。

第二天，他们一起出发去康沃尔。

查特文家的房子就在那里：1917 年，查特文家的孩子们搬到姨母莫德家住，见到了克里斯托弗·普拉弗，找到了去费勒里的路，然后宏伟而又悲惨的故事就这样开始了。难以置信的是这所房子还在，一直都在那，你只要去那就能看见。

但是在某种程度上，难以置信的是他以前居然没去过那儿。查特文住宅并不对外开放，但是它的大致位置并不是个秘密。查查维基百科就能知道。没人拆它。看来除了现在的主人和当地警察，没人会来阻止他们。他也该去那里了，只是他得去三一学院的费勒里神话考场

① 《蓝精灵》是一部由美国的翰纳-芭芭拉工作室出品的动画片，最早源于比利时，带有很多的"法国元素"。

拜访致敬。

说到去那里，乔希来来回回地发誓说他最近一直认真忙于新建入口，他很有把握能建立一个通往康沃尔的入口。昆廷问乔希康沃尔在哪，然后立刻改口说如果乔希能准确地告诉他康沃尔在英格兰、爱尔兰，还是苏格兰的话，他就给乔希一百美元。乔希发觉这是个陷阱题，他不按常理出牌，猜测是在加拿大。

但是当昆廷给乔希指出康沃尔在地图上的地理位置时，位于英格兰西南角，乔希再次发誓——那破地方实际上是邻居！在欧洲——然后又开始探讨技术难度很强的磁力线和星体折叠问题。昆廷开始对他另眼相看。

波比说她也想去。

"我从没去过康沃尔，"她说。"我一直想见见说母语的人。"

"母语是英语的人？"乔希问。"因为你知道，我可以为你介绍。"

"康沃尔语，蠢蛋。这是布立吞语。意思是英国本土的，像威尔士语和布列塔尼语。还有皮克特语。在盎格鲁-撒克逊人和诺曼人毁掉一切之前的语言。这些古老的语言蕴含着巨大的能量。康沃尔语在几百年前就灭绝了，但是现在这种语言又开始复兴了。我们到底要去哪啊？"

他们围着早餐桌坐成一圈，经过了一早上已经变成了午餐桌。咖啡杯和摇摇晃晃的一摞碟子还有银器餐具都放在了地上，腾出地方给乔希从图书馆找回来的厚厚的地图集，还有关于费勒里的书籍和一本克里斯托弗·普拉弗的传记。

"这叫福伊，"昆廷说。"位于南海岸。"

"呃，"波比说。她指着地图。"我们可以从彭赞斯①进入。从那里走的话，最多就几个小时的车程。"

---

① 英国英格兰康沃尔郡西南部城市，临英吉利海峡。

"彭赞斯？"乔希问。"就是那个有海盗的？什么时候那也成了真实存在的了？"

"你看，好吧，我想说说这个，"波比说。她把桌上的地图扫到一边，然后坐回椅子上。"如果我可以说几句的话。是的，彭赞斯是一个真实存在的地方。是一个城镇。就在康沃尔。它是真实的，就存在于地球上。你们太沉迷于其他的世界了，你们深信这个世界狗屁不是，而其他世界都很棒。但你们从来就没想到要去弄清楚这里发生了什么！我的意思是，忘了彭赞斯吧，廷塔杰尔①也是真的！"

"那是——亚瑟王不是住在那里么？"昆廷弱弱地问道。

"亚瑟王住在卡米洛特。但是据说他生于廷塔杰尔。那是位于康沃尔的一座城堡。"

"他妈的，"乔希说。"波比说得对，我们就去那吧。"

太神奇了。昆廷从未见过像波比这样的魔法师。那么死心眼的人，除了现实世界和魔法，对其他事一点兴趣都没有，怎么就能产生奇迹呢？

"对，但是你看，"他说，"事实是，亚瑟王可能不是在廷塔杰尔出生的。因为他可能根本就不存在。如果他的确存在的话，他也可能是某个令人沮丧的皮克特暴君，总是杀害百姓，在战车上杀死他们，还强奸他们的遗孀。他可能在三十二岁的时候死于瘟疫。你看，这就是我对这个世界的问题，如果你真的想知道的话。我很确信，当你说亚瑟王是'真的'，你指的并不是书里的亚瑟王。实际上，你指的并不是那个伟大的亚瑟王。"

"然而，在费勒里——你要是觉得这事很滑稽，随便你，波比，但这是真的——真的有国王，这不是胡说八道。我就是其中一位国王。而且真的有独角兽、飞马、精灵、矮人等种族。"

他还可以补充一些在费勒里真实发生的坏事，但在现实生活中不

---

① 位于英国康沃尔郡廷塔杰尔沿岸的一座城堡。

可能发生。但这并不会加强他的论据。

"那没有精灵，"朱丽娅说。

"管他呢！那不是重点！重点是，我可以假装我没有选择，就在这里度过我的余生。我甚至可以去廷塔杰尔生活。但是我有的选，我只有一个人生，而且如果一切顺利的话，我将会在费勒里，我的城堡里度过余生，和矮人玩耍，在飞马翅膀上睡觉。"

"因为那样更简单，"波比说。"为什么不做最容易实现的事呢？因为那不一直就是最好的选择吗？"

"是啊，为什么不？为什么不呢？"

昆廷完全不知道波比为什么要激怒他，还这么厉害，直中要害。他也不知道为什么他现在听起来那么像本尼迪克特。

"好啦好啦，"乔希说。"都别吵了。你住在这。你住在费勒里。皆大欢喜。"

"没错，"波比尖声地说。

天哪，昆廷想。她就像另一个珍妮特。

他们两个小时后在宫殿后面一条狭窄的街道集合。这栋楼被一把大锁锁住了，无法在楼里建一个入口。

"我想我们可以去那边再做。"乔希一脸怀疑地盯着这条街。"威尼斯有很多非常小的小巷，那只是其中的一条。没人会来的。"

其他人没有更好的建议。昆廷觉得很诡异——感觉他们是在找一个场所吸毒，或是性交。乔希领着他们沿着这条街走了二十码，这条街也不过就是一条小巷，然后左转进入楼与楼之间的一个空隙。这里很窄，容不下两个人并排同行。在这条小巷的尽头，是明亮的带状流水和阳光：大运河。这里空无一人，但乔希说的也不全对，这里不是没人来，因为不久之前，肯定有人在这撒过尿。

这让昆廷想起了以前在夏末时，他常会通过一个入口回到布雷克比尔斯的事。通常他们会把昆廷随机送到某个当地的小巷子里，把入口设在小巷的尽头。一想到这，就激起了他心中的怀旧之情，他那会还不谙世事。

"让我想想我还记得多少……"

乔希从口袋里拿出一张皱巴巴的纸，纸上潦草地写着简单的坐标和向量。波比，比他要高一点，趴在他的肩膀上指手画脚。

"你看，不是直达的路线，"他说，"但这里有个交叉点可以利用，在英吉利海峡附近。"

"你们为什么不从贝尔法斯特①走？"波比问。"大家都从那走。然后你们再向南往回走。按照星体几何来说这实际上要近。"

"不，不。"乔希眯着眼看自己写的那张纸。"我的方法更简单。你就瞧好吧。"

"我是说，如果你错过了交叉点，我们就掉水里了，我们要游好远才能到格恩西②……"

乔希把纸塞进了自己的后兜里，摆好念咒语的姿势。他咬字平稳而清晰，不慌不忙。乔希现在比昆廷记忆当中的要自信许多，乔希用手臂做了一系列对称的动作，快速地变换手势。接着，他挺起胸膛，弯曲膝盖，手指牢牢地在空中勾住，高度不超过肩，就好像他正准备拉开一扇特别重的车库门。

火花四溅。波比大声尖叫，慌忙后退。乔希挺直后背，向上使劲。现实世界撕开了一个裂缝，慢慢地，裂缝变宽了，露出后面的景色——绿草如茵，阳光明媚。当入口开到一半时，乔希就停下来了，甩了甩双手，双手都冒烟了。他用手指画出这门的上端，然后是门的两侧——有一侧不是很直，他还不小心破坏掉一些小巷的墙壁。然后他再次控制住，拉伸，然后开启这条路剩下的部分。

在这一切发生的时候，昆廷一直注视着小巷的入口。他听到一些声音，但是没人经过。乔希停下来检查那个入口。现在，在威尼斯阳

---

① 位于爱尔兰岛东北沿海的拉干河河口，在贝尔法斯特湾的西南侧，是英国北爱尔兰的最大海港。
② 英国的海外属地，位于英吉利海峡靠近法国海岸线的海峡群岛之中。

光明媚的下午，这里出现了一个更凉爽、更高清的英格兰中午的长方形景色。乔希用手捋起袖子，擦掉了威尼斯的最后一点痕迹。

"怎么样？"他问。"相当不错吧？"他的裤子上全是被火花灼烧的小洞。

大家不得不承认这看起来相当不错。

他们走了进去，一个接一个，小心翼翼地——入口的地面与人行道不齐平，如果不小心的话，脚趾会被锋利的边缘切掉。但是连接的通道是天衣无缝的，你在通过的时候都没有什么感觉。这和昆廷在安全密室之间穿越的那些入口比，这完全是另一个水平的手艺，昆廷很满意。

他们终究是跳过了彭赞斯，还有贝尔法斯特：乔希把他们带到了一个离福伊中心不远的公园里。这么远还能有这个准确度，在几年前是不可能发生的，但是谷歌街景服务对建造远距离入口的工艺绝对有帮助。乔希最后一个通过，然后把他们身后的入口抹掉了。

昆廷从没见过任何一个像福伊一样的地方，典型的英式风格。或者他的意思是康沃尔风格，他不清楚两者有何区别。波比可能知道。不管是哪一种风格，这里是一个河口处的小镇，那条河也叫福伊，毕翠克丝·波特①曾经可能画过这里。经历过威尼斯闷热的夏季后，这里的空气闻起来凉爽又清新。街道狭窄，又全是弯路，还很陡。头顶上体积很大的窗栏花箱把太阳都挡住了。

在镇中心小小的旅游办公室里，他们发现所有福伊的发音都是"福恰"，除了克里斯托弗·普拉弗外，这个小镇也是虚幻小说的发源地。《蝴蝶梦》②里的曼德利庄园应该就在附近，还有《柳林风声》③里的蟾蜍楼也是。普拉弗的房子就在这个小镇外几英里处。现

---

① 毕翠克丝·波特，生于伦敦一个富有的家庭，是英国著名的儿童读物作家。在英国乃至世界卡通史上，有一个著名的兔子的形象——彼得兔。
② 《蝴蝶梦》原名《吕蓓卡》（又译《丽贝卡》），是达夫妮·杜穆里埃的成名作。
③ 《柳林风声》是以动物为主角的童话，文笔典雅，描写细致，富含哲理。

在由国民托管组织接手；那栋房子很大，而且在某些日子里对游客开放。查特文家的房子是私人产业，所有的导游地图上都没有标注，但也不会很远。根据小说和所有的传记，查特文家的房子正好毗邻普拉弗的房子。

他们坐在长凳上，英格兰的阳光很微弱，好像是清黄油，波比前去租车了——她是所有人中唯一一个带齐所有东西的人，比如有效的身份证啊，信用卡啊什么的。（当朱丽娅提出她可以很轻松就偷一辆车时，波比惊恐地看着她，无话可说。）波比开着一辆启动很快的银色捷豹回来了——谁能想到能在蓝精灵之乡弄到这样的汽车？她说。他们在一家小酒馆草草解决了午餐，然后就出发了。

这是昆廷第一次来英格兰，他很惊讶。有一次他们开上岸坡，出了城，来到了高低起伏的田野里，点缀着羊群，被浓密的深色树篱连接到一起，这里比地球上的任何一个地方都更像费勒里。比威尼斯还要像。为什么没人跟他说过？当然，可能他们说过，只是昆廷不信而已。波比坐在驾驶席，透过后视镜冲昆廷咧嘴笑，好像在说，瞧见没？

也许她是对的，他没有给这个世界充分的信任。驾车在康沃尔乡下狭窄的公路和林荫小路上飞驰，他们四个可以做正常人，平民，他们就会不开心吗？即使没有魔法，他们一样享有草地和幸福的乡间隐居，有树枝间闪烁的阳光，还有别人买的高档车当作慰藉。哪个混蛋还会不满足？昆廷生平第一次开始认真考虑，没有费勒里他也能很幸福——不只是听天由命，而是幸福。

他们肯定已经到了地球上距离费勒里最近的地方。他们正在接近查特文家的房子。就连那个地方的名字听起来都是费勒里的风格：泰沃德雷斯，多拉城堡，洛斯特威西尔。就好像费勒里的绿色景观就藏在这后面，这个地方很薄，可以隐约显出另一个世界。

康沃尔肯定给朱丽娅带来了好的影响。她慢慢有了生气。她是他们当中唯一一个能在开车时读书而不晕车的人，所以他们开车时，她就翻阅费勒里的书，在某些章节贴上便条，有些文章还要大声地读出来。她收集了孩子们经历的各种不同方法：远离这个世界的实用旅游向导。

"在《墙上洞天》中，马丁是通过落地大摆钟进入费勒里的，菲奥娜也是。在第二卷中，鲁珀特是从他的学校进入费勒里的，所以那对我们没有帮助，我相信海伦也是这样进去的，但我找不到。在《飞翔的树林》中，他们爬树进入的费勒里。这也许是我们最好的办法。"

"我们不必非得闯入这栋房子，"昆廷说。"而且我们都可以过去。"

"没错。在《神秘的海》中，他们骑着一辆魔法自行车，所以，我们要密切关注自行车。也许这里有装着这些旧东西的车库或小屋。"

"你要知道那些粉丝几年前就可能搬空这里了，"乔希说。"我们不可能是第一批这样想的人。"

"然后在《移动的沙丘》中，海伦和简在附近的牧场里画画。这看起来机会不大，但如果需要的话，我们可以回福伊买点画画用具。就这些了。"

"这并不是全部。"对不起，但是对费勒里琐事的了解上，没人能比得上昆廷，即使是朱丽娅也不行。"马丁在《飞翔的树林》中又回去了，在结尾处，但是普拉弗没说马丁是怎么做到的。还有你漏掉了一本书，《魔法师》，这本书写了简是如何回到费勒里找到马丁的。她用魔法纽扣回去的，她是在井底找到的，海伦往井底扔了一整盒的纽扣。简只用了一颗回费勒里，所以那应该还有很多纽扣。"

朱丽娅在座位上转过身来。

"你是怎么知道的？"

"我见过她。简·查特文。就在费勒里。在我们和马丁大战之后，我的伤势有所好转。在爱丽丝死了之后。"

车里一片寂静，只能听见波比开到岔路时打转向灯发出的滴答声。朱丽娅盯着昆廷，眼神空洞，不知在想些什么。

"有时我会忘记你所经历过的一切，"她最后说道，然后转过身，面朝车外。

他们只花了四十五分钟就找到了普拉弗的家，又叫达拉斯房，过去一定是在偏远的乡下，但是现在你可以开车从养护得很好的双车道上过去。波比把车停在了对面。这里没有紧急停车道，捷豹以一个危险的角度斜着停在那。

他们四人下车，慢慢悠悠地穿过马路。路上没有什么车。现在大概是下午三点半。庭院四周环绕着坚固的石墙，大门还镶了框，建筑追求完美到几乎矫情的地步，可以看到一座乔治王朝时期宫殿般的乡村大宅坐落在悉心照料的庭院深处。达拉斯房是这些长方形英格兰房屋之一，由灰色石头修葺而成，没准是遵循了十八世纪某个疯子的对称理论和完美比例的理论而建的。

昆廷知道普拉弗以前很有钱——他在美国就已经发财了，卖干货，管他卖的是什么呢，之后他来到了康沃尔，写了费勒里系列小说——但是这建筑规模也还是很惊人。与其说这是一座房子，不如说这是带窗户的悬崖。

"天啊，"乔希说。

"就是这里，"波比说。

"很难想象有人能独自生活在这里，"昆廷说。

"他可能有仆人。"

"他是同性恋？"

"老兄，他就是，"乔希说。

在大门上有个标牌，上面写着达拉斯房/普拉弗庄园，还有观光时间表、参观团以及门票。蓝色的牌匾上简短地介绍了普拉弗的生平。今天是星期四，这个房子今天开放。灌木丛里传来一只大黑鸟干呕似的叫声。

"那我们要进去吗？"波比问。

他原本认为他们会进去，指望着万一他们能意外发现些什么，也好回去说他们进去过。但他们来了之后，才发现这个地方空荡荡的。这里没有东西能吸引昆廷。普拉弗从没去过费勒里。他就是写了小说而已。魔法不在这里。

"不，"他说。"还是不进去了吧。"

没人有异议。他们可以明天再来。如果他们还在地球上的话。

他们又一起回到了马路对面，把地图摊在汽车的引擎盖上。大家都在推测查特文家的孩子们住的那所房子的具体位置，但不是胡乱猜测。大家猜了几个可能的地方。普拉弗的书里全是对查特文家孩子的生动描写，比如他们如何独自或一起跑着，跳着，骑着自行车从莫德姨母家去拜访他们亲爱的克里斯托弗"叔叔"家。非常著名的是，普拉弗还在两家中间的隔墙上建了一扇小孩子大小的门，这样他们就可以进来了。

他们带了两本普拉弗传记，其中一本是焦点模糊的偶像化传记，二十世纪五十年代出版的，获得了普拉弗家人的授权，另一本是层次分明的心理分析报告，在二十世纪九十年代初问世，这本书详尽地分析了普拉弗的变态心理和"有问题的"性欲，这些都被象征性地写进了费勒里系列小说中。他们相信这一本书。因为这本的地理位置记述得更为详细。

他们知道查特文家的房子在达罗比路，这个信息很有用，尽管跟威尼斯人相比，康沃尔人对路标更不感兴趣。幸运的是，波比对这种越野的推算导航很在行。一开始，他们还以为她一定是在使用某种先进的地理魔法，直到乔希注意到她的腿上有一部苹果手机。

"对啊，但我用魔法给这部手机越狱了，"她说。

将近傍晚了，他们穿过了大概有几百条草木葱茏的沃特希普荒原式乡间小路，但这些小路没有路标，无法辨认，天色变暗了，他们停在了一处目标住宅附近，靠近一条狭窄的小路，这条小路有可能就是达罗比，他们可以断定这处房子背朝普拉弗的大房子而且距离非常近。

这里既没有围墙也没有大门，只有一条砾石路，蜿蜒穿过夏末的树林。路旁立着一块正方形的石柱，上面挂着"禁止入内"的牌子。他们在这儿看不见房子。

朱丽娅轻声读出《墙上洞天》中的相关段落：

房子非常气派——一共三层，房子的正面是砖石结构，有巨大的窗户，数不尽的壁炉，靠窗的座椅，旋转小楼梯，还有其他的便利设施，这正是他们伦敦的房子缺少的。房子周围是广阔的空地，空地上有笔直的小径，白色鹅卵石铺成的小路和墨绿色的草坪。

在记忆中，曾经昆廷可能和朱丽娅一起读过这段。

昆廷坐在车里，目不转睛地望着马路对面。这里不像书里说的那么好。这个地方也没有"通往另一个世界的入口"的任何特征。他开始想象查特文家的孩子第一次来这里的情景，他们五个人挤在一辆劈啪作响的黑色原始汽车的后座里，这车不像轿车，更像是马车和火车机车的杂交品种。他们的行李用绳子和维多利亚时期的皮带绑在车后的行李厢上。他们会忧郁地一言不发，无奈地从伦敦放逐到这里。简的年龄最小，只有五岁。 这位未来的看守婆，躺在姐姐的腿上，就好像躺在躺椅上，迷迷糊糊地只想找爸爸妈妈。 他们的父母一个在第一次世界大战中浴血奋战，一个在高档的疗养院里疯疯癫癫。马丁（长大后变成了一个怪兽，还杀了爱丽丝）为了他的弟弟妹妹们保持镇静，他十岁出头，软软娇嫩的下巴紧绷着，透漏着残忍的决心。

他们是那么的年幼无知，充满希望，还发现了从未奢望过的不可思议的东西，而这东西却毁了他们。

"你觉得呢？"他说。"朱丽娅？"

"就是这里。"

"好吧。我要进去了。四处看看。"

"我也去，"波比说。

"不行，"昆廷说。"我想一个人去。"

没想到这话管用。她待在了原地。

隐形在理论上很简单，但实际上这比你想的要难很多。隐形已经成功，但细致的自我消除要花很多年的时间，而且一旦成功，几乎就不可能撤销了；别的不说，你根本不能确定你是否能恢复得彻底和准确。你现身时的样子更像是一幅肖像画。据昆廷所知，最好的隐形方法更像是动物的保护色。如果你站在一堆树叶前面，你就会变成叶子一样的浅褐色。如果你一动不动，其他人就会注意不到你。通常是这样。如果光线不是很好的话。车门打开后又关上了，寂静无声。他过马路的时候能感觉到其他人的目光都聚集在他的后背上。

石柱顶端有什么东西：很多纽扣。还有一些散落在周围的草丛里。大的，小的，珍珠样的，玳瑁样的。这肯定是粉丝们的老规矩。你来了就要留下一颗纽扣，就像人们在吉姆·莫里森①的坟墓前留下大麻一样。

尽管如此，他还是停在了那儿，摸了摸每一颗纽扣，一个接一个地，只是为了确保它们中没有真正的魔法纽扣。

难以置信的是，这个伪装魔法这么粗糙。他捡起一片大大的橡树叶，似皮革一般，又从树上撕了一块树皮下来，拔了一棵草，然后在路边捡了一块花岗岩石子。他用法语低声吟唱，向这些东西吐口水，然后——现代魔法师的魅力人生啊——把它们装进口袋里。

他继续向前走去。没有在碎石车道上停留，在树中间穿行了五分钟，一直走到树林的尽头，然后他看到了莫德·查特文姨母的房子。

他就好像在回顾过去。死气沉沉的车道只是一个伪装，是陷阱。这真的是一幢富丽堂皇的房子；如果他们不是从普拉弗房子来的话，这座房子大概就够格称得上宏伟了。当昆廷走近时，砾石路重新组

---

① 吉姆·莫里森是一位美国创作歌手和诗人，其最出名的身份是洛杉矶摇滚乐队大门乐队的主唱。莫里森因酗酒于 27 岁时在法国巴黎住处的浴缸中死亡。

合，形成了一条真正的车道，分成两条岔路，正好形成一个圆，中间有一个朴实但依然绝对漂亮的喷泉。三排高高的窗户装饰着房子的外墙，灰色的石板屋顶上有很多烟囱和山形墙，很漂亮。

之前，昆廷并不知道会看到什么。一片废墟，也许吧，又或是某个可怕的新现代主义建筑。但是查特文家的房子装修和复原都很完善，草坪看上去像是早上刚修剪过。这正是昆廷所希望的，除了一点。房子不是空的。

养护得很好的草坪上停着几辆车。都是好车，相比之下，租来的捷豹看起来很破旧。黄色的灯光从底下的楼层透出，照进柔和的暮色里，房子里还传出滚石乐队早期的音乐，选曲都很有品味，没有放得震耳欲聋。不论这栋房子属于谁，他们都在里面开派对。

昆廷站在那里，从外面往里看，此时一小群傍晚的蚊子在他的头上聚集了起来。这场面似乎有点亵渎这个地方——他想要闯进去，然后把他们都赶出去，就像耶稣赶走庙里的放债者。这是 20 世纪原始幻想的引爆地，这里是地球和费勒里第一次碰撞的地方，就像两个巨大的台球。在喋喋人声中忽然爆发出一阵喊叫声，一个女人大声尖叫，然后就笑个不停。

但是往好处想，这也是一个战术上的好机会。这场派对非常盛大，他们可以悄悄混进去，尤其是女孩子们。她们根本就不需要偷偷溜进去，她们可以大摇大摆地从前门走进去。厚着脸皮进去。等人们不再对他们起疑心的时候，他们就可以溜上楼，看看能发现什么。昆廷走回车上，和大家碰头。

他们在草坪上找到了停车的地方。如果说他们是经常参加聚会的人的话，没人会不信。昆廷在威尼斯的时候买了一些漂亮的衣服，都记到了乔希那个取之不尽用之不竭的信用卡上。

"如果有人问的话，就说是约翰带你来的。"

"好主意。老兄，你打算……？"乔希指了指昆廷的穿着。

哦，对了。最好不要穿成这样出现，看起来就像一堆护根土。他解除了伪装咒语。迈过门槛，昆廷闭了一会儿眼睛。他想起小小的简·查特文，她还活着，在某个地方逍遥呢。也许她也会在派对上吧。

乔希径直向吧台走去。

"老兄！"昆廷发出嘘声。"继续你的任务！"

"我们是在卧底。我要适应一下角色。"

虽然这是在莫德·查特文家的派对，但也和其他派对没什么区别。有的人长相漂亮，有的人其貌不扬，有的人喝醉了，有的人清醒着，有的人不在意别人怎么看待自己，还有的人站在角落里，不敢开口说话，唯恐别人盯着自己。

尽管伪装得很好，但乔希向酒保要啤酒的时候，还是明显地暴露了自己的美国人身份。最后他将就着点了一杯皮恩杯鸡尾酒，他带着失望和困惑喝光了这杯酒。但他和波比很快融入了其他客人，那份轻松和老到让昆廷肃然起敬。真正的社会人士总会让他艳羡。他们的大脑好像总有说不完的话题，轻而易举，不费吹灰之力，不知从哪找的这些话题。这是一个昆廷永远也学不会的技巧。一名美国单身男性处在一群陌生的英国人中间，他打心眼儿里觉得自己很可疑。他用尽浑身解数让自己融入一些小团体里，一直礼貌地点头来回应别人的话，虽然那些人并没有专门跟他讲。

朱丽娅单薄的后背紧靠在墙上，看起来既高雅又神秘。只有一个男人敢接近她，高高的，一副剑桥学生打扮，胡须还没长全，朱丽娅十分明确地把他打发走了，他只好吃一份黄瓜三明治来抚慰自己受伤的心灵。半个小时过去了，昆廷觉得他可以朝楼梯方向缓慢移动——不是前面豪华的塔拉风格的楼梯，而是更加低调实用的楼梯，通向房子后面。一个接一个地，他吸引了其他人的视线，然后低下了头。我们只是在找洗手间？四个人一起？真可惜，他们身上没带毒品；要是有的话，他们就能编一个更好的说辞了。

楼梯呈狭窄的之字形，通向二楼，迷宫般的白色墙壁和木地板，周围寂静无声，没有灯光。依然可以清楚地听到派对的嗡嗡声和叮咣声，但现在变得安静了，像远处的海浪。楼上有几个小孩子，在走廊里疯跑，在房间内外吵吵闹闹，笑得有点歇斯底里，玩着没人知道规则的游戏，他们累了就就地躺下，因为楼下的成人派对，他们被迫成为一日朋友。

《墙上洞天》不是一本指导手册，对著名大摆钟的确切位置描述得很含糊，太气人了。"某层楼上的某个后门厅"是普拉弗提供的所有细节。也许他们分开行动会更好，只是电影里可不是这么演的。昆廷担心其他人不等他就偷偷穿越回了费勒里，把他一个人留在现实世界，就像沙丁鱼游戏①里最后一个站着的人。

现在不管是谁住在这里，根本都不使用顶层，顶层还没有修复过。又是一件幸运的事。他们甚至还没抛光过地板——地板上的亮漆已经磨没了，墙上都是旧壁纸，有些地方还露出了以前的壁纸。天花板很低。房间里堆满了不搭配的破旧家具，用白布遮着。这里越安静，感觉越接近费勒里。费勒里就隐现在阴影处，床下，壁纸后面，在他眼角余光之处，只是看不见。再有十分钟的时间，他们可能就回到赤麂号了。

就是这里了。这就是查特文家孩子们玩耍的地方，是马丁消失的地方，简看守的地方，整个可怕的魔幻故事开始的地方。在门厅里，后门厅——就像书里写的，就像预言里所说的——矗立着一个落地式大摆钟。

那是一个钟表怪兽，又大又圆的黄铜钟面，四个小一点的刻度盘围在它的四周，记录着月份和月相，还有黄道十二宫，天知道还有什么，这些都镶在朴素、没有雕刻的黑色木框里面。这个大摆钟的机械一定很复杂，相当于十八世纪的巨型计算机。大摆钟的木材是来自费勒里的日落树，书中是这样说的，每当日落的时候，日落树橘红色的

---

① 沙丁鱼游戏，是一种倒过来玩的藏猫猫游戏。一个人去藏，大家一起去找他，找到的人和第一个人一起藏起来，接着每一个找到这个藏匿地点的人都会躲进去，最后只剩下最后一个人再找，而藏着的人已经挤得像沙丁鱼罐头了。

树叶就会落尽，没有树叶的保护，忍受一夜的严寒，然后天一亮就长出了鲜绿的新芽。

昆廷、朱丽娅、乔希和波比簇拥在大摆钟周围。就像他们要重演费勒里小说中的情节——不，他们在一部书里，一部新书里，他们一起写的书。钟摆一动不动。昆廷不知道连接是不是还有用，孩子们穿过去后是不是就坏掉了。他感觉不到。但是它一定得行，他会让它动起来的。他妈的，就算要挤进这栋房子的每一件家具里，他也要回到费勒里。

即便如此，肯定也会很难挤进去的。可能会需要他呼出体内所有的空气，然后侧着身扭来扭去。这不是他计划中的荣归费勒里，但此时此刻，他会不惜一切代价。

"昆廷，"乔希说。

"嗯。"

"昆廷，看着我。"

他不得不硬生生把视线从大摆钟上移开。当他回头看时，他发现乔希正严肃地看着他，这和他的性格一点也不像。这严肃属于一个陌生的乔希。

"你知道我不会去的，对么？"

他知道。他只是太兴奋，所以忘记了。现在情况不同了。他们不是孩子了。乔希和他们不是一路的。

"对，"昆廷说。"我真的知道。谢谢你这么大老远陪我们来。那你呢，波比？这可是千载难逢的机会啊。"

"谢谢你的邀请。"她看起来是真心实意，像是要接受邀请。她把手放在胸口。"但是这里才是我全部的生活。我不能去费勒里。"

昆廷看向朱丽娅，由于顶层的光线昏暗，她已经摘下了墨镜。只有你和我，孩子。他们俩一起走上前去。昆廷单膝跪地。他们即将脱身的大笑声在他耳边轰响着。

他一靠近就发现大摆钟已经不工作了。钟表没有滴答滴答声，但是除了这个，这个大摆钟看起来太实在了。大摆钟就是大摆钟，仅此而已——它是没有生命的，普普通通的东西，一堆木头和金属而已。他转动小小的把手，打开玻璃门，看着里面悬挂的钟摆和敲钟装置，还有一些不知名的黄铜五金配件悬挂在那里，毫无生气。他的心都凉了。

这里很黑。他伸手进去，轻轻用指关节敲击大摆钟的后盖。什么也没有。他闭上双眼。

"该死的，"他说。

没关系。还没结束呢。他们还可以尝试爬树。尽管此时此刻他觉得一生中做什么都比爬树有意思。

"你做错了，你知道么。"

他们齐刷刷地转过头。是一个小孩子的声音，一个小男孩。他穿着睡衣，站在走廊的尽头，看着他们。他可能有八岁了。

"我哪里做错了？"昆廷问。

"你得先启动它，"那个小男孩说。"书里是这么写的。但是它已经坏了，我试过了。"

这个小男孩有着漂亮的棕色头发，乱乱的，还有蓝蓝的眼睛。很难找到一个比他更纯种的英格兰宝宝了，连他发音的 n 和 l 不分问题都算上。他可能是用克里斯托弗·罗宾剪下来的脚趾甲克隆出来的。

"妈妈说她会把大摆钟送到店里修理的，但是她光说不做。我也爬过树了。我还画了一幅画。实际上，我画了很多幅。你们想看看吗？"

他们盯着他。他光脚走了过来，没有发现自己被无视了。他有着英国孩子那种让人气闷的神态，活泼又泰然自若。看着这个小孩，你就知道你要和他玩游戏了。

"我甚至还坐在车库里发现的一辆旧马车上，让妈妈拉着我转转。"他称那是车库。"那和自行车不一样，但是我也试过了。"

"我知道，"昆廷说。"我知道你会在哪里做这些事。"

"但我们可以继续找，"他说。"我喜欢这样。我叫托马斯。"

说着，他真的把自己的小手伸了出来，要和昆廷握手，像一个小小的外国大使。可怜的孩子。这不是他的错。他一定是长期受到父母的忽视，所以就开始硬拉着随便哪个派对的客人听他讲话。他让昆廷想起了远方的埃莉诺，外岛上的那个小女孩。

真正可怕的是昆廷要附和他，而且毫无道理。他握住了伸过来的小手。并不是因为昆廷为托马斯感到难过，虽然他确实感到难过。而是因为托马斯是一个有价值的同盟。成年人自己永远也不能进入费勒里，起码要有一颗魔法纽扣。一直都是小孩子进入费勒里。昆廷需要的，他意识到了，是一个当地导游来当诱饵。也许如果他让这个小托马斯给他头前带路，就像一只穿过荒野的猎犬，他就能找到一两个入口。他要利用托马斯来搅动这汪水。

"给我一杯水，"昆廷对乔希说，托马斯把他拉到一边。当他们经过波比时，昆廷紧紧地抓住她的手。痛苦的火车就要出站了，昆廷可不想一个人旅行。

昆廷和波比基本不用问，故事的原委就被和盘托出了，原来托马斯的父母几年前从菲奥娜·查特文的手里买下了查特文家的房子；托马斯和他的父母竟然是普拉弗的远房亲戚，昆廷不知道他们之间是什么关系。也许这就是那笔钱的来源。当托马斯听到这个消息，他简直要兴奋得发疯。他学校的朋友一定会嫉妒他的！当然现在他有了新朋友，因为之前他住在伦敦，而现在他在康沃尔。但是这里的朋友要更友好，他只有想到动物园热带雨林展时才会思念伦敦。昆廷在伦敦时去过动物园吗？如果让他选，他会做一只亚洲狮还是苏门答腊虎呢？他知道有一种猴叫红色伶猴吗？这样叫并不无礼，你可以这么叫，因为这真的是一种猴子的名字。在一些极端情况下，谋杀小孩在伦理上是完全有理由的，他难道不这么认为？

托马斯如同蒸汽火车头一样在前面带路，他们来回走着。他们三个人在顶楼进行了一次全面彻底的搜索，包括衣柜和阁楼。他们在房子后面的绿地上也找了七八圈，他们还特意观察了老鼠洞、阴森的树林和那些大到能容下一个人的灌木丛。同时，乔希开启了松子酒汽水的运输线，只要昆廷经过就递给他，就像观众给马拉松运动员递佳得乐饮料一样。

情况可能会更糟。从后面的阳台看，景象要比前面壮观得多。人们竭尽全力在康沃尔崎岖的乡下开凿出一座整齐的英式住宅，包括一个水浅而平静的游泳池，经庭院设计师的巧妙设计，看上去一点不过时。远处，一幅完美的康斯特布尔①的画卷铺展开来，青山，休耕的田地和小小的村庄，都慢慢融化在英格兰日落时分黏滞的金色阳光中。

托马斯很享受大家的关注。波比——他是这样形容的——是一位英勇的，输得起的运动员。她并没有真正去赌这一切的结果是什么，但是她就全身心地投入进来。她简直就是勇不可当。而且她比昆廷更擅长玩游戏，照顾着小孩绕来绕去地，她已经算是久经沙场了。

可以预料得到，最后大家都聚在托马斯的卧室里，一无所获。到了十点半，即便是托马斯，不管他有多么孩子气地渴望活动，也无法诱使他再去找一圈了。他们所有人都坐着或四仰八叉地躺在托马斯房间彩虹色的羊毛毯上。房间很大，这是托马斯自己的小王国。这间房甚至有两张床，多出来的那张床是太空火箭的形状，仿佛就是要残忍地强调托马斯孤独的童年和他不曾有过的在朋友家过夜。乔希和朱丽娅也回来了。入夜了，楼下的派对声音越来越大，从鸡尾酒会降格成了一个普通的派对。

很显然，他们该离开了。这时候，托马斯已经从骚扰者变成了被骚扰者。也许乔希是对的，也许他们下次应该去试试巨石阵。但在此之前，他们要烧掉这个纽带，直到只剩下烧焦的木桩。

---

① 即约翰·康斯特布尔，英国 19 世纪著名风景画家，他用现实主义的表现方法向人们呈现了英国恬静的乡村景色和田园风光，从而激发起人们对大自然的热爱。

所以他们又玩了其他的游戏。他们卖力地一个接一个地玩着动物捕捉、拉米纸牌和四子棋。他们还玩了桌面游戏，妙探寻凶①、大富翁和解救老鼠，直到托马斯太累了，他们也醉得很厉害，都没法按规则玩了。他们继续往托马斯的玩具柜里深挖，就一步一步走回了托马斯的童年，找到的游戏都太简单了，他们根本就不算在玩游戏，根本不需要任何战术：魔兽争霸，蛇梯棋②和嗨吼，采樱桃③，还有最后的高音 C，一个非常简单的字母游戏，游戏的主要目标是要赢得赛前的争论：你和你的玩伴需要决定谁当海豚，决定了之后，剩下的就是碰运气和卡通鱼了。

昆廷喝了一杯清淡而温热的金汤力。这酒喝出了失败的滋味。梦想就是这样破灭的，在这一堆三原色的塑料游戏棋子之中，在低级聚会的楼上。他们会继续寻找，他们会第一时间去敲他们能想到的所有的门，但是，当昆廷四仰八叉地躺在多出来的那张床上，他长长的腿搭在床边，背靠着托马斯的宇宙飞船床头板，此时，他第一次很认真地在思考他根本回不去费勒里的可能性。没准在费勒里已经过去了几百年。怀特斯拔厄遗迹已经被大雨冲毁，在不知名的海湾里，长满青苔的白色石头软得就像方糖。爱略特国王和珍妮特王后的坟墓可能已经立了很久，长满了常青藤，两人的坟墓上长了两棵闹钟树。也许他会成为一个传奇被大家铭记，消失的昆廷国王。永恒之王，就像亚瑟王一样。和亚瑟王不同的是，他不是从阿瓦隆④回来的。仅仅是曾经的国王。

很好，在这里结束梦想十分合适，在查特文家的房子里，一切开始的地方。第一扇门。真正有趣的是，即使他已经不幸到极点了，他

① 一款图版游戏，创作自英国伯明翰事务律师行文员 Anthony Pratt。
② 蛇梯棋，玩法类似大富翁游戏，抛掷骰子，根据点数移动，途中必须躲避巨蛇的攻击，并最快到达终点。
③ 嗨吼，采樱桃，一款桌面游戏，二到四名玩家，通过旋转指针来收集樱桃。
④ 亚瑟王传说中的精灵国度。

也无法坦诚地说这里的一切都很糟。他有一群朋友，或者说有几个朋友。他们有乔希的钱。还有魔法，有酒，有性，有食物。他们什么都有。他想到了威尼斯，还有他们刚刚开车经过的康沃尔纯天然的绿色景观。这比他想象中的世界要好太多了。他到底还有什么可抱怨的？

根本就没有什么好抱怨的。总有一天，他也会有一所这样的房子，生一个像托马斯一样的孩子，灯还亮着，托马斯躺着躺着就睡着了，胳膊举过头顶，做着马拉松运动员到达终点冲线的梦。他会娶个聪明可爱的人（谁？波比吗？肯定不是），费勒里会从他的生命里渐渐消失，就像梦一样，基本上那就是梦。所以他不是国王又怎样。那只是暂时的愉悦，这里才是真实的生活，他会像其他人一样好好生活下去。如果他做不到这点的话，那他算哪门子英雄呢？

朱丽娅踢了踢他的脚。大家心照不宣，都铁了心要玩完高音C的游戏，现在轮到他了。他轻弹指针，然后前行两格。乔希，他的角色是鲸，遥遥领先，但朱丽娅（乌贼）后程反扑，剩下波比（鱼）和昆廷（水母）对垒，决出第三名。

乔希转动指针。他在玩哑谜猜字的格子里。

"呱！"乔希说。"呱！呱！"

"海鸥，"他们异口同声地说。好像他们是一群鸭子。乔希又转了一次指针。朱丽娅打了个嗝。

昆廷越过波比温暖的后背，一头扎在了一个非常柔软、气味清新的枕头上。从这个角度来看，很明显波比穿了一条丁字裤。床不是很稳当。酒劲儿上来了。不知道这天旋地转会渐渐停止还是会越来越快，越来越猛，狠狠地报复他多次的犯规。嗯，时间会证明一切。

"呱！"乔希说

"已经够了，"昆廷说。

"呱！呱！"

"海鸥！我说了是海鸥！"

灯光很刺眼。托马斯房间的光太亮了，晃得人不舒服。今天喝得太多了。昆廷坐起来。

"我明白，兄弟，"乔希说。"我听见你说了。"

"呱！"

呱呱声没有停止，旋转也没有。这张床一定在晃动，与其说旋转，不如说轻轻摇摆。他们都惊呆了。

波比第一个反应过来。

"不可能。"她从床上跳下来，然后掉进了水里。"他妈的！不可能！"

烈日当空，一只好奇的信天翁在他们头上盘旋，恭敬地询问着。

昆廷从床上跳了起来。

"哦，我的天啊！我们成功了。我们成功了！"

他们成功地穿越回来了。这还没有结束，一切又要重新开始。他张开双手迎接阳光，让炎热的阳光直接洒在他的脸上。他重生了。朱丽娅四下眺望，抽泣着好像心都要碎了似的。他们回来了。梦想再次成真了。他们正在费勒里的公海上漂流。

卷三

第十七章

"托马斯想必会失望的，"波比说，"他错过了这一切。"

她闷闷不乐地坐在赤麂号甲板的风帆柜上，身上裹着船上粗糙的毯子。波比的卷发被海水浸湿成了一片。她试图游走，回到地球，回到小男孩托马斯的卧室里，但眼见毫无希望，也只好往回游到床上，大家用力把湿嗒嗒的波比拽上来，等待救援。波比是个游泳健将，这倒也并不出奇。

这张床，可说是质量一流，实木含量不低——托马斯的父母可是很舍得花钱——但是到了水里，当船用的话，这床最多算是将就，它被快速冲向下游，先是床单，紧接着床垫也被完全浸湿，失去了浮力。乔希沉重地坐在床上，嗫嚅着痴语，一副听天由命的样子，像尊佛一样随着船下沉，此时，床渐渐地被水淹没，冰冷的海水拍打到了膝盖上。

这时已经能看到赤麂号了，在风浪中一个急转弯朝他们开来，一股清风又将船扶正了角度。船帆——他的帆，昆廷的帆，绣着浅蓝色的费勒里公羊——十分醒目，绷紧了，形成自豪的弧度。风帆的力量、颜色、强度和它的存在都几乎让人热血沸腾。一个小小的像玩偶一样的水手已经站在了栏杆那里，用手指着他们的方向。

昆廷一秒钟都没有怀疑过，赤麂号会来。感觉好像过去了很多年才又见到它。他们来接他回家了。

赤麂号不断靠近时，昆廷生出一丝忧虑：要是已经过去几个世纪了呢？要是爱略特和珍妮特真的都死了呢？要是赤麂号成了布雷克比尔斯时代的唯一幸存者呢？要是他回去时满朝都是陌生人怎么办？但是，不会的，栏杆后站着的明明是宾果，还是老样子，随时准备好将昆廷拽回到船上，继续护卫效忠皇家。

大家抹干了身子，彼此拥抱，互相介绍，拿来了干净衣服和热茶，昆廷同时注意到赤麂号和他离开时不太一样了。赤麂号老了。倒不见得是破旧，而是上了岁数，多少有些安顿下来了。曾经的光泽——栏杆上的油漆和甲板上的清漆——现在都已经磨得没有光泽了。从前崭新扎手的绳索现在变得顺滑而柔软，因为一次次滑过滑轮而变成了暗褐色。

还有，昆廷不再执掌赤麂号。爱略特在当家。

"你到哪里去了！"爱略特拥抱完昆廷说道。"你这荒唐、可笑的家伙！我还以为你已经死了。"

"我去了地球。我们离开了多久？"

"一年零一天。"

"天哪。我们只过了三天。"

"这样我就比你大两岁了。你猜我会作何感想？地球现在怎么样？"

"老样子。和费勒里不一样。"

"给我带什么没有？"

"一张床。乔希。一个叫波比的澳大利亚女孩。我时间不多，而且你知道给你买东西有多费劲。"

昆廷仍然很欢欣，但是肾上腺素正在慢慢减退，他的眼皮开始发沉，开始出现时差反应。二十分钟前还是午夜时分，漫长难熬的酗酒派对已经接近尾声，现在又回到午后了。他们下到昆廷的船舱里，现在是爱略特的船舱，昆廷擦干身体，换好衣服，咒骂安火为何不用咖啡豆的奇迹来保佑费勒里。

随后昆廷躺倒在爱略特的床上，盯着低低的木质天花板，开始告诉爱略特发生的一切。他告诉爱略特他是如何回到了布雷克比尔斯，还有朱丽娅的安全密室，乔希如何变卖了纽扣。他还告诉爱略特四不像城已成为废墟，还有龙的故事和查特文的房子。

爱略特坐在床脚。昆廷说完之后，爱略特盯着他看了一分钟，食指指尖缓慢地点着上唇的凹陷处。

"好吧，"他最终开口说道，"真是有趣。"

确实有趣。只是昆廷本人对此的兴趣正在减退。他现在只想睡觉，而且很有信心自己可以瞬间睡着。回到费勒里对昆廷来说是巨大的安慰，是接着高空跳下的特技演员不受伤害的巨型充气软垫的安慰，他沉了进去。

如果昆廷完全可以按照自己的心意安排一切，他会再要求一件事：再也不坐船了。他想回家，不只是回到费勒里，而是具体到怀特斯拔厄城堡中自己的房间里，那里有高高的天花板，大大的床，还有它特有的静谧。昆廷不觉得自己有多么会解读奇迹，但是金钥匙的教训似乎再明白不过。那就是：你已经赢了，就不要再玩了。待在原地，待在你的城堡里，你就是安全的。不需要你再有任何行动了。

"爱略特，"昆廷问，"我们在哪？"

"我们在东方。东方非常非常远的地方。比你去过的地方还要远。两周前我们经过了后岛。"

"噢，不会吧。"

"我们已经越过了地平线。"

"不，不，不。"昆廷闭上了眼睛，"不可能吧。"他希望现在是夜晚，但是下午明晃晃的太阳仍不由分说地照进他的——爱略特的——船舱窗户。"好吧，我们是离家很远。但是我们正在起航回家，是吗？你已经找到了我和朱丽娅。任务完成了。故事完结了。"

"我们会回家的。但是在那之前还要完成一件事。"

"爱略特，停下！我是认真的。掉转船头。我再也不要离开费勒里了。"

"就一件事。你会感兴趣的。"

"我可不这么想。"

爱略特咧开嘴笑了，当然没有咧到露出他的坏牙。

"噢，你一定会喜欢的，"他说。"是冒险。"

简直难以置信。顾不上托马斯了；他，昆廷，错过了一切。昆廷刚出发去外岛，爱略特的冒险就开始了。

当晚在甲板下举行的盛大宴会上，这一切被和盘托出。这时昆廷几乎可以接受这个事实了：当你在不同的巨大维度空间穿越时，某些昼夜就势必会延长到三十六小时那么长，除了等着时间走完，你也别无他法。刚上船的这几位吃起饭来狼吞虎咽——他们的疲惫劳顿转化成强烈的饥饿感。他们出发前那晚就没正儿八经吃顿饭，只吃了几口传过来的小菜。只有朱丽娅选了些食物，隔几分钟吃一口，就好像她的身体是她被迫照顾的一只不受待见的宠物。

"我就知道有什么不对劲儿，"爱略特一边说着，一边撬开一只巨大骇人的旭蟹。他和朱丽娅一样，看起来没怎么吃，事实上能吃很多，却怎么吃也还是那么瘦。"你们刚离开怀特斯拔厄两天，就有人在我沐浴时行刺我。"

"真的？"乔希嘴里塞满食物问道。"就是这事儿让你警觉起来的？"

乔希倒是很快适应了赤麂号上的一切。这人天性就没有不舒服的时候。他和爱略特又熟络到好像从未离开两年一样。

"太可怕了，"昆廷说。"天啊。"

"可不是！那晚我正舒服地躺在浴缸里，无辜得像个刚出生的孩子，当然我比婴儿可爱多了——尤其是，你要是见过这样的生物，你就知道他们太可怕了——一个递毛巾的侍者偷偷潜到我背后，手握一柄大弯刀。

"我就不跟你们说细节了"——爱略特每次这么说之后，都会一个细节不落地详细叙述——"我一把抓住他的胳膊，他就进水了。本来这人服侍得也不好。可能他觉得自己该做什么大事吧。不过我告诉你，他也不是一个成功的刺客。他用刀顶着我的脖子，但是离动脉还远着呢，而且根本没做好心理准备。所以喽，他进水了，我就跃出水来，然后我就把他冻住了。"

"用了迪克森魔咒？"

爱略特点点头。"我倒也没什么损失。反正当时我已经准备出浴了。那晚我倒了很多浴盐，我也不知道用不用得了那么多，不过瞬时就冻实了。他看起来就像碳凝的韩·索罗①。惊人的相似呢。

"你和你的贴身男侍，"乔希说。"可我就要一个后宫，仅此而已，你就这道德、那人权的跟我说个没完。"

"行啊，我这不就相当于帮你躲过了刺杀吗？"

爱略特没被晒黑，他肤色苍白好像根本晒不黑，不过烈日和狂风还是给他本来无瑕的苍白带来了一丝厚重。而且他还留着帅气的海军胡茬。他放下了在怀特斯拔厄时一贯的那副高高在上的天王的架势，脱去了皇家的繁华。对船员讲话时——包括宾果这样出海前他从未见过的人，按照昆廷的想法，也肯定不知道的人——他有种轻松熟悉和指挥若定的气派。现在爱略特比昆廷跟他们还熟。他们在海上一起航行了一整年。

"当然了，我把他放了出来。我可不忍心看他窒息而死。但是你们猜怎么着，他什么也不肯招！他说不定是狂热分子。或者也有可能是疯子。反正都差不多。你们要知道，几位将军打算对他用刑来着。我想珍妮特恐怕也会这么做，但我做不到。不过当然也不能就那么放了他。这会儿正关押在监狱里。"

"我确实非常震惊，不过如果没有在沐浴时遭到行刺，我估计也就算不上至高王了。对了，如果他们一旦得逞，一定要把我留在原

---

① 韩·索罗是乔治·卢卡斯导演的著名科幻电影《星球大战》正传三部曲中的主要人物之一，由哈里森·福特饰演。

处，命人画下来。像马拉①那样。

"我本想让这事就过去了，但是做不到。它不让我忘记。我不知道它是什么。可能是费勒里。不管怎么说，奇迹就是从那时开始的。

"大家都说这是奇迹，我也想不出其他名字。开始的时候只是感觉。你看着一个东西，比如一块地毯，或者一盘水果，看着看着东西的颜色就变了。更加明亮、生动、饱满。你会突然毫无来由地感到悲伤、兴奋或是充满爱意。有些男爵在大庭广众之下就开始女里女气地痛哭起来。"

"那感觉好像是嗑了药，不过我知道自己什么药也没吃。我记得有一天晚上在卧室里，我躺在那里，黑暗中闻到香料的味道，一种接着一种。肉桂、茉莉、豆蔻，还有一种——很好闻但叫不出名字。我走过时，城堡里的油画也开始发生变化。就是画的背景变了。里面的云彩会移动，或者天空会出现昼夜更替。"

"后来有天吃晚餐的时候，我看见我的头顶上方悬着一个狩猎号角。其他人也看见了。还有一天半夜，我打开洗手间的门，门里面却是森林深处。虽说在森林里撒尿也一样，不过也太诡异了。我简直什么都没法专心做了。"

"有段时间我以为自己要疯了，真的疯了，后来出现了一棵树。王宫大殿的正中央长出了一棵闹钟树，大白天的从地毯下长出来。它是突然间冒出来的，而且一次长完，满朝文武都眼睁睁地看着。然后那棵树默默地耸立在地中间，好像是幻觉，指针滴答滴答地走着，因为刚刚成长的精力使得它轻轻摇摆。好像在对我们说：'嗯，我来了，这就是我。你们能拿我怎样？'"

"从那时起我才知道原来我没有疯。是费勒里疯了。"

---

① 马拉（1743—1793）是雅各宾派的核心领导人之一。他患有严重的皮肤病，每天只有泡在洒过药水的浴缸中才能缓解痛苦，于是，浴室就成了他最经常待着的办公场所。1793年7月11日，马拉被刺。《马拉之死》是大卫的一幅名画。

"我不妨告诉你，整件事让我很来气。你要明白，我是被召唤来的，而我本人非常不情愿。我了解这类事情对你的吸引力，远征啊、亚瑟王什么的。但那是你。你别见怪啊，我总觉得那都是小儿科的东西。汗流浃背的，千辛万苦的，一点也不高雅，你明白我的意思吧。我也不需要被召唤才觉得自己特别，我已经够出类拔萃的了。我聪明、富有而且英俊。我对自己的现状完全满意，我身体的每一个原子都沉浸在奢华快乐的狂欢之中。"

"说得好，"昆廷说。爱略特以前肯定表演过这一套。

"嗯，然后那天宫廷下午例会时，那只该死的预见兔冲了进来。弄得威士忌洒了一地，把我一个比较胆小的门徒吓个半死。每个人的忍耐都是有限度的。第二天早上我就披挂整齐，跨上战马，独自冲进皇后森林里。你是知道的，我做国王之后再也没有单独出去过，但是这种事情有自己的规矩，即使对国王也不例外——也许正因为我是国王，就更得遵守。"

"皇后森林，"昆廷沉吟着，"真的啊！"

"是真的。"爱略特手持酒杯，一饮而尽，不等他吩咐，旁边一个四肢修长的光头男子又为他斟满。"我又去你那片荒唐的草地了，圆形的那块。瞧，你当时想进去是对的。那确实是我们的冒险。"

"我当时是对的。"昆廷垂头丧气地说。他低头盯着自己的双手。"我无法相信，我当时是对的！"

要不是疲惫到极点，而且微醺，说不定这一切对昆廷的打击不会这么大。现在，昆廷觉得浑身有一种说不出来的感觉。关于这个世界，他本来以为吸取了教训，而现在却发现他吸取的教训可能是错误的。冒险的机会当初就摆在眼前，他没抓住。如果如童话故事所说，做英雄就是参透线索的问题，昆廷真的错过了他的时机。他去绕着地球转了三天，一无所获，还差点被困住回不来，而爱略特却开始了真正的冒险。

"确实，"爱略特说，"不管是统计数字还是历史事实，或者从别的任何角度来说，你几乎没有对过。用《今日美国》占星版来做重大决定的猴子对的次数都比你多。不过这次，是的，你是正确的。别毁了这一刻。"

"应该是我，不是你！"

"当时有机会你就该抓住。"

"当时你让我别去！"

"是珍妮特让你别去。我不知道你干吗要听她的。但，我明白。"爱略特把手放在昆廷的胳膊上。"我明白。我当时也是别无选择。不管是谁负责分配冒险任务，他的幽默感都够他妈的奇怪了。"

"不管怎样，我出发了。出发那天早上确实挺有感觉的。寒气分外袭人，阳光照耀盔甲，骑士策马平原。真希望你当时也在。"

"不过我肯定比你要帅多了。我特地定做了盔甲，专门为那天出发穿，满是压花和嵌金。我不骗你的，昆廷。我看起来帅气极了。"

昆廷在想那时他在干什么呢。起码那时候他有可乐喝。算幸运了。真想再来一瓶。他现在累极了。

"花了三天才找到那块该死的草地，不过总算找到了。当然了，预见兔就在那里，就在那棵丑陋的大树下等着我，那棵树仍然在看不见的风里疯狂摆动。"

"无形的嘛，"波比小声说。"风本来也看不见。"

看到她也在恢复心气真好。

"在那等着的不止那只兔子。那只鸟也在那里，还有隐身兽、善言蝾螈、好心狼、平行甲虫——它会一种几何的东西，太无聊了我都不想跟你说。全员出席，全部神兽，全部军团。啊，就差那两个水生的神兽了。差点忘了，引导兽让我向你问好。我看你虽然射过它，它还是挺喜欢你的，不知为什么。"

"哎，当我看到它们全部都站在那，整齐地按照大小个排成两排，好像要拍集体照，我就知道完蛋了。蝾螈作为代表开口说话。他宣布王国处在危机之中，唯一的解救方法是要我重新集齐费勒里的七把金钥匙。我问它为什么，金钥匙哪里特别，有什么用，可以开什么锁。它不告诉我，也可能它不能说。它说时机到了我就会知道。"

"我当然跟它争论了一下。比如说我还想知道，需要什么时候集齐这些钥匙。要是隔几年去找一把倒是也行。围绕这件事安排假期。这么说我其实还挺愿意去找呢——毕竟有目标的旅行总会更有趣。但是这个任务明显时间紧迫。它们坚持不让步。"

"它们给了我一个金钥匙圈，用来挂那些金钥匙，然后我就离开了。我还能做什么呢？我回去的时候，发现怀特斯拔厄整个进入警戒状态。全国上下出现各种凶兆。风暴蔓延——所有的闹钟树都和第一棵一样抽打着。你记得红色废墟那儿的瀑布吧？水倒流的那个？水也开始向下流了。明白吗，开始正常了。这恐怕是最后的极限了。"

"然后，赤麂号疯狂地驶入港口，他们告诉我你和朱丽娅消失了。"

爱略特英雄般地接管了赤麂号。他花了一天时间对船身进行修缮，准备补给，全国上下都在议论纷纷，一半忧虑，一半兴奋。至高王爱略特即将起航冒险！不说别的，这绝对是公共关系上的巨大胜利。码头上挤满了想要参加寻找七把金钥匙的志愿者。矮人们送来了一车的魔法钥匙，都是他们平时没事儿在洞里闲踢着玩的，万一里面真有金钥匙呢，不过事实证明大部分都不是。

但其中有一把钥匙配得上钥匙圈。还需要找到剩下的六把。看来矮人时不时就会有出人意料的贡献，真是有趣。

爱略特将城堡托付给珍妮特独自打理。让珍妮特承担更多责任，他觉得很内疚，但是他刚离开，她那边其实就已经跃跃欲试了。等他回去的时候，估计珍妮特都已经形成法西斯般的统治了。就这样，爱略特出发了。

爱略特根本不知道要往哪儿去，但是以往的阅读让他知道，在冒险历程中，相对无知的状态未必是大碍。这种无知是被无畏的骑士所接受甚至钟爱的。你胡乱闯进荒野中，但只要心态，或者说灵魂是端正的，那么冒险就会引导你经历自然的发展进程。就好像自由联想一样——根本不存在错误答案。只要不太刻意，就没问题。

爱略特绝对不会刻意去做什么。乘着温润的西风，赤麂号乘风破浪，很快过了外岛，又经过了后岛，离开了费勒里，离开了已知的世界。

宴会桌上一下子安静了。这一刻静得可以听得到船上绳子和木头吱嘎作响，昆廷这才意识到他们在地图之外多远。他在想天上如果有人看他们会是什么样子：一艘亮着灯的小船，迷失在黑夜神秘海域的浩瀚与空旷之中。

爱略特盯着天花板。他竟然在措辞。昆廷头回看到爱略特语塞。

"你不会相信的，昆，"爱略特最后说。一种类似真正敬畏的表情出现在他的脸上。"你肯定不会相信。我们走遍了东海。我们见到的岛屿。其中有一些岛屿……我都不知道从何说起。"

"说说那列火车，"那个光头的年轻男子说道。昆廷一下子认出了他。是本尼迪克特。可眼前的他像是换了一个人，肌肉结实而且牙齿亮白，以前额前耷拉着的刘海和阴郁的气质已全然不见踪影。他看爱略特的眼神中流露着尊敬，昆廷从未见他对谁如此敬重。

"对，火车。开始我们以为是海上巨蛇。船差点没躲开。后来它竟然是辆火车，那种行动缓慢的货运火车，有数不清的一节一节的罐车和棚车车厢，只是这辆完全没有尽头。火车破开海面出现，海水在车厢两边流动，在我们眼前轰鸣着有好几英里长，然后火车又沉入海里。"

"说沉就沉了？"

"说沉就沉了。宾果跳上火车巡视了一阵子，但是没打开任何一节车厢。"

"我们还看到一座城堡漂浮在海面上。一开始只是听到了声音，大半夜听到铃声。第二天早上迎面碰上了：是座石头城堡，下面有一队木制驳船驮着。城堡里面一个人也没有，就只有一个塔楼上的铃铛随着波浪翻滚当当作响。"

"想想还有什么？有一座小岛，岛上一句谎话也不能说。说实在的那段时间挺尴尬。这么说吧，我们把很多糗事在那儿都抖出来了。"

屋里船员们脸上都出现了懊悔的笑容。

"有一个地方，那里的居民是浪花，海里的浪花，当时的情形我知道，不过我也解释不清楚。还有一个地方，我们看见海水灌进一个巨型峡谷，上面只有一架窄桥可以通行，一座水桥，我们还必须驶过去。"

"有点像渡槽，"本尼迪克特补充说。

"对，有点像渡槽。一切都太奇怪了。我猜可能是因为这里的魔法能量更大，更不受控制，魔法本身创造了各种让人想象不到的地方。我们在无风带被困了一周。完全没有风，水面像玻璃一样平，有一片马尾藻海——一大堆沉船残骸漂浮在海洋之上。那里的居民在海里捡东西。他们说，所有被人遗忘的东西最终都会出现在马尾藻海里。玩具、桌子、整栋房子，什么都有。人也会出现在那里。他们也被遗忘了。"

"我们险些就出不来了，最后是赤鹿号生出一排船桨把我们带了出去。是吧，老伙计？"说着爱略特亲昵地用拳头碰了碰船板。"你可以从马尾藻海里带走你想要的东西，但你也必须留下点什么。这是规矩。宾果带走了一把魔法剑。给他们看看，宾。"

宾果坐在餐桌另外一端，站起身从剑鞘中把剑半抽出来，他看起来有点不好意思。剑身窄长，亮钢铸成，上面嵌有银色螺旋图案，泛着白光。

"他不肯告诉我们他留下了什么。你把什么留在那里了，宾？"

宾果微笑着碰碰鼻子一侧，没说话。

昆廷兴致不高。早上他在威尼斯醒来，在英格兰待了一天，又在费勒里待了半天。已经喝醉了一次，清醒过来，现在又喝醉了，坐在赤鹿号厨房餐桌旁的破了的硬板凳上。昆廷想，说不定爱略特想要先回趟地球呢，毕竟那里的酒和咖啡要好喝些。但谁知道呢，说不定反过来就行不通了。也许他根本不可能去——也许他被困在马尾藻海出不来了呢。而且爱略特可能也找不到乔希，也不会看到大龙，更不能遇到托马斯。说不定爱略特能做到的他就会失败，他能做到的爱略特也未必能成功。可能注定这样。不是按照意愿去冒险，而是按照能力去分配。

让人难以接受的是没法选择要走哪条路。但是他做出了选择。

"别卖关子了，"昆廷说。"找到金钥匙了吗？"爱略特点点头。

"我们找到了好几把。每次要么是一场战斗，要么是个谜题。有一次必须打败一只巨型大螯虾，钥匙在它的心脏里。还有一次遇见了一片用钥匙堆成的沙滩，上千万把钥匙啊，我们只能一把一把地去试，看哪个是对的。估计可能有窍门，不过谁也没想出来，所以也只能蛮干——大家排班，轮流一把一把地试验。找了几个礼拜，才找到了一把。"

"原谅我说话直接了点，但是你们要知道，我们已经找了一整年，日复一日，坦白说探险的意志已经消磨得差不多了。现在的情况：七把钥匙中有五把在我们手里。矮人给了我们一把，我们找到了四把。你手里有没有？后岛那把钥匙？"

"没有，"昆廷说。"我和朱丽娅穿过门，钥匙留在身后。你们没找到吗？"

昆廷把目光投向宾果，然后望向本尼迪克特。他俩谁也没看昆廷的眼睛。

"没有吗？但我们也没有。"

"该死，"爱略特说。"我就担心这样。"

"但是到底怎么回事？不可能凭空消失了啊。钥匙肯定还在后岛。"

"没有，"本尼迪克特说。"我们到处都找遍了。"

"好吧，看来只能继续去找。"爱略特叹口气，举起杯子示意倒满。"看来你终究还是得看看我们的冒险了。"

第十八章

在贝德福—斯都维森的那所房子是朱丽娅的第一个安全密室，它也代表着她的斯坦福大学梦就此终结。她永远不会去读大学了。这是她第二次也是最后一次让父母伤心失望。想到这里她就受不了，所以她的处理方式是干脆不去想。

她当然可以拒绝，完全可以拨通专车服务的电话，转过身不去理会那个戴卷边帽的人，等黑色的林肯车来了就上车，跟来自危地马拉高地的司机不断重复家庭地址，司机总会听懂，然后开车带她离开这一切。或者可能她根本做不到，但她仍然希望自己可以。她那时就如此希望，以后的许多年里，她会经常希望自己当时拒绝了。

但她无法一走了之，因为她的梦想，她的魔法之梦并未消逝。她试着消灭这个梦，工作、吃药、心理咨询、家庭和自由商人，她用尽各种方式想要扼杀它，都失败了。梦想的力量比她强大得多。

那天晚上负责看守贝德福—斯都维森的安全密室的年轻男子长得像猫头鹰一样，名叫杰瑞德。他大概三十岁左右，个子不高，笑容明快，浓密的黑胡茬，戴着一副厚重的黑框眼镜。他曾在纽约大学花了九年时间攻读语言学博士。在此期间，他利用晚间和周末研究魔法。

密室里的人不都是想象中的样子——书呆子气，搞学术的。让人意外的是这里什么人都有。有个住在附近的十二岁神童，还有个周末开宝马越野车从威切斯特郡过来的六十五岁的寡妇。轮流出现的班底里总共大概有二十五个人：有物理学家、前台服务人员、管道工、音乐家、本科生、对冲基金经理，还有些处在社会边缘基本没用的疯子。现在又来了朱丽娅。

有些人一个月来一次，练习魔咒；有些人每天早上六点到，一直待到晚上十点，或者就干脆睡在密室里，不过密室规定尽量避免留宿。其中有些人在日常生活中担当着各种角色，有事业有家庭，看不出性格古怪或身体虚弱的迹象。但是毕竟一边要维持日常生活，一边还要研习魔法，是很难平衡的事。一旦失去平衡，就会摔得很狠。即使你能再爬起来，也会是一瘸一拐的了。而且每个人迟早要跌倒。

看，当魔法出现在你的生活中，你就开始拥有另一个地下魔法师的秘密身份，双重生活势必要付出某种代价，秘密生活会一直影响着你。你的魔法师身份，如诡诈的幽灵一般和你如影随形，拉一下你的袖子，在你耳边悄悄说你的现实生活是虚假的，是粗陋无比、有失尊严、毫不可信的伪装，骗不了任何人。你真正的自我才重要的，那是另外一个你，就坐在布鲁克林的特如普大街上绿色简易房里的破沙发上，一边挥着手一边用绝迹了的斯拉夫方言念着咒。

朱丽娅没有辞职，但她基本晚上和整个周末都会待在密室。心底的欲望回来了，而且这次看起来她可以满足自己。她有所察觉，这次一定要痛下杀手。朱丽娅最近没在自由商人论坛上有什么动静，那边可以先等等。经常会有论坛成员突然失联几个月或者几年。在这个普遍患有慢性情绪障碍的群体里，这种参数仍然在正常范围之内。

至于朱丽娅的父母，她干脆不跟他们沟通了。她知道自己在做什么，也知道父母很难接受，无法看着她再次沉迷，再次变瘦，不再洗澡，等等，不过她还是那么做了。她觉得自己别无选择。她是上瘾了。要是真的从家人的立场想想后果，真的站在他们的角度，朱丽娅会被悔恨彻底击溃。所以她没那么做。有一天吃早饭的时候，在餐桌上，她第一次发现自己在不经意间，几乎充满快感地用拇指指甲在胳膊上划出了一道红印，更准确地说，当她发现她妈妈发现她在做这事时，谁都没说话。但她看到那天早上妈妈的心里有部分死去了。她也没去英雄般地试图挽救。

朱丽娅那天早上也差点死了，她知道。就差一点。但是你让一个行将溺死的女人抓住，她会把你一起拽下去，有什么意义？反正她就这么对自己解释的。你必须看着她的眼睛，把她的手指一根根拨开，看着她向下沉入毫无生气的绿色深水，在那里消亡。不是她死就是你们两个一起死。救她有什么意义？

朱丽娅的妹妹明白这个道理。能看见她狐狸般灵活的褐色眼睛里透出的失望，然后很快目光就变得坚定清澈具有防护性。妹妹还年轻，仍然可以避开残骸继续生活。她松开了朱丽娅的手，放弃了有黑暗秘密的姐姐。聪明的孩子。她做出了理智的选择。朱丽娅也做出了同样理智的选择。

那么朱丽娅从选择中得到了什么呢？押上了家人、心灵、生活和未来，她赚到了什么？她的回报是什么？来吧，主持人，让我们看看她的奖品！

原来奖品还真不少。首先，作为初学者，你得到的是他妈的一大堆晦涩难懂的知识。

第一天就开始测试。从进门的那一秒开始——朱丽娅迈过门槛，杰瑞德就按下他的苹果手机上的秒表开始计时——你只有十五分钟时间，学习并使用昆廷在温斯顿密室放弃的那个闪光咒，完不成就必须马上离开，一个月之后才能再回来。他们还无聊地给它起了个名字，叫最初的闪光。当然你也可以换个密室再去碰碰运气，密室彼此之间没什么交流——但纽约城内就两个，所以你要是想在市内五区研习魔法，就只能成功，否则就只能回家了。

尽管朱丽娅当时状态不佳，她还是只用了八分钟就成功了。要是她学习彩虹巫术阶段的肌张力还在的话，她连八分钟都用不上。

后来朱丽娅发现密室里的人不知道彩虹咒，所以她把两年前从网上下载的材料打印出来带过去。语言学家杰瑞德，煞有介事地把材料塑封起来，用打孔器在侧面打了三个孔，放进一个破破烂烂的贴着胶带的三环文件夹里，里面是密室的咒语清单。三环文件夹：相当于密室的咒语全书。

他们管它叫咒语夹。听名字朱丽娅就知道这里面的东西不够。

不管怎样，这本书使朱丽娅的魔法知识增加了不止二十倍之多，这让她满心欢喜。在杰瑞德和各位轮值高级魔法师的辅导下，朱丽娅努力学完了书里的魔法。她学会了如何用魔法把东西粘在一起。学会了如何隔空点火。她学到的咒语可以猜出抛硬币的正反面，防止钉子生锈，还可以让磁铁消磁。大家彼此竞争，看看用魔法可以完成多少日常工作：比如说拧开盖子、系鞋带、系扣子。

虽然魔法学习不成体系，也都是些小把戏，但总算是个开始。一根根的钉子，一块块的磁铁，朱丽娅就这样开始让这个世界听命于她。魔法：就是意念与现实世界相遇时，意念大获全胜。

还有另一个文件夹，里面都是手部动作练习，因为经常被受挫的练习者赌气地扔飞，所以更加破烂，朱丽娅也开始研究那里面的内容。不久整本书烂熟于心，而且她每时每刻都在练习：淋浴的时候练，吃饭时在桌子下练，工作时在办公桌下练，晚上躺在床上练。她也开始认真学习各种语言。原来魔法不只需要数学知识。

随着不断地学习新咒语，她获得了级别。是的，"级别"：大家都这么叫。这个级别体系整个是照抄了龙与地下城游戏的规则（后者想必是借鉴了共济会①，朱丽娅这样以为），它的古板落后是不可否认的，但确实把学习进度规范得井井有条，级别高下有清晰的界定，朱丽娅的级别越高，愈发喜欢这个系统。朱丽娅的晋级纹身是纹在后背的。她很注意留出位置，因为她学习的速度很快。

一个月之后，她意识到自己比其他常去密室的人学得都要快，又

---

① 共济会，字面之意为"自由石匠"（英语：Free-Mason）全称为"Free and Accepted Masons"，出现在 18 世纪的英国，是一种带宗教色彩的兄弟会组织，也是目前世界上最庞大的秘密组织，他们自称宣扬博爱和慈善思想，以及美德精神，追求人类生存意义。世界上众多著名人士和政治家都是共济会成员。

过了三个月，她才知道自己学得有多快。那时她已经有了七颗星，和杰瑞德一样多，而他可是已经在密室修习了三年。可能在布雷克比尔斯，朱丽娅只能算是一个普通的学徒，但这里不是布雷克比尔斯，是吧，在这里朱丽娅出类拔萃。其他人对魔法理论毫无兴趣。他们靠死记硬背来学习咒语，对咒语背后的基本规律视而不见。只有少数几个人深入地研究语言层面的东西，比如语法和字根系统。他们更愿意只记下音节和手部动作，其他的都不管了。

他们这样大错特错。这样耗费了他们施咒的能量，也就是说，他们每学一个新咒语都要从零开始。他们看不出咒语之间的联系。更谈不上原创魔法，而朱丽娅对此已经跃跃欲试。她和杰瑞德一同组织了古代语言工作坊。除了他俩之外只有四名成员，而他们的加入也都是因为朱丽娅是个美女。因为完不成小组作业，所以被朱丽娅逐一开除出组。

朱丽娅在手部练习上会花双倍的努力，因为她知道自己在这方面毫无天赋可言。没人能跟上朱丽娅手部练习的进度，杰瑞德也不行。没人像她那样能吃苦。

朱丽娅厌恶布雷克比尔斯，她小心地控制着心中燃烧着的怒火，火苗一旦变小就马上吹高，不过她现在可以理解那里排外的原因。特如普大街密室往来的是各种乱七八糟的人。

朱丽娅一直有强烈的好胜心。过去她一直尽力掩饰。现在她一改从前的做法。反正没人约束，在她的精心培育下，她的好胜心繁盛得肆无忌惮。布雷克比尔斯让她受尽羞辱，现在她要羞辱每一个比不上她的人。嘿，魔法可不是人气大赛。特如普大街的密室就是朱丽娅的布雷克比尔斯。凡是来特如普大街的访客，与朱丽娅水平相当或是差不多的最好来比划两下。想要来这里招摇撞骗，你就等着被拆穿吧。

管你肤色是黑是白，管你累不累，病没病，哪怕只有十二岁，都逃不过与朱丽娅比试。结果令人惊奇，简直难以置信，竟然有那么多魔法师一直是蒙混过关。这让朱丽娅气愤至极。谁给他们颁发的星星？其他的安全密室只要稍微推一下，就会像纸糊的房子似的倒塌一片。简直丢人，真是丢人。在众多的魔法学校里，朱丽娅终于找到了一所属于她自己的学校，一所绝不欢迎蒙混过关的骗子的学校。

在朱丽娅的坚持下，特如普大街安全密室在外面开始有点了名声。不像以前会有许多人造访，偶然来人，有些还往往会很暴躁。会动手。招摇撞骗的人可不喜欢被当面拆穿，如果用维恩图[1]来绘制会魔法的人和会武术的人的集合，就会发现两者之间相互重叠的数量很多。

但是不好意思，混蛋，你以为你是在哪？康涅狄格州吗？你是在布鲁克林区的贝德福—斯都维森的安全密室。许多住在贝德福—斯都维森的人都他妈的有枪。傻蛋。欢迎来到纽蛋城。

即使如此，在朱丽娅的严格要求下整体水平有所提升，但是贝德福—斯都维森安全密室还有一个问题，那就是这里的三环文件夹。咒语夹。隔一段时间会出现一个正儿八经的访客，会带来夹子里没有的新咒语，果真如此，如果夹子里也有对方不会的咒语，就进行交换，这样咒语书就变厚一点。

但交换的次数少得让人沮丧。朱丽娅需要更快速的积累。她想不通：咒语最初从哪里来？源头是什么？没人知道。密室人来人往，没人知道以前的事情。朱丽娅愈发怀疑一定有比她更高级别的人在操控着，她愈发想要知道那人究竟是谁，在哪里，如何操纵，而且她现在就想知道答案。

所以她调转方向。开始去别的密室拜访。朱丽娅整天开着她在切斯特顿那段日子里的那辆本田思域，她辞掉了网络故障调试的工作，开始开着车到处走，有时是一个人，有时杰瑞德会坐在副驾驶陪她。安全密室可不好找——密室的位置不但对外界保密，彼此之间也不透露，因为以前有过密室间的冲突战争，而且结果往往是两败俱伤。不

---

①　利用图形的交合来表示多个集合之间的逻辑关系。

过时不时可以从友好的访客嘴里套出地址。朱丽娅越来越会套话。要是套话不成功，朱丽娅还可以去盥洗室用手让他爽一下，再说她的拳头也很有说服力。

有些安全密室规模比较大，大到不介意在圈内有些名气，他们相信没有人会胆敢造次找麻烦。在水牛城一座银行大楼改建的密室里，她接过来的文件夹厚到让她想要跪下哭。朱丽娅在那里待了一个礼拜，以亿兆为单位不断地向自己如饥似渴的大脑上传魔法知识。

整个夏天她开着车向北去了加拿大，往西到了芝加哥，朝南去了田纳西州和路易斯安那州，最南到达了基韦斯特，一路下来筋疲力尽，离合器快要磨坏了，唱片都听烂了，最后在海明威故居旁边的一个到处是猫的平房里，失望地找到一本只有十二页的咒语书。这算是朱丽娅的流浪时期。她晚上要么在别人家里借宿，要么住在汽车旅馆，或者干脆睡在车里。本田车完全坏了之后，她就从大街上"借车"用。一路上遇见好多人，其中有些还不是人。越是乡野的密室有时越会接待一些小魔、小妖和当地特有的自然精灵和元素生物什么的，它们信赖密室，为了换取天知道什么物品和服务，朱丽娅没细问。这些众生本身就有那么点浪漫色彩；它们的存在就昭示了魔法的期许，它们让朱丽娅相信在她降生的世界之外，还存在着另一个更伟大的世界。一走进房间，就看见一个后背长着一对红色皮翅膀的男人在打台球，阳台上站着抽烟的女孩眼球如液体的金色火焰——那一刻你会觉得这辈子自己再也不会无聊或孤独。

但很快朱丽娅就看透了这些家伙，外表之下，他们也和朱丽娅一样绝望困惑。朱丽娅就这么和沃伦混在了一起，这对她算是个教训。

不管怎样现在她背上已经满是七角星了。为了节省空间，朱丽娅只好把一颗五十点的星纹到了脖子上。这并不符合惯例，但是惯例不过方便了骗子蒙混过关。对待像朱丽娅这样的人，惯例也得照顾一下。

但是朱丽娅已经精疲力尽，她就像一列学习魔法的货运火车，动力是新知识和新数据，但是燃料越来越少，仅存的质量还不怎么样。全都是些小儿科的东西。每次朱丽娅走进一个没去过的安全密室，都是满怀希望地进去，但她被打击的次数越来越多。通常状况是这样：她推开门进去，忍受着密室里的当地男性的垂涎打量，展示星星等级，吓得负责人不得不拿出咒语书给她看，她兴趣索然地逐页翻看，希望能有新发现，但没有她不会的咒语，她把咒语书扔到地上转身就走，留下杰瑞德在身后替她跟人道歉。

她知道，这样做很没礼貌。她这么做是因为她感到愤怒，她厌恶自己。她越讨厌自己，就越是将这种愤怒发泄到别人身上，她越是迁怒于别人，就越讨厌自己。这就是你要的证据，霍夫施塔特先生：我是个逻辑怪圈。

当然，朱丽娅还可以投奔西海岸，或者到墨西哥边境碰碰运气，但她有种感觉，感觉她已经能预料到结果会怎样。从镜子里看向这个神秘伟大的魔法地下世界，观感好像是反的：你离得越近，物体显得越小。镜子里的东西比实际要远得多。换个说法：一个人一辈子能预测多少次硬币的正反面？又有多少颗钉子等着她挽救以免生锈？这个世界不是急需消磁的磁铁。这些是魔法，但都是些狗屁魔法。她已经开始收听隐形唱诗班①歌曲了，播放的却是娱乐比赛节目的广告曲。为了魔法她押上了整个生活，现在她觉得自己受骗了。

她经历了那么多，放弃了那么多之后换来的结果让她无法忍受。有段时间她怀疑杰瑞德会不会对她有所保留，他会不会知道什么没告诉自己，后来她确定没有这回事。只是为了确定她拥有了使用核武器的能力。没有。一点没有隐瞒。噢，好吧。

完全坦诚地讲，一路上她使用过几次核武器，而且她开始觉得自己好像成了核废墟：已被辐射且已中毒。朱丽娅不愿意想这些。她对自己也不直说：核武器成了代码，而且那些记忆用密码封存，永不

---

① 出自乔治·艾略特的诗篇。

解码。她是不得已而为之，到此为止吧。她甚至不再憧憬真爱。她已经无法想象，她和真爱不会在同一个世界共存。为了魔法她已经放弃了爱情。

但是核冬天①即将来临，魔法也无法为她取暖。越来越冷，天空飘起脏脏的雪花，大地开始再次感到干渴，想要得到慰藉。黑狗又出动捕猎。朱丽娅再次感受到了黑暗。

若是真正的黑暗也算得上是宽慰，黑暗和她即将感受到的绝望比起来简直就是野外旅游。绝望没有颜色。她倒情愿绝望是黑色的，天鹅绒般柔和的黑，可以蜷曲着缩在里面安眠，但现实要糟糕得多。这有点像零和空集之间的区别，空集里什么也没有，连零都没有。这些只不过是悲哀的装点服饰罢了②。但所有这些似乎都在嘲笑，／与我相比，我是它们的墓志铭③。

进入十二月，白天更短。因为积雪，特如普大街上的车辆行人逐渐稀少。后来有一天，就像邓恩的诗，是圣露西亚日那天，终于发生了。这一天来临，是西方式的出场：一个陌生人到访。

这人看起来很漂亮，常春藤名校气质十足。可能二十九岁，身穿深色套装，深色头发用交叉的筷子整齐地束在脑后。她圆脸，婴儿肥，戴着刻板的眼镜，但是很冷酷：可能她有过任人摆布的过去，但那时代早就过去了。根据特如普密室的规矩，她刚进门这里的大人物就迎向她，大人物自然是朱丽娅。

好吧。常春藤脱下外套，解开袖口。两只胳膊上布满了星，像袖子一样一直到双肩。她展开双臂，动作有点像救世主，展示两个手腕内侧各有一个一百点的星。屋子里变得非常安静。朱丽娅给常春藤看了自己的星。常春藤让朱丽娅证明自己。

---

① 核冬天(nuclear winter)是科学家预测出来的名词，专指在核战争爆发后的大地上烟尘弥漫，遮天蔽日，天寒地冻的状态。
② 出自莎士比亚《哈姆雷特》。
③ 出自约翰·邓恩《圣露西节夜祷》(*A Nocturnal upon Lucy's Day*)。

对朱丽娅来说这是第一次，不过她明白需要怎么做。她得从头使出她会的所有咒语，把通过的所有测试重新做一次，向常春藤证明她实至名归。每一步，每一级，从硬币、钉子、火、磁铁，所有都要来一遍，从第一级到朱丽娅目前的七十七级。总共耗时四小时，太阳已经落山，短期和走读的成员也都已经回家。

当然，朱丽娅为此刻而生。她只在五十几级稍微出了几个错，但章程规定允许重做几次，她最终全部过关，微微打颤但气势依旧凶猛。此时常春藤冷冷地点点头，把袖子翻下来，穿上外套，离开了。

朱丽娅强忍着骄傲和自尊才没追出去，对她大喊："带我走吧，神秘的陌生人！"她能猜出这人是谁。她一定是他们中的一员，这些人知晓真正的魔法，纯粹的魔法。常春藤一定去过魔法的源头，去过咒语的发源地。朱丽娅就知道他们一定存在，只要看看他们打破宇宙平静的方式就知道，如同一个黑色星球，她是对的。他们总算现身了。他们是在考验她。

与布雷克比尔斯魔法学校一样，他们也觉得朱丽娅不够格。她身上一定有缺陷，她自己察觉不到，但是他们却看得清清楚楚。

回到家之后，朱丽娅才发现兜里有张卡片。一张空白卡片，她施个复杂的解锁咒，上面出现一行用古斯拉夫教会文字书写的信息：烧了它。她在一个烟灰缸里点燃了卡片，没用简单的燃烧咒，而是施了一个四十三级的咒语，虽然效果差不多一样，但是后者需要用第十四手位配合古斯拉夫教会文念咒语。

火焰有节奏地呈现出紫色和橙色。闪光是摩斯密码。根据这组密码，得出了一个地理位置坐标，是法国南部的一个小村庄。村庄的名字叫米尔。这一切都十分符合自由商人的风格。

这一刻终于到来了，朱丽娅得到了召唤。她收到了厚厚的信封。这一次她真的要去了。很早以前她就下了赌注，现在总算总算被她等到了，她最终得到了回报。

该怎么和父母解释这一切呢，他们可能早就无所谓了吧。朱丽娅已经二十二岁，这些人还要让她伤害他们多少次啊？虽然她一直很担心，可事实上对话进行得比她预想的要好。她对父母隐瞒了很多，但是有一点她掩饰不住，那就是这一次她充满希望。她确信这次自己有机会得到幸福，所以现在要抓住这个机会。她好像——确实是——有很多年没有过希望了。但是她的父母理解这一点，他们并不难过。他们为她感到高兴。他们放她走。

说到放手，朱丽娅甩掉了那个没什么心机的语言学家，那个长得跟猫头鹰一样，苍白瘦削的杰瑞德。等你论文完成了再联系我吧，卷边帽。

四月里晴好的一天，朱丽娅登上飞机，穿越浅蓝色的地中海飞往马赛，将与魔法世界无关的东西抛在身后。她感到无与伦比的轻快自由，好像凭自己就可以飞到那里似的。

她租了一辆标致汽车，自然是不会还车了，朝北开了一个小时，每一百米就遇见一个法式的圆形广场，在卡维农那里右转，接着在高德附近差不多迷路了八十次，这个村庄的风景无与伦比，紧贴在鲁伯隆山谷一侧，好像用铲子糊上去的一样。下午三点，她驶入安静而小巧的米尔，位于风景如画的普罗旺斯中心。

哇你瞧，这里简直是块瑰宝，游人罕至，到处是用法国南部石头搭建的古老房屋，石头呈现泛白的灰褐色，奇妙地微微发光。这里有一座教堂，一座城堡，还有一个旅店。街道是中世纪的，漆迹斑驳，十分狭窄。朱丽娅把车停在了中心广场，参观了那座让人心碎的一战纪念碑。死亡人员名单中有一半人姓氏相同。

卫星定位坐标显示目的地在城外，车程十分钟。那是单独一栋别致的农舍，漂浮在一片干草和薰衣草地的海洋中。天蓝色的百叶窗，白色石子铺成的车道，朱丽娅在上面停稳满身划痕的标致汽车。一个清秀的男子应门，比朱丽娅大不了多少。他很英俊——能看出他不是一直这么清秀，曾经体重大幅减轻过。脸上也因此留下了有趣的纹路。

"你好，女巫，"他说。"我是银猫庞西，欢迎回家。"

第十九章

第二天清晨，昆廷和爱略特一同站在船头，费勒里的两位国王，向东驶向未知世界，驶向渐渐升起的朝阳，完全不清楚上帝、命运或是魔法会从地平线的那一端带给他们什么，现在这样子：现在就很有那种意味了。这才是真正的冒险。

刚开始确实很难适应，要再次换挡，就顺其自然吧，但后来突然觉得也没什么关系。清晨的阳光洒在脸上，赤麑号在他脚下一路乘风破浪，能有什么问题。在这里他已经错过了很多，不过不会错过更多了。地球才是梦境，费勒里是现实，昆廷会把那段经历封存在他大脑中的梦境专区——那种充满焦虑和残忍细节的梦，让人感觉做了好几年，经过数不清的毫无意义的曲折情节，最终的命运甚至不是死亡，只是永恒的困窘。现在昆廷重新回到费勒里的怀抱之中。欢迎加入寻找七把金钥匙的征程。冒险已在进行之中。

宾果一如往常在前甲板上面，与从前一样，不过这时他正和另一名剑客激烈地过招。对手是本尼迪克特，上身没穿衣服，露出精瘦的肌肉和古铜色的皮肤，被逼后退时做着鬼脸，而后，让昆廷大吃一惊地是，他竟然将宾果打得节节败退。在整个过程中，他一只手腕始终搭在后背腰间，侠客气质尽显。双剑不断摩擦的声音不绝于耳，好像一把大剪刀剪东西时发出的咔嚓咔嚓声。

只见两把剑纠缠在了一起。僵持不下。两人瞬即分开，互相拍着肩膀笑了起来——竟然大笑！——笑的是某个专门的剑法。看着他们就像看着另一个时间轴上的自己，在那个时间轴上他待在费勒里，正在学习全身舒展地握剑两分钟以上。昆廷碰上本尼迪克特的目光，本尼迪克特朝他致意，笑得露出了亮白的牙齿。昆廷也向他回礼。他俩又重新摆好架势。

宾果后继有人了。

"他们真厉害。"

昆廷没注意波比什么时候站到了自己身边。她也在一旁观战。

"那招你会吗？"她问。

"你在逗我吗？"波比摇摇头。她不是在开玩笑。"我倒是想会。你看到右边那个年龄大点的人了吗？他是费勒里第一剑客。我们举行过一次比赛。"

"这一切看着还像是在拍电影。我仍然不敢相信这是真的，哇哦！"宾果使出了他的招牌式体操般的翻滚俯冲。"噢，我的天。我以为他要从那边翻下去了。"

"可不是。我那时还打算跟他学剑。"

"听起来很刺激。结果呢？"

"我意外回到了现实世界。在那里度过了三天，这里的时间竟然过去了一年。"

"嗯，现在我明白你为什么想要回来了。这里真美。抱歉我以前觉得你在胡说。我错了。"

昆廷本来猜测波比在赤麂号上一定会过得很糟。毕竟，她相当于是被绑架来的，离开了她所熟悉和在意的一切被带到这里。这有悖她的一切人生准则。

事实也的确如此。她一整天对此都很愤怒。嗯，确切来说是半天。昨天下午波比一直闷闷不乐，然后今早就来吃早饭了，一副全新的积极乐观的态度。她的性格不适合长期生闷气。当然，她确实是被意外地送进了魔法世界，在此之前她一直认为这个世界是虚构的。这样的情况的确不理想。但这就是她得面对的现实，所以她就面对喽。波比，不是一般人。

"昨晚吃饭时我和另外那个聊了一会，"她说。"那个孩子。本尼迪克特。他很崇拜你。"

"本尼迪克特？真的假的？"

"你刚才没注意，没注意到你来看他练剑他有多高兴？看，他简直拼了命地想要让你对他刮目相看。对他来说你是个父亲式的人物。"

昆廷确实没注意到。波比才来了一天，怎么就看出来了呢？

"说真的我一直以为他讨厌我。"

"没跟你一起去地球他倍受打击。"

"你开什么玩笑。他甘愿错过这里的一切冒险去地球？"

听到这话，波比坦率的蓝色目光从比剑的两个人身上移开，看向昆廷。

"你为什么觉得在地球上发生的一切就不是冒险呢？"

昆廷想要回答，却张着嘴说不出话。因为他根本想不出应该怎么回答。

又过了五天，他们才看到了陆地。

那天早上，他们几个正在甲板上露天用餐：昆廷、爱略特、乔希和波比。这是爱略特设立的规矩：船员们在舰尾甲板上摆了一张桌子，把白得刺眼的桌布固定在桌上，以免被风吹走。在各种惊人的天气条件下，爱略特都坚持这一做法。有一次，昆廷看到爱略特在风暴中大嚼一块橘子酱烤面包，那面包已经明显被盐雾浸透。对他来说，这是原则问题。

但今天在室外待着很舒服。天气几乎又像是回到了热带。阳光照着银制餐具发出耀眼的反光，天空好像一个完美的蓝色穹顶。不过食物变得越来越差，航海到了后期，食物只剩下储存在仓库最深处不易变质的东西：硬饼干和咸肉，咸得几乎可以算是盐而不是肉了。只有果酱依然好吃，昆廷抹了不少。

"我说，你就这么计划的吗？"他问。"这个冒险？咱们就一直向东航行，直到遇到点什么？"

"你还有更好的主意吗？"爱略特说。

"没有。再告诉我一次为什么大家都觉得这样会有用？"

"因为冒险都是这样的，"爱略特说。"我倒不敢说完全理解其中的道理，但经验是，不能用侦查推理那一套硬来。根本是浪费力气。要想找到圣杯或者别的什么，挨家挨户去敲门找线索是找不到的。态度正确才更重要。"

"那什么是正确的态度呢？"

爱略特耸了耸肩。

"我也不知道。我想我们应该有信仰。"

"从没想过你会是有信仰的人，"昆廷说。

"我也没想到。不过从目前看信仰是有用的。七把钥匙已经找到五把了。这样的成绩不能说不好吧。"

"确实，"昆廷说，"不过这和有信仰还不是一回事。"

"你为什么总是要捣乱呢？"

"我没捣乱啊。我只是想搞明白。"

"如果你有信仰，就不用去弄明白。"

"那么你们为什么要找这些钥匙呢？"波比明快地问道。"或者应该说我们为什么要找这些钥匙呢？"

"对啊，我们为了什么呢？"乔希也跟着问。"别误会，我也觉得这些钥匙十分炫酷。听起来就很厉害。我能看看吗？"

"我们其实不知道为了什么，"爱略特说。"神兽们让我们找的。"

"但是找到了以后能干什么呢？"波比问。

"我想钥匙集齐以后他们会告诉我们吧。也有可能钥匙集齐了我们自然就知道了。还有可能我们永远也不知道。他们可能把钥匙拿走，拍拍我们后背说你们可以走了。我也不知道。这是我第一次做探险任务。"

"也就是说……有点像旅程本身即为目的地，是吗？"乔希说。"我讨厌这样。我还是喜欢老套的目的地就是目的地。"

"不过，他们告诉我王国正危机四伏，"爱略特说。"所以是为了这个原因。但圣杯也没啥实际用途，不是吗？"

"我跟你们说了四不像城已经成为废墟了，是吧？"乔希问。

"你觉得和这有关系？"昆廷问。"你觉得两者有联系？"

"不，呃，也有可能。"乔希拇指和食指搓着下巴。"会有什么联系呢？"

"四不像城倒了，"昆廷一个一个罗列。"乔利比死了，王国危机四伏，七把金钥匙，一条龙在收集纽扣。也许有一条线索将这些事情彼此串联起来，我反正没看出来。"

也有可能是他不想看出来。因为那样的线索可不一般。抽丝剥茧前最好三思。

这时风帆高处有人大声喊道他看到前方有个小岛。

船头几乎毫无声息地驶进潮湿的白色沙滩。昆丁借着船向前的最后一股力量，飞身跃过船舷跳到粉末般的白色沙子上，靴子都没湿。他转身向船，深鞠一躬，船上响起零星的鼓掌声。

昆廷一把抓起缆绳往岸上拽，其他人——爱略特、乔希、波比、朱丽娅、宾果、本尼迪克特——纷纷从两边下船。岛上的空气静谧不动。再次站在陆地上感觉怪怪的。

"史上最差客队，"乔希说，淌着水上了岸。"一个红衫队员①都没有。"

真美：这是远眺小岛给人的印象。白色悬崖分作两边，中间露出小小的海湾和整洁的沙滩，蓝天下一排碧树挺立，优美、静止、碧

---

① 红衫队员，是指美国大学校代表队运动员，退出竞赛一年，以便提高技术再归队。

绿，映衬着蓝天，仿佛是碧玉雕成。简直是度假天堂。

已是傍晚时分；他们用了大半天登陆。一群人聚集在岸上。沙子干净得好像筛过。昆廷爬上最近的沙丘去看看远处有什么。沙丘坡很陡，差一点到顶的时候他摔倒在坡上，凝视着沙丘另一侧的景象。像在沙滩玩耍的孩子。沙丘后面还有更多沙丘，上面长着灌木丛，沙丘后面是草地，再后面有一排树，再往后的话天知道那里有什么。目前看起来不错。真美。

"喂，"昆廷说。"我们开始冒险吧。"

不过首先还有更多的俗务要做。昆廷、波比和乔希三天前还在威尼斯，可船上的人已经三周没见过陆地了。他们三三两两地站在岸上；有几个像炮弹一样直接从赤麂号侧翼扎进平静的绿色海水里。闹了好一阵子之后，爱略特让大家在岸上集合，分成几队，分别出去寻找淡水、捡用来生火和做新桅杆的木头、搭帐篷、采摘当地的水果、打猎。

"我们总算落脚了，"分配完各自的工作，爱略特说，"你们不觉得吗？目前我觉得这个小岛非同一般。"

"这里好美！"波比说。"你觉得这里有人居住吗？"爱略特摇了摇头。

"不知道。我们从怀特斯拔厄城堡出发航行了两个月。我还从没听说过有人到过这么远的地方。我们可能是第一批踏上这块土地的人类。"

"想想就很厉害，"昆廷说。"那么你想不想……？"

"什么？"

"你懂的。占有这个岛。将它纳入费勒里的版图。"

"噢！"爱略特思索了一阵。"我们倒是一直没这么做。有点帝国主义色彩。我不确定这样做好不好。"

"但你不是一直想要这么做吗？"

"那倒是，"爱略特说。"好吧。反正还可以随时还回去。"他提高声音，用在怀特斯拔厄城堡宣布会议开始时的声音说道。"我，至高王爱略特，在此宣布这个小岛属于伟大光荣的费勒里王国！从此将其命名为"——他停顿了一下——"新夏威夷！"

大家茫然地点了点头。

"新夏威夷？"昆廷问，"你确定？"

"这里不算热带吧，"波比说。"看植被更像温带。"

"叫远布岛怎么样？"昆廷说。"比如用一个词：远布。"

"慰藉岛。"波比也加入到起名的行列中。"白沙岛。绿草岛！"

"骷髅岛，"乔希说。"不，等等，叫蜘蛛—骷髅岛！"

"好了，本岛稍后命名，"爱略特说。"来吧。在起名之前我们去看看岛上都有什么吧。"

不过此时太阳已经低垂，所以他们就帮忙去草地捡树枝和干草。有五位资深魔法师在，生火不成问题。单用沙子他们也能生起火来。不过那样味道不会这么好。

负责打猎的一队骄傲地满载而归，用肩膀扛回来两只山羊，有个负责寻找食物的人还在树林边上发现了一片长得很像胡萝卜的植物，看起来就安全可食用。大家围成一个圈坐在凉凉的沙滩上，凉爽的海风吹拂着后背，脸上被篝火烤得暖暖的，细细品味着再次踏上陆地的喜悦，这里的空间足够大，可以尽情舒展身体而不必担心碰到别的人或东西。现在沙滩上已经布满脚印了，太阳越来越低，光线在沙滩上投下像杉树一样的影子。他们现在离家已经非常远了。

夕阳移到了一片云后，将这片云照得通亮，阳光从四周倾泻而出，就好像一团烟被遮住了的样子。渐黑的天空中涌出叫不出名字的群星。没人想回赤鹿号上去，起码现在还不想，天完全黑下来之后大家就干脆裹了毯子在沙滩上睡下。

第二天，一切都变得没有昨天刚抵达时那样紧急。不错，王国危机四伏，不过也没那么十万火急吧？没有哪里比这个有待命名的小岛更让人没有危机感了。这里有世外桃源的感觉。而且反正冒险该来的时候就会找上门来的，理论上不就是这样嘛。不能催。心态必须正确。那么现在他们就尽情享受这期待的滋味，好好休息吧。

连朱丽娅都不再那么急切了。

"开始时，我担心的是万一回不去怎么办，"她说。"现在我担心的是再往前走会发生什么。"

大家登上了海湾一边的悬崖顶峰，那里视野辽阔，可以清楚地看到这个小岛变得更加绿意盎然，岛内层峦叠嶂。飞鸟成群地栖息在悬崖顶上——它们的背上和翅膀上长着暗灰色羽毛，但它们飞翔时会同时转向，同时突然露出玫红色的前胸。昆廷打算叫它们玫胸回旋鸟，或者差不多类似的名字，结果波比告诉他这些鸟已经有名字了。叫凤头鹦鹉。她们澳大利亚也有这种鸟。

船上的厨师是个钓鱼能手，他在岸边一条接一条地钓上来长着虎皮条纹的肥美的鱼。下午，昆廷观看本尼迪克特和宾果用花剑击剑——为安全起见，剑尖儿上都安上了瓶塞。昆廷用胳膊肘支在沙滩上看浪花看了一个小时。这和他小时候在东海岸看到的冰冷刺骨的海浪完全不一样，那里根本不可能出现冲浪或嬉戏这样的欢快场景。这儿的海浪顺畅地涌上岸来，卷起的浪头上翻滚着乳白色的泡沫，在阳光的照射下呈薄荷绿色，如纸张般轻薄，海浪被掀起来片刻之后，便随着一声裂帛的声响碎成一排。

昆廷在温热的沙滩上扭动脚趾，观察如微型沙崩般抖落的沙子形成的奇诡的云纹视觉效果。到晚上睡觉时，除了海滩边上狭窄的月牙区域看过以外，大家基本哪也没去。明天他们打算往内陆推进，进入森林然后爬到山上去看看。

昆廷醒得很早。虽然东方已经蒙蒙发亮，但太阳还没升起来。他想知道外面正发生着什么，最远的东方。费勒里的运行规则和地球不一样。据昆廷所知世界是平的，太阳按照轨道运行。

一切都灰蒙蒙的：沙滩、树木、海洋。篝火堆里深红色的余烬在灰烬中闷闷地烧着。温度在逐渐减退。沙滩上沉睡着的人们像是直接从高空掉下来的。波比蹬开了毯子——她双手环抱在胸前的睡姿，像墓碑上的骑士。

昆廷本来可以再睡一会，不过他急于小解。他起身跑到了沙丘顶上，又下到另一边。要想撒尿这好像还不够远，所以他又翻过了一个沙丘，这时他想着要不干脆再走远点去草地那里得了。

他飞奔进高草里方便的时候，不可避免地感觉到此时最容易受到攻击，但是清晨静得像一幅画一样，而且他们也不会笨到什么防御也不做。任何懂真正显形咒的人——也就是说基本没人——都能看到一根细如蛛丝的魔法线，浅蓝色的，沿着森林周边绕成一圈，像地雷绊线一样。防护网是头一天布上的。走进来的人不会受到伤害，起码不会受到永久伤害，但这样魔法师就能知道有人进来了，而且进来的人也动弹不了了。意识清醒就算幸运了。用这个方法他们已经抓住了一头野猪。

连昆虫都噤声了。昆廷打了个喷嚏——他对当地的某种植物有些轻微过敏——揉了揉眼睛。草地另一边有东西闪进了森林。昆廷刚看到它，它就跑开了——刚才它肯定一动不动地站在那里看着昆廷小解。感觉好像是个大家伙，体型和野猪差不多。

昆廷系好裤带——费勒里没有拉链，目前也没法反向制造出来，给矮人解释他们也听不懂——走过草地来到刚才那动物待过的地方。昆廷站得离蓝色魔法线很近，往树林里望去。树林很茂密，里面还是漆黑一片。但他还是隐约看见一个大家伙的背影在往深处走。

是它吗？它要开始了吗？昆廷非常小心地先将一条腿跨过隐形的蓝线，好像在过电网，然后迈另一条腿，走进了森林。昆廷还没看见对方，但他确信自己知道在追谁。

"嘿，安火，"他喊道。"安火！等等！"

安火之神漠然地回头瞥了一眼，然后继续快跑。

"哎，行了吧。"

自从布雷克比尔斯的几个人登上王位之后，就没人在费勒里见过公羊之神安火，反正昆廷没听说有人见过。安火被马丁·查特文打伤后，看来已经完全恢复过来。上次昆廷见到他，他的后腿还瘸着，现在连这条腿也恢复了，可以行动自如了。

昆廷对安火的感情比较复杂。安火和书上写的不一样。昆廷对于他在与马丁之战中没能救他们——没能救爱丽丝——仍然感到气愤。虽然说不上是安火的错，可还是不能释怀。在自己的世界里都不是食物链的最顶端，那算什么神？

当然是长角长毛的神。昆廷对安火倒没什么特别的怨恨，他就是不想像安火期待的那样对他臣服罢了。如果安火真那么伟大，就应该救得了爱丽丝，既然没那么伟大，昆廷就不鞠躬。论证完毕。

不过既然安火在这里，说明他们在正确的轨道上。马上就要动真格的了，或者至少会出现非常费勒里式的进展。他就是不知道发展下去会是费勒里的哪一面——美丽魔幻的费勒里，还是阴沉可怕的费勒里。不管怎样现在都是急需神明智慧的时刻。上天的指示。管他是火柱[1]还是烟树[2]。

安火引领昆廷往山上走，来到小岛深处。昆廷已经开始上气不接下气了。五分钟以后，安火总算开始放慢速度，等着昆廷追上。这时他们已经爬到半山腰，太阳也总算在海平线上露出了一丝桃红色。他们爬得很高，森林尽收眼底。

"谢谢，"昆廷说，大口地喘着粗气。"天啊。"他在安火的身侧靠了一下，才想到，凡人对神这样是否过于亲昵呢。"你好，安火。最近还好吗？"

"你好，我的孩子。"

浑厚的低音瞬间将昆廷带回到安火之墓下的大山洞里。自上次见面之后还是第一次听到这声音，昆廷心头一紧。那地方他可不想再

---

[1] 比喻为"指明灯"。出自《圣经》中《出埃及记》。

[2] 《烟树》2007年美国国家图书奖获奖作品。书中主人公的叔叔花费多年心血整理出数千张卡片情报，组成树状图。

回去。

他尽量保持轻松的口吻。

"没想到在这里遇见你啊。"

"我们并非偶然相遇。没什么事会偶然发生。"

这就是安火。没有客套。这只公羊开始继续向上攀爬。昆廷在想安火知不知道大家在背后叫他羊火，还有更加不友好地叫他慢火。

"对，估计是，"昆廷说，虽然他也不知道自己是不是真的赞同。"那么，你是怎么大老远到这来的？"

"费勒里是我的领地，孩子。我无处不在，所以会出现在任何地方。"

"是这样啊。那你为什么不用魔法把我们带过来，干吗非得让我们航行这么远？"

"我可以那么做。我没有那么做。"

算了。昆廷一回头就能看见赤麂号停在岸边，整洁而完美。小到可以装在瓶子里了。他甚至能看见沙滩上的营地，篝火，还有毯子。不过现在可没时间欣赏景致，公羊神正在前面迅速攀爬崎岖的山坡。对安火来说不算什么，生就的能力。它毕竟是只公羊。昆廷一边喘气一边看着安火宽大的屁股上毛茸茸的淡金色羊毛，心想它会不会驮自己一程。估计不会。

"我说啊，"昆廷继续道，"正好你在，我一直想问个问题。关于七把钥匙。既然你无处不在，而且还全知全能，那你干吗不自己走一圈把钥匙集齐呢？这些钥匙不是对王国至关重要吗？我是说，估计你最多也就半个小时就搞定了吧。"

"这是更深层次的魔法，我的孩子。即使是神也要遵守。这是规矩。"

"噢，好吧。更深层次的魔法，我忘了这茬了。"

好像每次安火不想做什么事，或者要弥补什么情节漏洞，就会把更深层的魔法抬出来。

"你可能不理解，我的孩子。有些事情必须由人类完成，而不是神。完成冒险的人不单是找到东西那么简单。他会蜕变。"

昆廷停下，喘着气，双手叉在腰间。东方的海平线现在已是一片纯橙色。天上的星星都已消失不见。

"什么？会蜕变成什么？"

"英雄，昆廷。"

公羊没停，昆廷紧随其后。

"费勒里需要有神、国王、女王，现在这些都有了。但费勒里也需要一位英雄。还需要七把金钥匙。"

"费勒里不需要那么多东西，不是吗？"

"费勒里需要一切。"

安火纵身一跃，动作笨拙却有力，跳上了一块岩石圆顶，到达了山顶。他转过头，用奇怪的花生仁般的眼睛向下看着昆廷。估计羊的眼睛进化成这样，应该就能从眼角看见狼出没。周边视野更好。但是看着让人不安。

"这要求可够大的。"

"费勒里有需要才会要求。你呢？昆廷。你需要什么？你要求什么？"

听到这个问题昆廷停住了脚步。他已经习惯从安火这里听到训斥或者伪苏格拉底式的询问，今天可倒是稀奇：安火问了个好问题。他想要什么呢？他想回到费勒里来着，现在他回来了。他以为自己想回怀特斯拔厄城堡，不过现在又不大确定了。险些要失去费勒里的恐惧达到极致，不过他找到了回来的路。现在他想要找到钥匙。想要完成任务。想要自己的一生精彩、重要而又意义非凡。他还想让朱丽娅好过些。为了帮她昆廷可以做任何事，只是不知道能做什么。

"我想像你说的那样，"昆廷说。"我想成为英雄。"

安火转过身去面向升起的太阳。

"那么你的机会来了，"安火说。

265

昆廷也爬上了陡峭的山顶上，和安火一起看着朝阳。他想问问安火，太阳到底是什么，世界边缘是什么样子，费勒里是否有边缘。但他转头刚要发问，发现山顶只有自己一个人。安火不见了。

这才开始有点意思。他慢慢地原地转了一圈，都没看到安火。消失得无影无踪。噢，好吧。安火走了，昆廷甚至开始想念他了。与神共处确实非同一般，即使是安火这样的神。

昆廷站在小岛之巅舒展了一下身体，然后小心翼翼地跳下岩石，往沙滩一路小跑着下山。他迫不及待地想要告诉其他人今早的奇遇，现在这一切已经如梦似幻，这样的梦出现在清早半梦半醒之间，缠绕在枕头床单之间，拉上的窗帘透进晨曦之时，这样的梦只会在几小时以后偶然想起，在晚间入眠时恍惚间记起几秒钟。不知道其他人起来没有。说不定回去还能再睡一会。

要不是上山的时候一直分心，他应该会注意到周围有了变化。昆廷几乎是跑上去的，再加上还要一直与神对话。而且他从来就对动植物观察不大在行。他本来也注意不到一棵雄伟的山毛榉或者一棵特殊的榆树，即使两者真有差别，他也根本分辨不出。

即便如此，几分钟之后昆廷开始怀疑下山和上山没走同一条路，因为这条路比他记忆中的更崎岖——岩石植物比例与土地草地比例好像有变化。昆廷倒也不怎么担心，实在不行他就重新爬到山顶再选一条下山的路，不过他一般都尽量避免做重复劳动。另外，东升的太阳一直在他右侧，这是导航的基本原理，对吧？要真不行他还可以直奔沙滩，然后沿着海岸走。那样肯定能找到营地。他仍然希望能在早饭之前赶回去。

但有个问题他必须开始正视，不能继续不理会，那就是地上的影子没有变得越来越短，日升时影子应该越来越短。影子反而越来越长，这意味着天边那团橙红的光不是朝阳，而是夕阳。

还意味着他在小岛的另一边。但这不可能。最奇怪的是，昆廷完全没意识到有人用剑袭击了他，反应过来为时已晚。

起先他发现自己突然失去了平衡，左胳膊失去了知觉。

"妈的！"昆廷骂道。

他身体摇晃了几下，在完全跌倒之前用右手撑住了冰冷的草地。他身后站着个人，一个高大的年轻男人，圆脸，面色苍白，山羊胡子。他们俩不知怎么纠缠在一处。原来是一柄宽刃剑插在昆廷的锁骨里，这人正试图拔剑出来。

昆廷之所以没死是因为：他的锁骨有一半由实木制成，人马族放在那里替代马丁·查特文咬掉的部分。拿剑的人并不知道这段隐情，不走运选了这一侧想从背后把昆廷砍成两半。

"畜生！"昆廷说。他没有特指背后这人；他连对方是人是神都不知道。

如果思路再清晰一点，昆廷说不定能想到应该夺剑，不过当时他一门心思希望把剑拔出去，非常希望。两人想到一块了——他们因为共同的利益暂时达成了联盟。昆廷这时感到毫无来由的恐惧，他伸出另一只手抓住剑。剑刃割破了他的手掌。那人一只靴子抵住昆廷的后背，一使劲把剑拽了出来。

他们面对面，都喘着粗气。安静得有些诡异：真正在战斗，但却没有音轨。那人盔甲轻便，穿着蓝色制服，年龄看起来比昆廷还小。有种奇怪而私人的感觉——在宁静小岛的空地上，在微弱的清晨（傍晚）的阳光中，昆廷强烈地感受到对方的存在意义。他们长长地对视了一秒，昆丁和任何一个面对利剑手无寸铁的人一样，左右虚晃做着佯攻的假动作，好比自己是个后卫，而拿剑的对手要过人上篮。昆廷担心自己占下风，便开始小声念动咒语，是波斯晕厥咒，他单手也能完成，幸好如此，因为他的左手还是没有知——

粗暴地，那人根本没等他完成动作。他往前冲，把昆廷的各个角度都堵死了，然后以迅雷不及掩耳之势出剑，这次不是砍，而是刺向昆廷。昆廷急忙返身转向右侧，但躲得不够远，剑刺进他的身体。这太出乎他的意料了，他竟没躲开，昆廷心里百分百肯定能躲开，而现实是剑从他身体右侧直刺了进去，刺穿衣服进入昆廷的身体。

他转身幅度过大，剑从他身后刺了进去。一开始的感觉很奇怪，有个坚硬而别扭的东西占据了身体里的空间，用力刮擦着他的肋骨。然后他感到一股暖流，几乎是让人愉悦的温暖，之后瞬间发烫，变得滚烫，好像那剑不但锋利，而且刚从熔炉里拔出来，依然冒着灼热的白光。

"啊——"昆廷低声说道，从紧闭的牙齿缝里吸着气，和切洋葱切着手的反应一样。

那人很明显是个士兵，但是昆廷从没想过士兵的身份到底意味着什么。他是个职业杀手，讲求效率有条不紊。他身上完全没有宾果的优雅。他更像个烘焙师傅，不过不是烤面包，而是生产尸体，他想把昆廷变成尸体。他连大气都没喘一下，一下子拔出剑想要马上再刺，这回瞄准要害部位。该做面包圈了。昆廷来不及思考。

"ışık！"他冲口喊道。他一弹指。

这是刚想起来的；从安全密室那次昆廷就一直在心底纠结这个咒语。这次成功了：空地上两人之间闪过一道光。那人吓了一跳，往后退了一步。他肯定觉得昆廷用什么方法伤到他了。马上，他就发现自己没什么事，不过时间也足够昆廷一口气念出波斯晕厥咒了。

那人的剑掉落到地上，脸朝下栽倒在草地上。昆廷站在那喘着气，手捂着身侧。鲜血浸透了他的衬衣。真悬。太悬了。他差点就死了。疼痛感很惊人，好像是温柔傍晚悬在空中不断闪烁的星星，一颗傍晚的星星。昆廷看不见伤口，没法笃定地判断疼痛究竟是不是在身体里。此时情况已经很糟，然后昆廷吐了。吐出来昨晚晚饭吃的鱼，一股酸味。接下来他的状况更加糟糕。

小心翼翼地，他脱下衬衣，一下子露出伤口，然后扯下了一个袖子。昆廷把撕下的袖子叠起来，按到伤口上去，然后尽全力用衬衣余下的部分系在身上固定住伤口。做完了这一切，他咬着牙足足有一分钟尽量不让自己昏死过去。他的心脏在胸膛里乱蹦，像一只被困住的麻雀。他小声重复着止损止损。不知为什么好像有点用。

他再次检视伤口，发现虽然血还在流，但起码不再往外喷。好像他一深呼吸视力就会因为剧痛而变模糊。他试着开始思考伤口的情况，从他动时的疼痛判断，剑一定伤到了肌肉，不过肯定没碰到肺部。能碰到吗？那里他妈的还有什么器官？可能就是刺进了腰腹部的肉里。

肾上腺素涌进体内，抽痛不再那么强烈，血液含氧量降低。疼痛感仍然存在，但已经在昆廷可以忍受的范围之内。这时他才意识到发生了什么。这种清醒的意识来得可怕而又猛烈。他正在经历一场冒险。这回是真的。所以才会疼。

昆廷看着自己的双手。现在左手有了知觉。他试着双手握拳。木头锁骨那里有个大缺口，不过没伤到结构。用点黏合剂就能修好。他摇摇头。头似乎很清晰。或者算是清晰。

昆廷看看脸朝下在短粗的草地上打呼噜的那个人。他捡起地上的剑，朝那个男人过来的方向走去。

眼前的小城堡简单分为三部分：四四方方的不起眼的要塞，外加两边的瞭望塔楼，灰色石头建造，旁边长满了参天的大树。昆廷在陡峭的山边，能看清城堡的整个布局。城堡建在山脚下一块凸起的草地上，昆廷这才看到，那些山占据了小岛整个一侧的海岸，遮住了城堡，因而从其他角度都看不到。怪不得他们之前没发现这座城堡。

昆廷悄悄地从一块岩石爬到另一块岩石，避开监视山这边情况的人的视线，迂回着向山下的城堡挺进。他再没遇到其他士兵。可能刚才纯粹是他倒霉。昆廷不想着急，选择了一条山间窄路走下海边。他打算偷偷沿着海岸线接近城堡。

海岸线上有一条窄窄的石头滩路，昆廷勉强不用在水里行走。海水兴奋地用暗沉的小浪花快速拍打着这条路。昆廷完全没有思考自己在做什么。如果需要对别人解释，说他正准备只身对城堡发起《虎胆龙威》式的魔法进攻，也很难说得过去。他可能会说自己是在进行关键侦察，刺探对方的防备情况，不过那就意味着如果他害怕了就会马上逃跑。他真实的想法是，这就是安火说的那些话的意思，这就是安火赋予他的。他的机会。城堡里肯定有东西，肯定与七把钥匙有关，或者和乔利比或者朱丽娅，或者和这一切都有关。他打算找到它并把它带回去。

然后他停了下来。有艘船停在了狭窄的卵石海滩上，一艘灰色的饱经风霜的小船。船桨都还在，整齐地摆在船里，好像是蜻蜓收起的翅膀。船况良好。船的缆绳系在旁边一棵树的树杈上。

就这样昆廷卡住了，思想上卡了壳。好像地球上没有任何力量能阻止他上船。他将要上船然后撤退。划船绕到小岛的另一边，去找他的朋友们。虽然剑伤会影响到划桨，但不至于完全划不动。这突如其来的惰性让他无法抗拒。没人会责备他说他怯懦；如果他继续向前才是鲁莽，甚至可以说是自私。

他正在从树枝上解下缆绳——昆廷只能用左手，因为右手没法举过头顶——这时沙滩另一头出现了一张苍白的脸。又一个士兵。

很怪异，他们两个花了好半天才开始行动。昆廷不希望自己已经被对方发现，就算被看见昆廷也不希望对方把自己当成入侵者，不过虽然天光日渐昏暗，他的愿望一个也不可能实现。一个冰凉的浪花打到了昆廷的脚上。

如果那人跑开去拉响警报，也就结束了。不过他没有，他冲着昆廷走过来——大踏步沿着海滩走过来，边走边抽出一柄短剑，和昆廷手里拿的一样。看来大家都想当英雄。昆廷觉得自己现在的模样看起来并不可怕。

不过外表是会骗人的。昆廷把第一个士兵的剑剑尖朝下插进沙子里，摆好架势。

动力学：昆廷擅长的科目。他从小运动神经发达。快速念动咒语，昆廷回想起在布雷克比尔斯的一个研讨会，他能有五年都没想起这茬了吧，他伸出双手，手掌向上，朝着那个士兵的方向挥动，好像是在赶走一群鸽子一样。岸上黑色的卵石一同升起，形成一股黑流朝那人飞去，像一群愤怒的蜜蜂，砸向他的胸膛和脸部，那声音听起来像运石头的车在卸货。那人懵了，转头就跑，没跑几步就摔倒在地，石子把他整个埋起来，他失去了知觉。

好了。恐惧感一下子消失，伤口不疼了，刚才的惰性也消失不见。昆廷现在可以自由行动了。他越过那艘船。他这一生都是自由的，只是他以前不知道。

昆廷走到那个被半埋着的人身边。海上吹来一阵温暖而湿润的海风。昆廷踢开他脸上的石子：窄窄的黝黑的脸，满脸青春痘印。他的故事暂时告一段落。昆廷把他的剑捡起来，用尽最大力气朝海里扔去。剑弹起水面一次，两次，然后沉入海中。

昆廷捡起一小块扁平的石头，放进口袋里。

沙滩尽头有一条狭窄迎风的路，穿过树林通向最近的瞭望塔楼。坡很陡，他弯着腰往上走；这让他有火辣辣发疼的伤口的那一侧舒服了点。他什么都不怕，就怕失去这股劲头。他低声练习各种咒语，但并不真的施咒，只是要感受体内力量渐渐积聚，然后再让它慢慢消失。

圆形的瞭望塔楼建在一个陡坡上，所以在这里建起的房子底层也在昆廷头顶以上。他用手摸了摸这古老的裸露出来的地基。不知道是谁建的。砖头让人感觉凉爽而耐久。是谁用这种细致而优雅的方式将砖头堆砌起来的，用长方形的砖块建成了近乎平滑的圆？里面住着谁呢？命运或者安火，或者不管是谁把这些人放在这里挡路，这样他就有理由去伤害或是杀掉他们了吗？他总不可能整晚上都不杀人。已经有一两个人要置他于死地——其中一个甚至用剑刺伤了他，这还不够吗？

不想了。有时他觉得自己一直在思考，而其他人则一直在行动。他打算试试光行动不思考。看看感觉如何。

他花五分钟进行了静默仪式，理论上说可以使他的感官更加敏锐，不过自从大学毕业就再没做过，即使是上大学的时候他也从没在清醒状态下进行过这个仪式。他最好的攻击策略是从塔楼外侧飞上去，从上面突袭城堡里面的人。飞行其实是非常难施的魔法，比你想象的还要复杂，而且他也担心之后可能没力气战斗。不过从另一方面来说，风度会得高分。有什么比飞起来让你感觉更像魔法师的呢。速来受死，混蛋们。

暮色中，昆廷飞到空中。昏暗中掠过古老的砖石。没有任何动静。因为用力，昆廷觉得胸膛里好像有些空虚。飞起来的感觉不是毫无重量，而是肩膀处感到被无形地支撑着。好像自己是个婴儿，被高大的父母举到空中。飞呀我的乖宝宝。

飞到树冠之上以后，昆廷的两条长腿重新伸直。真希望其他人能看到这一幕。他一直飞到塔楼的边缘之上，双臂张开，一只手握着偷来的剑，另一只手用巫术噼噼啪啪地发出紫光照亮黑暗。最后一秒钟，昆廷跷起一个膝盖，就像漫画里的超级英雄那样。

屋顶那个满头金发、一口龅牙的人刚刚停止来回挥动手臂，不再伸长脖子、眯着眼往后看，昆廷就已经向他伸出手，两根手指指着他。指尖射出两发靛蓝波，打到了那人的额头，他应声倒地；脉冲波在黑暗中弹开不知道射到哪里去了。昆廷花过很长时间演练潘尼以前用的魔法炮弹咒，现在发射才会十分流畅精准，上面还自带发光特效。他的头被打得前后摇晃，然后四肢趴倒在地。另一发打到了肋骨，把他打得侧躺在地下。

击倒三人。昆廷轻轻降落到石头屋顶上，屋顶周边是一圈矮墙。他再次强烈地感到缺乏音效，无人喝彩。屋顶有一个机关炮，一尊低矮的黑色加农炮，旁边炮弹整齐地摆放成金字塔形状。昆廷从兜里掏出在沙滩上捡的扁石头，从那个不省人事的守卫腰间掏出匕首——那人身上就这么一件兵器——开始往石头上刻符咒。这活儿挺复杂，不过他记得符咒的模样——甚至能想起书上读过的确切位置，左侧的一页。符咒不用太精确，直线，直角，不过间架结构必须正确。符咒结构不能随意改动。

刻完之后，当最后一条线和第一条线连起来，昆廷心里感受到了这个连接点。还不错。魔力被封印在里面。石头发出嘶嘶声在他手里跳着，好像活了一样。

昆廷在楼梯顶部只等了片刻。一旦他扔出手中的石头，就不能反悔，就不能从黑暗中脱逃了。昏暗的天空下温暖的海风将他包裹住。开始变天了，海面细浪迭起。暴风雨即将到来。他突然担心起他扔在沙滩上的那个人。万一涨潮了呢？昆廷确定水在淹死他之前一定会将他唤醒。

一束无声的蓝白色的光一闪而过，昆廷用余光捕捉到。光从另一个瞭望塔楼传来，在城堡主楼的另一侧，穿过树林——好像有人在里边用闪光灯拍照。他眯起眼往那昏暗的森林里看。有人发现他了吗？还是他看错了？过了很长时间。十秒。二十秒。昆廷放松下来。

另一栋塔楼撕裂开来。有个火红明亮的东西从里面炸开。整个顶楼被炸飞，爆炸的冲击力扑向四周，点燃了周围的树木。石头四散飞过树丛。塔楼的屋顶平拍到下面的楼层里。

就在那时，在远处的海平面上，赤鹿号那粗糙、黑色的轮廓斜斜地绕过海角，悄无声息地靠近了。就像一只许久未见、庞大而友好的大狗向昆廷雀跃着跑来。其他人也来了。演出开始了。

昆廷傻笑一声，把石头扔下楼梯，走开了。

石头将他封存的力量一股脑爆发出来，发出巨大的嗡嗡声，昆廷脚下的屋顶发出敲鼓一样的共鸣。瓦片间的灰尘升腾而起，一股气流在楼梯口炸开。昆廷下意识地半蹲下来，有一瞬间怀疑自己是不是做过了头，不过塔楼没有炸开。他一边跑下楼梯，一边准备另一个咒语，剑尖划过墙面。屋里很暗——他就能看出两个人来，一个趴在破桌子下面，另一个正试图站起来。

昆廷接着跑。他头脑清晰，异常兴奋。一边跑一边往手里吹气，抖了下手为另一个咒语做准备。时机刚好，正好又有一个人冲上楼梯，边走边匆忙地拽着手套。昆廷一伸胳膊直打向那人的胸膛，不知道有没有作用，不过这时昆廷的手像是电击枪一样，电流把那人打下了楼梯。

昆廷跨过在痛苦呻吟的人，继续跑，出了门跑到城堡前面的广场上。

广场有四边：城堡主体在左边，大海在右边，另两边各一个塔楼。广场中央是一座小型的方尖石塔。片刻之后波比从对面角落走了过来。波比看到昆廷后，昆廷从她看向自己的表情才意识到自己现在的模样，没穿衬衣，满身是血。他冲着波比挥挥手，希望能让自己看起来高兴些，而不是像个快死的人。他刚要朝她跑过去，有根棍子跑过了他身边的鹅卵石。昆廷好奇地看了一眼，然后没命地向后逃出院子，因为他发现那是一支箭。

波比也在同一时间看见了那支箭。她马上躲到基座后面，用波兰语快速地吟诵，空中出现了一个绿色的追踪器，像一道绿色的激光，将那支箭和城堡顶连接起来。她追踪到了箭射出的轨迹。

波比不会轻易慌张。肯定跟澳大利亚血统有关。可能她从小就要和蛇或者野狗搏斗。昆廷第一次见到波比使用咒语，她真厉害。昆廷这辈子还没见过那么快的手部动作。

"嘿！"她喊道，背靠着石碑。"你没事吧？"

"我没事！"

"爱略特和本尼迪克特正在攻克塔楼！"她喊道。

"我要进去了！"昆廷指指城堡主体。

"等等！别！宾果也要去了！"

"我要进去了！"

他没听见波比后面说了什么。看到他们昆廷大喜过望，而且不知为何，奇怪的是，看见波比，亲爱的波比，他尤其高兴，但同时他也感受到一股渴望。这是他的机会。如果他不赶在他们前面，如果他不是第一个到达，恐怕会失去这个机会，当然他不想自私地独占，但是如果其他人无所谓那么他希望这次是属于他的表演。昆廷对着剑小声念了几个词，然后向地面敲击两次。剑身散发出了金色光芒。波比正在研究弓箭绿色轨迹的源头。那源头变成了火花，只见这火花沿着轨迹快速移动，如同一条点着的导火索。它翻过护墙消失了，然后只听见一声炸雷。

昆廷奔向城堡主楼的大门。这感觉绝对是荣耀。他也不知道自己怎么知道的该做些什么，可他就是知道了。现在有了其他人的后援，他打消了最后的一丝疑虑。

大门是用足有一英尺厚的包铁皮横梁做的。他跳向前一步，将剑举过头顶向大门砸去。他在剑上施的魔法并没有影响自己握剑的感觉，但对别的一切都产生了作用，好像它有半吨重一样。整个城堡都振动起来，门上的木头碎裂开了。更多灰尘。轰隆的巨响在夜里回响。再一次撞击把门向里撞烂了一半，又撞一次大门就完全打开了。

昆廷健步进入城堡，浑身充满力量，几乎让他感到疼痛。力量从身上喷薄而出。他不知道这力量是从哪里来的——他感到胸腔变得巨大，身体里承受着最大限度的压力。他就是一个活体炸弹。撞烂的门后大厅里站着五个人，面向昆廷举着利剑和长矛，他手掌放出一阵厉风把他们吹得向后退。他又放出一道光，晃得他们无法睁眼，然后把他们一个接一个扔了出去。胜负过于明显。

昆廷转身将一只手放在他刚撞破的门上，门开始燃烧。这主意似乎不错，很有戏剧效果，不过以防后患他还是施魔法让自己的皮肤防火。

昆廷这才理解，做魔法师国王究竟是怎样的感觉。那个以前在怀特斯拔厄城堡成天闲待着的玩玩剑，每晚喝醉的胖子是国王吗？那不是国王。这才是国王。是主宰者，是指挥官。这是自从多年前昆廷走进布鲁克林冰冻花园之后他所有经历的顶点。他终于得偿所愿。也许他需要的就是得到安火的允许。必须要有信仰。

之前昆廷做的用来提高感知力的仪式真正发挥了效应：他感觉

很奇怪，隔着墙就能感觉到哪里有人——能感受到人们身体里的电流，感觉和鲨鱼一样敏锐。时间，这单调的机制，一般肯定会一秒接着一秒流逝，就像传送带上的零件一样，现在却突然变成了华美的乐章。昆廷找回了所有失去的时光，找回了所有他错过的，还得到了更多。波比说得对，地球的经历就是一次冒险。那也不全是闯荡江湖，而是为今天积蓄力量。这才是真正的生活。从今以后他要这样生活下去。

"这才是我，"昆廷低声说道。"这才是我。"

他跑上前楼梯，穿过一个个大房间。一有人接近昆廷，就会有各种东西飞过来将他们打翻在地——凳子、桌子、罐子、箱子，只要是咒语能抓过来的物件。用闪电将他们击昏。昆廷随意地伸出手一挥，把扔向他的斧子停在空中，又把它扔回到原处。他吸气，将各个房间的氧气吸干，结果屋里的人窒息昏倒，嘴唇发紫，眼球凸出。很快他们一看到他，就会转身逃走。

他感觉到了自身的变化，身体好像变成了巨人。变身并未影响他使用咒语，一个接一个，毫不费力。敌军鱼龙混杂，有人类、精灵，还有一些奇异的生物：石人、水元素精灵、红胡子矮人，还有看起来挺邋遢但会说话的黑豹。是什么都无所谓，他是个信奉机会平等的英雄。他现在就是喷油井，是喷水管。他已经快感觉不到身侧的伤口了。昆廷把手里的剑扔到一旁。去他的剑吧。魔法师不需要剑。魔法师只需要身体里的力量。他只需要做自己：魔法师之王。

昆廷不知道要去哪里，从一个房间出来又进一个房间，清空整个城堡的敌人。期间两次听到远处从赤鹿号传来的枪声。有一次，昆廷猛推开一个房间的门，看到宾果和朱丽娅正在逼退一众士兵，富丽堂皇的客厅已经成了废墟。宾果的魔法剑在他身前一闪一闪，忽隐忽现，好像机械一样迅速精准，剑身花纹在空中留下的霓虹轨迹看得人眼花缭乱。他进入了武术化境的状态，身上的束衣已经被汗水浸透，但脸上却不动声色，本来半睁半闭的眼睛现在只剩两条缝。

但真正恐怖的是朱丽娅。她召唤了某种变形魔法，昆廷没见过，也可能朱丽娅体内非人类的一面在战斗中显现了出来。昆廷几乎认不出是她。她的皮肤发出那种银色的磷光，而且她长高了至少六英寸。她徒手战斗——上前迎战，这时哪个士兵傻到将手中的长矛掷向她，她就会一把抓住矛尖，就好像矛尖是在做慢动作一样，然后用长矛把这群人一顿胖揍。朱丽娅看起来力大无穷，近身的兵刃在她皮肤上会一下弹飞。

看起来她并不需要帮手。昆廷找到通往顶楼的楼梯。他踢开眼见的第一扇门，一个巨大的火球滚过来，他差点死掉。

那是异常强大的咒语。有人花了很长时间准备，不断往火球里注入能量。火球将昆廷整个裹住，他能感觉到火舌穿过了他的防火咒，舔舐着冰冷的他。防火咒起效了。火焰消散之后他的四肢冒烟，但是完好无损。

昆廷站在一个昏暗的图书馆门口。里面一张桌子上放着两盏灯，桌后面坐着个身穿漂亮褐色西装的骷髅。也不能说是骷髅，是人，但明显是个死人。身上还有肉，但已经干瘪成皮了。

图书馆里十分安静。因为刚才的火球，两边的书架安静地燃烧迸裂着。尸体用坚果一样的双眼盯着昆廷。

"不好用？"尸体最终开腔道。声音听起来嗡嗡拍打着，像破音的喇叭。很明显它的声带里已经不剩什么了。它仰仗着某种非自然的力量继续存活，保质期已经过了很久。"好吧。我只有这一个咒语。"

昆廷等待着。那东西的脸一动不动，完全读不懂。它干瘪的嘴唇无法盖住牙齿。看着不是很美观，不过不知为什么昆廷倒不觉得气愤。为什么战斗来着？有那么一瞬间昆廷真没想起来。他在想自己是不是领先其他人太多了。但并没有，这次战斗属于他。由他开始。现在到了终极挑战。

尸体再次抽搐着活了过来，用皮包骨的、快散架子的胳膊掷出一把飞刀，胳膊好像是用木偶线连着。昆廷一躲，完全出于本能，不过对方是瞎扔，根本打不中。刀顺着昆廷身后敞开的门飞了出去，掠过石板。

"好吧，"它说。"这回我真完事了。"

尸体好像叹了口气。

"钥匙在哪里？"昆廷问道。"你手里有，对吗？"有那么一瞬间，昆廷非常担忧得到否定的回答。

"我甚至已经不知道自己这是在干吗，"尸体呼哧呼哧地说道。它用干瘪的手将一个小木盒推向昆廷。它关节上的皮肤已经脱落，像掉了皮儿的旧椅子扶手。"这曾经属于我的女儿。"

"属于你的女儿，"昆廷说，"你是谁？"

"你难道不知道那个故事吗？"它又叹了口气。似乎它比昆廷预想的还要屈服于命运的安排。昆廷不知道它是否还需要呼吸，但很明显它的胸膛还能吸气吐气，像个风箱。"我还以为人人都知道那个故事。"

昆廷不动的时候才意识到自己已经浑身是汗，夜晚的海岛凉飕飕的。

"等等。难不成你是那个人。童话里的。七把金钥匙的童话。"

"大家都这么说吗？童话？"空气在它牙齿间发出嘶嘶声。它是在笑吗？"现在为这样的事情发牢骚是不是有点晚啊。"

"我不明白。我以为你本来是好人一伙的啊。"

"不可能人人都当英雄。那样英雄不就没有对手了吗？其实就是数量的问题。你算算就明白了。"

"但这钥匙不是你女儿给你的吗？"昆廷有种不好的预感，他好像完全理解反了。"故事是这么说的。你让她重获自由，从女巫手里救了她，虽然她不记得你是谁，但她把钥匙给了你。"

"那根本不是女巫，那是她的母亲。"昆廷又听到一阵嘶嘶的笑声。尸体讲话的时候只有下颌移动。感觉好像是在跟游乐场主题公园里的电动总统人偶讲话。"我为了寻找七把金钥匙，离开了她们。我想那时的我是想成为英雄。她们从未原谅我的选择。当我最终回来的时候，连我自己的女儿都不认识我。她妈妈告诉她我死了。"

"钥匙让我苟延残喘。你也会这么看的。行尸走肉的生活很可怕，我什么也感觉不到。你应该看看其他人看我的眼神。"

昆廷打开小木盒。里面放着一把金钥匙。他想，他现在成了童话故事的一部分。他撞倒了两个故事间的公共墙，进入了相邻的故事之中。魔法师之王驾到。

"你告诉我，"尸体说道。"这钥匙是干什么的呢？我一直不知道。"

"我也不知道。对不起。"

身后有脚步声。昆廷冒险回头看了一眼。是宾果，总算赶了上来。

"不用说对不起。你也不是白拿。你已经付出了代价。"尸体松开盒子的一瞬间，它的生命就开始慢慢消逝。它向前倒下，头撞到桌子上，发出嘣的一声。最后几个字对着桌子喃喃道出。"和我一样。只是你自己还不知道。"

它变得一动不动了。

昆廷啪地关上盒子。他听见宾果走到他身旁。他们一起盯着那尸体的后脑勺，光秃秃的，斑驳又褶皱的样子像个地球仪。

"干得好，"宾果说道。

"不是我杀了他，"昆廷说道。"他自己死的。"

"反正挺好。"这句话肯定是从乔希那儿学来的。

昆廷的超级能量级很快降到了正常水平，他感觉自己已经被榨干了，身体微微颤抖。他还依稀觉察到自己散发出一股难闻的烧焦的味道。看来防火咒并不完美。

"这是那个人，"昆廷说道。"童话里的那个人。不过他说的版本和我们看的不一样。你们怎么知道要来找我？"

"厨师捕到一条会说话的鱼。它告诉我们应该怎么做。它肚子里有个瓶子，里面是张地图。你出了什么事？"

"安火现身了。"

暂时先解释这么多。他们俩一起从大厅往回走向楼梯，宾果警觉地检视每扇门和每个可以藏人的地方，以防出现障碍和埋伏。

他们成功了：又找到一把钥匙。还剩一把。昆廷荣登积分榜。他们遇到了兴奋的波比，她的第一场费勒里式的战斗令她两颊泛红——"我们成功了！"——接着遇到了沉默的朱丽娅，她依然周身放光，正在大厅里徘徊。昆廷把战利品给她们看，和她们拥抱。和朱丽娅拥抱有点尴尬，因为她并没有响应，而且她还是战斗状态的身高。波比说的没错，他们成功了，而且这次是昆廷领头。他继续享受着胜利的快感，手里把玩着木盒，感受它带来的温度和重量，想要永远记住这一刻。宾果从窗帘后揪出个掉队的，但他已经放下了武器。他可不想为已经失败的战斗光荣牺牲。

外面，赤麂号已经停靠在码头上——它突然间出现在石头广场的后边。这里的海湾比看上去要深得多。有人——可能是爱略特——在广场上变出好多浮在空中的灯，篮球般的圆球，飘浮在庭院上方，在院里洒下柔和的黄红色的光，给这里平添出乡村夜市的气氛。此时风更大了，发光的灯球被吹得在各自的位置上来回摆动。

爱略特出现了，他和乔希站在码头上，身后是赤麂号庞大而让人安心的船身。他们为什么光在那站着？战斗的兴奋劲已经完全过去，昆廷觉得膝盖有些绵软。做个英雄真不轻松。他感觉自己被掏空了，只剩下空虚的外皮。身侧的伤口又变得火辣辣地疼。想到自己舒服的床铺，他感觉无比安慰。现在拿到了钥匙，就可以蜷缩在床上好好睡一觉了，赤麂号会把他带走。他抬起手疲惫地向他们招手。现在等待着他的是交谈、解释还有祝贺——欢迎英雄——不过昆廷现在只想越过他们直接上船。

爱略特和乔希没有跟昆廷打招呼。他们面色凝重，正低头看着桥墩上的什么东西。乔希开口说话，但是声音消失在风中，好像被带进无尽的黑色海洋里。他们等着昆廷来看躺在粗糙潮湿木墩上的本尼迪克特。

他喉咙上插着一支弓箭。他死了。他都没来得及下船。他蜷缩着身体，面部暗黑。他没有马上死去。似乎他先是抓着箭挣扎了一阵，才最终窒息在自己的血里。

第二十章

米尔的房子是朱丽娅经历过的最美好的事。无论今生还是来世。

庞西说得对，这里是她的家。她以前的生活是陷入死循环的残酷的抓人游戏，每个人都在抓她，她必须一直跑一直跑。现在她终于上垒。总算可以休息了。这里和安全密室不同，米尔基地真的安全。这里是属于她的布雷克比尔斯，这次是真的。她总算可以安心。

算朱丽娅在内，米尔总共住有十人。有些是自由商人，有几个不是。除了庞西，阿斯莫德斯和菲尔斯塔夫也在。还有古米治和费博庞克：他们以前给人感觉胆小害羞，不经常发帖，朱丽娅完全没想到这两个人会和魔法扯上关系。现在她意识到他们可能大部分时间都在私聊，交流咒语。

阿斯莫德斯、菲尔斯塔夫和庞西与朱丽娅想象的也不一样，完全不一样。她以为庞西是女的，要么就是男同志，不过见面觉得他一点也不娘，不管怎样她没想到他会这么帅。线上他给人感觉总在为什么事情感到气愤，遇到难以忍受的人身攻击他总在爆发的边缘，完全靠意志力来保持冷静。朱丽娅猜测他可能经历了什么遭遇，命运悲惨，或者是个截瘫病人或者被慢性病痛折磨，还挣扎着要用达观的态度来面对生活。完全没想到现实中的他长得跟 A&F①的模特一样帅气。

菲尔斯塔夫倒是不帅。朱丽娅以为他是个满头银发的离退休人士，老派的绅士。实际上他也就三十来岁，可能真是位绅士也说不定，如果是，也绝对是朱丽娅见过的个头最大的绅士。身高大概超过一米九，壮得像座小山。不是胖，而是体量比较大。他能有三百多斤重。声音低沉地像低音炮。

阿斯莫德斯竟然比朱丽娅还年轻，顶多十七岁，语速极快，脸上带着灿烂的笑容，眉毛乌黑成V形，像个顽皮的女学生。估计她最近比较迷费露莎·芭克。眼影涂得像《魔女游戏》里的一样。这几个都是朱丽娅最好的朋友，但朱丽娅几乎认不出他们。

他们也是魔法师，高超的魔法师，比她厉害。他们住在法国南部的大房子里。朱丽娅得花些时间才能适应他们。

然后才能原谅他们。

"你们打算什么时候告诉我？"她质问道，大家正坐在房后的石头庭院里，雅致的再生木材做的桌上摆着几只高脚杯，盛着当地红酒。傍晚的斜阳中，蓝色的游泳池微微发光。这他妈的简直像香烟广告布景。

"拜托！我要知道！你们一直在这里，研究魔法，吃着鹅肝酱，还有什么我不知道的吗？你们可倒好，测试我。又来一个测试！好像我这辈子被考得还不够多吗！"

朱丽娅怒火中烧，一滴眼泪滑落脸颊。她用手一把抹掉，好像被蜇了一样。

"朱丽娅，"菲尔斯塔夫一开口你是可以感觉到的，他的声音就是这么低沉。桌上的银制餐具都被震得咯咯作响。

"我们错了，"阿斯莫德斯说，像个小妹妹。"我们也都是这样过来的。"

"相信我，我们并不希望你待在贝德福—斯都维森安全密室。"庞西把酒杯放到一边。"但是你想想。你和FTB失联以后，我们都以为你已经迷上了魔法。所以我们就等着，给你时间让你成长，让你扫清基础障碍，那些低级的垃圾。练好手部动作，攻克主要的语言。也看

---

① Abercrombie & Fitch (A&F) 是美国品牌，美国街头随意风格，深受欧美青少年的喜爱。

看你到底是不是这块料。"

"好，我他妈对你千恩万谢。想得真是周到。"她在迷茫中徘徊那么久，怀疑到底存不存在希望，而他们一直就在这里，看着她。朱丽娅颤抖地吸了口气。"你们不知道我经历了什么。"

"我们知道，"菲尔斯塔夫说。

她看着他们，坐在那抿着嘴喝酒，是上好的罗讷河谷葡萄酒，颜色深红接近黑色，懒洋洋地沐浴在该死的艾弗瑞电影公司电影布景一样的阳光里。房子周围是成片的已经结子的干草地。草地好像能吸收声音，使他们如同置身于静寂的海洋中。

"你那是交学费，"庞西说。"可以叫入会仪式。"

"是什么就是什么，"朱丽娅说。"你们考我。你们以为自己是谁？凭什么考我？"

"对，我们就他妈的考你！"庞西被激怒了，不过还是优雅温和的样子。"换做是你也会这样考我们的！我们尽全力考你。不是要看你是不是够聪明。我们知道你很聪明。你简直就是个天才，不过艾芮斯说你的古斯拉夫教会文都是狗屁。但是我们必须确定你为什么要来。你就来跟我们玩玩儿可不行。你光是爱我们几个也不够。你必须热爱魔法。"

"我们都被这样测试过，朱丽娅，"阿斯莫德斯重复说道。"这里的每一个人都是，我们发现真相的时候都气极了，但是现在都已经过去了。"

朱丽娅哼了一声。"你多大，十七岁？别告诉我你也交了学费？"

"我交了，朱丽娅，"她平静地说。这是在挑战。

"你刚才问的，"庞西说，"我们以为自己是谁？我们是我们。你现在也是我们中的一员，我们非常高兴你能加入。不过我们不会在识人上碰运气。"他等了一会，让朱丽娅有时间思考。"赌注太大。"

朱丽娅气愤地双手叉在胸前，使劲做出气愤的样子，她可不想让他们觉得自己已经完全原谅他们了。但是天啊让他们都下地狱吧，她太好奇了。她想知道这到底是什么地方，他们到底在干什么。她想知道是什么游戏，她也想玩。

"那，这房子是谁的？"她问道。"这些都是谁买单呢？"

这地方一看就是钱堆起来的。朱丽娅站在一旁，庞西给租车公司打了个电话，说一口流利的法语，用信用卡随意就买下了那辆满身划痕的标致车。

"是庞西的，"阿斯莫德斯说。"基本上吧。他做了一段时间日间交易员。他比较擅长。"

"什么叫比较擅长？"庞西挑起他好看的眉毛。

阿斯莫摇摇头。"如果你再学点数学，肯定能做得更好。我就一直跟你说，如果你把市场当作一个混乱的体系——"

"随便吧。我对那没什么兴趣。只不过是达到目的的手段罢了。"

"如果你出钱让我——"

"我们来的时候都投了钱，"菲尔斯塔夫说。"我所有钱都投进去了。攒着干什么呢？有钱不就是为了和这些人一起在米尔这样的地方过这样的生活吗？"

"恕我直言，这听起来有点像邪教组织。"

"我们就是啊！"阿斯莫德斯边说边拍手。"庞西教！"

"我觉得更像是欧洲原子核研究委员会那一类的组织，"庞西说。"是高能魔法研究机构。"

朱丽娅一口酒也没碰。她现在需要的不是酒，是自控力，喝了酒就很难控制自己了。

"也就是说我是在找一个大型强子对撞机或者魔法界的对撞机喽。"

"不—不—不，"庞西说。"那是小儿科。首先要把你的能量级升到二百五十级。然后再说。"

看来米尔基地是安全密室的自然发展产物。密室是个过滤器：

筛选出少数不平常的人，把他们从平凡世界中挑选到密室，让他们学习魔法。而米尔基地对这些人进行再次拣选，二次蒸馏。大多数人在安全密室就满足了，抱着魔法夹懂点儿魔法就觉得够了。对这些人来说魔法不过是一种社交方式。他们喜欢魔法带给他们的双重人生。他们看到了面纱背后的模样。他们喜欢心中有个秘密的感觉。这就是他们需要的，足矣。

但极少数的那部分人不这么想。对那些人来说，魔法具有不同的意义，更加重要也更加迫切。魔法不是他们的秘密，魔法主宰他们整个人生。他们想要更多。他们想要穿透一层层面纱。他们不满足懂点皮毛，而要真正研习。一旦密室里的知识学到了头儿，他们就拼命砸天花板，直到有人从上面的阁楼为他们打开暗门。

这样他们就来到了米尔。庞西这帮人选出了密室里的精英，带到这里来。

米尔的生活很简单，起码一开始是这样。这里分生活区和工作区。朱丽娅被分到一间漂亮的卧室，天花板很高，地上是宽幅的地板，窗户上挂着条纹窗帘，屋里充满了法国香槟色的阳光。大家轮流做饭和打扫，不过他们研究出了很多魔法让家务变得简单——地板变得防尘，能把灰尘一堆堆整齐地码好，像磁场里的铁屑一样，太让人吃惊了。另外米尔的农产品品质堪称一流。

其他人倒没有张开双臂热烈欢迎朱丽娅的到来。他们不是那种热情的人。但能感受到他们的尊重。她又铆足了劲儿要重新证明自己的能力，以她到目前为止的人生经历，她已经习惯了差不多每半年就需要向一群新家伙证明自己。而且她本来会去做，真的想要去证明。但是他们没有让。她已经证明了自己。来这里的过程本身就是测试，现在她已经到达目的地。她是一分子了。

这里不是布雷克比尔斯。比那里要好。她感觉自己终于赢了——赢得不轻松，但她总归是赢家。

米尔的人也知道布雷克比尔斯。了解不算多，但是知道。让朱丽娅振奋的是，他们根本瞧不上布雷克比尔斯。他们觉得布雷克比尔斯——如果非得说说对那里的印象——蛮可爱的：像一个消过毒加了防护的婴儿护栏，里面都是些没勇气和意志应付残酷世界的人。他们管那里叫"忽悠克比尔斯"，或者"破烂克比尔斯"。在布雷克比尔斯，你需要坐在教室里，遵守规则。当然如果你喜欢那种模式完全没问题，但在米尔自己的规矩自己定，不存在监管。布雷克比尔斯是披头士，米尔是滚石。布雷克比尔斯适合昆斯伯里侯爵①之类的贵族。米尔更适合冷血巷斗的斗士。

他们大多和朱丽娅一样，也参加过布雷克比尔斯的考试，不过不同的是，他们在来米尔之前对那次考试都没有印象，菲尔斯塔夫特别擅长记忆咒，他帮大家找回了那段模糊的记忆。他们对此很是自豪，他们是一群被拒者。古米治（朱丽娅一直搞不懂她干吗叫这个名字）甚至坚称她考试成绩优异——是有史以来第一个——拒绝了弗格的录取转身走了。她选择成为乡野女巫。

朱丽娅私下觉得她简直是疯了，而且布雷克比尔斯那帮人极有可能比他们说的要稍稍强一些。但她还是很享受大家完全不把那里当回事。这快意是她应得的。

米尔基地这帮人挺古怪。这里简直像个动物园——成员必须具有天才智商，即使古怪点也不碍事，而且必须得有点怪异的特质才会经过安全密室的修炼后还能保持本性。他们的很多魔法都是自创的，所以风格技巧各不相同，让人眼花缭乱。有些优雅如芭蕾，有些极简到不动。有一个家伙动作幅度很大，看起来像在跳霹雳舞。还有一些机器舞和摇摆舞的动作。

这里也有各种专家。有个人专门做魔法物件。古米治专攻通灵。费博庞克——又矮又胖，身体高度和宽度基本相当——自称为元魔法

---

① 1860 年昆斯伯里侯爵第一次为拳击比赛制定了规则，拳击比赛这才用上了手套。

师：研究作用在魔法身上的魔法。他很少讲话，大部分时间都在画画。唯一一次朱丽娅站在他背后看他的画，他用耳语般的声音解释说，他在用二维画法呈现四维物体的三维阴影。

米尔的生活很简单，但工作很辛苦。他们给了朱丽娅一天时间休息调整时差，收拾行李，然后庞西告诉她第二天一早去东区报到。朱丽娅不喜欢这种被银猫庞西指挥做事的感觉，她一直把他当成平等的朋友。不过他解开衬衣扣子，给朱丽娅看他的星星（也露出来光滑到讨厌，全是肌肉的前胸）。他身上有很多星星。他们也许是平等的，但只是在抽象的哲学意义上而已。实际上，从魔法角度上看，朱丽娅根本不是庞西的对手。

所以朱丽娅收起她的骄傲，可能也压抑了一些其他的感觉，她服从了庞西的指令，一早八点钟来到了东区楼上的长书房。

长书房很窄，房间一边全是窗户——这里更像是画廊。看不出在这个书房里能学什么。没有书，没有写字台，一件家具也没有。只有艾芮斯站在那儿。

娃娃脸，筷子盘头，精英派头十足的艾芮斯，上次在贝德福—斯都维森密室让朱丽娅一点点证明自己的那个艾芮斯。见到她和与老友重逢差不多。在自己地盘上，艾芮斯的打扮比较随意：牛仔裤和白色 T 恤，胳膊上的星星清晰可见。

"你好，"朱丽娅说。声音听起来有那么点不友好。于是她清了清嗓子重新开口问候。"你最近好吗？"

"我们再来一次，"艾芮斯说道。"从头开始。先做闪光咒。"

"闪光咒？"

"我们需要过一遍你的级别。从闪光咒开始。错一个，就从头再来。把第一级到第七十七级，一点错不能有，连续做三次，然后我们再正式开始。"

"你是说要测试我的等级？"

"先做闪光咒。"

对艾芮斯而言，与朱丽娅重逢可不像是老友重逢。与朱丽娅再次会面，更像是越战电影里白发苍苍的陆军中士会见从帕里斯岛来的刚入伍的新兵。最终新兵会褪去青涩成为真正的男人，但首先中士必须把新兵拉到丛林中历练，直到他能在熟练使用挖掘工具的时候不把自己搞残。

当然艾芮斯绝对有权力这样做。制度就是这么规定的。她事实上是在帮助朱丽娅。在米尔，照看菜鸟明显不是什么好活儿，所以她也没打算假装很享受这个过程。也无所谓，但这样朱丽娅就也不用装作很感激。她盘算着要不要故意搞砸几次，气气艾芮斯。让她看看朱丽娅根本不需要证明什么。看看艾芮斯能装腔作势到什么时候。操她妈和她的闪光咒。

不过事实上朱丽娅完全没必要故意搞砸，她错了好几次，并非出于自愿，她重做了四次才第一次完整做到七十七级。有两次是在同一个咒语出的错，第五十六级，拇指响指，威尔士二级咒语，可以让玻璃变得坚硬不碎。完成一级大概需要两分钟，高效得跟机器差不多，即使这样开始第二次时也过了两个半小时。艾芮斯盘腿坐在地上。

朱丽娅暗下决心，不管是第五十六级错了两次，还是两百次，在艾芮斯面前她都绝对不会咒骂、颤抖或者叹气。她要一直保持甜美轻松。你能怎么样。

下午两点，朱丽娅在完美做到第六十八级的时候出了错。艾芮斯翻了个白眼，哼了一声，整个人躺到木地板上了，直勾勾地盯着天花板。她看都不想看朱丽娅一眼。朱丽娅停都没停，马上从头再来，然后在十四级的时候出错了，是个简单到杰瑞德都不用准备就会做的咒语。

"天啊！"艾芮斯对着天花板喊了一声。"好好做！"

朱丽娅连续两次完整顺利做到七十七级，已经是晚上六点半了。她们期间没停下吃午饭。朱丽娅连坐都没坐下。夕阳，从西边斜斜地照进来，把狭长的墙壁罩上了粉白色。她的双脚已经生疼。

"好了，"艾芮斯说。"就到这里。明早还是八点。"

"但我们还没完。"

艾芮斯从地板上撑身站起来。

"不，今天到这。剩下的明天再说。"

"我们没完。"

艾芮斯停下来，透过她讨厌的眼镜盯着朱丽娅看。艾芮斯可能因为训练新人感到心里不痛快，但朱丽娅对自己的待遇火气比她大得多。她只是把自己的愤怒储备释放了一点点，消耗点本金而已，根本不算什么。她走到窗户那里，照着玻璃打了一拳。要不是五十六级的加强咒已经用了三回，玻璃肯定就碎了。

"好了，朱丽娅，我明白。我刚才对你很严厉。对不起。来吧。我们去吃点晚饭。"

"我说完了，才算完。"

朱丽娅给门施了一个上锁咒（第七十二级）。这是象征性地表示，因为长书房有两扇门可以出去，而且艾芮斯估计几分钟就能解开七十二级的咒语。这不是重点。重点是朱丽娅等了四年才来到米尔基地。艾芮斯可以不吃晚饭。

艾芮斯又坐下了，把头埋入双手。

"随你便。"

朱丽娅想，反正艾芮斯完全可以少吃几顿饭。她穿着牛仔裤，腰上的赘肉还挺明显的。

朱丽娅又从头开始了。这次她放慢了速度，结束的时候屋里都黑了。已经接近九点。艾芮斯站了起来。她推了推朱丽娅锁住的门，骂了句什么，然后走到房间另一头，一句话也没说，头也不回地走了。朱丽娅看着她离开。

没有两个女人一见如故的感人场面。年长的中士没有拍着新兵的肩膀，勉强承认他有朝一日必会成长为出色的军人。但第二天早上八点朱丽娅再次来到长书房的时候，双方已经心照不宣，没必要再来较劲谁更强势那一套了。

法力升级正式开始。真正的秘密即将登场。至少这次她不用跟谁叫板了。

而且今天她也不用一直站着：明显她现在已经有资格使用家具了。朱丽娅和艾芮斯对桌而坐，桌子是那种老式的结实砧板。桌上摆着，你猜对了，三环文件夹，不过这是朱丽娅见过的最美的文件夹：皮面装订，上面是结实的钢环——绝对不是那种软塌塌的铝制活页夹——最重要的是，文件夹很厚，非常厚，特别厚。文件夹里誊写整齐，满满的全是咒语。

在艾芮斯持续的注视下，朱丽娅那天升了两级。第二天升了五级。每升一级，她在布鲁克林的经历就抵消掉一点。朱丽娅对魔法如饥似渴，她一向如此，多长时间了她一直靠饥荒时期的控制配给额过活，时间长到她都懒得去想。她甚至担心自己的大脑会被饿死，失去可塑性，而且她长期疲劳作战，她担心自己还有没有智力肌张力来处理这么大量的硬数据。不过她觉得没问题。其实，在信息丛林中游荡已经使她变得强大而且高效。她已经习惯了利用有限的资源做很多事。现在资源如此丰富，她更要大展身手。她确实做到了。

她在这定级的时候不知道其他人在干什么，这让她很沮丧。朱丽娅在魔力的新视野中驰骋，搜寻着，但她非常渴望加入其他人的行列。她一直试图赶超进度，艾芮斯必须强行把她拽回来让她一级一级按顺序来。难道不是明摆着吗，如果你采用第一百二十二级的动力元素，再借用第四十四级中自我加温咒的反射部分信息，那么你就具备了基本工作模型，可以让身体悬停在离地几英尺的空中了。但那得等到一百六十六级，中间还隔着五十四级呢。

同时大家都把朱丽娅当小孩一样，每个人在她面前讲话都很注意。她每次从长书房的窗户向外望去，都能看到庞西和阿斯莫德斯经过，聊得热火朝天，聊天内容肯定是语言交流历史上最有趣的对话。他们要么是同居了——不过即使是法国人的标准阿斯莫德斯也是未成年人，管他的——要么就是还有什么秘密朱丽娅不够资格参与。每次只要她一走进餐厅，其他人的谈话就自动停止。倒不是大家不喜欢见到她，看来她是练就了一种本领，可以让所有人即刻忘记要说什么，转而开始聊天气、咖啡或者阿斯莫德斯的眉毛。

有天夜里，她半夜两点从深度睡眠中醒来——白天和艾芮斯一起升级太疲惫，朱丽娅没吃晚饭就直接回房间睡下了。开始她以为房间里有手机振动的声音，但是她没有手机啊。接着振动变得更加强烈，震感越来越明显，直到整栋房子每隔大概五秒就震一次。听起来像当年在布鲁克林，那些后备厢放着爵士乐贝斯声轰鸣的汽车经过的感觉。房间的东西被震得咯咯作响。好像是巨大的脚步声穿过米尔沉睡的土地，正在朝房子不断走来。

整个过程持续了大概两分钟。震动越来越大，直到那东西停在了朱丽娅的头顶上方。窗户咔咔作响，朱丽娅感觉这些老旧的玻璃都要震碎了，最后一下把朱丽娅的床震得往左移了有一英尺，她都能感觉到天花板上有三百年历史的墙皮撒落到她的脸上。房子里某个地方有什么东西确实碎了，可能是窗玻璃，或者是盘子。光线从房子下面几层毫无声息地迸射出来，照亮了草坪对面的一排柏树。

然后亮光消失，一下子就不见了，只剩下精疲力尽的寂静在回响。之后大概过了一个小时，朱丽娅听见其他人陆续上床睡觉。阿斯莫很气愤地在咕哝些什么，好像在说他们是在浪费时间，有人让她悄声。

第二天早上和以前一样。谁都表现得好像什么也没发生。只有费博庞克太阳穴上多了一块深紫色的瘀伤。嗯……

朱丽娅升到二百级的时候，他们为她烤了个蛋糕。两个星期以后，也就是朱丽娅来到米尔基地的第六周，她已经升到第二百四十八级，明天即将满级。确实是这样：下午三点艾芮斯给她手把手地教着一个复杂的咒语，如果施用得当，这个咒语可以把局部区域的熵值逆转到五秒之前的状态。虽然影响范围有限，只有直径一码的圆形区域，但效果也令人惊叹不已。

背后的理论是各种效应在庞大的系统中相互作用。朱丽娅简直不相信这么复杂的东西竟然可以成功，不过艾芮斯能做到，几个小时之后朱丽娅也成功了。她推倒一堆砖块。然后施用了这个咒语。一地砖块又恢复了原状。

第二百五十级完成。朱丽娅放下双手，艾芮斯亲吻了她的双颊——一副法国人的做派——然后告诉她通关了。朱丽娅几乎不相信这是真的。为了确定，她提出要从第一级到第二百五十级完整做一次，直到艾芮斯满意为止，但艾芮斯拒绝了。她已经看够了。

下午余下的时间里，在农舍周围骄阳似火的田地间，朱丽娅沿着呈直角的田间背阴小路舒舒服服地散步。她感觉大脑有些肿胀，被塞满了，好像是刚吃了一顿大餐——这是她第一次没有饥饿感。她玩了一个小时的电脑游戏，晚上费博庞克为大家端上精心制作的法式海鲜，鮟鱇鱼和西红花，还开了一瓶教皇新堡的陈年红酒，瓶身上布满灰尘，商标标签上连条线都没画，能看出来这酒的价格一定贵得吓人。休息之前庞西让她第二天早上去图书馆。不去长书房了，是去图书馆。

朱丽娅很早起床。已入仲夏，但暑热还没有开始。她来到起伏不平的田间，在没有人工雕琢的田地里待了一个小时，吓跑了路上的奇怪的法国虫子，她仔细观察那种到处都是的小小的白色蜗牛，鞋都被清晨的露水打湿了，她在等其他人起床。感觉像是生日的清晨。别人吃早餐时，朱丽娅迷信地避开了餐厅。七点五十五分，她去厨房抓了个面包，在去图书馆的路上紧张地啃完。

走进布鲁克林图书馆的电梯那天，她掉进了空洞里。也有可能就是个空的电梯井。自那以后她一直向下坠。不过就快结束了。她马上就又能着地了。朱丽娅几乎想不起在有归属感的地方待着是什么感觉，她要和大家站在玻璃的同一边。

她以前有一次想推开图书馆的门，不过门没有为她开启，她也就没费时间解开锁咒。她已经厌倦了撬锁。她在图书馆门前站了足有一分钟，用手拽着夏装的布料，眼睛盯着大厅里钟表的分针。

到了指定时间，门自动打开。朱丽娅低下下巴，走了进去。

所有人都在里面，围坐在一张长长的工作桌旁。图书馆无疑是米尔农庄翻修工程中的最高成就。内部空间被全部掏空，打通了三层楼，露出了三十英尺高处的房梁。清晨的阳光透过窄窄高高的窗户照射进来。落地书架高耸到顶，这样的设计本身并不实用，但是旁边飘浮着雅致的魔法橡木平台，可以带读者到书架的任何一层。

朱丽娅一进来，大家就停止了谈话。九张脸全部转向她。一些人面前放着书籍和笔记文件夹。他们可能是在开公司董事会，当然除非有天才怪人有限责任公司。庞西坐在桌子顶头位上。桌子尾端有个空座位。

朱丽娅拉出椅子，坐了下来，庄重得几乎有点做作。他们为什么不继续讲话了呢？大家只是平静地看着她，好像假释委员会一样。

好吧。她达到了他们的预期。现在该看看他们能不能符合她的要求。底牌放桌上。亮牌。看完这一手好牌哭去吧。

"那么，"她说。"咱们要干什么？"

"你想干什么呢？"

庞西没开口，说话的是古米治。你告诉我啊，朱丽娅本想抢白。你不是通灵吗。古米治身量像个模特，又高又瘦，不过她的脸太长而且太严肃了，算不上美。朱丽娅猜不出她是哪个民族的。可能是波斯人？

"下一步的任务。二百五十级以后不管是什么任务。第二百五十一级。我已经准备好了。"

"你怎么会认为下面还有第二百五十一级呢？"

她眯起双眼。"既然已经有第一级到第二百五十级了。"

"没有第二百五十一级。"

朱丽娅望向庞西、菲尔斯塔夫和阿斯莫德斯。他们都耐心地看着她。阿斯莫点点头。

"怎么会没有第二百五十一级呢？"

"二百五十级就到头了，"庞西说。"噢，你可以自己创造咒语。我们一直都在自创。到目前为止你已经拥有了全部的基础材料，所有的基本成分。剩下的就是排列组合。二百五十级以后可以做的就是在双螺旋上重新排列碱基对了。能量级到此为止。"

朱丽娅有种失重的感觉，觉得轻飘飘的。倒不是不好，不过就像是绳子被切断了似的。原来这就结束了。这样的结束未免不怎么精彩吧。

"这就完了？就这些？"

"是的，你已经满级了。"

好吧。靠她目前掌握的已经可以做很多事了。她已经想要开始实验极端气温和极端物质状态的咒语了，等离子、玻色爱因斯坦凝态那种。好像还没有人做过类似的尝试。可能庞西会借些钱给她购买设备。

"那你们现在就是在做这些啊。排列组合。"

"不。我们没做那些。"

"不过我们确实做过超多的排列组合，"阿斯莫插话道。

她顺便就把话头接了过来，开始接续说。

"当我们意识到再往下只是无穷无尽的增量，我们就开始想还有没有别的方法。打破这个循环。使能量曲线变成非线性。"

"非线性，"朱丽娅慢慢重复道。"你们想找到魔法奇点，类似的东西。"

"是的！"阿斯莫德斯咧嘴冲着庞西露出柴郡的特有微笑，好像在说，看到了吧？我早说她能明白。"奇点。找到这个根本点，一个如此激进的发展，可以把我们带到另一个等级。能量也会成倍地增加。"

"我们认为魔法不只限于目前我们所见，"庞西说。"远不止于此。我们觉得现在做的只是小打小闹，肯定存在能量源可以让我们能量大增。当然前提是要能连上正确的能量网。"

"原来你们在忙这个。想要连上超级能量网。"

朱丽娅发现自己一边在重复他们的话，一边在试图理解他们的意思。所以一切并没有结束。真好笑，刚才以为结束了、到头了的时候，她几乎觉得轻松了那么一分钟。

这四年来，她把要花一生研习的魔法全部学完，而她的其他部分，生活中那些非魔法的部分好像一直被忽略了。空虚。她不介意在法国的大农庄里和亲密的朋友们相处一段时间，填补生命中的那些空白。能量升级不急在这一时。或者他们可以等。可她这些亲密的朋友们不想等。而朱丽娅会和他们共进退，因为——这话即便是对自己说，都会感觉又痛苦又温柔，所以她没说，对自己都没说——她爱他们。这些人是她的家人以外的家人。精益求精。不管是向前还是向上。

"这就是我们在做的。"庞西往后倚过去，双手放到脑后。时间还早，不过他衣服腋下已经出现了深色的汗渍。"除非你有什么好主意。"

朱丽娅摇摇头。大家都在看着她。

"好吧，"她说。"嗯，告诉我你们现在进展到哪里了。"

看完这一手好牌哭去吧。

第二十一章

他们抬着本尼迪克特的尸体从踏板上船，昆廷、乔希和爱略特几个人一起，费了很大劲抬他沉重得像布娃娃一样的四肢。死亡似乎将他瘦长年轻的身体变得密度特别大。因为脚下的木板湿滑，他们一步一个踉跄，完全没有抬棺人应有的庄重。没人有勇气拔下他喉咙上的箭，所以只见一路上箭簇朝各个方向乱晃。

把本尼迪克特平放在甲板上之后，昆廷去自己的船舱里取了一条毯子，盖到他身上。昆廷的身侧在一跳一跳地火辣辣地疼，随着脉搏的跳动而动。很好。这正是他需要的。他想要感受疼痛。

最后宾果熟练地将本尼迪克特喉咙上的箭拔了出来；他先将箭折成两段才取出来，因为一头有刺，另一头是羽毛。现在雨已经下大了，雨滴打在甲板上，也打在本尼迪克特苍白的一动不动的脸庞上。他们把尸体抬到船舱里，抬进手术间，虽然已经没有必要做手术了。

"我们走吧，"昆廷说出声，他好像是在自言自语，又好像是在对所有人说话。

"昆廷，"爱略特说。"现在是半夜。"

"我不想待在这儿了。现在风向正好。我们该离开这里。"

正式掌管赤鹿号的是爱略特，但昆廷已经不在乎那么多了。这艘船一开始就是他的，而他不想再在这个小岛上过一夜了。一切都是那么轻松愉快，直到有人喉咙上被射了一箭。

"那些犯人怎么办？"有人问。

"管他们干吗？把他们留在这儿吧。"

"但是我们要去哪呢？"爱略特提出一个合理的问题。

"我不知道！我就是不想待在这里了！你想吗？"

爱略特必须承认他也不太想要待在这里。

这种情况下昆廷不可能上床睡觉。本尼迪克特今夜不会缓过来了，所以他怎么可以去睡觉呢？他现在要准备出发。低头看着本尼迪克特空洞的没有知觉的脸，昆廷几乎要生他的气，为什么要死。原本一切进行得都这么顺利。但这就是做英雄的代价，不是吗？自古一将功成万骨枯，不是吗？这是个数字的问题，正如城堡里那个活死人所说。算算数而已。

所以作为魔法师之王，士兵的统帅，昆廷将剩下的士兵召集起来，让船员们为赤麂号准备淡水和食物，完全不顾现在是半夜，还在下大雨。得再派个人计算航线，因为本尼迪克特已经死了，但这倒也不是大问题，因为他们根本没有目的地。没关系。他已经不明白他们在干什么了。这样明显能很快找到魔法钥匙，但这些对朱丽娅有什么帮助？又怎么能重建四不像城？或者让那些闹钟树安静下来？本尼迪克特现在这样蜷缩在甲板上，像个小男孩一样想要得到温暖——这些钥匙真的值得吗？

大家整夜在干活，脸色苍白地忙碌着。朱丽娅坐在尸体旁，她已经慢慢恢复了正常人形，她整天穿着的丧服这次完全合时宜了。宾果心神不宁的举止也让阴郁的气氛更加沉重。他整个晚上都独自待在船头，蜷缩在斗篷里，像只受伤的小鸟。

有一次昆廷过去想看看他的情况，听到他自言自语：

"不能再这样。我要去一个我不再能伤害别人的地方。"

昆廷想，还是让他自己待一会想清楚吧。

雨中的天空有些泛白，昆廷独自一人来到城堡前面的广场上，要做最后一件事。他浑身湿冷，精疲力尽。他感觉自己像图书馆里那个活死人。虽然他不是最佳人选，不过这是他的事。他在方尖石碑前单膝跪下，手里拿着从船上木匠那里借来的锤子和凿子。

用魔法应该也可以，但是他现在记不起来怎么做了，而且他也不想使用魔法。他想要亲自体验这种感受。他把凿子对准石头，开始打凿。他弄完之后，在石头上刻下了一行字，有些粗糙但却清晰可见：

本尼迪克特岛

回到船上，昆廷下令——向东出发——不过大家也都知道船要往哪里开。然后他回到甲板下的船舱里。他听到锚升起来了。整个世界倾斜了一下，起锚了，他终于走了。

赤麀号乘着凛冽的狂风快速前进。船带着他们穿过大片没有岛屿的海洋，肆虐着船上的风帆，而风帆也只是温顺地承受着这一切，甚至行进得更快了。巨大的翡翠绿的涌浪在船身下面升起，然后翻滚到他们前方，催着他们前进，就好像大海也受够了，恨不得这一切赶紧结束。爱略特把这趟旅程形容成不停休的财富和奇迹，一年三百六十五天不断遇到神秘小岛，但现在大海上一片苍茫，被好心地擦洗得不见丝毫魔幻的迹象。好像和他们完全错过了似的。

也有可能小岛们在为他们让路。他们变得遥不可及。一路上完全没有看见陆地——好像他们是纵身一跃，跳进了虚无之中。

唯一发生的一个奇迹，还是在船上。不是个大奇迹，但确实是奇迹。本尼迪克特死后的第三天晚上，波比来到了昆廷的船舱，跟他说她很遗憾发生的这一切，过来探望他。她第二天早上才离开。

在这种时候发生美好的事情有些奇怪。时机不对，也不合适，但可能这种事只有在这种时候才会发生。他们的情绪很原始，也很肤浅。昆廷何止是惊讶，他没想到自己对她有这样的渴望。波比很漂亮，也很聪明，起码和昆廷一样有头脑，很可能还胜他一筹。而且她很善良，不怎么设防的时候也很风趣，而且她的两条长腿是昆廷在任何一个世界中见过的最奇妙的。

不过，除了不用说话的性可以让他忘我之外——这对他来说就足够了，天知道，真的足够了——她身上还有昆廷特别需要的，那就是她的判断力。波比没有完全沉浸在这些伟大的任务、冒险等等的神话之中。从心底里她根本没有特别在意费勒里。在这里她算是个游客。费勒里不是她的家，不是凝聚她童年时的一切希望和梦想的场所。那里对她来说只是某个地方，而她也只是个过客。可以暂时不那么看重费勒里，对昆廷来说是一种解脱。他也想过可能会发生这种事，不过他一直以为对象会是朱丽娅。但朱丽娅并不需要他，不会是以这样一种方式。归根结底，他需要的也不是朱丽娅。

爱丽丝死后，昆廷并没有完全禁欲，不过他也并没有纵欲狂欢。与爱丽丝之外的人在一起，就意味着离她更远，就意味着真的确定并且承认她再也不会回来。和波比在一起，他更进一步面对这个事实，本以为会更加难过，但奇怪的是痛苦反而减轻了一些。

"要不你留下吧？"有一天昆廷说，当时他们俩正在昆廷的船舱里吃午餐，盘腿坐在床上。午餐还是鱼。"到城堡里去住一段时间。我知道你和我不一样，对费勒里没什么特殊感觉，但是你难道就不想在城堡里住住看？难道不想做做女王？"

如果他们能最终回到怀特斯拔厄城堡的话，不管能不能找到最后一把钥匙，等着他的应该都不会是凯旋的场景。如果驶进港口的时候能有波比在他身边就好了，给他点精神支持。当然还有肉体支持。

"嗯。"波比往鱼上撒了小半瓶盐，然后又整个浸入柠檬汁里。她好像就不知道什么叫咸。"你的话听起来很浪漫。"

"确实很浪漫。可不光是我这么觉得。住在城堡里本身就很浪漫嘛。"

"看，这话一听就知道你不是在君主制的国家长大的。澳大利亚也有女王。有很悠久的历史。下次我给你讲讲1975年的立宪风波。非常不浪漫。"

"我可以向你保证，怀特斯拔厄一定不会出现什么立宪风波。我们连宪法都没有。就算有我也敢保证绝对没人看。"

"我知道，昆廷。"她抿着嘴唇。"但我还是不去了。我都不知道在这里还能待多久。"

"为什么不去？你为什么非得回去不可？"

"因为那里有我的整个生活？有我认识的所有人？那里才是真实的世界？"

"这里的世界是真实的。"他挪到她旁边坐下，两个人紧挨着。"来，感受一下。"

"我不是这个意思。"

她把盘子放到地板上，在床上躺了下来。她头碰到墙上了。这里太小不适合高个子，更何况还是两个人。

"我明白。"昆廷不知道自己干吗跟她争论这个。他知道她不会留下来。可能正因为这样他们才相处得这么轻松，因为提前预知了结果。她不可能和他走得太近。他也没打算非得说服她。"说正经的，你回去要干什么？完成学位论文吗？关于龙的，还是什么来着？别告诉我你那边有男朋友。"

他把她的脚放到自己腿上，给她按摩。她总是赤脚在船上走来走去，脚底又长出了新茧，他挑了一个在按。她一下子把脚收了回去。

"没有。不过我确实要写论文，研究龙学。如果你觉得那很无聊，我只能说抱歉，那是我的事，而且我也很喜欢。"

"费勒里有龙。我觉得。嗯，不过也可能没有。我是没见过。"

"你竟然不知道这里有没有龙？"

"你可以去看看到底有没有。可以申请一个皇家研究基金。我保证你成功几率很高。"

"那我就得全部重新开始。我可不想前四章都白写了。"

"再说了，不那么现实怎么了？"昆廷说。"不现实其实挺好的。你知道多少人羡慕你身处的位置吗？"

"什么，和你上床？"

他掀起她的衬衫，亲吻她的腹部，她腹部平坦，上面有细细的绒毛。

"我是说在费勒里，"他说。

"我知道。"她叹了口气，样子很美，也很真诚。"我真希望我也这么想。"

波比决定回到真实世界也好——或者说虽然不怎么好，但是也是事实——不过怎么把她送回去暂时还不得而知。他们确信某个时刻安火会出现，把她踢出费勒里，每次有游客来到这里他都会这么做。不过那可能要等上好几个月或者好几年，没法确定，而她不想干等下去。对昆廷来说这里可能是天堂，但是对波比来说这是放逐。

最后他们决定试试金钥匙。后岛那把钥匙把昆廷和朱丽娅直接带到了地球，那把钥匙不在他们手上，不过这些钥匙除了大小不同看起来都差不多。他们从最后一把也是最大的一把，从本尼迪克特岛得到的钥匙开始。钥匙一直放在昆廷的船舱里，就放在原先的木盒里。他们把它拿到了甲板上。波比来的时候就什么都没带，所以也没什么行李。昆廷想等时机成熟了，乔希可能也会想回去，但现在他看起来一点都不着急。他已经在说回到怀特斯拔厄城堡自己要住哪间房间了。而且昆廷也想单独为波比送别。

这把钥匙在盒子里放了很久，钥匙上的三个锯齿已经在红丝绒上留下了印记。他把钥匙递给她，像拿着一支上好的雪茄。她接了过去。

"小心。"

"这么重。"波比把钥匙拿在手里，掂了掂。"哇哦。这不但是纯金的，还是魔法钥匙。上面有很多咒语。非常密集。"

他们看看钥匙，又看看彼此。

"我基本上就是拿着钥匙在周围晃一晃找一找，"昆廷说。"你应该找到一个隐形的锁孔。很难解释清楚，得自己实践试试看。"

她点点头。表示明白。

"那么好吧。"

"等等。"他抓起她的双手。"之前我没有正式求过你。留下吧。求你留下。我希望你留下。"

她轻轻地摇了摇头，温柔地亲吻了他的双唇。"我做不到。下次你到现实世界中记得给我打电话。"

他知道她会这么说。但说出来他会舒服点，他毕竟尽力了。

波比拿着钥匙比划了几次，有意识地用钥匙在空气里捅了几下。昆廷在想这钥匙会不会知道他们正在一艘行驶着的船上。假设确实开了一扇门，钥匙卡在里面，然后因为船一直在前进，所以门就留在原地——这样钥匙就会从波比手中脱手，门就那么留在空中，留在海上。昆廷相当希望会这样。

不过没那个运气。古老的魔法通常早就修补好了任何明显的漏洞。昆廷虽然没听见咔哒一声响，但是他看见波比的手在空气中遇到阻力停下了。钥匙插进去了。波比一手握着钥匙，她再次亲吻了昆廷，这回更深情，然后她转动了钥匙。另外一只手摸到了门把手。

门开了一条缝，吹进一阵风，气压均衡了。里面并没有像上次一样透出阳光。里面一片黑暗。大白天的船甲板上有这么块长方形的黑夜立在那里，感觉很奇怪。昆廷走到她身后往门里看去。他感觉到一阵冷风。是冬天的风。她回头看看他：没什么问题吧？

他在想地球现在是几月份，或者说是哪一年呢。时间流可能已经混乱了，进去可能是未来的地球，末日之后的地球，一个寒冷死寂的世界，围绕着一个熄灭了的太阳。他胳膊上起了鸡皮疙瘩，几片飞舞的雪花飘了过来，融化在赤鹿号温暖的甲板上。我做了个梦，又不完全是梦。亲爱的拜伦啊。为每个场合都写了诗。

波比松开钥匙，低头——这传送门对她这样高高的麻秆来说有点矮——走了进去。他看她四处瞧瞧，打了个寒颤，她还穿着夏天的裙子，他也瞥见了她眼前的景象。是个石头广场。门开始关合。钥匙肯定会带她去最后的永久居住地，也就是威尼斯。这才说得通。她可以暂时去乔希家住一阵子。那里会有她认识的人。在那里她会很安全。

噢不对，她并不安全。那不是威尼斯，而她又孤身一人。昆廷猛冲进了那扇正在关上的门。

"波比！"

波比刚跨过门槛就停了下来，于是昆廷就从后面撞到她身上。她尖叫了一声，昆廷抓着她的肩膀保持平衡，两个人都险些摔倒。昆廷再回手想推着门别关上时，门已经消失了。这里很冷。天空中布满了陌生的星星。现在是夜里，他们不是在地球。他们来到了四不像城。

昆廷有那么一瞬间几乎感到高兴。他有两年没来四不像城了，自从去了费勒里就再也没回来过。周围熟悉的景物让昆廷有点怀旧。昆廷第一次来到四不像城时，感受到了纯粹的喜悦：是那种未经加工、毒品一样、狂热的喜悦，这使他相信，不，他确信一切都会顺利，不仅彼时彼刻，不仅眼前这段时间，而是这一辈子都会很顺利。

他当然想错了。现实是，那种感觉也就持续了五秒钟就结束了——爱丽丝发现昆廷和珍妮特出轨，在昆廷脸上狠狠打了一拳。原来事情不会一切顺利。一切都是机缘，没什么是完美的，魔法也不会给你幸福，昆廷试着接受这一切，他发现周围大多数人都明白这个道理，而且也接受，他也该学学他们。不过最初那种喜悦感你永远忘不掉。那般闪亮的东西会在头脑中留下永恒的印记。

但昆廷记忆中的四不像城温暖、安静而又朦胧。眼前的四不像城一片漆黑，寒冷彻骨，还下着雪。广场四角那边雪下得更大，已经有成堆的积雪了。

天际线也和印象中不同。广场四周的建筑物，一边的还是老样子，但另一边的一半已经没了。建筑黑色参差不齐的剪影耸立在深蓝色的天空下，那边下的雪中夹杂着大块的落石。能一直看到旁边的那个广场，也能看到再远处的那个广场。

"昆廷，"波比说。她也回头找门，想搞明白为什么他也在这里，还有这里是哪里。"我不明白。你怎么……我们在哪儿？"

寒冷中她将自己抱紧。他们穿的衣服都不够，不过她倒是没慌神。

"这里不是地球,"昆廷说。"这里是四不像城。我也不知道四不像城是一个还是多个,我一直没想好。这个世界介于地球和费勒里还有其他所有世界之间。"

"好。"他给她讲过四不像城的故事。"好的。不错,但是这里也太冷了。我们离开这儿吧。"

"我不知道怎么离开这里。应该是穿过喷泉离开,但是需要一颗纽扣。"

"好的。"他们的话一出口就消失在寒冷的空气中。"那,施个咒语什么的。钥匙为什么会带我们来这里呢?"

"我也不知道。这些钥匙确实挺幽默。"这里太冷了,冷得让人难以思考。昆廷研究了一下他们刚刚出现的地方,他的呼吸出口立即变成白气。回到费勒里的传送门确实消失得干干净净。波比僵硬地往喷泉那里走去。这里是费勒里广场;喷泉上有个阿特拉斯①的雕像,蜷曲着支撑着大理石地球仪的重压。

喷泉里的水结成了冰。冰的高度高过了石头沿。她用手去摸了摸。

"搞什么鬼东西,"她平静地说。她的声音都不像是她了。

昆廷开始意识到他们现在有多大麻烦。这里很冷,真的很冷。不会超过零下十五度或二十度。这里只有石头,没有木头,所以没法生火。昆廷记起潘尼的警告,不要在这里使用魔法。不过他们可能必须要用了。

"我们去那边的地球广场喷泉看看,"他说。"穿过几个广场就是。"

"为什么?没有纽扣去那里有什么用?"

"我也不知道。或许那里有人呢。我不知道还能做什么,我们必

---

① 希腊神话中的大力神。

须要活动活动，要不然会被冻死。"

波比点点头，抽了抽鼻子。她已经流鼻涕了。现在的她看起来比之前在岛上为钥匙战斗的时候还要害怕。

他们开始往那边走，不过马上就小跑起来，这样能暖和点。周围一片寂静，只能听见他们的脚步声。星光是唯一的光源，不过他们的眼睛在快速地适应黑暗。昆廷现在只知道这样是不行的，如果这个行不通，那么之后会变得非常糟糕。他在试着心算热力学计算公式。变量太多，但是马上就会出现过低体温。最多能撑几个小时，可能都撑不了那么久。

他们跑着穿过残破的城市。没看见任何活动的东西。他们穿过结冰运河上面的桥。空气嗅起来都是雪的味道。这是个愚蠢的错误，现在他们俩都要死在这里了，昆廷想着，头有些眩晕。

地球广场比费勒里广场要大，不过一样的断壁残垣。周围有栋建筑上有一排没有玻璃的窗户，透过窗户能看到天上的星星。现在只剩正面的墙了，墙后什么都没了。

这里的喷泉也已经冻住了。冰封住了巨大的，把它的一边撑裂了。他们在喷泉前面停住，波比在积雪下面的冰上滑了一下，勉强没摔倒。她跳了起来，把手上的雪掸掉。

"这里也一样，"她说。"嗯，我们需要想办法离开这里。要么就去找个暖和点的地方，找些可以烧的东西。"

她有些慌张，但是尽量在保持冷静。好样的波比。她带了个好头儿，这让昆廷也清醒了一些。

"这些建筑上的门，有些看起来像是木头做的，"他说。"而且楼里会有书吧，我觉得可能有。要是能找到说不定可以烧。"

他们一起穿过广场，来到一扇残破的门前，一扇哥特式巨型拱门，已经被撞得歪歪扭扭。昆廷伸手摸了摸。撕下了一小片。摸起来像一般的木头。他们要试着使用点火咒。昆廷解释了魔法在四不像城的使用效果：法力会格外强，产生爆炸性后果。潘尼警告过千万别用。非常时期也没办法。

"你能从多远使用点火咒呢？"他问。"因为点着的时候我们离得越远越好。"

"点着的时候"从他发木的嘴唇里说出来像"天旱地够"。他又说了一次，试着发音再清楚一点，不过成效并不明显。事态恶化的速度比他预料的还要快。他们的时间所剩无几。可能也就十五分钟，要不然咒语可能都念不出来。

"试试看吧，"她说。

她开始倒退，面对着门，往广场中心的方向后退。昆廷还是觉得这其实作用不大，该发生的还是会发生。即使生起火，他们还需要找个地方遮挡风雪。即使能找到地方，他们还需要食物，看这样子这里根本没有食物。他心里不由自主地一阵悸动。虽然可以化雪饮用，可是雪不能当饭吃。说不定能找到牛皮卷的捆书绳来啃啃。说不定运河冰下有鱼。即使他们能一直存活下去——事实上不可能——不一定什么时候毁灭了四不像城的力量会把他们也毁灭呢？

"好了！"波比喊道。"昆廷，让开！"

他用手掌按了按木门，希望这真的是木头。如果点不着火，他们能不能自己做一个魔法纽扣呢？十五分钟可做不出来。十五年估计也不行。

两扇门之间有个裂缝。里面能看到微弱的蓝光在闪耀。星光。但不是星光。那光又闪了一下。

"等等！"他喊道。

"昆廷！"他听出波比的声音中带着一丝绝望。她把双手夹在腋下。"我们时间不够了！"

"我好像看见了什么东西。这里有东西。"

他把脸凑到冻住的木头上，但什么也没看见。他一扇窗一扇窗地看，但全是一片黑暗。试试从另一边呢。他喊着波比，让她穿过一道拱门，去下一个广场。

这是一座庞大的意大利风格的宫殿，上面有排布整齐的窗户。他考虑了一下那个放蓝光的东西如果出现，会不会让他们的处境更糟，不过怎么也不会比他俩的下场更漫长更残酷。他在想死之前自己会不会惨到去祈祷安火来救他。他觉得估计他会祈祷的。

宫殿的这一边根本没有门，外墙已经残破不堪：第二层的窗户上就只剩些参差不齐的石头。他估摸着自己能越过去，就越了过去。一阵凛冽的风吹来。他想知道这里到底发生过什么。以前这里多么祥和安逸，好像是玻璃之下的世界。有人切断了它的能量，打烂了窗户，任凭各种天气肆虐。

昆廷助跑一跃上了一楼窗台。他在心里感谢神，或者安火保佑，感谢四不像城的建筑师如此喜爱巴罗克风格的装饰。他知道坚硬的石头把他手指上的皮磨掉了，不过他没有任何知觉。

"站在那儿，"他一边说一边指着。他一只脚踩在波比肩膀上，她很大度地接受了。这样他就能伸脚够着上面的嵌板，伸手够到顶上的窗台了，虽然抓不牢，不过就能够到那儿了。然后他一跳，够到了断壁的顶部。他必须坚定意志才能让手指弯曲。

脸贴在冰冷的石头上，昆廷冒险往下看了一眼。波比正用期待的眼光看着他。星光中她可爱的脸庞显得苍白而沉重。他慢慢地把自己拖上去，用前臂抓住了墙壁，继而艰难地抬高膝盖跨了过去。这是他第一次俯瞰四不像城的内部情况。

与他记忆中伦敦闪电战大爆炸后的照片很像。房顶炸没了，二层的大部分都砸到一楼的上面了，一片废墟。地上到处都是纸，被风吹得慢慢在地上打转。大大小小的书摊在地上，原封不动的样子各有不同，有些书还完整，有些书摊开着，有些只剩下书皮了。

远处，二楼的残留部分形成了一处庇护，有人把完好的书籍整齐地堆放在那里。书堆之中站着个人，估计就是他整理的。噢不对，他不是站着，他飘在离地面一英尺左右的空中，双臂展开着。

蓝光就是从那儿发出的。那人下面的地上有符文，隐约发出冰冷的蓝光。他要么也和他们一样是这场浩劫中的难民，要么就是造成这一切的元凶。这时候得冒险了。

"里面有人！"他向下面的波比喊道。昆廷提高音量。"嘿！"

那人没抬头。

"嘿！"昆廷又喊了一声。"你好！"说不定他是费勒里人。

"昆廷，"波比开口说。

"等等。你好！你好！"

"昆廷，门开了。"

他往下看。门确实开了。两扇门向外慢慢敞开，自动打开了。

"好。我这就下来。"

下来也一样不容易；他的手指已经完全失去了知觉。他拉住波比同样麻木的手。这真的是他们最后的机会了。

"走吧？"他说。他的声音比他预想的还要微弱。

第二十二章

他们在碎石中找路往里走，出于礼貌尽量不踩到散落的书页。昆廷差点被一块脚下滚动的石头绊得崴了脚。

看来是符文发出的蓝光在支撑着那个人。他光着脚，离地能有将近一码高。他头发浅褐色，长着一张大圆脸——圆圆的头好像在上面牵引着他的身体，像个气球。大概有十多本书飘浮在他周围，还有些单页，都朝他的方向打开，这样他就可以同时参阅。其中两本书的书页在缓慢地翻动。

昆廷和波比走近，那人没打招呼，连看也不看他们一眼。他的袖子很长，把双手完全盖住了，但是袖子布料垂落的样子有些古怪。又走近了一些昆廷看明白了：那人没有手。是潘尼。

他不再是以前的莫霍克发型，头发全都长了出来，昆廷一下子没认出来。他一直不知道潘尼的头发本身到底什么颜色，不过肯定不是金属绿。潘尼原地转个身面对他们，在半空中俯身看着他们。他比以前瘦了好多。以前看不出有明显的颧骨。

昆廷站在地上的神秘蓝色字符边上。他已经浑身冻透。肩膀不由自主地抖个不停。

"潘尼，"他勉强说道。"是你啊。"

潘尼平静地望着他。

"这是我的朋友波比，"昆廷说。"很高兴见到你，潘尼。你没事我挺高兴。"

"你好，昆廷。"

"你怎么了？这里是怎么了？"

"我加入了魔法社。"

他说话既柔和又平静。看上去好像根本感觉不到寒冷。

"那是什么，潘尼？魔法社是什么？"

"我们照管四不像城。四不像城不是自然形成，而是造出来的。是件工艺品。很久以前由一群魔法师创造，他们对魔法的理解比你要深刻得多。"

注意，他说的不是比我深刻。是比你深刻。潘尼还是老样子。潘尼失去了双手，这让昆廷一直无法释怀，不过若是哪个人天生能做个没手的浮在空中的神秘僧人，那非潘尼莫属。不过照这样下去，估计他这精彩演讲没讲完，他们就冻死了。

"自那以后，像我一样的人一直在守护着这里。我们修缮这座城，护卫着它。"

"潘尼，不好意思打断你，我们实在太冷了，"昆廷说。"你能帮帮我们吗？"

"当然可以。"

昆廷以为潘尼失去了双手就没有办法再使用魔法。看来昆廷总是不断错误地低估他。潘尼悬在他们面前，将两只手腕对在一起，开始有节奏地用昆廷听不懂的语言诵念着什么。在他的袍子下面，他努力地在做着什么动作，不过昆廷猜不出来。

突然他们周围的空气一下子从寒冷变得温暖。突然暖和过来，昆廷反而抖得更厉害了。总算松了一口气。他完全控制不住自己，弯下腰，嘴里满是唾液。他感觉像要呕吐，这又让他感到特别可笑，他开始笑个不停。昆廷听到旁边的波比一边恢复，一边呻吟。

他没吐出来。又过了能有一分钟，他们俩才能开口说话。

"这里是怎么了？"波比终于开口说。"是谁毁灭了这个地方？"

"这里没有被毁灭。"潘尼纠正她的语气里带着他一贯的敏感。"但这里破败得厉害。有可能再也无法复原。估计更糟的还在后面。"

潘尼周围的那些书和书页都合上了，飞回到各自的位置。潘尼向着敞开的宫殿门口飞去。看来他不只是靠地上的蓝色字符飘浮在空中的。魔法社的原则可能是能人可以天上飞，无能之人地上走。

"我带你们去看看，"潘尼说。

昆廷牵着波比的手，跟着他来到了广场上。昆廷现在的情绪比较高涨。他没死——极有可能是这样——所以现在什么事都是好事。潘尼一边飘着，一边说话。他的头高出他们头顶好几英尺。好像是在和骑着平衡车的人讲话。

"你们想过吗，"潘尼说，"魔法从何而来？"

"是的，潘尼，"昆廷附和着说。"我确实想过这个问题。"

"亨利有这么个理论。在布雷克比尔斯的时候他跟我说过。"

他指的是弗格院长。潘尼对布雷克比尔斯的老师都直呼名字，以显示他认为自己和他们地位相当。

"他认为人类拥有魔法是个错误。就算不是错误，起码很奇怪。道理说不通。他觉得一切太美好，好到不真实。作为魔法师，我们实际上是在利用宇宙中的某个漏洞，使用了我们本无权使用的力量。好像是病人拿到了精神病院的钥匙，在药房里胡作非为。

"或者你可以把宇宙想象成是一台巨型计算机。我们是终端用户，却取得了管理员级别的权限，未经许可地在任意改动。亨利的想法真是古怪。怎么说他也算不上一个严格意义上的理论家，不过有时确实见解独到。这就是其中一例。"

他们已经穿过了广场，波比和昆廷互相搂着往前走，这样更暖和些。那团温暖的空气以潘尼为中心在移动，所以如果跟得不紧，冷空气就会推着他们往前走。他走到哪儿，他的听众就跟到哪儿。听他教训总比冻死要好。

"让我们把亨利的理论再延伸一下。如果魔法师是侵入系统的黑客，那么谁是系统的真正管理员呢？我们入侵的这个系统——这个宇宙——是谁建立的呢？"

"神？"波比问。

有波比在，对付潘尼好办得多。潘尼对波比没什么影响。昆廷很容易被潘尼惹毛。波比却只想知道潘尼究竟想告诉他们什么。

"正是。再准确点，不止一位神。不需要过分强调神学上的定义：任何一位可以在如此规模运用魔法的魔法师基本上就可以被称为是神。但是他们在哪里呢？而且为什么他们没有抓住我们，没把我们踢出他们的系统呢？他们咒语的能量级必定非我们想象所能企及。他们的力量要远超过建造四不像城的这些魔法师。

"你应该去看看，昆廷。我是说像我一样，真正去看看四不像城。你知道这里不是无穷尽的，但这座城朝各个方向都能延伸出去上万英里。棒极了。加入了魔法社他们会给你看所有一切。"

潘尼这点很好笑。他是个傲慢的笨蛋——注意，他根本不搭理波比——但同时他饱尝苦难，而内心深处又十分单纯，偶尔他的单纯会超越他的傲慢。虽然昆廷没法对潘尼产生好感，但他觉得自己可以理解潘尼。他是昆廷见过的唯一一个像他一样深爱魔法的人：爱得天真烂漫、不切实际、全心全意。

"过一段时间，你就能读懂那些广场了，就像读懂语言一样。每一个广场都书写着它所通向的世界，你需要理解它的语法。每一个都独一无二。其中有一个广场，就这一个，每条边都有一英里，广场中心有一个金喷泉。他们说那里通向的世界和天堂一样。他们还不让我进去。"

昆廷不知道潘尼眼中的天堂会是什么样子。可能潘尼眼中的天堂就是在那里他永远都是对的，可以一直不停地讲话。天，昆廷对潘尼有时候确实很混蛋。可能潘尼想的是在天堂里就能有手了。

他们走过运河上面的石桥时沉默了一会儿。冰上只见小雪花在风中旋转着彼此追逐。

"那些神到哪里去了？"波比问。

"我不知道。他们可能以前在天堂里。但他们现在回来了。他们要修补这个漏洞。昆廷，他们要收回魔法，他们会从我们手里将魔法全部收回。"

他们来到广场上，这个广场看起来和其他广场没有什么区别，只不过中间的喷泉被遮住了。一个斑驳的铜罩罩在喷泉上，上面雕刻华丽。有一个简易的插销固定。潘尼飘到喷泉上面，他光着的脚趾掠过上面的雪。缓缓下降落到了地面上。

昆廷正在琢磨潘尼刚才说的话。当时在威尼斯，龙说的那番话估计也是这个意思。这就是最根本的奥秘。但这不可能是真的。肯定是哪里错了。魔法的终结： 也就是说布雷克比尔斯、费勒里都将不复存在，他离开布鲁克林之后经历的一切都将结束。他也不再是个魔法师，所有的魔法师都将不复存在。他们的双重生活都要恢复成单一的生活。世界不再有活力。昆廷试图想理清楚是怎么到今天这个地步的。他开始只是要去外岛转一圈，就这么简单。他只是抽动了一根线，可现在整个世界都要分崩离析。他想撤回这个动作，想把那根线放回原处，再按照原样织好。

潘尼在等什么东西。

"请帮我把这个打开，"他说。"需要推开那个插销。"

噢对。他没有手。昆廷感到麻木，但这次不是冻的，他推开了铜罩子的插销，然后试着用手指插进石头和罩子之间。罩子很重——足有两三厘米那么厚——波比也来帮忙，他俩把罩子举起来推到一边。他们一起往里面看。

过了一秒钟视野才渐渐清晰，他俩同时本能地往后退。里面往下有条长长的通道。

喷泉里并没有水。只有无尽的、带有回声的黑暗。像是从巨大的穹顶孔里往下看。这肯定通向四不像城的地下。在很深处，昆廷估计能有一英里远的地方，有一些白色发光的线组成的平面图案，好像是电路图，又像是错综复杂的迷宫。白线及腰深处站着一个银色的人形。光头、肌肉结实，估计体型巨大。周围很暗，但那巨人自己能发光。发出的是一种柔和而稳定的银色光芒。

巨人在忙。他在工作。他在修改着平面图案。只见他抓起一条线，切断，弯折，然后再把它连到另一根线上。巨人的双臂大得像是起重机，缓慢地移动着，移动范围非常大，但却一直不停歇地工作着。它英俊的脸上毫无表情。

"潘尼？我们在看的是什么？"

"那是上帝吗？"波比问。

"那是一位神，"潘尼纠正波比的措辞。"神这个词就是用来描述拥有巨大能量级的魔法师。我们见过的就有十多个；很难分清他们谁是谁。每个通道点上都有一个。不过我们知道他在干什么。他们在维修。他们在重置这个世界。"

昆廷正盯着下面暴露在外的创世线路和它的主人看。他有点像银影侠①。

"我猜，"昆廷慢慢地说，"你接下来会说它是个极其美丽和强大的神，我看不出来是因为我肉眼凡胎无法理解他真正的伟大之处。"

"不。我们觉得那没什么了不起。"

"行了吧，"波比说。她歪着脑袋。"他很壮观好吗。这么大。还是银色的。"

"巨大的银色看门人。潘尼，宇宙运行怎么可能仅此而已呢。"

"在魔法社，我们管这叫做'深度反转'。很多案例中都有类似的情况。宇宙奥秘越深处，一切反而变得越无趣。"

原来这就是他。最厉害的混蛋，食物链顶端人物。魔法就是从他那里来的。他真的明白自己创造出了什么，明白魔法有多么美，多少人热爱魔法吗？看样子他什么也不爱。他只是存在。但如果能创造出像魔法这样美丽的东西，怎么能不爱它呢？

---

① 漫威漫画《神奇四侠》中的人物。

"他是怎么发现的呢，"波比问。"怎么知道我们在使用魔法。我在想是谁告诉他的。"

"也许我们可以跟他谈谈，"昆廷说。"说不定可以让他改变想法。我也不知道，说不定我们可以证明我们配使用魔法。说不定他们有个测试什么的。"

潘尼摇摇头。

"他们是不会改变心意的。当你的能力和知识达到完美无缺的境界，你就会清楚地知道接下来应该做什么。一切按照规则来。在任何情况下，只能做出最为荣耀的完美决定，选项通常只有一个。最后就没什么可以选择的余地。"

"你的意思是神没有自由意志。"

"神没有犯错的能力，"潘尼说。"只有我们有这种能力。凡人。"

他们又安静地盯着不停在工作的神看了一会儿。神没有停顿过，也没有任何犹豫。他的双手不停地移动，将线折弯，切断一个连接，创造另一个连接。昆廷看不出来新的图样哪里更好，但他想那就是凡人所不能之处。他有点同情那个神。也许他是幸福的，从不怀疑，从不犹豫，永远认定自己的一切绝对正确。但他就像是个巨大而神圣的机器人。

"盖上吧，"他说。"我不想再继续看下去了。"

铜质的罩子摩擦着石头，然后哐啷一声落回到了原位。昆廷插上了插销。不过他也想不出来插销是防备谁出来或者谁进去的。他们站在那儿，好像站在刚填平的墓穴旁边。

"为什么是现在呢？"他问。

潘尼摇摇头。

"有什么引起了他们的注意。肯定是某个地方某个人拉响了警报，把他们召唤来了。他们可能都没有意识到自己在做什么。要不是开始变得寒冷，我们也不知道他们到这儿来了。然后太阳失去了光芒，寒风呼啸，雪花飞扬。建筑开始一幢接一幢地倒下。一切都结束了。"

"乔希以前在这里，"昆廷说。"他跟我们说过。"

"我知道，"潘尼说。他在袍子下不自然地动了一下。他一时忘形，用了他以前的声音。"这寒冷让我的双腿疼痛难忍。"

"以后会发生什么呢？"波比问。

"四不像城将被摧毁。本来这里也不是神圣计划的一部分。我的先辈是在宇宙间的空隙里建立起这座城。神们会把这里清理掉，像清理老墙上的马蜂窝一样。如果那时我们仍留在这里，我们会和四不像城一同消失。这还不是全部。他们本来也不是冲着四不像城来的，是它的主体。"

无论多么残酷的事实，潘尼都敢于直接面对，他这一点真是好得没话说。遇到类似的情况他总能保持一种奇特的正直。他平静自若。他不会退缩。也从未想过退缩。

"问题是魔法。我们不应该拥有魔法。他们会修补那个让我们可以使用魔法的漏洞。等他们成功了魔法就消亡了，不但这里不再有，任何地方，所有世界都不会再有魔法。因为只有神才能拥有那种力量。

"大多数世界只是会失去魔法。我认为费勒里会土崩瓦解，完全消失。费勒里确实有些特别——它处处都是魔法。我有这样一个理论，说不定费勒里本身就是那个漏洞，魔法说不定一开始就是从那里泄露出来的。像是堤坝上的一个洞。

"变化应该已经发生了。你可能已经看到了征兆。"

不停抽打的闹钟树。估计它是费勒里的早期预警系统，一有麻烦就会有所反应。乔利比的死：可能费勒里人没了魔法就无法存活。安火和神兽武装起来进行斗争。

神在修补世界。但昆廷情愿世界残破。他不知道修补世界需要多久。可能要好多年——说不定他可以先回家，从此不想这事，说不定等他死了以后这一切才会发生。不过现在看起来这个可能性不大。昆廷在想如果魔法消失，他还能做什么。他不知道如何在那样的世界里生存。当然，大多数人完全察觉不到有什么变化，但如果你曾拥有魔法，知道你失去的是什么，这感觉会不断地啃噬你。他觉得无法跟不是魔法师的人解释清楚。一切就将回到原来的样子，再无其他。剩下的将是一个真实可见的世界。你的所感所想，你心中的所有渴望和欲望，都不再重要。有了魔法，你可以把那些感受变成现实。它们可以改变世界。没了魔法，这些将永远只是你心底的执念，你自己的幻想。

还有威尼斯。威尼斯将会沉没。它的重量将压垮底下的木桩，最终消失在海底。

神的观点也容易理解。他们创造了魔法。为什么要允许像昆廷一样无知的昆虫把玩呢？但昆廷不能接受这个观点。他坚决不会接受。为什么只有神才能拥有魔法呢？他们并不珍惜魔法。他们甚至都不享受其中。魔法没有让他们幸福，魔法是他们的，但他们不爱魔法，不像昆廷这样爱。神是伟大的，但如果不爱，伟大又有什么用？

"所以注定是要发生了？"他问。他暂时可以像潘尼一样坚忍。"有什么方法可以阻止他们吗？"

他暖和过来一些，但冷风还是不断地从靴底钻进来。

"应该是没有。"潘尼开始走路，和一个普通的凡人一样用脚走路。雪对他没什么影响。昆廷、波比和他一起往前走。"不过有一个办法。我们一直知道迟早有这么一天。所以有所准备。你说，黑客侵入系统后第一件事会做什么？"

"我不知道，"昆廷说。"偷一堆信用卡号，订阅一堆真正昂贵的色情网站服务？"

"会建一个后门。"昆廷很高兴，开悟之后的潘尼对幽默仍然完全无感。"这样一旦被锁在了外边，他还能再进去。"

"魔法社建了个后门？"

"他们是这么说的。打个比方说，系统里建了后门，那么即使神来取回魔法，魔法也还可以通过这个后门回到宇宙中。只是需要将这扇门打开。"

"噢我的天。"昆廷不知道他能否对此心存希冀。如果这不是真的那就太痛苦了。"所以你有办法？你能搞定是吗？"

"这所谓的'后门'是存在的。"潘尼做了个引号的手势，他没手所以没法真比划。"但是门钥匙很久以前就被藏起来了。时间太久远，现在就连我们也不知道钥匙在哪里。"

昆廷和波比对视了一眼。不会这么简单吧，不可能。他们怎么可能这么幸运。

"潘尼，你说的钥匙是不是有七把？"昆廷说。

"是的，七把。七把金钥匙。"

"潘尼。上帝啊，潘尼，听我说，钥匙在我们这。现在只有六把。都在费勒里。一定就是你说的钥匙！"

昆廷兴奋地坐到一块石头上，离开潘尼的温暖范围也不在乎。他把头埋入手中。原来这就是冒险征程的意义所在。不是假的，不是游戏，是真的。意义太重大了。他们一直在为魔法而战。只是他们一直不知道。

潘尼听了昆廷的话依然很镇定。他不可能那么不淡定，去赞扬昆廷拯救了宇宙。

"非常好。好极了。但你必须找到第七把钥匙。"

"好。已经走到这一步了。我们会找到第七把钥匙的。然后干什么？"

"然后把钥匙都带到世界尽头。门就在那里。"

这就是答案。他知道该怎么做了。他接收到了情节提示。这和在岛上、在城堡里的感受差不多，不过这次更加平静。他想，做神的感觉应该差不多就是这样。绝对确定。这时他们回到了潘尼待的那座宫殿，回到了开始的地方。

"潘尼，我们需要回到费勒里，回到我们的船上，完成这次冒险。你能把我们送回去吗？我的意思是，喷泉已经冻上了，你有什么办法吗？"

"当然。魔法社告诉了我畅行所有维度的秘密。如果你把四不像城想成一台电脑，那么喷泉只是——"

"太好了。谢啦，老伙计。"他转向波比。"你要一起吗？你还想回到真实世界去？"

"开什么玩笑？"她笑笑，抱紧了昆廷。"去他的现实，亲爱的。我们一起去拯救宇宙吧。"

"我来准备送你们回去的咒语，"潘尼说。

雪下得更大了，雪花从他们的温暖圈旁倾斜着落下，但昆廷现在觉得任何东西都无法伤害到他。他们要战斗，他们会赢得胜利。潘尼又开始诵念他们听不懂的语言。昆廷只能辨别出个别人类的元音。

"需要一分钟才能起效，"结束之后他说。"当然，从现在起这次冒险将由魔法社的成员完成。"

等等。

"你什么意思？"

"我和我同事将会和你们一起回到你的船上，继续完成冒险征程。当然，你们可以观摩。"潘尼停顿了一下，让他们消化。"你们不会认为我们会把这么重要的任务交给业余选手去做吧？我们很感谢你们目前所做的一切，非常感谢，但是以后不需要你们了。该由专业人士接手了。"

"抱歉，不用，"昆廷说。"没到时候。"

他不可能让出这个机会。他也绝不会邀请潘尼一起回去。

"那你就自己找方法回费勒里吧，"潘尼说。他双臂交叉到胸前。"我收回咒语。"

"你不能收回！"波比说。"你多大了，小孩吗？潘尼！"

波比终于也被他惹毛了。

"你不明白，"昆廷说，虽然他自己也不是很理解。"这是我们的任务。别人没法代替我们完成。规矩不是那样的。你必须要把我们送回去。"

"我必须吗？你是要强迫我吗？"

"天呐！潘尼，你简直不可理喻！让人难以置信！你知道吗，我还以为你变了。我真的那么以为。你还不明白吗，这跟你无关？"

"与我无关？"潘尼再次失去了他那纵横宇宙的僧人腔调，又用他以前那种特愤愤不平和自以为是的时候会发出的尖锐声音说道。"甭跟我来这套，昆廷。我们认识了这么久，你都没怎么帮过我，但是这回可不行。是我找到的四不像城。是我找到的纽扣。是我把大家带到了费勒里。这都不是你的功劳，昆廷，是我！"

"我的双手被怪兽咬掉。我来到这里。现在我要结束这一切，因为是我开始的。"

昆廷开始想象：潘尼带着他的蓝色牡蛎教成员出现在赤鹿号的船上，对大家发号施令——对爱略特发号施令！严格意义上说，他们可能是更出色的魔法师。但他还是做不到。不可能让他们接手。

他们互相瞪着对方。僵在那里。

"潘尼，我能问你点事情吗？"昆廷说。"你现在怎么使用魔法？我的意思是，你没有手。"

潘尼这点很好笑，这样的问题不会让他觉得尴尬，事实上确实没有。气氛反而立即有所缓和。

"最初我以为我再也不能使用魔法，"潘尼解释说。"但当我加入魔法社之后，他们教给我另外的方法，不需要依靠手部动作。想一想：手有什么特别的呢？如果可以用身体上的其他肌肉来施咒语呢？魔法社教会了我怎么做。现在我能看到以前的方式多么狭隘。事实上，我有些惊讶你竟然还在使用老方法。"

潘尼用袖子擦了擦下巴。他兴奋的时候总是会喷出点唾沫星。昆廷深呼一口气。

"潘尼，你或者你的魔法社不能完成这个冒险征程。对不起。安火把这个任务派给了我们，他自有他的原因。我想只有这样才行得通。这是他的意愿。其他人恐怕不行。"

潘尼认真考虑了一分钟。

"好吧，"最后他说。"好吧。我能看出里面有一定的逻辑。而且魔法社在四不像城还有很多事要做。事实上最关键的部分会在这里发生，那就由你去取回钥匙吧。"

昆廷感觉这已经是最好的结果。

"好！谢谢你。你也可以借这个机会跟我说声对不起，毕竟你和我女朋友上了床。"

"你们当时分手了。"

"好吧，赶紧让我们离开这里，我们要去拯救魔法。"如果再待下去，昆廷恐怕又会徒手杀了潘尼，让整个宇宙再次毁灭。不过也许那也值得。"我们去找钥匙，你在这儿干吗？"

"我们——魔法社和我——会直接与神接触。这可以拖延些时间，好让你找到最后一把钥匙。"

"但你们又能做什么呢？"波比问。"他们不是全能的吗？或者近乎全能？"

"噢，你无法想象魔法社可以做些什么。我们在四不像城的图书馆里研究了一千年之久。我们知道的秘密你做梦都想不到。如果我悄声告诉你我们知道的秘密，你会发疯。

"而且不只是我们。我们会找到帮手。"

通向地球的喷泉那里传来一阵闷响，响彻广场。空气都被震动了——从脚下一直传到膝盖上。不知什么地方落下一块石头。又落下一块，又一块，好像有什么在敲门一样，想要从地下硬闯进这个世界。是神发出来的吗？可能他们已经来不及行动了。

随着最后一声轰响，喷泉那里的冰向上炸裂开来。冰块四散飞来，掠过铺路石，昆廷和波比赶紧躲闪。一声金属般的巨响，那巨大的铜莲花裂开了，花瓣如怒放般展开了，随后一个巨大的蜿蜒的东西涌动着爬了上来。那东西冲到了空中，展开了翅膀，抖落身上的水，飞入夜空，将落下的雪花搅动成巨大的漩涡围绕在身边。

又跟上来一条，然后出现了第三条。

"是龙！"波比喊道。她像一个小女孩一样拍着手。"昆廷，是龙！看啊！"

"是龙，"潘尼说。"龙是来帮助我们的。"

波比在他脸颊上亲了一下，潘尼第一次笑了。能看出来他并不想笑，但他没忍住。

不断有龙飞出来，一条接一条。它们肯定是倾巢出动，从世界上的所有河流中飞过来。其中一条龙吼叫着在雾蒙蒙的天空中喷出一道火焰，广场霎时间被点亮了。

他是怎么知道龙会在这个时候出现呢？

"你计划好的，对不对，"昆廷说，他试图把话说完，但就在那时潘尼的咒语起效了，昆廷进入到了另一个世界。

卷四

第二十三章

那天上午，他们围坐在米尔基地图书馆的桌子旁，告诉了朱丽娅一切。

现在知道也算她幸运。因为前期他们花了很长时间进行排除。比如说：有一个说法是离地球的中心越近，咒语的威力越强，于是他们在这上面花了六个月。倒是存在细微的效果，勉强可以测量出来，一旦这个假设被证实，那么将会出现各种相关的新理论。这会改变一切。

所以他们就开始到各个地方去试验，废弃的矿山、盐丘，还有其他深邃的地下地形测量，还没算上后续的昂贵支出，有租来的货船和一个二手的深海球形潜水器。但这半年的探洞和深海潜水只得出一个结论：就是阿斯莫德斯的咒语效果在地下半英里处会稍有提升，而最合理的解释是探洞本身让她太兴奋了。

他们还深入研究了占星术、海洋魔法，甚至是占梦——研究睡梦中的魔法，发现原来做梦的时候也能使用一些很棒的咒语。但问题是醒来以后意义就不大了，所以也就没人再进一步研究了。

他们接着研究了地球磁场地，使用尼古拉·特斯拉[①]的图纸制造出的仪器，后来有天晚上菲尔斯塔夫差点把地球的磁极给整个翻转过来，于是他们就完全放弃了这个研究方向，逐步转向别的方向。古米治整整一周没睡，想开发一个关于宇宙射线、量子效应和希格斯玻色子的抽象到令人难堪的假说，到最后连她自己都似懂非懂。她发誓可以用数学方法证明这个假设，但是计算过程需要使用一台宇宙般大小的计算机，要花比预计的热寂②还要长的时间，才能完成。这简直就是典型的毫无意义。

然后他们将研究转向宗教领域。

听到这里朱丽娅把椅子往后挪了挪。她简直可以感觉到自己的理智反射肌马上就要有反应。

"我知道，"庞西说。"不过跟你想的不一样。听我们说完。"

菲尔斯塔夫铺开一张几乎和整个桌子一样大的图表，上面的注解密密麻麻的。

朱丽娅从来没对宗教产生过兴趣。她认为自己的智商不会允许她相信无法证明的东西，宗教行为不符合她的任何一条原则。她认为自己内心坚强，不会因为需要感觉好点就去信奉什么。魔法不一样。魔法起码可以得到可复制的结果。而宗教呢？宗教事关信仰。是软弱的心灵做出的无知猜想。据她所知，她在这件事上的观点和其他自由商人一样，起码她以前认为是这样。

"缺了一块什么，"庞西继续说。"我们以为是从最基本的原则开始研究。但是如果我们想错了呢？如果在最基本原则之前还存在其他更基本的原则呢？

"我们假设，除非能证明其他情况确实存在，那么更高能量级则存在，超大超高，而且有方法可以操纵这个能量。据我们所知现代人类没有接触过那种能量。但是可以假设其他等级的存在形式接触过他们。可能是人类之外的存在形式。"

---

① 尼古拉·特斯拉（1856—1943），塞尔维亚裔美籍发明家、物理学家、机械工程师、电气工程师。他被认为是电力商业化的重要推动者，并因主持设计了现代交流电系统而最为人知。

② 热寂理论（Heat death）是猜想宇宙终极命运的一种假说。根据热力学第二定律，作为一个"孤立"的系统，宇宙的熵会随着时间的流逝而增加，由有序向无序，当宇宙的熵达到最大值时，宇宙中的其他有效能量已经全数转化为热能，所有物质温度达到热平衡。这种状态称为热寂。这样的宇宙中再也没有任何可以维持运动或是生命的能量存在。热寂理论最早由威廉·汤姆森（William Thomson）于1850年根据自然界中机械能损失的热力学原理推导出。

"其他等级的存在形式，"朱丽娅平淡地说。"你是在说神。"

"众神，不止一个。我想知道更多关于神的事情。"

"这简直是疯了。神是不存在的。管他一个还是几个。你知道吗庞西，没去念大学的好处之一就是，我不用在寝室里去跟其他人激烈争论这些有的没的。"

但是庞西并没有因为她的讽刺而退却。

"'一旦排除了所有可能性，那么剩下的，无论多么的不可能，也就一定是真相。'福尔摩斯。"

"原文不是这么说的。而且这也不能说明神存在，庞西。这说明你们应该回去再重新检查一下研究过程，因为肯定是哪里搞错了。"

"我们检查过了。"

"那么说不定你们就该放弃，"朱丽娅说。

"我不会放弃，"庞西说。他眼中有一抹冷漠，与 A&F 的男模特不同。"他们也不会。"他示意围坐在桌旁的其他人。"你也不会放弃。对吧，朱丽娅。"

朱丽娅眨了下眼睛，迎上他注视的目光，意思是她会继续听他说，不过不会做出任何承诺。庞西继续往下说。

"我们不是在谈一神论。起码不是现代意义上的一神论。我们说的是古老的宗教。异教，更准确地说是多神论。

"忘掉所有跟宗教研究相关的一般内容。去掉一切研究宗教的崇拜、敬畏、艺术还有哲学。冷静地对待这门学科。把自己当成神学家，当成特别的神学家，要像昆虫学家研究昆虫一样去研究神。你的数据包括全部世界神话，把这些数据当作田野观察的内容和统计资料，相关假设物种为：神。在这个基础上去研究。"

一开始带着傲慢的态度，他们觉得这些东西的智力价值基本等同于医疗垃圾，戴着橡胶手套拿着镊子，庞西他们开始进行宗教比较研究。和当年朱丽娅住在面包店楼上时候差不多，他们开始将全世界的宗教叙事和传统综合来看，从里面收集有用信息。他们给研究起了个名字叫伽倪墨得斯①计划。

"你们到底希望发现什么呢？"朱丽娅问。

"我想学习他们的技法。我想拥有神的能力。宗教和魔法之间本来就没有什么区别，所以神和魔法师也没有差别。依我看神力不过是另一种形式的魔法罢了。你知道亚瑟·克拉克②关于科技和魔法的观点，是吧？先进科技与魔法无异。反过来说，先进的魔法基本上可以等同于什么呢？先进的魔法与神迹无异。"

"神的火焰，"菲尔斯塔夫喃喃道。天啊，又一个忠实信徒。

虽然以她的性格她还是不信——她小心翼翼地尽量不表现出来——朱丽娅禁不住愈发好奇。她提醒自己她很了解眼前这些人。他们和她一样聪明，他们在智力要求上的势利程度和她差不多。她能想到的反对意见，估计他们也都考虑过。

"你看，庞西，"她说。"据我对宗教的了解，即使神真的存在，他们也不会像发糖一样把火种交出来。这个故事结局只有一种。还会重演普罗米修斯③、法厄同④、伊卡洛斯⑤的结局，随便哪个倒霉蛋。飞得距离太阳太近，太阳的热能温度太高，融化了他蜡做成的翅膀，因而坠入海底。神是不会给你火种的。那还得算你幸运。不幸的话，结局就和普罗米修斯一样。永世被大鸟啄食肝脏。"

"通常会这样，"菲尔斯塔夫说。"但是有例外。"

"比如，总不会所有人都蠢到用蜡做翅膀吧，"阿斯莫德斯说。

---

① 伽倪墨得斯是希腊神话中特洛伊的一位王子，以美貌著称，宙斯因为喜爱他将他带走做神的斟酒者。

② 亚瑟·查理斯·克拉克 (1917—2008)，英国科幻小说家。其科幻作品多以科学为依据，小说里的许多预测都已成现实。

③ 给人类带去火种，惹怒宙斯，宙斯令其他的山神把普罗米修斯用锁链缚在高加索山脉的一块岩石上，让一只饥饿的恶鹰天天来啄食他的肝脏，而他的肝脏又总是重新长出来，他的痛苦要持续三万年。

④ 法厄同是太阳神赫利俄斯与克吕墨涅的私生子。因为执意要独自驾驶太阳神的太阳车，最终陨落在了埃利达努斯河之中。

⑤ 希腊神话中代达罗斯的儿子，与代达罗斯使用蜡和羽毛造的翼逃离克里特岛时，他因飞得太高，双翼上的蜡遭太阳融化跌落水中丧生。

菲尔斯塔夫为朱丽娅快速地讲解桌上的大图，不断用粗壮柔软的手指在图上比划着，讲述彼此之间的联系。图里汇集了大大小小宗教传统的主要表述，进行了对照处理和交叉索引——还用不同颜色进行了标注！——哪里叙述有重合或者彼此印证，一目了然。看来对书呆子来说，没什么不能做成流程图。

"你刚才说的傲慢情节，向众神宣战，最终导致挑战者的死亡，只是其中一种可能。而且通常这种结局是因负责人准备不善导致，所以不能简单认为凡人不可能拥有神力。"

"嗯，"朱丽娅说。"理论上说是的。"

"不，不仅仅是理论上，"阿斯莫德斯尖刻地说。"从实践上，从历史上，都已经被证实了。技术层面这个过程叫'升天'，有时被称为'获得'，我最喜欢的一个说法是'转化'。叫法不同，都是描述同一个过程：人被带到天堂，无需死亡，一定程度上说人具备了神的地位。还有'神化'，这是另一个相关概念，指的是人变成了神。也有先例，发生过好多次。"

"你来举例说说。"

"玛丽。"她开始掰手指头数。"耶稣的母亲。她生为凡人，最后变成神。加拉哈德，亚瑟王的圆桌武士之一。他曾是圆桌骑士兰斯洛特的儿子。找到了圣杯，直接被带到了天堂。还有以诺——亚当早先的后代。"

"还有几个中国将军，"古米治说。"关羽。樊哙。还有中国道教里的八仙。"

"狄多①、佛陀、西门·马吉斯②……"庞西也跟着举例。"例子多了去了。"

"还有伽倪墨得斯，"阿斯说。"希腊神话，他就是个凡人，因为

---

① 迦太基女王。
② 公元1世纪特诺斯底主义的撒马利亚人。

生得极美，宙斯把他带到了奥林匹斯做了斟酒侍臣，这个计划的名字就取自他。"

"我们认为斟酒侍臣可能是委婉表达，"菲尔斯塔夫补充说。

"别开玩笑，"朱丽娅说。"好，我明白你们的意思了。不会都是伊卡洛斯的下场。但这些都是故事。高地那里确实有不死之人，但并不代表这些是真的。"

"那些不是神，"菲尔斯塔夫说。"《女教主》，你看过这个电影吗？"

"而且你们提到的这些都不是一般的凡人。他们各自都有与众不同的地方。你们自己也说了，以诺是亚当的后代。"

"你怎么知道自己不特别呢？"阿斯说。

"加拉哈德具有异于常人的高尚品德。伽倪墨得斯特别之处在于异于常人的美貌。这里的各位这两条估计都不符合。你们看起来都在正常人类范畴之内。"

"不错，"庞西说。"说得对。这是个问题。听我说，现在我们还在证明概念。我们正在进行初步试验。离最终得出确切结论还远。我们只是不想排除任何可能性。"

庞西带着朱丽娅参观了东厅之前不对她开放的部分，就像教授带着有意向来求学的学生参观校园一样。一间一间屋子里摆放着成堆的教堂和寺庙里的东西。有衣服、祭祀用的服装。有祭坛、火把、香炉和僧帽。还有上千种味道的香料。

她拿起一捆用麻绳绑在一起的圣杖——朱丽娅认出其中一根是主教的权杖，还有一根德鲁伊教的橡树杖。对她来说这些是完全不同的另一类物品。可能全是垃圾。但是不试验一下怎么能确定呢？说不定是那种工业级的东西呢。说不定这还真是大型硬件呢，魔法界里的大型强子对撞机。在没有被排除之前，就不能排除。不是吗？

所以朱丽娅加入了伽倪墨得斯计划。她和大家一起行动，书呆子们做什么她做什么：抽丝剥茧，组合信息，排列表格，起草清单，核对清单，然后继续往死里核对。米尔的魔法师就这么咏唱、喝酒、献祭、斋戒、沐浴、涂脸、占星、喝了冒泡的液体后喷出奇怪的气体。

看着古米治上身赤裸满脸涂满了颜色，神情庄重而又笨手笨脚地被仙人掌绊倒，这景象实在难以消化，不过庞西认为在目前的研究领域中，这才是严谨的科研态度。（阿斯莫德斯使劲忍住笑，小声发誓说庞西和古米治在秘密进行酒神性仪式，不知道她有没有证据，反正她不给朱丽娅看。）他们想要找到这些混乱背后究竟有没有魔法，如果真的存在，那么说不定相比之下三环魔法文件夹就成了小儿科。

朱丽娅刚加入计划时，庞西还没有得出什么可以展示的成果，不过目前的进程让他觉得这一切并非纯粹是浪费时间，虽然都是小鱼，还没有捕到大白鲸。听说艾芮斯有天晚上在试验一个新的苏美尔圣歌的经文，突然她嘴里涌出来了一群虫子一样的东西——也找不到其他词来描述了。那东西在屋里半空中悬停了能有一秒，发出巨大的嗡嗡声，然后撞碎了窗玻璃，消失在外面。之后的两天，艾芮斯都讲不出话来。那东西出来的时候灼伤了她的喉咙。

还有其他各种迹象，零散地出现，猜都猜不出那到底是什么。自己会动的物体。玻璃杯和盆盆罐罐破碎。还有那次夜里把朱丽娅吵醒的会出现幽灵巨人的脚步声。费博庞克——那个体型好像消防栓一样的元魔法师——斋戒冥想整整三天，第四天一早他发誓自己在阳光中看到了一只手，伸下来用温热的手指触摸了他圆嘟嘟的脸庞。

不过没人能控制这些事情的发生。这是让大家感到挫败的地方。虽说魔法不像什么线性网格那样一目了然，但是相比之下宗教简直是一片混乱，像个废料堆。宗教确实包括很多仪式，很正式，也被集结成典，但是这些仪式却无法产生一致而可重复的结果。而真正的魔法，只要学会了咒语，方法得当，在身体状态和周围环境正常的条件下，一般都会起效。但宗教的这些东西无法产生有效的数据。庞西确信如果他们研究得够深入，剖析背后的规则，他们就会拥有一种全新的更强大的魔法，但是他们研究越深入，就发现越混乱，规则也越少。有时感觉好像那头有什么任性的淘气鬼，在随意按按钮拉拉杆，专门捣乱似的。

庞西有这个耐心，坐在那里死抠那些混乱的数据，等着规律出现，不过也就他一个人这么坚持。这边庞西带着他的拥趸仔细研读圣言文本，将混乱的假数据填满一个又一个硬盘，那边阿斯莫德斯带了一小队人出去找别的捷径。她想要找一个活的样本。

庞西知道阿斯的计划之后，自然不怎么高兴，但是阿斯态度冰冷而坚决，像个十七岁公司副总裁。她解释说，大家都知道地球上存在魔法生物。数量并不多，因为对他们来说地球的环境并不适宜。对魔法生物而言，地球的土壤中岩石多而且苦涩，空气稀薄，冬天自然条件恶劣。生活在地球上的魔法生物就和生活在北极的人类差不多。虽然能存活下来，但没法兴旺。即使是这样还是有一些魔法生物留在地球上——他们就像是魔法世界的因纽特人。

留在地球上的这些生物也分等级，有些比较强大，有些弱小。处在最底层的是吸血鬼，它们简直就是连环作案杀手，是古老年代通过自然选择繁衍下来的。史崔格家族①的吸血鬼存活下来不是靠同情心。吸血鬼可不怎么受欢迎。

在吸血鬼之上，能量链上有各种数量级的精灵、自然元素灵力、兽化人和单个的怪物。阿斯认为可以从这里入手：如果顺着能量等级一阶一阶向上耐心寻找，说不定能找到什么。当然可能没办法直接找到大神，但间接地通过谁去跟神扯上点关系呢。总比在这斋戒强。

一开始他们在本地找：当天可以步行往返的热点地区。普罗旺斯有相当一部分仍是农场和开阔地，所以他们能探出当地的精灵、河怪什么的，甚至要找到翼龙也不是什么难事。但那些仅仅是不重要的小角色。七月转八月的时候，米尔周围漫山遍野的薰衣草花田，美的好像画一样，这时阿斯莫德斯的小分队——菲尔斯塔夫最近也加入

---

① 传说中的吸血鬼家族。有同名电影，另译《丧尸命狂》。

了——开始一次连续好几天在外。

最初他们的努力没什么明显结果。阿斯会凌晨三点去敲朱丽娅的房门，她头发里还夹着枯树叶，手里拿着大半瓶的起泡酒，两人坐在朱丽娅床上，听阿斯描述怎么用古普罗旺斯语跟法国当地的小矮妖——跟一般矮妖差不多——胡扯了一晚上，一点用没有，它们还一直试图往她短裙上爬（是够短的）。

不过近来开始有点进展了。菲尔斯塔夫有一个特别的房间，打扫得很干净，白色桌布上摆放了新鲜的食物，用来捕捉一种当地叫做法姐的精灵，据说它右手会带来好运，左手会带来厄运。有天晚上阿斯把朱丽娅叫醒，高兴地说她和金山羊谈话了，据说通常只有牧羊人才能远距离见到的金山羊。

当然也不都是好运气或金山羊。有天夜里阿斯回来的时候头发都湿了，在初秋的微凉中打着冷颤，原来是和一条龙正谈得好好的，它突然把她拽到了罗讷河里。第二天阿斯在超市还遇到了变成人形的龙，购物车里堆满了鳀鱼罐头。它还高兴地冲她眨眼睛。

还有人在偷他们的轮毂。阿斯觉得肯定是当地一个叫狐狸雷纳德的神骗干的。传说它是农民当中反绅士反神职的英雄，但对阿斯来说就是个捣乱鬼。

有天早上，朱丽娅看到菲尔斯塔夫在餐桌旁，从没见他这么阴郁。他一边吃麦片喝咖啡，一边发誓说他昨晚看到一匹黑马，马背有校车那么长，上面坐了三十多个哭喊的孩子，在他们开车回家的路上看到的。那黑马在他们的旁边足足有两分钟，时而在地面上小跑，时而在电线杆和树顶上空飞驰。然后它径直跃入河里，驮着背上的孩子们一起。他们停下车，等了一会儿，但是却再没见黑马出现。是真的，还是幻象？他们在报纸中寻找失踪孩子们的报道，不过什么也没找到。

大多数时间，两队人马会在中午汇报进展，庞西一队吃午餐，而阿斯一队吃的是早餐，因为他们一般熬夜在外，很晚才起床。两边各自报告数据，再把从对方进展中得知的东西加入到下一阶段的调查当中。双方之间存在良性竞争的。同时也有非良性竞争的成分。

"看在他妈的分上，阿斯，"九月的一天，庞西在阿斯报告一半时打断她。房子周围的牧草地已经变成棕色。"这些到底有什么用？我要是再听妈的金山羊一个字，我就要疯了，疯了懂吗。那山羊知道什么。整个就是鸡屎！任何跟希腊有关的生物都行。什么都行。神、半神、精灵、恶魔，不管是什么。独眼巨人都行。总能有点像样的生物吧。我们这跟地中海差不多了！"

阿斯莫德斯隔着桌子紧紧地盯着他，桌上到处是面包渣和当地的果酱渍。她双眼凹陷。因为缺乏睡眠她已经疲惫不堪。一只巨大的马蜂，拖着跛腿儿，从一处果酱飞到下一处果酱上。

"没有独眼巨人，"她说。"海妖。我能给你弄来一个海妖。"

"海妖？"庞西一下子来精神了。他用手捶着桌子。"你怎么不早说！太棒了！"

"不过不是希腊海妖。是法国海妖。半蛇，从腰以下是蛇。"

庞西皱起了眉头。"像戈耳工①那样。"

"不。戈耳工的头发是蛇。而且我觉得戈耳工不是真的。"

"半蛇的女人，"朱丽娅说，"那就是拉弥亚②。"

"可以那么说，"阿斯莫德斯厉声说，"如果是在希腊。但我们现在是在法国，所以她是海妖。"

"行，说不定她认识拉弥亚，"庞西说。"说不定她们是亲戚。就像表姐妹。可以推断所有蛇身女人有一个联系网络——"

"她不认识拉弥亚。"阿斯莫德斯把头低到桌子上。"天啊，你根本不知道自己在要求什么。"

"我不是在要求，我是在告诉你，你要扩大搜索范围。法国这个

---

① 希腊神话中三个蛇发女怪之一。
② 古希腊神话中一头半人半蛇的女性怪物，亦是在西方以猎杀小孩闻名的蛇妖。

法国那个的，简直烦死了。想没想过怎么不拍一部《诸小精灵之战》①的电影？这里的能量等级等同于没有！你们可以飞到希腊去，钱不是问题。我们可以都去希腊。你在这里已经遇到瓶颈了，你还顽固不化地不肯承认。"

"你不懂！"阿斯莫德斯坐起来，她双眼通红冒火。"你根本不明白我在干什么！你不可能像做人口普查一样去敲门。首先要建立信任。我正在这里建立联系网。有的生物都好几个世纪没有跟人类对话了。金山羊——"

"天啊！"他指着阿斯莫德斯的脸说。"不要再说金山羊了！"

"阿斯是对的，庞西。"

所有人转向朱丽娅。她看得出庞西希望她站在他一边。嗯，不过她不是来这里玩权力游戏的。魔法教会她的，力量不是游戏。

"你思路不对。不是要扩大范围，应该深入挖掘才对。如果我们整个地球跑来跑去，跟着神话传说，那样花多少钱用多长时间都没用。"

"嗯，我们现在就找到了他妈的金山羊奶酪。"

"我说，"菲尔斯塔夫说，"那东西吃起来完全没问题啊。"

"重点是，如果去找具体的东西，是什么也找不到的。但是如果把注意力集中在一个富饶的地方，真正地深挖，最终一定会找到东西的。如果真有东西存在的话。"

"富饶的地方。希腊就是。就像我刚才说的——"

"我们不需要去希腊，"朱丽娅说。"我们哪都不用去。这些东西归根到底肯定彼此联系。他们都来过普罗旺斯：凯尔特人、罗马人、巴斯克人。佛教派过传教士。埃及在这里有殖民地，希腊也有，庞西，如果你就那么需要希腊才能兴奋。连犹太人都来过。当然，这些后来都被基督教覆盖掉了，但是神话是可以一直追溯到底的。如果这

---

① 电影《诸神之战》。

样我们还找不到神，那说明神根本不存在。"

"你什么意思？"庞西怀疑地打量着她，明显不满意她表现出的不忠诚。"让我们放弃世界宗教研究，只研究本地民间传说？"

"我就是这个意思。这是根源所在。我们应该跟住这条线索，看看能发现什么。"

庞西嘬着嘴唇，在考虑。大家都看着他。

"好吧。"他摊开手。"好吧！就这样吧。我们这个月就研究普罗旺斯这些东西，看看有什么发现。"他环顾餐桌。"但是不许再和小精灵胡闹了。阿斯，带我们去食物链上游。我想知道这个地区谁说了算。查出这些小角色怕谁，然后找出这人的联系方式。我们应该跟他对话。"

阿斯莫德斯叹了一口气。她比六月的时候看起来老了好几岁。

"我会尽力，"她说。"我一定会，庞西。但是你真的不知道你在要求些什么。"

虽然庞西肯定不会承认，不过后来事实证明，朱丽娅是对的。当他们把注意力聚焦到本地神话之后，伽倪墨得斯计划开始发力。当他们只看拼图的一角——将其他零散的拼图碎片都放回到盒子里——反而拼出了样子。

通过仔细阅读法国主教圣格列高利，还有其他无名的中世纪记录者的文献，朱丽娅感受到了当地魔法的独特魅力。普罗旺斯的魔法和这里的酒一样，具有独特的风土味道。丰饶、混乱而浪漫。这是黑夜的魔法，从月亮与银、美酒与鲜血、骑士与精灵、风、河流与森林中流露出来。这魔法关注善恶的同时，也关注善恶之间巨大的中间领域，那亦正亦邪的顽皮。

这也是母性的魔法。朱丽娅渐渐地开始感受到某样东西，或许是某个人的存在，存在于这些古老废弃的书页中，在视线之外。朱丽娅看不到她，也无法叫出她的名字，目前还不能，但是她能感觉到她的存在。她一定很老，非常古老。她一定在很早很早以前就来过这里，比罗马人还要早得多。文献中从没有直接提及她——不能直视她，但能察觉到她就在那，因为她搅动着周围的宇宙的细微之处。朱丽娅只能通过小细节对她进行三角定位，比如说散落在欧洲各处的黑色圣母像[1]，特别是在普罗旺斯附近。黑色圣母和白色圣母玛丽形象一样，除了她难以解释的暗黑肤色。

但她确实比圣母玛丽要更加古老，更加狂野。朱丽娅觉得她一定是本地的生育女神，源于文字记载之前的历史，被各国的征服者清理抹掉，用正统的基督教遮盖住一切。从民族志角度来说，她是雅典娜、希腊母神西布莉和埃神爱希丝的远房表亲。基督徒到来之后，把她和玛丽归为一类，但是朱丽娅认为她是独特的存在。她能感觉到女神在基督教信条面具之下向外张望，那感觉就好像现在的朱丽娅隐藏在以前的朱丽娅的面具之下向外张望。

女神在召唤朱丽娅——朱丽娅拒绝了一心想要拯救自己的母亲，现在只能间接地从妹妹断断续续的电子邮件中得知母亲的消息，她妹妹正在麻省西部一流文科院校安心求学。朱丽娅想起当时自己从切斯特顿狼狈回家时，得到的恩典和宽恕。她从未体验过类似的感受，之前不曾有过，之后也未有过。那是她觉得与神最接近的体验。

朱丽娅不断阅读、交叉查证、推导整理，她愈发确信女神的存在。她那么热切渴望的东西，不可能不存在——感觉好像女神就在这些无用的文字背后，朱丽娅在找她的时候，她也在找寻朱丽娅。她不是那种伟大的统治世界的女神，像赫拉[2]或者弗丽嘉[3]那样。她更像是万神殿里的中量级神祇的一员。和谷神克瑞斯不一样——普罗旺斯

---

[1] 在基督教里有一部分崇拜的并非普通的白色圣母（像）而是黑色的圣母（像）。以西班牙的圣母山的黑色圣母像为其代表。尤其在欧洲的法国拥有比较广泛的支持。

[2] 古希腊神话中的天后、奥林匹斯众神中地位及权力为最高的女神，同时也是奥林匹斯十二主神之一，也是诸神之主——宙斯唯一的合法妻子，掌管婚姻和生育，捍卫家庭。

[3] 北欧神话中的众神之后。

这里多山石，属于地中海气候，完全不适合种植小麦。朱丽娅的这位女神是与葡萄和橄榄打交道，坚硬多结的树木和蔓藤上结出的深色而热烈的果实。她也有众多女儿：森林女神，是森林凶猛的保卫者。

她温暖而慈爱，甚至可以说很幽默，但她也有阴郁的另一面：冬天她会沉入地下世界，远离阳光。这个故事有各种不同的版本。有的说她对人类感到愤怒，所以一年中有一半时间藏于地下。有的说她失去了一个森林女神的女儿，悲痛地去了冥府。还有的说她被洛基①那种神欺骗，一年中必须有半年违心地将自己的温暖和丰饶隐藏到地下。但每个版本中她的双重本性都清清楚楚。她既是黑暗女神，也是光明女神。黑色圣母所代表的：是死亡的黑色，同时也是肥沃的黑土地，因腐朽而变黑，同时孕育着新生命。

听见女神召唤的不只朱丽娅一人。其他人也在谈论她。特别是自由商人贝奥武甫校友会里的这些人——他们小时候没怎么得到过母爱，所以对她尤其着迷。在沙特尔大教堂②的地穴中，有一口古老的德鲁伊井，附近有一尊黑色圣母的著名塑像，也被称为大地圣母像。他们据此称这位不知名的女神为：我们的地下夫人。有时也亲近地简称她为 O.L.U.。

现在阿斯有时晚上出去也会带上朱丽娅。一般开朱丽娅来这里租的那辆标致车，要是需要运东西或者载人的话，就开那辆已经被折腾得不像样子的雷诺货车。有天晚上他们根据一条线索来到了卡玛格深处的一大片沼泽，位于罗讷河三角地带，地中海入海口附近，三百平方英里内全是盐沼和潟湖。

开车开了两个小时。据说卡玛格这里生活着一种名叫做塔哈斯克的生物。朱丽娅问阿斯莫德斯具体什么情况，她的回答是"我说了你也不会相信"。

---

① 北欧神话的恶作剧之神、火神。
② 全称沙特尔圣母大教堂，坐落在法国厄尔-卢瓦尔省省会沙特尔市的山丘上。

她是对的。在泥泞的湿地上跋涉了好几英里之后，他们终于找到了这个怪兽，把它从布满矮小沼泽松枝的藏身之所弄了出来。月光下它就在他们对面，发出痛苦的低吠，一副患了感冒一直没好的样子。

"这，"朱丽娅说，"他妈的是什么。"

"见鬼，"菲尔斯塔夫说。

"你们的反应超乎想象，"阿斯说。

这种叫塔哈斯克的怪兽体积和河马差不多，但是有六条腿。尾巴像蝎子，头部半狮半人，头发细长而稀疏，背上是类似于海龟的龟壳，上面布满尖刺。肯定是因为长了个龟壳，让它看起来像超级玛丽兄弟①里面的魔王库巴。

这头塔哈斯克蹲趴在地上，发出哼鸣音，下巴歇在一块潮湿的树桩上，抬起无比丑陋的脸看着他们。这姿势都算不上是在防卫，它已经放弃抵抗了。

"也就法国才有混得这么差的龙，"阿斯莫德斯叹口气。

塔哈斯克意识到他们不是打算发动攻击，就开口说话了。事实上它一直说个不停。这东西需要的不是民间传说研究魔法师小分队，它需要的是心理医生。他们坐在树桩上整整一夜，听它抱怨自己是多么孤独，这里多么干燥。拂晓时分它才吃力地爬回自己的洞穴。

不过这趟总算没白来。这头塔哈斯克简直是抱怨王，他们不是想知道这附近的人害怕谁吗，它基本上谁都怕。选择太多。因为它的个头大，小妖小怪不敢找它麻烦，不过听得出它是上层神仙社会中的受气包。那个狐狸雷纳德经常戏弄它，但是它恳求他们不要告诉雷纳德，怕遭到报复。更有趣的是，有个什么圣人定期来揍它一顿，据说那人在冯杜山②山脉盘踞了大概一千多年。

塔哈斯克可怕的外表让它经常遭到误解，人们通常认为这么吓人

---

① 任天堂公司开发并于 1985 年出品的著名横版过关游戏。
② 普罗旺斯山区最巨大的山岳，也是阿尔卑斯山的西侧。

的大家伙一定很邪恶。吞了六七个村民就要被鞭打、诽谤！所以才会来到卡玛格的盐沼来度日，偶尔吃匹野马维持生命。他们要不要和它一起生活啊？这里凉爽而又安全呢。有这么善良的人可以聊天真是太难得了。他们和那个坏圣人可不一样。他们比他善良得多。

破晓前开车回去的高速路上，窗外全是平坦的湿地，大家眼睛都睁不开，但还是一致认为那个圣人不是什么好东西。这样的坏蛋值得他们进一步了解一下。

米尔上下笼罩着全新的氛围。奢华舒适的生活方式本来就与魔法密不可分，倒不是故意为之，而是原本如此。作为魔法师——米尔魔法师！——他们是世界上的秘密贵族，去他的，他们就要像贵族一样生活。

这种想法正在慢慢发生变化。没人说过什么，庞西也没有发布什么通告，但气氛越来越接近斯巴达式。目前进行的严肃研究正在缓和所有人的共同情绪。晚餐时喝酒比以前少了，有时根本不喝。食物也更普通简便。大家交谈时会压低声音，好像身处寺院。大家变得庄重而简朴。朱丽娅甚至怀疑其他人是不是在斋戒。米尔从高能魔法研究中心转变成了宗教参悟之地。

朱丽娅也能感受到变化。她开始拂晓就起床。如无必要就不说话。她的心智变得清晰敏锐，思想自由好像无垠天空中的鸟儿对鸣。她晚上睡得很沉——深海般的睡眠，平静而深沉，不时梦见漂浮着陌生、安静、发光的生物。

有天夜里她梦见我们的地下夫人来到她的房间。她以雕像的形象出现，就是沙特尔大教堂地穴里的那尊雕像，冰冷而僵硬。雕像递给朱丽娅一只木杯。朱丽娅坐起身来，将木杯举到唇边饮下，好像卧床发烧的孩子在喝药。液体清凉甜美，她想起诗人邓恩描写干渴的土地的诗句。然后她放下杯子，女神俯下身，用坚硬镀金的面庞亲吻了她。

之后雕像破碎裂开，外层像蛋壳一样剥落，里面走出来真正的女神，总算看清楚她了。女神神情严肃，无比可爱，双手拿着她特有的标志：右手手持一根多结的橄榄权杖，左手捧着鸟巢，里面有三枚蛋。她的面庞一半在阴影之中，因为一年中有半年她在地下度过。她的眼中充满了慈爱和宽恕。

"你是我的女儿，"她说。"我真正的女儿。我为你而来。"

朱丽娅惊醒，庞西在大声敲门。

"过来看，"开门听见他小声说，"你必须要来看看。"

朱丽娅迷迷糊糊地穿着睡衣，跟着他穿过漆黑的走廊。她觉得自己还在做梦。地板发出很大的吱嘎声，夜里想要偷偷走过总会弄出很大的动静。他们顺着大理石楼梯来到地下室，那里专门用来做高冲击性实验。庞西在她前面，几乎是在跑。

地下室没开灯，高窗和地平面齐高，从外面透进一束月光。她揉揉眼睛，想要清醒一点。

"好，"庞西说，"趁现在天没亮。"

屋里有张桌子，上面铺着白色的桌布，桌上有一面小圆镜。庞西在上面用手指画魔符，重复三次。

"伸出双手，像这样。"他双手握成杯状。

朱丽娅照着做，他拿起镜子，将月光反射到她的手中。她倒吸一口气。她立刻感到手中装满了什么坚硬冰凉的东西。硬币。它们发出下雨般的声音。

"是银币，"庞西说，"我觉得是真东西。"

一枚银币掉到地上，滚远了。这是强大的魔法。她从没见过这样的魔法。

"让我试试，"她小声说。

她学着他刚才的样子在镜子上画符。这次出现的不是银币，月光变成了白色的液体。流到了桌子上，浸湿了桌布。她伸出一根手指蘸了一下，尝了尝。牛奶。

"你怎么做到的？"她问。

"我也不清楚，"庞西说，"我祈祷了。"

"噢我的天。"她尽量忍住不笑出声来。"你祈祷什么了呢？"

"我是在一本古老的普罗旺斯书籍上找到的。是奥克语写成的。这种语言看起来就像咒文，我很奇怪为什么没有配套的手势。所以我就跪下来，紧握双手，重复了那一段话。"庞西脸红了。"我当时心里想着——嗯，我想的是 O.L.U.。"

"我们来看看到底怎么回事。"

有简单的咒语可以看得见魔法：显示出能量如何在物体上面和周围运行。但朱丽娅给镜子施咒后，看到的景象根本无法解释。她从来没有见过如此密集的魔法运行图样：好像挂毯上华丽细密的花样，密集得几乎完全盖住了下面的镜子。要想全部理清起码要一队魔法师工作一年，而庞西自己一晚上就完成了，只用一个简单的念诵。这是她闻所未闻的。

"这是你施出来的？就刚刚？"

"我不知道，"他说。"我觉得不是。话是我说的，但是活儿应该是别人干的。"

非常奇妙，她觉得双手和身体都轻飘飘的。空气中弥漫着甜甜的味道。她突发奇想，用手蘸了点牛奶抹到眼皮上，她的视力马上变得清晰敏锐，好像眼科医生给换了镜片一样。

"我们离成功更近了，朱丽娅，"庞西说。"就快要找到神的魔法了。我能感觉得到。"

"我不喜欢感觉，"她说，"我需要确定。"

不过她必须承认，她也感觉得到。她只能想到一个词来形容这种魔法，那就是"庄重"。绝没有轻松俏皮的元素：完全是他妈的清醒严肃的魔法。像心脏病一样开不得半点玩笑。咒语和奇迹之间的区别究竟在哪里？将月光变成银币确实不能与分开红海相提并论，但如此轻松就做得到，明显预示了更大的可能性。这是巨大能量源小试牛刀而已。

第二天早餐时阿斯莫德斯也在。是真正的早饭，不是平常她在中午才吃的那顿。她兴奋得颤抖。给她什么她都不吃。

"我找到他了，"她最后宣布。

"找到谁了？"朱丽娅问。大早上的很难进入阿斯莫德斯的最大强度模式。"你找到谁了？"

"那个隐士。上次塔哈斯克兽说的那个圣人。他是个圣徒。确切地说不是圣徒，不符合严格的基督教含义。不过他说自己是圣徒。"

"解释一下，"庞西面前摆着一大块简直粗糙到让人难过的面包，他们最近一直吃这个。

"是这样，"阿斯莫德斯边说边抖擞了一下精神，试图抖掉她狂躁的疲惫，进入工作模式，"据我分析，他将近两千岁。怎么样？他说自己叫阿玛度——说他以前是个圣徒，但后来被免职。

"我在他住的洞穴里找到他的。红头发，胡子到这。说他侍奉女神，古老的女神，就是一直召唤我们的女神。他不肯说出她的名字，但肯定就是她。我们的地下夫人，O.L.U.。他告诉我他做了一阵子基督教圣徒，说自己崇拜圣母玛丽，但最终还是被当成异教徒赶了出去，还差点被钉在十字架上。从那以后他就住在洞穴里。

"一开始我也就是听听，谁知道这哥们儿是圣徒还是个流浪汉，差别并不多。但他给我展示了他会的东西。跟你说，很诡异的东西，咱可不会。他能用手改变岩石的形状，能给动物疗伤。他还知道我的秘密，没人知道的秘密。他——他修复了我的一道伤疤。现在该用过去式。他已经让伤疤消失了。"

她的声音都跟着颤抖了。朱丽娅第一次见到阿斯莫德斯这么严肃。她盯着他们，在生气自己不该说出秘密。朱丽娅没见过阿斯莫德斯的伤疤。不知道是身上的伤疤，还是别的什么。

"你能带我们去见他吗？"庞西的声音很温柔。他好像也能感觉到她现在状态不怎么稳定。

她快速地摇摇头，想要振作一下，但是没有成功。

"一个人只能见他一次，"她说。"说不定你可以自己去找他，但是我无法告诉你洞穴在哪里。我的意思是我知道在哪，但我没法说出来。真是说不出来——我刚才想告诉你来着。"她无助地抖抖肩膀。"张开嘴但什么也说不出来。"

大家面面相觑，桌上是面包渣和彻底冷掉的咖啡。

"我差点忘了，"她说，"他给了我一件东西。"她拉开背包，在里面找了半天，翻出一张羊皮纸，上面密密麻麻的全是字。"这是一张能复写的羊皮纸卷。你们相信吗？这么老套的东西。我看见他刮掉了一些好像是无价的古老赞美诗。可能是死海古卷①还是什么的。他写下了召唤女神的颂文。我们的地下夫人。"

庞西从她手里把羊皮纸拿了过来。他的手指微微颤抖。

"是祈愿符咒，"他说。

"就是这个了，"朱丽娅说。"夫人的电话号码。"

"是的。我看是用腓尼基语写成的，如果你相信的话。他也不确定女神会不会现身，但是……"

阿斯抓起庞西面前的面包就开始嚼，好像完全是下意识的动作。她闭上眼睛。

"妈的，"她咒道，"我得睡一会。"

"去吧。"庞西眼睛盯着羊皮纸头都没抬。"去吧。等你起来我们再说。"

---

① 1947年，居住在死海西北部某一小村中的儿童，在死海附近的山洞中发现了一些羊皮卷，这些羊皮卷后被证实是一些用希伯莱文书写的早期犹太教、基督教的经文。这些在死海附近山洞中发现的两千年前的卷轴统称为"死海卷轴"，它是研究犹太教、伊斯兰教、基督教发展史的文献资料。

第二十四章

赤麂号因无风而无法航行，船身不耐烦地随着温和的涌浪摇摆，想要乘风破浪却无处施展。船上堆放着松散的绳索和各种用具，不断撞击着桅杆。它可不喜欢安静地待着。

海面在雨中变得模糊起来，成了灰色的一团。没人说话。昆廷和波比从四不像城回来已经一周了，带回来了魔法世界的末日启示，还有七把金钥匙的真正用途。这时大家都在窄长的船舱里用餐，船舱的天花板很低，顶上就是甲板，因为有雨点不断敲击，他们交流基本都要靠喊才听得清楚。

他们要找到最后一把钥匙。一定要找到。只不过他们还不知道怎样才能找到。

"我们再来理顺一次，"爱略特说，提高声音试图盖过雨声。"规则肯定是有的，我们只需要搞明白是什么。你和朱丽娅一起穿过传送门。"他指着昆廷说。"但是你手里没拿钥匙。"

"没有。"

"钥匙有可能在门关上之前也穿过去了吗？可能掉在你父母家的草坪里了吗？"

"不。不可能。"他几乎可以确定。嗯，他可以确定。那片草坪跟高尔夫球场似的，要是钥匙掉在上面他们一定看得见。

"但是你，"——他又指向宾果——"你找遍了整个房间都没有找到钥匙。"

"没找到。"

"但是当你们俩，"——昆廷和波比——，"去四不像城之后，钥匙留在后面，在这里，门的这一边。"

"没错，"波比说。"别告诉我那把钥匙也不见了。"

"没，在我们手里。"

"门关了以后钥匙哪去了？"昆廷问。"就悬停在半空中吗？"

"不，门关上以后钥匙就掉到甲板上了。宾果听见了动静，捡了起来。"

没人说话了，沉默中只听见鼓点般的雨声。现在不冷不热。头顶的甲板防水，但空气还是十分潮湿，昆廷感觉自己浑身湿透了似的。到处都是黏糊糊的。所有的木制品都膨胀了。妈的他的木头锁骨也膨胀了。坐在木头椅子上挪动身体都会发出讨厌的摩擦声。昆廷能听到不知哪个倒霉蛋在甲板上放哨的脚步声。

"说不定两个世界之间还存在其他空间，"昆廷说，"维度之间的缝隙。说不定钥匙掉在那里了。"

"四不像城不就是维度之间的缝隙吗，"波比说。

"确实是，但是还有别的缝隙。当传送门打开的时候会出现。不过即使存在我们也应该能看见啊。"

赤麂号一边在原地摇摆，一边轻柔地发出低吼。昆廷真希望这会儿朱丽娅也在，但她因为发烧还在底层船舱休息，这症状不知是不是与她身体发生的变化有关。小岛夺取金钥匙的战役之后，她就病倒了。她闭着双眼躺在床上，但是没有睡着，呼吸又浅又快。昆廷每天都要下去看望她几次，给她读点东西，握握她的手，或者喂她喝水。她看起来不怎么在乎，不过昆廷还是坚持每天去。你永远想不到什么会起作用。

"你们找遍了整个后岛是吧，"昆廷说。

"是的，"爱略特说。"要不，我们召唤安火。"

"好啊！"昆廷的语调比他想的还要热烈。"我觉得可能也没什么用。要是那只该死的羊能找到钥匙，他就去找呗，还要我们干

348

什么。"

"但他会去找吗？"乔希问道。

"可能会吧。毕竟如果费勒里消失了他也活不了。"

"安火到底是什么？"波比问。"我本来以为他是个神，可是他和那些银色的神又不一样。"

"我觉得他只是这个世界里的神，在别的地方就不是了，"昆廷说。"当然这是我的想法。他就是个本地的神。而那些银色的神在所有世界中都是神。"

虽然昆廷心里还存有刚从四不像城回来那时的兴奋，不过这种感觉越发薄弱。紧迫感依旧存在：他每天早上醒来都担心魔法会不会已经停供，就好像没交电费一样，他担心费勒里会像庞贝古城那样在他眼前整个毁灭。他们一直都在抓紧时间找钥匙，起码今早之前都没闲着。上将莱克在秘密木制储物柜里发现了一个神奇的船帆，不但可以乘风航行，还可以乘着光航行。昆廷见过：查特文的斯威夫特号也有这么一个船帆。这船帆夜里松垮地悬挂着，随着月亮——还有星光的低语而微微抖动，到了白天就化身为狂风中的大三角帆，靠它自己就可以让船快速前进，只需要根据太阳位置调整船帆角度。

航行一切顺利。但是费勒里并不帮忙。那把钥匙就是不出现。奇迹一个也不见。上周他们登上不知名的小岛，踏上荒无人烟的沙滩，钻进红树沼泽，甚至刨了一座漂流的冰山，都没看见一点儿钥匙的影子。方向不对。做什么都没用。肯定还缺点什么。空气中也像少了什么似的：紧绷变得松散，电流已经消散。昆廷绞尽脑汁想搞明白到底怎么回事。

还有，雨一直下个不停。

大家讨论之后，昆廷强迫自己休息一下。他躺在潮湿的床铺上，等着身体里的热量穿透湿漉漉的床单。这个时间午睡太晚，就这么睡到明天又太早。窗外的太阳已经落到接近世界边缘，猜测是这样，但也说不准。海天难辨。整个世界都是灰色的，好像一块崭新的神奇画板，还没有人触碰过画板上的旋钮。

他盯着窗外看，咬着拇指的边缘，是儿时留下的坏习惯，心思不知道飘到哪儿去了。

有人叫他。

"昆廷。"

他睁开眼睛。刚才他肯定是睡着了。窗外天色已暗。

"昆廷，"那声音又叫了一次。不是做梦。那声音听起来闷闷的，听不出从哪个方向传来。他坐起身。声音轻柔，听不出男女，还有那么一点耳熟。听起来不完全是人类发出的声音。昆廷环顾船舱，就他一个人。

"你是谁？"他问道。

"我在下面，昆廷。你是从地板缝听见我声音的。我在下面的货舱里。"

现在他找到声音的来源啦。他都忘了船上还有个货舱。

"树懒？是你吗？"它是不是还有别的名字来着。

"我觉得你可能想来看看我。"

昆廷完全不明白树懒为什么会这么想。赤麂号的货舱阴暗潮湿，有一股腐烂污水的味道，所以闻起来就是树懒的味道。总之他就在船舱里跟树懒讲话就行。或者不讲话也可以。

上帝啊，如果他现在听树懒讲话这么清楚，那么它在下面一定也能清清楚楚地听到自从离开怀特斯拔厄以来他的船舱里发生的一切。

不过他确实觉得树懒很惨。他从来也没怎么关注过它。说实话它有点招人烦。不过他应该尊重树懒，它毕竟是全船会说话的动物的代表，而且货舱里也挺暖和，况且昆廷现在确实没什么急事。他叹了口气，扯掉黏在身上的床单，找了根蜡烛，又找到了梯子，下到货舱里。

货舱比昆廷印象里空了些。在海上待了一年确实也不剩什么了。地上有道沟，里面哗哗流着黑水。树懒长得很奇怪，大概四英尺长，身上厚厚的一层灰绿色的皮毛。它用绳子似的双臂倒挂着，垂在昆廷齐眼的高度，厚实弯曲的爪子勾着木梁。长这个样子估计是进化过了头。周围到处是凌乱的水果皮和树懒粪堆。

"你好，"昆廷说。

"你好。"

树懒抬起它平得出奇的小脑袋，从右上方看着昆廷。这姿势外人看起来不怎么舒服，不过树懒的脖子好像专门为此而设计。它眼睛周围的毛皮上有黑色的条纹，看起来像是没睡醒的浣熊。

还没有人触碰过画板上的旋钮，昆廷手里的蜡烛发出的光晃得它眯起了眼睛。

"不好意思没怎么经常下来看你，"昆廷主动说。

"没关系。我并不介意。我不是喜欢社交的动物。"

"我都不知道你叫什么名字。"

"艾比盖尔。"

这是个女孩的名字。昆廷一直不知道。有人在货舱里摆放了一张坚硬的木椅子，想来是专门为了那些和树懒聊得起劲，非得要坐下继续聊的人准备的。

"而且你一直也挺忙的，"她补充道，表示理解。

随之而来一段长时间的沉默。期间树懒不时会用不怎么锋利的黄色的牙齿开始咀嚼，昆廷说不准是什么。估计肯定有人负责下来喂它。不对，是"她"。

"介意我问个问题吗，"最后昆廷开口说，"你为什么会加入这次行程？我一直想知道。"

"一点也不介意，"树懒艾比盖尔平静地说。"因为其他动物不想上船，而我们觉得怎么也应该派个代表。动物委员会最后决定，我可能是最不会介意的。我大部分时间在睡觉，而且也不怎么活动。我喜好独处。可以说我基本不存在于这个世界，所以在哪其实都无所谓。"

"噢。我们以为会说话的动物们想要有个代表在船上。我们以为如果不带上一位就会冒犯你们。"

"我们以为如果我们不派个谁来会冒犯你们。想想真有趣，世界上到处充满了误解，不是吗？"

谁说不是呢。

树懒觉得长时间的沉默一点也不尴尬。可能动物和人对尴尬的理解不同。

"树懒死去之后，仍然会挂在自己的树上，"树懒突然冒出这么一句。"通常直到尸体开始腐烂。"

昆廷郑重地点点头。

"我以前不知道。"

这话茬真难往下接。

"这能让你更了解树懒的生存方式。与人类生活的方式不同，与其他动物的生存方式也不同。可以说我们生活在两个世界之间，介于天和地之间，不触碰任何一端。我们的心智徘徊在沉睡和清醒之间，生活在生和死的边缘。"

"确实和人类的生活方式很不一样。"

"你一定觉得很奇怪吧，但这恰恰是我们感觉最舒服的状态。"

树懒让人愿意坦诚相待。

"你为什么要告诉我这些呢？"他问，"我是说，你一定有你的原因，但是我不明白。跟钥匙有关吗？你知不知道怎么才能找到钥匙？"

昆廷不知道树懒对甲板上发生的事情知道多少。说不定她根本不知道他们现在在冒险。

"和钥匙无关，"艾比盖尔的声音像流水一样，从容不迫。"是关于本尼迪克特·芬威克。"

"本尼迪克特？跟他有什么关系？"

"你想和他说话吗？"

"这个，当然了。但是他已经死了。两周前就死了。"

这个事实还是很难接受，无法言说，就像那天晚上一样。

"对大多数生物闭合的通道，对树懒却是开启的。"

昆廷发现跟树懒谈话需要极大耐心。

"我不明白。你是要举办降神会，这样我们就可以和本尼迪克特的鬼魂对话了吗？"

"本尼迪克特在地下世界。他不是鬼魂。他是个影子。"树懒把她的头又转回到了倒立的位置，整个动作过程中眼睛一直盯着昆廷。

"地下世界。"上帝啊。他都不知道费勒里有什么地下世界。"他在地狱里吗？"

"他在地下世界，灵魂死亡后的归宿。"

"他在那里过得怎么样？我的意思是，我知道他已经死了，但是他一切安好吗？还是怎么样？"

"这个我没法回答。我对人类情绪的理解并不准确。树懒只知道平和一种情绪，别的都不理解。"

做只树懒想必不错。昆廷一想到本尼迪克特在地下世界就觉得不自在。本尼迪克特死了但还有知觉？他是清醒的？这让昆廷不舒服。好像他被活埋了。简直不能想象。

"他没有被折磨，对吧？不会有长角拿着铁叉的红色家伙折磨他吧？"费勒里就没有不可能的事。

"没有。他没有被折磨。"

"但是他也没在天堂。"

"我不知道什么是'天堂'。费勒里只有一个地下世界。"

"那我怎么才能跟他讲话？你能——不知道你是不是可以打个电话？接通两边？"

"不能，昆廷。我不是媒介。我是送魂者。我不与死者对话，但我可以给你指出去往地下世界的路。"

昆廷还拿不准自己想不想去地下世界。他仔细盯着树懒倒着的脸看，读不出任何信息。

"怎么去？我这个人能进入地下世界？"

"是的。"

深呼吸。

"好。我很想帮助本尼迪克特，但是我不想离开活着的世界。"

"我不会强迫你。事实上，我也做不到。"

货舱里阴森森的，除了烛光一点亮光也没有，烛光任船前后颠簸也始终竖直亮着。树懒也一直保持竖直——虽然也会像钟摆一样轻微地摇摆。昆廷不时望向暗处。这里像是另一个世界。船两侧的弧形边好像是一个庞然大物的肋骨，而他们被他生吞到腹中。地下世界在哪里？在地底下吗？还是在水底下？

树懒选择在这个时候开始梳理自己，标志性的慢动作，同时又很彻底，开始是用舌头，然后用厚实、木头似的爪子，她缓慢而费力地从横梁上松了爪子。

"可以说，"——她一边舔一边用爪子梳理——"树懒就像是……小小的世界……自成体系。"

没人能像树懒那样停顿，也不可能受得了在对话中得到如此少的鼓励。昆廷在想，对树懒来说，人类的世界会不会是以刺眼而闪烁的速度在运行。树懒看人类是不是都一闪一闪的——就像昆廷看树懒觉得是在看慢镜头。

"有一种海藻，"她说，"只生长在……树懒的皮毛里。那就是我们独特的原因……接近绿色。这种海藻帮助我们隐藏在树叶中。它还有别的功能……可以为整个生态系统提供养分。有一种蛾子只生存在……树懒的……厚厚的海藻一样的毛皮里面。那种蛾子一旦到了树懒身上"——说到这，她开始使劲想要打开皮毛上的一个结，忙乎了一分多钟然后接着说道——"它的翅膀就会折断。它就不再需要翅膀了，因为它再也不需要离开了。"

总算梳理完毕，她又把爪子挂到横梁上，回到之前静止倒立的状态。

"它们的名字叫树懒蛾。"

"是这样，"昆廷说，"我想说清楚。现在我没有时间去地下世界。换成其他时候，本尼迪克特死去带来的伤痛都是我生命中最重要的事，但是现在整个宇宙正处在危机当中。我们现在需要一把钥匙，意义重大。非常重大。没有这把钥匙费勒里就会毁灭。去地下世界确实需要等等。"

"你在另一个界域之中时时间不会流逝。对死去的人来说是没有变化的，所以就无所谓时间。"

这个时候怎么容他分心。"就算不花时间。但是又有什么用呢？又不能把他带回来。"

"不能。"

"原谅我这么直接，但是有什么意义呢？"

"你能给本尼迪克特带去慰藉。有时活着的人是可以给死去的人一些东西。而且说不定他也能给你些什么。我对人类情绪的理解……"

树懒停下，措辞。

"并不准确？"昆廷说。

"正是。并不准确。但是我觉得本尼迪克特对自己的死不是很开心。"

"他的死确实很糟。他肯定非常不开心。"

"我觉得他可能想亲口告诉你。"

昆廷没想过这一点。

"我觉得说不定他也能给你些什么东西。"

树懒的胶状双眼望着他，眼睛一闪一闪的，光似乎是从其他地方传来的。然后她闭上眼睛。

浪花一下又一下，不断地拍打着赤麂号的船体，船体耐心地发出低吼。昆廷看着树懒。现在他已经明白，他要是对谁感到恼火，通常是因为他自己有什么应该做而没有做的事情。他想象着本尼迪克特现在的状况，被困在画风简陋的冥界里痛苦难熬。如果是他，会希望有人去看望吗？很有可能会吧。

昆廷对他的责任感油然而生。这是他作为国王应该做的。而且本尼迪克特死的时候还不知道钥匙的用处。他以为自己的死毫无意义。想象一下永世都带着这个想法的感觉。

昆廷记得读亚瑟王的时候，里面那些良心有罪的骑士在寻找圣杯的任务中一直都表现不好。原因就是出发前必须要先去忏悔。必须要面对自己，处理好不愿面对的，这样才能有所成就。当时昆廷觉得本来就该那样，他也不理解骑士加文①他们为什么不振作起来去忏悔，然后再继续。而他们却处处犯错，无故打架，屈服于诱惑，最后连圣杯的影子都没见到。

现在身在其中，他已经做不到如此笃定。也许本尼迪克特的死——即使没有给他的良心上产生罪恶感，也是个悬而未决的心结。树懒是对的。这心结压在他的灵魂上，让一切慢了下来。也许这次，做英雄需要的不是表现异常勇敢，而是要去做该做的事。

嗯，说到底，没什么时候是到地下世界拜访死人的完美时机吧。而且如果树懒说的是实话，那么不等其他人察觉他可能就回来了。

"就是说我可以在时间不变的情况下做这件事是吗？"他问，"我是问这边的时间真的不会过一秒是吗？"

"刚才我可能有点夸张。你在地下世界时时间不会流逝。但你在去之前必须要做些准备。"

"我能回来是吧。"

"你能回来。"

"行。好吧。"要是不换身衣服，那么他就即将穿着睡衣进入地

---

① 传说中圆桌骑士中伟大的骑士，他是亚瑟王的侄子，圆桌骑士中最有风度的一位，也是整个圆桌骑士成员中十分耀眼的存在。

下世界了。"我们开始吧。我需要做什么？"

"我刚才忘说了，仪式必须在岸上举行。"

"噢，好吧。"感谢上帝，他总算可以上床睡觉了。地狱之行可以再等等。"我以为我们要现在就去呢。那，下回我再下来找——"

楼上远远地传来一阵靴子当啷当啷的声音，铃声响起来。

"看到陆地了，是吧，"昆廷说。

树懒认真地闭上眼睛，然后再次睁开：确实，是的，我们看到了陆地。昆廷本想问她是怎么做到的，不过忍住了，因为问了就要等着听回答，树懒式的智慧一次不能听太多。

过了不到一个小时，昆廷就在大半夜的时候来到一片灰色平坦的沙滩上。他的计划是偷偷去地下世界，然后再悄悄回来，瞒着其他人。以后有机会再跟他们说，就在谈话中顺便提一句，对了，我去过地狱，已经回来了，也没什么大不了，你们问这个干什么？还有本尼迪克特让我向大家问好。他还没计划好在大家面前这样说。

不过大家还是来了：爱略特、乔希、波比，甚至朱丽娅也来了，她从恍惚中清醒过来，过来看看。宾果和另一个船员在附近站着，两人肩膀上扛着一根长长的船桨，树懒就悬挂在上面。他们就是这么扛过来的，像扛了一扇牛肉。这是最简单的方法。

只有波比一个人觉得昆廷不该去。

"我不知道，昆廷，"她说，"我试着想象来着，这可跟去医院探望病人不一样，祝你早日康复，这是送给你的气球，绑在床头吧。想象一下，如果你死了，你会希望活着的人去看望你吗？而且你又不能跟他们一起回来。我觉得我都不完全确定会希望有人来看我。感觉好像火上浇油。你是不是应该让他安息啊。"

但是昆廷还是要去。最糟会发生什么情况？如果本尼迪克特不想见他，赶他走就是了。外面很冷，其他人将袍子和大衣裹得更紧。这座岛基本就是块杂草丛生的沙洲，平坦无奇。此时正在涨潮，海面并不平静。隔个几分钟，海水攒足了劲能升起十来厘米高的浪，然后以惊人的力量拍打在岸边，像是在提醒大家海的存在。

"我准备好了，"昆廷说，"告诉我要做什么。"

树懒之前让他们从船上取来一架梯子和一块长长的平板。现在让他们把梯子和木板搭在一起形成一个三角形。梯子和木板搭不稳，总是倒下来，所以需要乔希和爱略特在旁边扶着。昆廷曾经被评为物理奇才，常常会用不起眼的原材料施魔法，但这些东西在他看来也过于简陋了。费勒里夜空中，一弯月牙俯视着他们，洒下银色的月光。过个十来分钟月亮就会快速地旋转一个角度，这样就总是朝着不同的方向。

"现在爬上梯子。"

昆廷照做。爱略特咕哝着使劲扶着梯子不倒。昆廷爬到梯子顶上。

"现在从另一边滑下来。"

树懒的意思很清楚。他需要昆廷像滑滑梯一样从另一边的木板上滑下来。虽然这不是游乐园里的滑梯，但要想在没有把手的情况下就位，其难度也跟马戏表演差不多了。木板摇晃得厉害，差点就要散架，乔希和爱略特最终保持住了稳定。

昆廷坐到了三角的顶端。他没想到这次地下世界之旅会这么滑稽。他以为会是在沙地上用十英尺高的火焰做字母，画下邪恶魔符，开启地狱大门之类的场景。总不能一切都如他所愿吧。

"滑下去，"树懒又说了一遍。

这是块未加工的松木板，所以昆廷需要往下挪一挪给点助力，但后来他还是努力地滑下去了。他都做好准备随时会有刺扎进屁股，不过没有。他的赤脚碰到冰冷的沙子。他停下了。

"现在呢？"他喊道。

"耐心些，"树懒说。

大家一起等着。一阵海浪袭来。一股风钻进他的睡衣。

"我是不是应该——？"

"试着扭动脚趾。"

昆廷把脚趾深深插到冰冷潮湿的沙子里。他刚想要不今晚就算了，就在这时他感到脚趾什么也没碰到，沙子不见了，他滑了下去。

进到沙子里以后，板子就变成真正的滑梯了，金属质感，旁边有金属护栏。就像是游乐园的滑梯。他在一片黑暗中滑着，周围什么也看不见。这滑梯设计并不完美——每次刚有点速度就卡住了，昆廷就需要自己往前挪挪才能继续，漆黑一片中他的屁股发出很大的摩擦声。

有一道光从下面离他很远的前方出现了。下滑的速度不是很快，所以他有充足的时间边下滑边仔细观察。光亮就是平常的砖墙上没有灯罩的电灯发出来的，砖墙看起来有年头儿了，有些地方不平，需要修缮了。灯光下方是两扇灰褐色的金属大门，没有任何特点，跟学校礼堂的一样。

门前面站着个人，看起来很小，地狱门口不应该站着个小孩。他大概有八岁。小男孩挺精神，黑色短发，窄窄的脸。他身穿白衬衣和一套儿童尺寸的灰西装，没戴领带。他那样子像是在教堂里坐得烦闷，出来透透气。

没有凳子坐，所以他只能像个八岁小孩一样尽可能在原地站好。想打口哨也没成功，脚胡乱地踢着。

昆廷觉得还是放慢速度比较稳妥，停在了离终点二十来米的地方。男孩看着他。

"你好，"男孩说。周围很安静，他的声音听起来格外响亮。

"你好，"昆廷说。

他滑到头，站起身，尽量保持优雅姿态。

"你没死，"男孩说。

"我还活着，"昆廷说，"这是地下世界的入口吗？"

"你知道我是怎么知道你还活着吗？"男孩指着昆廷身后。"这个滑梯。你要是死了就会滑得很顺畅。"

"噢。对。我中间卡住了好几回。"

光是站在那昆廷就感到身上像扎了刺似的。不知道这男孩还活着吗。看起来不像死了。

"死人比较轻，"男孩说，"而且你死了以后他们会给你一个袍子，比穿裤子滑得更顺畅。"

黑暗中头顶的灯泡形成了光晕。昆廷感觉他周围一片虚无。没有天空，也没有天花板。这面砖墙高到看不见头，反正他是看不见。他来到了世界的地下室里。

昆廷指着男孩身后的两扇门，问道："我可以进去吗？"

"死了才能进去。这是规定。"

"噢。"

这可是个麻烦。来之前树懒艾比盖尔可没跟他说这个。怎么回到地上呢，不是要顺着这个滑梯爬上去吧，他可不想。他记得小时候好像干过类似的事，好像是，但眼前这个滑梯怎么也有半英里长吧。万一他半路掉下去呢？万一他往上爬的时候有人死了往下滑呢？

不过这也算让他松了口气。可以去干正事了。继续寻找钥匙。

"是这样，我的朋友本尼迪克特在里面。我需要跟他说句话。"

男孩想了一会儿。

"要不你告诉我，我来转告。"

"还是我自己说比较好。"

男孩咬了咬下嘴唇。

"你有护照吗？"

"护照？没有。"

"你有的，看。"

男孩举起手来从昆廷睡衣的上衣口袋里拿出了什么东西。是一张对折的纸。昆廷看了一会儿才认出来：是那个小女孩给他做的护照，她叫什么来着，埃莉诺，那还是在外岛时候的事。这东西怎么跑到他的口袋里了?

小男孩仔细审视这张纸,表现出一个八岁男孩所能做出的官僚做派。他看看昆廷,对照上面的照片。

"你的名字拼写对吗?"

男孩指着,在昆廷的照片下面埃莉诺用彩色铅笔写的 KENG,全部都是大写,字母 K 还写反了。

"对。"

男孩叹口气,就好像下跳棋昆廷赢了他似的。

"好吧,你可以进去了。"

他翻了个白眼,意思是让昆廷知道他才不在乎昆廷进不进去呢。

昆廷推开一扇门。门没锁。他在想,如果他要强行进入,这个男孩会怎么样。说不定会变形成可怕的驱魔法师把他吃掉。门后是一大片开阔空间,头顶好多组荧光灯蜂鸣,但并不明亮。

里面全是人。浑浊的空气和无数人嘈杂的谈话声向他席卷而来。这地方是个体育馆,这是昆廷一下子能想到的最接近的比喻。是个娱乐中心。里面的人有的站着,有的坐着,有的在走来走去,他们大多都在运动。

离他最近的四个人正在球网两侧无精打采地打羽毛球。再远点能看到一个排球网,没人在打,还有一些乒乓球台。地板上刷得很重的油漆,根据各种室内运动画了各种线,重重叠叠,角度怪怪的,颜色也怪怪的,和学校体院馆差不多。这里的空气中有一种大场馆的空旷感,声音传播很远都遇不到障碍物,最后变得不分明,所以会慢慢变小,最后消散。

那些人——应该是那些人影——看起来都实实在在的,但在人造光源的照射下,他们身上没有一点颜色。每个人都穿着宽松的白色运动装。相比之下昆廷的睡衣倒是不怎么扎眼。

他的耳朵里感觉到来自干燥空气的压力。昆廷决定走一步算一步,先不想太多,也不用想明白,先找到本尼迪克特再说。毕竟这才是他来这里的目的。这个时候确实需要个维吉尔①带你转转。他回过头，门已经关上了。门上没有把手，是那种长的金属条，要按住才能打开。

正在这时有扇门从外面被推开了，朱丽娅走了进来。她也像昆廷刚才那样环顾了一下四周，但脸上丝毫没有他那种迷惑。她适应环境的能力真是一流。朱丽娅明显已经不发烧了，也不再一脸倦怠。门在她身后合上了，发出了金属的撞击声。

有那么一秒钟，昆廷以为朱丽娅死了，他的心跳都要停止了。

"放松，"她说，"我是觉得你可能需要人陪。"

"谢谢。"他的心跳又恢复了。"是的。我确实需要人陪。你来了我很高兴。"

那些人影看起来并不特别喜欢在地下世界里待着。他们多半看起来都很厌倦。羽毛球场地上没有人跑着接球。他们挥拍都有气无力的，一个人失球，他的队友看起来也不怎么生气。可能多少有些失望。最多是这样。他们有些漠然。场边有个记分牌，不过没人在记分。上面还是上一场比赛的最终得分，也有可能是上上一场的。

实际上很多人没在运动，有些在讲话，有些干脆就平躺在地上，盯着上面的荧光灯，一言不发。这些灯也不知道是怎么亮的。费勒里是没有电的。

"他查你的护照了吗？"昆廷问。

"没有。他一句话也没说。看都没看我一眼。"

昆廷皱了皱眉头。奇怪。

"我们开始找人吧，"他说，

"一起找，别走散。"

昆廷必须要强迫自己开始走路。感觉是越往人群深处走，他们永

---

① 罗马奥古斯都时期最伟大的诗人，作品有《牧歌集》、《农事集》和《埃涅阿斯纪》。他对后世的西方文学产生了深远的影响。在《但丁的神曲》中，维吉尔是但丁去地狱和炼狱的向导。

远被困在这里的危险就越大，虽然树懒不是这么说的。他们穿过不同的人群，有时需要跨过几个人的腿，尽量不踩到谁的手，就好像是在很拥挤的地方野餐。昆廷本来有些担心，怕活人会惹他们注意，不过人们只是看他一眼就望向别处了。这个地下世界与荷马或但丁书里描写的完全不同，他们笔下地狱里所有人都迫切地想要与你交谈。

这里与其说吓人，更不如说是让人感觉到压抑。有点像是去夏令营，或者养老院，或者别人的办公室：虽然条件都不错，但是知道自己不用在那一直待着，晚上可以回家而且不用再回来了，这让人倍感轻松，甚至头晕目眩。不是所有的运动器械都是新的。有些已经很破旧了——棋盘中间折叠的地方已经掉皮了，有些羽毛球拍也断了线。见到芬的时候着实让昆廷吃了一惊。

他早该想到会在这里遇到她。她是带他们去安火的坟墓时的其中一个向导。她是个好人，没有背叛昆廷他们。活着的时候昆廷跟她并不熟，但那绝对是她，卡通鱼一样的厚嘴唇，女同性恋那种短发。最后一次见她时，她被一个红烙铁巨人碾碎的同时身上着了火。现在她看起来很健康，只是有点苍白，她正在打乒乓球，节奏很慢，没什么压力的一项运动。看样子她没认出昆廷。

他开始想自从树懒第一次谈起时他就一直尽量不去想的问题：爱丽丝会不会也在这里。昆廷一方面非常渴望见到她，他是多么希望人群里能见到她的脸庞。另一方面他又希望她不在这里。她现在是个倪芬①，说不定算做是活着的。

天花板下有很多金属大柱子支撑，本尼迪克特倚着其中一根坐着，望向苍白空洞的远方。他面前摆着半副纸牌，不过他已经失去兴趣，虽然一看就知道他还可以继续摆下去。他可以把一张方片五放在梅花六下面。

眼前的本尼迪克特，更像是昆廷第一次在地图室见到的那个他，

---

① 在小说《魔法师》中提到过倪芬，一种有着原始、不可驾驭魔法能量的精灵。

和在赤鹿号上那个晒得黝黑的亡命之徒判若两人。他面色苍白，胳膊纤细，黑色刘海挡在眼睛前面。他的头发又长长了。他看起来像是卡拉瓦乔①画中忧郁的年轻人。死了之后他看起来比生前更年轻。

昆廷停住脚步。

"你好，本尼迪克特。"

"你好，"朱丽娅说。

本尼迪克特看了昆廷一眼，然后又继续看向远方。

"我知道你不能带我走，"他轻轻地说。

死人讲话不会客套。

"你说得对，"昆廷说，"我不能带你走。树懒也是这么说的。"

"那你还来干什么？"

现在他才责备地看着昆廷。昆廷本来还担心他脖子上会留下一个大洞，不过那里的皮肤完整而平滑。他不是僵尸，是鬼魂，昆廷提醒自己。不，是影子。

"我想再见见你。"

昆廷坐到他身边，也倚着那根大柱子。朱丽娅在他的另一边坐下。他们三个一起看着死人们到处游走。

过了一段时间，可能是五分钟，也可能是一个小时。在地下世界很难对时间有概念。昆廷提醒自己必须要注意这一点。

"你还好吗，本尼迪克特？"朱丽娅问。

本尼迪克特没回答。

"你看到我怎么死的了吗？"他说，"我简直不能相信。宾果让我待在船上，但是我想——"他话没说完，无助地皱着眉摇了摇头。"我想试试一直在练习的功夫。真正在战斗中试试身手。但是刚下船，嗖！正中我的喉咙。正好射在中间空洞的位置。"

他用食指按着喉结下面柔软的部分，箭就是射在那里。

---

① 卡拉瓦乔（1571—1610），意大利 16 世纪末至 17 世纪初的一位著名的画家。

"当时都不怎么疼。真有意思。我想他们能帮我把箭拔出来。于是我回头想要回船上去。然后发现喘不过气来，于是就坐下了。我嘴里全是血。剑也掉到水里了。你能相信我当时还在担心我的剑吗？我在想等会要从哪里下水才能把剑拿回来。谁帮我把剑捡回去了吗？"

昆廷摇摇头。

"反正也无所谓，"本尼迪克特说，"就是一把练习剑。"

"然后呢？你滑滑梯下来的？"

本尼迪克特点点头。

关于这点昆廷开始有自己的想法。滑梯带有羞辱性，故意让人难堪。死神就是这样，把你当成是小孩子，好像你所有的想法、所有做过的事、在意的东西都只是游戏罢了，死了以后这一切统统被团成团扔掉。一点也不重要。死神并不尊重你。死神觉得你算个屁，而且还一定要让你知道它的不屑。

"你们找到钥匙了吗？"本尼迪克特问。

"我就想告诉你这个，"昆廷说，"我们拿到钥匙了。经过一场恶战，最后拿到钥匙了，后来我们得知钥匙的意义重大。我希望你知道这一点。"

"但别人都没死。就我死了。"

"其他人没死。我也有一边被刺伤了。"这个情境下没什么可炫耀的。"但是你一定要知道的是我们在做的事情很重要。你的死没有白费。那些钥匙——我们要用那些钥匙去拯救费勒里。这一切是有意义的。没有钥匙，魔法就会消失，整个世界就会崩塌。这些钥匙可以拯救这一切。"

本尼迪克特的表情没有任何变化。

"但我什么也没做，"他说，"我死了，也没帮上什么忙。我要是在船上待着就好了。"

"我们也无法预测会发生什么，"朱丽娅说。

本尼迪克特又没理她。

"他听不见我讲话，"朱丽娅对昆廷说。"有点奇怪。这里没人能看见我或是听见我说话。他根本不知道我在这里。"

"本尼迪克特？你能看见朱丽娅吗？她就坐在你旁边。"

"看不见。"本尼迪克特像以前那样皱起眉头，好像昆廷在故意让他难堪。"我没看见别人。只有你。"

"在这里我像是鬼魂，"她说，"鬼魂中的鬼魂。反转鬼魂。"

朱丽娅身上肯定有什么问题，为什么死人们看不见她？这点很重要，但现在暂且不去追究。他们继续看着人群，听着乒乓球台传来的乒乒乓乓的声音。他们有的是时间练习，不过球技好像还是一般。没人尝试扣杀，也没有高难度的发球，对打连续几下之后球就要么落网要么弹到人群里去。

"这整个地方，"本尼迪克特说，"好像有人想把这里弄得好一些，特意安排了这些运动什么的，不过他们又不怎么在意，不好好设计，你明白吗？是啊，谁他妈在意啊？有谁想一直一直玩球呢？我已经对所有这一切都烦了，而我才来了不长时间。"

某个人。可能是那些银色的神。本尼迪克特把手里的牌摔了，摆好的牌都乱了。

"连超能力都没有。连飞都飞不了。你看我都不是透明的。"他说着伸出手，要证明他的不透明性，然后又无力地放下，"好像那样就太酷了还是怎么着。"

"在这还能干什么？除了这些运动棋牌什么的？"

"基本没什么了。"本尼迪克特把双手插进头发里，抬眼望向天花板。"和其他人影说话。这里没有吃的，不过也不会感到饿。还有人打架、做爱什么的。你可以看着他们做。不过慢慢就没意思了，有什么意思呢？就新来的才会那样。"

"有一次他们叠罗汉来着，想要够着上面的灯。但是完全够不着。太高了。我从来没有做过爱，"他补充道，"活着的时候。现在我连想都不想了。"

昆廷接着说了一会儿，告诉本尼迪克特后来发生的事情。

"你和那个叫波比的女孩做爱了吗？"本尼迪克特打断他问道。

"嗯。"

"大家都说你们肯定要在一起的。"

是吗？朱丽娅，鬼魂中的鬼魂，傻笑了一下。

这时昆廷不自觉地从余光里看到，其他人影开始注意他们。没什么明显的动作，但有几个人影开始对他们指指点点。有一个小孩——大概能有十三岁——就站在附近目不转睛地盯着他。昆廷在想这孩子是怎么死的。

"我明白了，"朱丽娅说，"已经没了。我身体里人类的部分，会最终死去的那部分——已经没了，昆廷。我永远地失去了它。所以他们都看不见我。"她这话是对昆廷说的，不过她黑色的眼睛凝望着远处。"我再也不是人类了。到现在我才明白。我把影子丢了。我以前就知道。只是不愿意相信而已。"

他想给她回应，告诉她他很遗憾，抱歉帮不到她，对发生或没发生在她身上的所有事情都表示同情。但他好多都没听懂。影子丢了是什么意思？怎么丢的？什么感觉？现在她是比人类少了什么还是多了什么？但她举起手，然后本尼迪克特又开口了。

"我希望你失败，"他突然说，好像他做了个什么决定似的，"我希望你永远找不到钥匙，所有人都死掉，世界毁灭。知道为什么吗？因为这样说不定这个地方也就完蛋了。"

然后本尼迪克特开始哭。他抽噎得特别厉害，一点动静都没出。他喘上一口气，之后哭得更厉害。

昆廷把手放在他后背上。说点什么。说什么都行。

"我很抱歉，本尼迪克特。你死得太早了。还没有机会表现。"

本尼迪克特摇摇头。

"我死了也挺好的。"他颤抖地喘了口气，"我是个废物。还好死的是我，不是别人。"他的声音最后成了尖叫。

"不，"昆廷坚定地说，"你胡说。你是个很棒的制图人，而且也马上要变成伟大的剑士，你死了简直就他妈的是个悲剧。"

本尼迪克特听了也点点头。

"你可以——你可以替我跟她带声好吗？告诉她我以前喜欢她。"

"你说谁？"

虽然他哭得脸已经通红，而且还不停往下掉眼泪，本尼迪克特还是一脸的青春期少年的鄙视。

"波比。她对我挺好的。你觉得她能来看看我吗？我是说下来看我？"

"她应该没有护照。抱歉，本尼迪克特。"

本尼迪克特点点头。更多的人影开始聚集在他俩周围。人影越来越多，看不出来他们是不是友好。

"我会再来的，"昆廷说。

"你不能了。这是规定。你只能来一次。他们不是把你的护照收走了吗？没还给你，是吧？"

"没有。确实没有。"

本尼迪克特颤抖地吸了口气，用白袖子抹了一把眼睛。

"我要是留在船上就好了。我总在想着这个。我太傻了！要是我当时在船上等着，现在我就还在地面上了。我那时看着那支箭就在想，就这么一根小棍，这么个木头棍，就要了我的命。我的命就值这个。一根小棍就抹杀了一切。那是我最后一个念头。"他直视着昆廷。这一刻他完全不生气，也没有羞愧。"我十分想念活着的感觉。你不知道我有多想念。"

"我很遗憾，本尼迪克特。我们也都很想你。"

"听着，你最好还是走吧。我感觉他们好像不希望你在这。"

一大群人影站在他们旁边，不说话，差不多围成了半圆。可能是因为昆廷穿的睡衣和他们的不一样。也可能是他们不知为何察觉到他是个活人。那个孩子也站在人群中，还像以前那样盯着他。昆廷现在倒希望这些人影看起来没这么真实。

昆廷和本尼迪克特都站了起来，背靠着柱子。朱丽娅也站了起来。

"我有个东西，"本尼迪克特说，突然又害羞起来。"我要还回去。"

他从兜里拿出来什么东西，放进了昆廷的手里。他的手指冰凉，那东西也是又硬又凉。是一把金钥匙。

"噢。我的天。"这是最后一把金钥匙。昆廷用两只手把钥匙捧了起来。"本尼迪克特，你怎么会有这个？"

"昆廷，"朱丽娅说。"就是这个吗？"

"一直在我这里，"本尼迪克特说，"你和朱丽娅女王进了那扇门以后，趁别人没看见的时候我捡了起来。我也不知道为什么会那么做。后来也不知道怎么还回去。我本来想可以假装找到了。对不起。我想当英雄。"

"别说对不起，"昆廷的心脏剧烈地跳动着。找到了。他们要赢了。"根本不用说对不起。没关系。"

"我死了以后就把钥匙带下来了。我也不知道该怎么办。"

"你做得对，本尼迪克特。"他完全想错了。经过这一切，他发现原来不需要杀死怪物或者是解开谜题。他只是需要下来看看本尼迪克特过得怎么样。"谢谢。你是英雄，真英雄。你永远是英雄。"

昆廷笑出了声，使劲拍着本尼迪克特的肩膀。本尼迪克特也笑了，开始有些勉强，后来也开始爽朗地笑。昆廷在想，这下面什么时候有人这么笑过。

"是时候了，"朱丽娅说，"我准备好了。"

确实。是时候该离开了，不知她是不是这个意思。但那些人影好像不希望他们离开。他们站成半圆围住了他们，大概有一百来个，挡住了到门口的去路。他没法推开他们冲出去，人影太多了。他往后退，躲到柱子后面，争取时间想办法。他的心突然狂跳了一下，他看见乔利比在约五十码开外的地方，坐在地上，昆廷心头万分激动，还是那两条美腿还有大胡子。不过他就在那看着，完全无动于衷，甚至不想站起来。他不打算过来帮忙。

钥匙。他可以开启传送门。昆廷疯狂地在空中转动钥匙，但什么也没碰到。找不到锁眼。他更加用力更加疯狂地转动钥匙。天知道他们会被带到哪里，不过哪儿都比这里强。

"那东西在这下面没用，"有人冲他们喊道，操着英国小学生的口音，"魔法不管用。"是那个孩子，昆廷现在认出来了。是马丁·查特文本人。但很小——他的影子看起来也就十三岁。这恐怕是他变成怪物之前的样子吧，他第一次死去之前的样子。

"没看见你女朋友啊，"马丁不怀好意地说。"她可救不了你。"

可能因为昆廷还可以死去——这一点吸引了他们。如果杀了他，他们就可以改变些东西，做点什么，不管多么可怕，起码可以改变上面的世界。

前面的几个人影开始向前冲，这是第一波躲不开的冲击，这时只见本尼迪克特踏步迎上前去，人影们犹豫了。他不知从谁手里夺过一个羽毛球拍，挥舞得像一把剑。

"来吧，你们这些混蛋！"这才是他：勇士本尼迪克特再次现身。他摆好完美的决斗姿势，是宾果教他的，球拍直指马丁·查特文。"来吧，谁先来？"他喊道，"你？来啊！"

昆廷上前和他并肩站着，但是他痛苦地发现，因为手里既没拿东西，也没有魔法可用，他看起来并不可怕。他怎么没带把剑下来。他握紧拳头，摆好姿势，尽量让自己看起来像会使拳。

"我变了，"朱丽娅在他身后平静地陈述道。然后又说了一次，"是时候了。"

现在不是时候。拜托别是现在。别再另生枝节了。昆廷趁机回头瞥了一眼朱丽娅，然后眼睛就盯着她不动了。其他人影也开始盯着朱丽娅看。朱丽娅变高了，她的眼睛变成了亮绿色。有些什么正在发生。她低头盯着自己的双臂，故意微微皱着眉头，看着双臂变长变大，她的皮肤也开始泛起珠光。她的样子跟在城堡大战中的差不多，不过现在更甚。她正在变身。

然后她笑了，真的是在微笑。她的目光越过昆廷，望向聚集在周围的人影，他们被逼得后退，好像迎着狂风。本尼迪克特目瞪口呆。

"你现在能看见我了吗？"她问道。

他点了点头，瞪大了眼睛。

她现在变成别的了，不再是人类。鬼魂？朱丽娅以前就很美，但现在是华丽的美。来到这里后，引起了，或者说是让她完成了一直在进行的变形。她现在和昆廷一般高，但变形好像差不多结束了。她出于好奇，从地上捡起一根棍子，好像是根曲棍球棒。刚被她触碰到，球棒就变了。变活了，变成了一根长长的手杖，顶部有疙瘩皇冠。她一挥手杖，那些人影又继续往后退，连马丁·查特文也跟着往后退。

"来吧，"她对他说。声音还是朱丽娅的声音，但音量放大了，还带回响。"来战斗吧。"

马丁无法近前一步。他也不需要靠近，朱丽娅朝他走了过来。电光石火之间，只见她一把抓起他衬衣前襟，比人类移动速度要快得多，像是毒鱼进攻。她把他拎起来，凌空抛进人影群里，他的四肢像海星一样舞动。她的力量大得出奇。昆廷不知道马丁会不会受伤——他反正不可能死第三次了——但他肯定被吓得不轻。

这群人影像看足球的观众一样：前面的人往后退去，后面的人影又从四面八方涌来，直把他们往前推。在巨大的房间里，他们说话声和脚步声发出很大声音。消息已经传开。一定是有事情发生。人影还在不停地涌来。朱丽娅也许能杀出去，但估计她可能顾不上昆廷和本尼迪克特。

朱丽娅也意识到了这一点。

"别担心，"她说，"会没事的。"

昆廷也对她说过一样的话，当时是在切斯特顿他父母家的草坪上。他不知道她是否也还记得。现在从她嘴里说出来明显听着更可信。

朱丽娅将权杖往地上一敲，发出无比耀眼的光芒，昆廷不得不避开，转头看向别处。虽然没有亲眼看见，但他听到费勒里地下世界的人影们一起倒吸一口气。这光不同——不同于地下世界里勉强称作光的荧光，这是真正白金色的阳光，拥有完整的波长。好像是乌云裂开了一道缝。

一个声音说道。

"够了，"它说，或者是她说的：是女性的声音。听起来让人既颤栗又觉得和谐。

当昆廷再看时，发现朱丽娅前面站着一个女人，站在她权杖敲地的地方。她是力量的化身。她的脸可爱、温暖、幽默、骄傲、严厉，全部包容其中。这是一张女神的脸。还有——她的半边脸在阴影中。那半边很严肃，理解悲痛为何物。女神好像在说，会没事的，不管怎样，我们都会去悼念。

女神的一只手里也握着弯曲多结的权杖，和朱丽娅手里的差不多。另一只手里捧着一个鸟巢，挺奇怪，鸟巢里面有三枚蓝色的蛋。

"够了，"她又说了一次。

人影们按照女神的要求一动不动。朱丽娅在女神面前跪下，脸埋在双手里。

"我的女儿，"女神说，"你现在安全了。都结束了。"

朱丽娅点点头，抬头看着女神。她满脸泪水。

"你就是我们在找的女神，"她说。"我们的圣母。"

"我是来带你回家的。"

女神朝昆廷做了个手势。她倒没有发光，不过很难直视她，就像很难直视太阳——她如此耀眼。直到现在昆廷才看清她有多高。足足有十英尺。

那些死人的影子静静地看着他们。没人玩乒乓球了。整个地下世界一瞬间安静下来了。

朱丽娅站起身来，擦干眼泪。

"你怎么了？"昆廷问，"你变了。"

"结束了，"朱丽娅说，"我是女神之女。森林女神。"

"也可以说是半神，"她补充道，好像有点害羞。

他看着她。她美极了。她会没事的。

"很适合你，"他说。

"谢谢。我们现在必须离开。"

"我非常同意。"

女神用一只胳膊将他俩揽进怀里。她抱着他们，一起升到空中。有人在大喊，昆廷能感觉到本尼迪克特的手抓着他的脚踝，不撒手。

"别把我留下！求你了！"

简直像是从西贡出发的最后一架直升机。昆廷伸手去抓本尼迪克特的手腕，他已经抓住了。

"我抓住你了！"他喊道。

他也不知道自己在做什么，但他知道自己要用尽全力抓住本尼迪克特。他们升到了十英尺高，二十英尺高。可以的。他们只要偷偷带回一个灵魂。他们要反转熵值。死神可以赢得战争，但也不一定要杀死每一个人。

"坚持住！"

但是本尼迪克特坚持不住了。他的手从昆廷的手里滑落，他掉回到那群人影中，一句话也没留下。

然后他们飞到了荧光灯之上，然后越过了本该是天花板的地方。他什么也做不了。昆廷没有抓住本尼迪克特，他紧紧地握着手里的钥匙，钥匙嵌进了他的手掌。他失去了本尼迪克特，但他不要再失去钥匙。他们升入了黑暗之中，穿过火，穿过土，穿过水，然后再次进入到光亮中。

第二十五章

　　召唤女神之前他们先去度了个假。订购必备物品要等一周：包括槲寄生、大量镜子、各种金属工具、化学纯水，还有几种外来粉末。仪式需要的东西很复杂，比朱丽娅预想的要复杂得多。她以为这类召唤会很原始和邪气，纯粹使用蛮力，但事实上仪式既复杂难度还很高。需要清理出很大的场地。

　　于是在等待快递送达，和几个处在准备阶段的咒语缓慢起效的同时，米尔的魔法师，这些探索上帝的神圣秘密的神秘天才追索者们，决定出去旅游。整队执行任务之前，这是最后一次休息——最后一次修整假期。他们去了塞南克修道院，虽然看过无数的旅游广告，看过飞机上的宣传画册，拼过它的五百片拼图，对它已经耳熟能详，但它仍然是朱丽娅去过的最美、最古老、最安静的地方。他们去了教皇新堡，那里曾一度是教皇的新城堡，不过现在只剩下一面废弃的断壁，断壁上几扇破窗户，俯瞰着平坦的葡萄园，像一颗烂掉的破牙。他们开车南下去了卡西斯。

　　正是十月光景，这个季节的尾巴，卡西斯是蓝色海岸的尾巴（这里算不算蓝色海岸还是个问题），租金便宜，这里挤满了从马赛来的年轻人过来一日游。太阳炽热，但朱丽娅没想到水没有结冰，竟然能这么冰冷。海水一片蔚蓝，离海滩不远处有个小旅馆，一片石松树林里，林子里全是看不见的蝉，不间断地大声鸣叫个不停，坐在门廊里几乎听不见彼此讲话。

　　他们喝当地的玫瑰红葡萄酒，据说如果在卡西斯之外的地方这酒就会失去风味，他们还坐船去游览了峡湾，那些沿着海岸线伸向海里的石灰岩海峡，打翻了无数过往船只。没人注意到这些魔法师。没人看他们第二眼。朱丽娅觉得做个正常人真美好。海滩上都是鹅卵石，没有沙子，但他们还是铺好浴巾，尽量舒服点，他们长时间地晒日光浴，再猛冲到水里嬉戏，然后再赶紧上来继续晒，如此往复。水冷得简直要让心脏都停止跳动了。

穿着泳衣他们都显得苍白。入乡随俗，阿斯莫德斯把上衣脱了，朱丽娅觉得就这就足够让菲尔斯塔夫的心脏停止跳动了。不仅仅是阿斯莫德斯的乳房的原因，她的胸部确实小巧、高耸，而且超级撩人。很明显菲尔斯塔夫是爱上了阿斯莫德斯。和他们相处了六个月，朱丽娅怎么就没看出来呢？这些都是她的朋友，几乎是她的家人了。整天研究神，妨碍了朱丽娅作为人的思考能力。这本来也不是她的强项。她必须得小心了。有些东西在理解的过程中就领会不到了。

朱丽娅看着海水的泡沫在水面上画下丝网，好像写下希伯来字母，然后一切又被抹平。她摇摇头闭上眼睛，感受着地中海阳光的炽热。她感到开心而满足，就像在岩石上的海豹，周围都是她的海豹家族成员。她从梦境中走出来，所有的朋友陪伴着她，就像《绿野仙踪》的结尾。但可怕的是，她知道马上又要回到那个梦境之中。还没有结束，这只是个短暂的清醒间隙。下一秒麻醉剂就要开始起效，梦境会将她带走，而她不知道自己还有没有机会再醒过来。

所以，那晚在旅馆，其他人都睡了，她却自己在大厅里踱步。她想要得到一样东西——她想要庞西。她敲了他的门。他打开房门，她吻了过去。她吻了他之后，他们上床了。她想要再次感受做人的感觉，一种被激烈而杂乱的情绪占据的生物。哪怕是做有点放荡的人。

过去和别人上床是因为觉得应该那样做——比如詹姆斯——或者要从别人那里得到她想要的东西——比如杰瑞德，沃伦，剩下自己举例吧。她以前从来没想过自己会跟人上床只为了单纯的渴望。感觉不错。不，棒极了。这样才对。

她似乎比庞西更投入。第一天见到他的时候，她就想，啊哈，现在下结论为时过早，但不管怎么说，非常有可能和他发展到这一步。她一向喜欢轮廓鲜明、外表整洁的类型，就是詹姆斯那种，庞西也正好在可接受范围内。但每次她看着庞西平淡的、灰蓝色的双眼，努力让自己去找爱上他的沉醉时，那种感觉从来都找不到。他把自己隐藏得太好。

但真正的他肯定藏在里面，这她知道。在网上时，她把他看得清清楚楚，但到了面对面的时候，庞西退回到水面下很深的地方，冰下的深水区。他的安全防线无法攻破，即使是她这样的资深黑客也不行。

她把这些都跟庞西说了，他们躺在床上，外面的蝉还在鸣叫，好在百叶窗把噪音降低了几度。他很长时间没有答话。

"我知道，"他小心地说，"对不起。"

这话说得好容易。不过他也算已经尽力了。

"不用说对不起。没有关系。"确实没关系。他们看着天花板，继续听着蝉鸣。她的身体感到愉悦。仅此一次，她感到身心合一。

"但我想知道，这就是你那么迫切的原因对吗？"她坐起身来问道。"想要得到能量？也就是说，如果有一天你足够强大，你就安全了，你也就不必再继续隐藏了？"

"可能吧。"他做了个鬼脸，不小心嘴边咧开好看的弧度。她用手指摩挲着。"我不知道。"

"你不知道，还是你不想说？"

没有回应。死机蓝屏：她击溃了他的系统。啊，好吧。男人这方面真是不稳定，代码里面漏洞太多，前后矛盾，未经过优化，真是可怜。她转过身又躺回到旅馆薄薄的枕头上。

"你觉得伽倪墨得斯计划成功的几率有多大？"她问，纯粹是在闲聊。"百分之多少？"

"噢，我觉得几率很大，"庞西说，他的性格虽然如此，但一回到安全地带，就又联机上线了。"我猜我们有七成胜算。你呢？"

"我猜一半一半。如果不成你有什么打算？"

"从别的地方重新再来。我还是觉得希腊是发源地。如果我去的话你会去吗？"

"可能吧。"她不想跟他保证什么。"不过还是法国的酒比较好喝。我可喝不惯茴香酒。"

"我就喜欢你这一点。"

他把手搁在旅馆扎人的毯子上，摆弄着她的手指研究着。

"听着，我刚才没说实话，"他说，"我知道我为什么这么执着于这个计划——对我有什么好处。起码我知道一点。我不是为了拥有力量，并不是。"

"好的。那是为了什么？"

答案估计会很精彩。朱丽娅用手肘支起身子，床单从她肩膀滑落。和庞西相处那么久，第一次在他面前袒露身体，感觉很奇怪。在任何人面前袒露都会很奇怪。就好像外面海湾里冰冷的海水：冷得吓人，你觉得肯定受不了，但入水之后不久也就习惯了这个温度。生活中隐藏着的东西已经足够多了。有时你就是想要对某人袒胸露乳。

"我是在你之前加入自由商人的。我来的时候你还不在。"

"所以呢？"

"所以简单地说，你就是没看过我的医药处方。"庞西笑了，笑得很悲伤，和他平时的笑容不同。"从剂量说，我绝对是自由商人贝奥武甫最高纪录的保持者。开始他们都不相信我真要吃那么多。"

"药物是……治疗抑郁的？"

他点点头。"你没发现我从来不喝咖啡，也不吃巧克力吗？吃不了。我体内苯乙肼含量太多。我接受过六个疗程的电休克治疗。十二岁的时候我曾试图自杀。我的脑化学，全都是混乱的。不能长期存活。"

现在轮到朱丽娅不知所措。她从来不知道这样的时候应该如何表现，而且她也知道自己不擅长。她犹豫地把手放到他光滑的胸膛上。她只能想到这么做。好像效果还不错。天啊，他胸毛都剃掉了吗？

"你觉得'我们的地下夫人'可以将你治愈？就像阿斯莫说的，那块伤疤，还是什么之类的东西？"

朱丽娅正在慢慢消化他说的话。所以这一切对他来说不是在挑战智力，也不是为了获得力量。

"我不知道。"他轻松地说，好像满不在乎。"我真不知道。要是能治愈就是奇迹，但是我猜我们的地下夫人可以创造奇迹。不过说真的我不是那么想的。"

"你怎么想？"

"如果你笑话我，我对神发誓我会杀了你的。"

"小心，女神可能在听着呢。"

"那我就说我精神错乱。证明不是问题。"

庞西的脸天生并不具有表现力。他的颧骨非常突出，如果他再高点的话做模特倒是可以。但他可不是做演员的料。不过有那么一瞬间，她体会到了他的感受。

"我希望她会带我一起回家，"他说，"我希望她会带我回去，去天堂。"

朱丽娅没有笑。她明白她面前的这个人和自己一样，是残缺的人，庞西比她受的伤还要重。她已经习惯于自怨自艾，迁怒于人。她还不习惯同情别人，但她现在感受到了。她永远不会爱上庞西，但她感受到对他的爱。

"我希望她带你回去，庞西，"她说，"如果那真是你想要的，我真心希望她带你回去。但是如果你走了我们会想念你的。"

回到米尔以后，朱丽娅做了件自从六月到这里就再没做过的事情。她上网了。

他们都好久没有登录自由商人贝奥武甫了。花了些时间破解新的登录方式，正常两三个月换一次。他们在比赛看谁最先破解，各自待在自己的房间里，还互相骂来骂去。（除了菲尔斯塔夫，这个大个子太温柔了，不会说刻薄的话，这可能也是为什么最终是他先登录上的原因。阿斯莫很快就放弃了，开始试图侵入路由器，这样她就可以随时把庞西踢下线。）朱丽娅登录以后没打招呼就隐身了——不用打招呼，可以隐身登录，这样系统就不会弹出提醒给大家——她可不想一上来就收到自由商人的一堆消息，问她这么久没上线都在忙什么。她隐身了好几个小时，翻看旧帖，还有她不在的这段时间网站上发的新帖。成员构成有些变化——出现了几个新人，几个旧识不见了，也可能隐匿了。

感觉她好像加入很多年了。她觉得自己老了很多。自由商人可以自定义界面，不过朱丽娅一直使用基本界面模式，只显示几种常用命令，接近于旧时的命令行的样子和感觉。光是看着大家黑底绿字的网名她就已经热泪盈眶了。发生了这么多事，那时她还在单调的宇宙中过着安静而绝望的生活，在 IT 用品商店打工混时间，等着考去斯坦福读书。好多事都再也无法回到过去。但这里的变化并不大。

庞西、阿斯和菲尔斯塔夫还像以前一样，在一个限制可见的讨论组里。她点击进入。

> [恶毒赛斯加入了对话！]
> 银猫庞西：恶毒赛斯你好！
> 阿斯莫德斯：你好
> 菲尔斯塔夫：你好
> 恶毒赛斯：你们好
> 沉默了一分钟。之后：
> 阿斯莫德斯：嗯，明晚要玩大的哈？
> 恶毒赛斯：也许吧
> 菲尔斯塔夫：不能更大了

阿斯莫德斯：你说也许怎么个意思？

恶毒赛斯：如果我们的地下夫人来了才算大啊

阿斯莫德斯：她为什么不来？

恶毒赛斯：……

恶毒赛斯：她可能不存在好吗？召唤可能失败？也可能她大姨妈来了？不来的理由多了，就随口一说

银猫庞西：是，但是镜子/银币/牛奶/等等怎么解释？？？

阿斯莫德斯：还有她治好了我的伤疤

恶毒赛斯：是是是，我没想搞破坏哈。只是，看过了那么重量级的魔法，也没见过神啊

银猫庞西：但你相信更高层次是存在的

恶毒赛斯：相信可能有。所以我还在这儿

恶毒赛斯：不管怎样

恶毒赛斯：如果夫人真的来了怎么办。如果她真的存在。然后呢。然后会发生什么。她要是不愿意教我们呢。我是说到底是要召唤神来，还是自己去做神？

银猫庞西：成为神。这＝重要的第一步

菲尔斯塔夫：但赛斯说得对。可能夫人不需要实习生

恶毒赛斯：说真的如果明天她真出现了。要跟她说什么啊庞西？

好奇怪他们以前从没一起公开讨论过这个问题：如果女神来了，他们要说什么，要做什么。可能这种讨论在网上进行比面对面要容易一些。压力小一点。风险也小一点。就随便聊聊。

银猫庞西：既然你问到了，其实我已经想了很多了

阿斯莫德斯：最好是这样

银猫庞西：嗯，咳咳，有两种标准方案，对吧？

菲尔斯塔夫：额，请解释。

银猫庞西：方案＃1＝祈祷。这和现代基督神差不多。你祈

祷想要得到 X，神听到你的祈祷并对你做评判，如果认为你配得起/够乖/其他什么标准，你就得到 X，反之则得不到。

阿斯莫德斯：哦哦哦哦哦，我忘了还要做个乖孩子

银猫庞西：现在说方案＃2 古老的异教神，基本上是一种交易模式，需要祭献祭品来换取东西和服务。

菲尔斯塔夫：以前确实是这样

银猫庞西：而祭品本身也有两种可能性：象征性的或者是真实祭品

阿斯莫德斯：见证我的诚意吧啊啊啊啊啊

银猫庞西：＃1 象征性的＝你不需要的东西，但能表现出你对神的奉献，肥牛犊等等；＃2 真实祭品＝你需要的东西，来证明你对神的供奉，如你的手、脚、血、孩子等等

恶毒赛斯：就像亚伯拉罕和以撒父子。有时候神要你的儿子。有时候要只公羊就行。

银猫庞西：正是。以上是我的粗浅认识

恶毒赛斯：好吧，男士们，简单计算一下，会出现三种不同的可能，我们搞砸的比例是三分之二。

恶毒赛斯：现代神：我们搞砸了，是因为如果我们被判定为不够格，那么祈祷就得不到回应

恶毒赛斯：异教神＃2：如果她要真正的祭品我们就完了，因为你好，庞西，我需要你的脚啥的

恶毒赛斯：异教神＃1 是我们的唯一机会，象征性祭品，用肥牛犊换取神的能力。所以成功几率只有三分之一，以上是我的粗浅认识

菲尔斯塔夫：打搅一下，要是我说我就是需要我的肥牛犊呢？那怎么办？那怎么办啊？

阿斯莫德斯：对不起庞西，非得我来告诉你你他妈根本不知道自己在说什么吧

阿斯莫德斯：根本一点概念也没有

银猫庞西：哦是吗？

菲尔斯塔夫：？

恶毒赛斯：……

阿斯莫德斯：你以为对方是一个男性的神，错。地下夫人是个女神，是位女性的神，还跟我谈什么方案！

阿斯莫德斯：我信任我们的地下夫人，而且我相信她会帮助我们，不是因为这样做对她有什么好处，或者是她稀罕你的脚还是什么的，而是因为她善良！庞西你个笨蛋

阿斯莫德斯：这不是什么交易，笨蛋们，这是怜悯。是宽恕。是神的恩典。如果我们的夫人真的来了，我们就获救了。

很长一段时间的沉默。空气死一般寂静。下一条信息出现是整整两分钟之后。

银猫庞西：赛斯你的决定是什么，加入还是不加入，还是怎么？

[恶毒赛斯已经退出了对话]

他们在图书馆进行准备。只有这里的空间够大。他们需要把所有的书装箱整理，放到长书房和其他地方——走廊里全是书——漂亮的悬浮书架也需要拆除。墙上什么也不剩了，恢复到了这里还是农庄的模样。窗户大敞四开，深秋寒冷而安静的空气从外面透进来。傍晚天空的蓝美得不像天然的，接近宝蓝色。

一切都完全按照前圣人阿玛度的腓尼基语符咒准备着，一丝不苟。地上画满了像迷宫一样的符文和图案。古米治将担任仪式总负责人和女大祭司的角色。大家对流程的技术要求都很清楚，不过祭司必须要由女性担任，而冷酷高大的古米治被公认为关键时刻最不可能崩

溃。她身穿一件简单飘逸的白色长袍。大家也穿着一样的衣服。古米治还头戴一个槲寄生花冠。

朱丽娅想，基本是《金枝》①要求的布景。该死的槲寄生。她一直不能理解这么小题大做有什么意义。是，好看倒是挺好看，不过到头来还不就是个杀死宿主的植物寄生虫嘛。

所有旧家具都被搬了出去。只留有一张紫杉木大桌子，严格按照规格做的，还有一个巨大的石雕祭坛，要不是在下面放置了支架还对支架施了魔法，那么重肯定会把地板压裂。整个地方用了差不多六七种方法进行净化，大家也是——不但斋戒，还要喝一些恶心的茶，让他们排的尿变色，闻着怪怪的，还在陶罐里焚烧草药。

基本上能想到的净化方式都做了，就是没有沐浴。这种净化是象征意义的，不是从卫生层面考虑的，看来女神与卫生关系不大。

"这不是父系社会的旧约表演，"有人抗议时，阿斯莫德斯厉声说，"明白吗？土不会玷污，土会生发。我们的地下夫人才不会在意我们是不是在来例假，她拥抱身体的一切。"

然后男士们就开始各种打趣，说是愿意为女神献身，做个象征性的丈夫，比如我把给你的褐色祭品放在我的裤裆里，等等。不过阿斯莫德斯一贯的幽默感好像今天暂时休假去了。她也可能是神经紧张。虽说她不是做大祭司的料，但好像已经自封为女神的首席政治监察官。她甚至认为大家应该为今天全部停药，当然这个建议受到集体嘲笑。

紫杉木桌子上摆放了三个蜂蜡蜡烛和一个装满雨水的大银碗；那个碗的价格基本上相当于建个游泳池。大石头是当地的大理石，上面什么也没有。说实在的他们也不清楚到底是干什么的。古米治在桌前就位，其他人站在两侧的墙边，一边四个，一边五个。这样是不对称的，但倒也没有违反阿玛度的羊皮纸书，这羊皮纸书在其他方面算是相当清晰了，要知道他在山洞里活了将近两千年呢。

---

① 1890 年英国出版的一部有关神话与宗教关系的比较研究著作。

朱丽娅心里急切地翻腾，又兴奋又紧张，她不断用冷酷的怀疑主义给自己的狂热降温。但她还记得在梦里，那个雕像亲吻她时粗糙坚硬的质感。虽然听起来既吓人又充满弗洛伊德色彩，但她还是感到自己被爱包围。她本希望昨晚能再梦到，不过什么也没有。只有死一般沉寂的空气。

庞西在她左侧。阿斯莫德斯和菲尔斯塔夫在她对面，所以她能看到他们，但她尽量避开他们的视线。在正式召唤之前，需要整整一小时的静默，所以尽可能不要偷偷傻笑。他们能听见外面祭祀的动物们发出的哞哞声和咩咩声：两只绵羊、两只山羊，还有两只小牛，都是一只纯黑一只纯白，都已经清洗过了，即将送它们上黄泉路了。万一需要一些象征性的祭品，他们得保证橱柜不会空着。

七点太阳落山，月亮升起来，从米尔后面的山间慢慢露头。当月亮升到树木之上时，形成一大片白色的弧形光线，好像有意只照他们的房子似的，古米治从屋子中间走开，用指尖依次点燃了大家手上的蜡烛。朱丽娅将她的蜡烛稍稍倾斜，这样蜡油就不会流下来滴到手上。但一滴滚烫的蜡油滴到了她光着的脚上。

古米治回到桌旁，开始祈祷。不知怎的桌上的蜡烛在同一时间全部点亮，谁也没注意到。

朱丽娅很高兴现在在众目睽睽之下的不是她。首先祈祷祷文很长，谁知道要是说错了会发生什么。可能只是会发出嘶嘶声，但也有可能会反弹到人身上。有的咒语会这样。

另外，确切说这也不算是咒语。里面包括很多的恳求，在朱丽娅看来魔法师不去乞求，魔法师是发号施令的人。祷文的语法也很奇怪。不断重复，不断绕回去，总是在不断地说同样的词。实话说在朱丽娅听来有点垃圾。结构也不合理，一直在说母亲、女儿、谷物、土地、蜂蜜、酒，类似《所罗门之歌》那些内容。

可是祷文又不是在胡说，这是最让人发疯的事情。古米治念着念着就念出了门道。朱丽娅什么也看不见，没有出现视觉现象，不过也不需要看到。瞎子都能感觉到魔法已经出现了。古米治的声音越来越低沉，带有回音。有些词会让空气颤动，或者突然卷起一阵阵风。

朱丽娅的蜡烛开始像火把一样闪烁不停。她不希望这样——现在她必须伸直手臂，把蜡烛举得很远才能避免烧到头发，因为她披散着头发，这样看起来更女性化，也更像我们的地下夫人。有些什么正在发生。有些什么正要出现。她能感觉到有东西像一列货车一样正往这边过来。

就在这时朱丽娅才意识到，是很可怕的事，她无法跟庞西和其他人承认，而且现在说也太晚了：她不希望召唤成功。她希望咒语失败。她犯了一个严重的错误——她误会了自己，一个基本的事实，她不知道为什么自己到现在才明白。她不需要这一切，她不想要这一切。她不希望女神出来。

刚来米尔时，庞西就告诉她光爱他和爱大家是不够的，她还要爱魔法。但她做不到。她来到米尔是为了寻找魔法，但也是在为自己寻找新家，新的家人，她都找到了，三样都找到了，这对她来说已经足够。她是满足的；不再需要其他东西，最不需要的就是更多的力量。她的求索已经结束，在这一刻她才意识到这一点。她不想变成女神。她只想变成人，在米尔这个愿望总算已经实现。

但现在一切为时已晚。她没法阻止正在发生的事情。女神马上就要来了。她真想扔了蜡烛在屋子里乱跑，冲大家大喊，破坏祷告流程，告诉大家没事的，不需要召唤女神，他们已经拥有了一切，只需要想明白。我们的地下夫人会理解的，夫人是怜悯和丰饶的女神，她一定最能理解朱丽娅刚刚想明白的这一切。

但朱丽娅没办法让其他人也理解。现在屋子里充满了巨大的能量，没有人知道如果她打断祈祷会出现什么结果。朱丽娅浑身起鸡皮疙瘩。古米治的声音越来越大。她全身心地迎接着祈祷的大结局。她紧闭双眼，一边不停摇晃着身体一边歌唱——祷文中并没有这一段乐曲，不是预先准备好的，一定是通过天堂的无线网络直接传过来的。屋子一边的窗前洒满了月光，好像月亮离开了自己的轨道，悬挂在窗外，盯着他们。

很难将视线从古米治身上移开，但朱丽娅还是冒险看了一眼左边的庞西。他也看了她一眼，微笑着。他并不紧张。他看起来很平静，很幸福。求你了，女神，您就满足他的需求吧，她这样想着。朱丽娅坚信：夫人不会向他们索取他们无法给予的东西。朱丽娅了解她，她不可能那样做。

桌上的一根蜡烛啪啦作响，突然燃烧了起来。升起一团火苗，一个大火苗，一下子窜到半空中，发出了低沉的唔的一声，然后吐出一个红红的大东西，站在桌子上。古米治发出了一声窒息的咳嗽，应声倒在地上，好像被什么击中了——她头着地的时候朱丽娅听到了断裂的声音。

突然一片寂静，神张开双臂，摆出胜利的姿态，托着它。这简直是个庞然大物，将近十二英尺高，轻盈敏捷，浑身红色皮毛，人形狐狸头。它不是我们的地下夫人。

是狐狸雷纳德。毫无疑问，他们被耍了。

"妈的！"

是阿斯莫德斯的声音。她总是反应很快，阿斯莫一贯如此。与此同时，所有的门窗砰地一声全都关上了，好像什么隐形的东西刚怒气冲冲地离开一样。像开关被关上一样，月光消失了。

我的天我的天我的天哪。恐惧瞬间触电般袭来，她全身几乎要痉挛了。他们伸手叫车，结果上错了车。他们被耍了，就像故事中女神被耍了一样，她被骗进了地下世界，如果她真的存在的话。说不定她根本不存在。说不定这只是个玩笑。朱丽娅把手里的蜡烛扔向狐狸。蜡烛打到狐狸的腿弹了回来熄灭了。她想象中的狐狸雷纳德是个顽皮活泼的精灵。但事实上并不是。他是个怪兽，而现在他们和他被关在一起。

雷纳德轻快地从桌子上跳了下来，就像嘉年华的演员一样。看到他移动，朱丽娅才意识到自己也能活动。朱丽娅的进攻魔法很差劲，但她会防御咒，会一些化解攻击的咒语和放逐咒。以防万一，她开始在周围构建防护层，越来越厚，厚到周围的空气开始变成琥珀色，快速流动，变成了茶色玻璃，热浪扑面而来。她能听到身边的庞西也在准备放逐咒，但他仍然镇定自若。局势尚可挽救。召唤没有成功，那就让我们摆脱这个混蛋离开这里。去希腊吧。

时间根本不够。雷纳德满嘴都是尖牙。那些狡猾的骗子都长这样吧：他们他妈的从来都不好笑。她知道如果他朝她进攻，哪怕是看她一眼，她也会马上停止施咒立即逃跑，即使是无处可逃。她结巴了两次，声音都变了，只能从头再来。肯定一直都是骗人的。她渐渐明白了。根本就没有我们的地下夫人。是吗。她根本就不存在。想到这里朱丽娅想哭，她既害怕又懊悔。

那狐狸环视四周，清点着他的战利品。菲尔斯塔夫——噢，菲尔斯塔夫——首先发起进攻，从后面偷袭，他块头很大，但是动作很轻盈。他把蜡烛放大变成了一个喷火器，用两只手瞄准。他那么大的个子，在真正的巨人面前却显得如此渺小。他还没来得及喷火，雷纳德就突然转身，抓起他的袍子，用一只大手把他拽到自己的臂弯里，好像要戏弄他一番。但是，他不是要戏弄他，他把菲尔斯塔夫的脖子拧断，就像农夫拧断母鸡的脖子一样，然后把他扔到地上。

菲尔斯塔夫落在古米治身上，她还是一动不动。他的腿如电击般抽搐。朱丽娅胸腔里的所有空气都出来了，卡在喉咙里。她没办法吸气。她马上就要昏过去了。房间另一边的三个人已经到了门口，努力把门打开。他们齐心协力，艾芮斯在中间：大魔法，六手操作。雷纳德越战越勇，哼唱着可能是当地的民歌，用双手举起那块大石头，向他们砸过去。两个人被压在了石头下面。第三个——是发明四维图形的元魔法师费博庞克——勇敢地站在那，攻击之下完好无损，他一个人做三个人的事情，滴水不漏。朱丽娅一直觉得他净说一些胡扯的东西晓人，现在看来他有点能耐。他飞快地说出一串自反性解锁咒语，毫不费力。

雷纳德用两只大手把他抓起来，像拿个娃娃一样，扔到天棚上面，扔出去三十英尺高。他狠狠地撞了上去——可能雷纳德只是想让他粘在天棚上——但他掉了下来，头碰到桌子上的时候可能还活着。他的头骨像哈密瓜一样裂开，在光滑的地板上喷出一片扇形的血乎乎的脑浆。朱丽娅想到所有元魔法秘密都储存在那个有序的大脑中，如今那大脑已经被灾难性地毁掉了，再也无法挽回了。

现在全完了。一切都毁了。朱丽娅已经做好死的准备了，她只是希望不要太疼。雷纳德蹲下，把手伸进血泊中，然后心情舒畅地在胸前抹着，好像是在上色。分辨不出他是在疯狂地咧嘴笑，还是狐狸的嘴就那个样子。

这个狐狸刚来了不到两分钟，米尔魔法师就只剩下庞西、阿斯莫德斯和朱丽娅了，只剩这三位魔法精英还活在这个星球上。朱丽娅突然感到自己双脚离开了地面——肯定是庞西，想通过升到天棚上给他们争取点时间，但是雷纳德中断了咒语，他们升起了还不到一米，就重重摔在了地上。雷纳德抓起大银碗，倒掉里面的雨水，像掷铁饼一样朝庞西扔了过来。正在这时，阿斯莫德斯完成了咒语，自从狐狸到这她就开始鼓弄什么东西，可能是最高化解咒之类的，还加了些别的什么，总之是厉害的东西，而这也确实转移了雷纳德的注意力。

虽然没有伤到他，但是他感觉到了。他不耐烦地动了动尖尖的大耳朵。银碗重重地打在庞西身上，但没有击中要害。银碗碾过他的左半边屁股，滚到了一边。他呻吟着蹲了下去。

"住手！"朱丽娅。"快住手！"

恐惧：朱丽娅把所有的恐惧抛到脑后。人死了是感受不到恐惧的。而且她现在已经没有魔法可用了。她现在要说正常的语言，不说咒语。她现在要和这个混蛋谈一谈。

"你拿了我们的祭品，"她说着，咽了一下口水。"现在该把我们想要的东西给我们了。"

她有一种在一千米的高空呼吸的感觉。那狐狸小鼻尖朝下低头看着她。他狗头人身的形象看起来很像埃及的亡灵接引神阿努比斯①。

"给我们！"朱丽娅大喊。"你欠我们的！"

阿斯莫从屋子的另一边看着她，一动不动。她一贯的机智聪明都消失不见了。她看起来也就是个十岁小孩。

雷纳德发出一声嚎叫，然后开口说。

"祭品不需要取，"他通情达理地说，声音低沉，还带着淡淡的法国口音。"祭品要自愿奉上。他们的性命是我取的。他们并没有把性命献给我。"听起来好像他无法相信这有多么粗鲁。"我必须取他们的性命。"

庞西费力地靠墙坐直身子。肯定疼得厉害。他脸上全是汗。

"把我的命拿去。我把我的命献给你。拿去。"

雷纳德仰起头。像了不起的狐狸爸爸②，他用手拨弄着胡须。

"你马上要死了。你很快就要死了。这不一样。"

"你可以取走我的性命，"朱丽娅说。"我把我的性命献给你。如果你可以让其他人活命的话。"

雷纳德整理了一下自己，把爪子背上粘的血和脑浆舔干净。

"你们知道自己做了什么吗？"他问。"我只是一个开始。你们召唤一个神，但是所有神都听得到。你们知道吗？两千年来，从来没有人类召唤神。你们知道吗，老神们也都听到了。等他们回来，你们还不如现在就去死。等老神们回来，还不如从来就没有活过。"

"拿我的命吧！"庞西呻吟着。他身体里有什么碎了，他喘着气，剩下的话只能小声说出来。"拿我的命吧。我把我的生命献给你。"

"你马上就要死了，"雷纳德又说了一遍，不屑一顾。

---

① 古埃及神学体系中的神，以胡狼头、人身的形象出现在法老的壁画中。
② 罗尔德·达尔的经典童话里的主人公形象，改编有同名电影。

他停顿了一下。庞西什么话也没说。

"他已经死了，"雷纳德宣布。

狐神转向朱丽娅，挑了挑眉毛，细细打量着她。真正的狐狸不会这样做的，朱丽娅毫无意义地想到。

"我接受你的条件，"他说，"如果你把自己献给我，我可以让另外那个人活命。我还会给你些别的东西。我可以把你们要的东西给你们，你们召唤我来的目的。"

"我们没有召唤你，"阿斯莫小声说。"我们召唤的是我们的夫人。"说完她咬紧嘴唇不作声。

雷纳德审视着朱丽娅，然后朝她走了过去。他一下子就穿过了她的防御咒，好像压根就没有防护。朱丽娅已经做好去死的准备了——她闭上双眼，头往后仰，露出脖子等他撕破。但是他没有这么做。他毛茸茸的手伸向她，拽着她穿过房间，把她的上半身压到大桌子上。朱丽娅开始还不明白，然后她明白过来，真希望自己一直不明白就好了。

她开始反抗。他用一只手把她的上身压在木头桌上，她去撕扯他的手指，但是它们像石头一样坚硬。她同意放弃生命，但她没有同意他这么做。她宁愿去死。他撕开她的袍子的时候她感到疼痛——布料灼伤了她的皮肤。她试着回头看看发生了什么，然后她看到——不，不，她才没有看到那个，她什么也没看到——狐神的大手一边在双腿之间随意地摆弄着，一边在她身后调整位置。他熟练地把她的双腿踢得分开。看来他不是第一次硬上弓。

然后他把自己推进了她的体内。她在想他会不会太大了，会不会把她撕裂，像鱼破肚一样。她全身紧张。她精疲力尽，把滚烫的额头埋到臂弯里休息，从古至今这就是强奸受害者的姿势。房间里只剩下她沙哑的喘息声。

过了很长时间。这段时间不是无尽的漫长；她并没有昏过去，也没有失去时间概念。神强奸她大概用了七到十分钟，期间她一直有知觉。从这个位置她能看到地板上菲尔斯塔夫的粗腿，一动不动的，叠在古米治修长的褐色腿上，她也能看到门口那两个人死去的地方，石头下面流出一大摊血，汇到一起。

宁愿是我，不是阿斯莫。她看不见阿斯莫德斯，因为她不能去看，但能听见她的声音。她在大声地哭。哭得像个孩子，她本来就还是个孩子，一个迷路的小女孩。她的家在哪里？她的父母是谁？朱丽娅根本不知道。滚烫的泪水从她的脸颊流下，流到了胳膊上，沾湿了褐色的木桌。

其他的噪音是狐狸雷纳德发出来的，那个狡猾的神，轻声而嘶哑地在她身后低吼。一度有些神经末梢企图向她的大脑传递快感，但是她的大脑马上用神经化学电流脉冲毁灭了这些神经，不许再有这种感觉。

他和朱丽娅完事之前，阿斯莫德斯弯腰吐了，吐到了地板上。然后她跑开了，在呕吐物上滑倒了一次，又在血泊中滑倒了一次。她跑到了门口，门打开了。过了很久门才关上。通过门和走廊那边的窗户，朱丽娅瞥见外面无辜的黑绿色世界，是如此的遥远。

狐神达到高潮时大声嚎叫。她感受到了。可怕而不可言表的东西，她永远不会告诉任何人，甚至也不会对自己承认，这感觉很美妙。当然不是从性的角度而言——天呐，当然不是。但她觉得浑身充满了力量。这力量冲向她身体的每一个部位，冲向上身，冲向双腿，然后从双臂冲了出去。她咬紧牙齿，闭上双眼，试图阻止它，但它已经抵达大脑，从内部用神的能量将她点亮。她睁开双眼，看见双手充满了能量，能量到达指尖的时候她的指甲闪闪发光。

然后他从她身体里带走了什么。他把阴茎拔出来的时候，有东西跟着一起出来了。好像连带着什么似的——像是透明的薄膜，那是她体内的东西，和她的形状一样。这东西看不见，一直和她在一起，现在被雷纳德夺去了。她不知道那究竟是什么，但能感觉到它离开了自己，她一阵寒颤。失去了这东西她感觉自己变了，变得和以前不一样。雷纳德给了她力量，取走了她宁死也不愿意放弃的东西。但她并没有选择的余地。

大概又过了十分钟，她最终抬起头来。月亮又回到空中原来的位置，好像很无辜，好像与这一切无关。月亮又变回普通的月亮，一块不毛之地，在真空中冻住窒息而死，就这样。

朱丽娅站起来，转过身。她看看庞西。他还是靠墙坐着，冷酷的双眼仍然睁着，但他的的确确是死了。说不定已经到了天堂。她觉得自己应该有感觉，但她什么也感觉不到，这太可怕了。她走向门口，从门里走了出去，冰冷的血泊被她的赤脚轻微溅起。她连头也没回。所有的灯都熄灭了。房子空空的。家里一个人也没有。

什么也不想，什么都感觉不到，因为除了黏在她脚上和脚趾间的血和其他莫名其妙的东西外，她也没什么可想可感受的了。她走到外面的草坪上。她想，发生了可怕的事情，但这话不带任何感情。祭祀的动物全都不见了，可能都逃走了，只剩两只羊，也不看她的眼睛。不知为什么太阳出来了。他们肯定在里面待了一整夜。她把双脚浸在冰冷的露水里，弯下腰用手把露水扑到脸上。

她开口说了一个从未听到过的词，然后飞了起来，浑身赤裸带血，像新生儿一样，飞向发亮的天空。

第二十六章

其他人留在沙滩上一直等到破晓，等着昆廷和朱丽娅从地下世界回来。但是他们又冷又累，最后还是放弃了，回到赤鹿号船上各自的床上去睡觉。大家睡了几小时之后醒了，欣慰地发现昆廷和朱丽娅已经回到了甲板上，欣喜万分。

不过醒来时看到的景象很是奇特，朱丽娅已经变形了，新形象美丽而强大。她周身散发着平静和胜利的气息。昆廷倒是没变形，不过他好像不大对劲：不知为何他手膝着地，一直盯着甲板的木头看。

他们一直往上飞啊飞啊，直到昆廷逐渐意识到这种失重的感觉其实是他们正在下降，不过和去地下世界的下降不同：这次他们是从潮湿的云中下落，他看见下面海里有一小块木头，原来是赤鹿号，船身周围的水面泛着晨曦的光辉。女神把他们放在甲板上，亲吻了朱丽娅的脸颊，然后不见了。

昆廷发现自己站不起来；也可能是能站起来，但他不想站起来。他趴在甲板上，钥匙放在面前。他看着赤鹿号的木头船板，仔仔细细地看：在地狱里待了一晚上，眼前的一切看起来都是如此真实、生动。颜色看起来格外鲜明，即使是那些他平时忽略的灰色、褐色、黑色和其他分辨不出的颜色。他顺着木头的纹理、条纹、老虎纹看，一切勾勒安排得漫不经心而又至臻完美，有明有暗，时而有序，时而混乱，木板边上有很多张牙舞爪的小木片，因为很多人在上面走来走去，小木片已经有所磨损。

昆廷知道，自己现在这样子看起来一定很怪异很高调，不过他并不在意。他觉得自己能盯着这块木头看一辈子。就这块木头：优质、坚硬、崇高的木头。他想，他再也不要失去这一切。他一定要好好享受生活，小细节也不放过，如果本尼迪克特能从地下世界回来，他一定也会这么做。还有爱丽丝，还有其他人。这是他唯一能为他们做的。回到地球或者留在费勒里，又有什么关系呢？有什么难抉择的？目之所及生命如此丰富多彩，百看不厌。这一切可能只是游戏，最后会崩溃然后被完全抛弃，但对身在其中的人来说这一切都是真实的。

他把额头抵在甲板上，使劲抵住，像忏悔中的朝圣者，感受着甲板下像脉搏一样不停涌动的海浪，感受着太阳的热度。他闻着酸酸的海水，听着周围人踌躇的脚步声，他们走来走去，不知如何是好。他听到现实愉悦地鼓捣出的所有那些毫无意义的声音，那个叽叽叽、吱吱吱、砰砰砰、嗡嗡嗡的世界，永不停息。

他深吸一口气，坐了起来。离开了女神温暖的怀抱，清晨的海风让他一阵冷颤。但即使是寒冷都让他感觉很好。这就是生命，他不停地对自己说。那是死后，现在才是活着。那是死亡，这是活着。我再也不会弄混。

然后大家拽他起来，把他搀扶到船舱。他完全可以自己走，但他还是任由别人搀着——他们看起来想找点事做，他干嘛不让他们表现一下呢？接下来他侧卧在自己的床上。他已经疲惫不堪，但周围发生了这么多事，他不想闭上眼睛。

过了一会儿他感觉到有人坐到他的床边。是朱丽娅。

"谢谢你，朱丽娅，"过了一会儿他说道。他感觉嘴唇和舌头很厚，不怎么灵活。"是你救了我。你挽救了一切。谢谢。"

"是女神救了我们。"

"我也很感激她。"

"我会告诉她的。"

"你感觉怎么样？"

"感觉结束了，"她简单地说，"感觉总算完了。我完成了变形。"

"噢，"他说道，听到自己说了这么蠢的话，他笑出声来，"你没事我就放心了。你没事吧？"

"我卡在中间那么久，"她说，并没有回答他的问题。"我再也回不去了——我想回去，想了很久。很久很久。我想回到这一切发生之前，回到我还是人类的时候。但我回不去，也没法继续往前。然后不知怎么，在地下世界我第一次意识到我再也回不去了，真正的意识到。所以我就放下了。然后这一切就发生了。"

他感觉舌头有些不听使唤。应该跟刚变形的超自然生物说什么好呢？他现在只想盯着她看。他从来没有这么近距离地跟灵性生物待在一起过。

"你说你是森林女神。"

"是的。我们是女神的女儿。可以说是半个女神，"她补充道，想要说清楚。"当然我不是她的亲生女儿。更像是精神层面的描述。"

朱丽娅还是以前的朱丽娅，但她身上的愤怒，还有关键时刻她与全世界为敌的感觉，已经不见了。她开始懂得收敛了。

"所以你负责掌管树木？"

"我们掌管树木，女神掌管我们。有一棵树是属于我的，不过我也不知道它在哪儿。但我能感觉得到它。这里完事之后我就去找它。"她笑了。看到她还能笑出来，真好。"我知道很多关于橡树的知识，都说出来能烦死你。"

"你知道吗，我差点就放弃对女神的信仰了？我差点就不再相信她了。后来我才意识到自己需要改变。我得利用已经发生的变化，把自己变成我想要的模样。我需要这一切。然后我召唤女神，她就来了。

"我现在觉得充满力量，昆廷。好像我身体里有一个太阳，或者有颗星星，永燃烧。"

"你的意思是——你得到永生了吗？"

"我不知道。"说到这她脸上掠过一抹愁容。"从某种角度来说，我已经死了。朱丽娅已经死了，昆廷。现在我却活着，可能我会一直活下去，但从前的那个女孩已经死了。"

朱丽娅坐这么近，昆廷能看得出她现在和人类有多么不同。她的皮肤像苍白的木头。他曾经认识的那个高中女孩，长着雀斑，吹双簧管，那个女孩再也回不来了——曾经的她灰飞烟灭，造就了现在的她。朱丽娅不再是凡人。现在坐在昆廷旁边的朱丽娅就像是对以前那个她的伟大纪念。

至少朱丽娅超越了这一切。她不用再玩生与死的游戏，但其他人还深陷其中。她与众不同。她不再是肉身凡胎。她就是魔法。

"有些事你应该知道，"她说，"现在我可以告诉你这一切到底是怎么回事。我为什么变形了，还有为什么老神会回来。"

"真的？"昆廷用胳膊肘支撑起自己的身体。"你知道？"

"是的，"她说，"我要把一切都告诉你。"

"我想知道。"

"不是什么美好的故事。"

"我有心理准备，"他说。

"我知道你这么想。但是比你想的还要悲伤。"

不再有岛屿了。他们已经越过了所有岛屿。赤鹿号在平静空旷的海面上一直向东航行，日复一日，太阳就在他们前方升起，呼啸着到头顶，接着消失在他们身后的水面中。早晨的太阳明显大很多——他们几乎能听得到烈日燃烧的隆隆声，好像远处的大火炉。

一周之后风完全停了，天空明澈，上将莱克会在午后和晚间升起光帆，他们在阳光明媚中以暴风雨的力量乘风破浪。昆廷去过费勒里的最西端，去过西海狩猎白色雄鹿，但远东是完全不同的地方。这里有极地的感觉。太阳明亮炙热，但是空气却愈发寒冷。即使是上午，太阳离他们那么近，危险得好像桅杆随时要被点燃，他们还是能呼出白气。蓝天深邃而生动。昆廷感觉好像一不小心就会掉进去似的。

海水是冷冰冰的浅蓝色，赤鹿号几乎是不着痕迹地划过水面，鲜生涟漪。不同于寻常的海水——这里的海水更顺滑，密度更小，表面几乎没有任何张力，更像是酒精。海里面只有一种鱼，长长的银色剑鱼，在钻石形鱼群中飞速穿行。他们抓过几条，不过这鱼看起来并不能吃。眼睛很大，没有嘴，鱼肉是亮白色的，闻起来有种氨水的味道。

他们周遭的世界逐渐变得稀薄。昆廷也说不清楚，他感觉周围的物质越来越薄，也越来越脆弱，好像世界的边框被扯紧了一样。能直接感受到外面的黑暗带来的寒意。大家开始不自觉地缓慢而轻柔地行走，好像一不小心就会穿越时空。

大海也变得越来越浅。从玻璃般的水面能直接看到海底，昆廷每天早上察看的时候，都发现水面离海底更近了一点。从海洋学角度来说，这是个有趣的现象，但对他们来说这是个很棘手的问题。赤鹿号虽说不是艘大船，但吃水起码二十英尺，要是这样下去还没到鬼知道在哪的目的地，他们就搁浅了。

"也许费勒里没有尽头，"有天晚上昆廷说，当时大家正在狼吞虎咽地吃着质量数量日益下降的伙食。

"什么？你是说无穷无尽？"乔希问。"也可能是个球体，就像地球？天啊，希望不是。万一我们最后又回到怀特斯拔厄了呢？伙计，要是这一趟就开辟个什么西北通道，我就气死了。"

他舔了舔手指，咸饼干上的盐又多吃了一点。就他一个人对目前的状况不以为然。

"我是说就像麦比乌斯带①。如果费勒里是条带子，没有边呢？"

---

① 将一个长方形纸条 ABCD 的一端 AB 固定，另一端 DC 扭转半周后，把 AB 和 CD 黏合在一起，得到的曲面就是麦比乌斯圈，也称麦比乌斯带。

"你想说的是克莱因瓶①吧,"波比说。"麦比乌斯带还是有边缘的,或者说有一边。"

"你想说的是克莱因瓶,"朱丽娅很确信。

有个半神在身边解决争论倒是很方便。朱丽娅已经不需要吃饭了,不过她还是会和大家一起坐在餐桌旁。

"费勒里是克莱因瓶吗?你知不知道?"

朱丽娅摇摇头。

"我不知道。我觉得不是。"

"你不是无所不知啊?"爱略特问。"我没有别的意思。你不确定对不对?"

"不确定,"朱丽娅说。"不过我知道这个世界有尽头。"

第二天早上,大家醒得很早,因为赤麂号搁浅了。

不是撞上墙的感觉。搁浅是逐渐发生的: 远远地传来摩擦的声音,起先比较轻柔,然后声音变大,再后来摩擦声突然紧迫起来,硬碰硬的声音,最后船上的一切,包括所有人,都平缓而稳稳地撞到前方最近的墙面上,船也完全停了下来。然后就是一片寂静。

大家都穿着袍子睡衣,到甲板上来看看到底怎么回事。

这寂静不可思议。他们周围的大海平坦如玻璃,好像一层刚刷的清漆。丝毫没有风在吹。大概半英里外,一条鱼跃起,声音大得好像鱼就在身边。船帆松弛地悬着。哪怕是最微弱的颤动都会带来环形的涟漪,向海平面四面八方散开。

"好吧,"爱略特说,"现在算完了。我们现在怎么办?"

昆廷突然想到,估计大家也都意识到,船上的供给早已不足一半。如果不能继续往前行驶,那么回去的路上他们会饿死。或者死在

---

① 克莱因瓶的结构为: 一个瓶子底部有一个洞,现在延长瓶子的颈部,并且扭曲地进入瓶子内部,然后和底部的洞相连接。和我们平时用来喝水的杯子不一样,这个物体没有"边",它的表面不会终结。它和球面不同,一只苍蝇可以从瓶子的内部直接飞到外部而不用穿过表面,它没有内外之分。

这里，被困在水之漠中。

“我去和船谈谈，”朱丽娅说。

还是人类的时候，朱丽娅就有话直说，说话算话。她下到货舱，走到船的中心轮机的位置，跪下来，嘴里开始嘀咕，不时停下来聆听。没花多长时间。大概过了四五分钟，她拍了拍赤麂号厚重的桅杆底座，然后站起身来。

“解决了。”

一开始大家都不清楚究竟解决了什么，怎么商定的，后来大家才慢慢明白。他们的船又浮起来了，开始向前滑行，就好像什么也没发生一样。昆廷往船后看的时候才明白到底是怎么回事。只见船身后的水中散落着一些巨大的船板、船梁还有其他各种木零件，在水里一起一伏。赤麂号把自己变小了，一边前进一边精简船身以下的部分木头。她为他们献出了自己的身体。

昆廷感到双眼一阵刺痛。他不知道赤麂号到底是一艘怎样的船，也不知道她有没有感觉，是不是用绳子和木头做出来的人工智能，但他感受到了一股强烈的感激和忧伤。赤麂号已经为他们做了太多太多。

“谢谢你，亲爱的，”他说，万一它，或者是她能听见呢。他轻轻拍了拍磨旧了的扶手。“你又救了我们一命。”

海水越浅，赤麂号就需要变得更小。昆廷让船员把树懒带上来，她吊在帆桁上，眨巴着眼睛，打了个呵欠。大家把船舱和货舱的东西都搬到甲板上来。

下面响起阵阵撞击和呻吟的声音，从船身最中心传来。昆廷眼见着先是赤麂号高傲的船尾掉落到水中，然后是船首斜桅和整个艏楼。下午四点的时候，后桅掉落进水里，掀起巨大的水花，消失在船尾。到了晚上前桅也消失了。那天夜里大家都睡在甲板上，裹着毛毯瑟瑟发抖。

清晨他们醒来时，水已经浅到可以蹚过，这时赤麂号已经变成一艘单桅帆船。船体已经全没了；只剩甲板还在。海面映照着晨曦万里无云的光芒，好似一望无际的雾蒙蒙的玫瑰色平原。当太阳从水平线冉冉升起的时候，好大好大——大到你能看见太阳明亮而无法直视的表面，以及缩在外围的日冕。

中午时分他们再次搁浅了——木筏的前沿在沙土海底上停了下来。到此为止了；赤鹿号无法再继续前行。她无能为力了。

但现在他们也已经看到了这次旅途的终点。远处的低空出现了一条暗线，绵延整条水平线。这条线距离他们到底有多远难以估算。

"看来我们只能步行了，"昆廷说。

昆廷，爱略特，乔希，朱丽娅，波比，一个接一个从边上跳入水中。水冰凉刺骨，但是很浅，都没及膝。

他们刚一往前走，就听到身后传来一阵水声。原来是宾果翻过了栏杆，他也要去。看来他觉得保镖工作尚未完成。还有树懒艾比盖尔：宾果驮着她，她把长臂绕在他脖子上，像毛皮围脖一样，两个爪子在他胸前扣住。

场面无比孤寂。他们走了一个小时，回头已经看不见船了，只能听见踏在水里不停的轻柔的咕叽咕叽的脚步声。有时那些没有嘴的鱼会出现，轻轻撞到他们的脚踝。浅水比一般海水要好走一些，阻力更小。朱丽娅在水面上行走，恰如女神一般。大家都不说话，就连平时总是喋喋不休的艾比盖尔也默不作声。海平面像玻璃一样光滑。

头顶的太阳火辣辣的。过了一段时间，昆廷不再盯着水平线看，只是低头看着自己的黑色靴子一步一步向前。每走一步，离故事结局就更近一步。这一切即将结束。也许还会再生枝节，很可能，但他无从预料。他能根据水逐渐变浅估计出他们走了多远，水从小腿降到脚踝，最后只有脚下才溅起水花。太阳在身后已经落得很低了。他们右侧很远的地方出现了一颗夜晚的星星，映在水面上，闪着微光。

"我们快点吧，"朱丽娅说。"我能感受到魔法在逐渐消失。"

这时，他们已经可以很清楚地看到面前的墙。古老的薄砖墙大概十英尺高，用的薄砖和地狱里面的墙砖一样。肯定是同一个承包商建的。墙是在一片薄薄的灰色沙滩后边，沙滩向两边无限延伸着。墙上有一扇巨大而古老的木门，岁月和恶劣的天气已经将木门磨损得泛白了。走近看见门上有大小不同的七个锁孔。

门的两边各有两把普通的木头椅子，是淘汰之后放到门廊里的旧椅子，款式太旧已经不适合摆在餐厅里，但还结实得很，扔掉了可惜。椅子不是配套的；有一把是藤编的。椅子上坐着一男一女。男人又高又瘦，看起来五十来岁，窄窄的面庞非常严肃。他身穿黑色燕尾服。一副林肯前往剧院的打扮。

那个女人比他年轻个十来岁，白皙可爱。看见大家上岸后她举起手向他们致意。她是伊莱恩，外岛的海关报关员。这回她看起来可比上次和昆廷见面时要严肃得多。她腿上有什么东西：是预见兔。她正抚摸着它。

伊莱恩站起身，兔子跳下去朝沙滩跑去。昆廷看着兔子跑开。这个场景让他想起小埃莉诺和她那些长翅膀的小兔子。他在想她现在会在哪里呢，谁在照顾她呢。等会要记得问问。

"晚上好，"伊莱恩说。"国王陛下，各位殿下。各位晚上好。我是海关办事人员。我负责管理费勒里的边境。所有的边境，"她有意加了一句，是对昆廷说的。"你们见过我的父亲了？希望他没有给你们带来太多麻烦。"

她父亲？啊。又是童话里的情节。看来各个环节衔接得很好。

"打搅一下，时间差不多了，"男人说。"神马上就要完工了。魔法几乎就要消失了，没有了魔法费勒里就会像盒子一样折叠起来，而我们将被困在里面。你们带钥匙了吗？"

昆廷看看爱略特。

"你来吧，"至高王说道。"是你先开始这场冒险的。"

爱略特取出拴在环上的七把钥匙，昆廷接过钥匙走到巨大的木门前。他屏住呼吸，背挺得笔直。这个时刻终于到了，他想。这是胜利的时刻。这段故事将被人们世代传颂。不过倒是可以省去沙滩昏暗阴郁这样的细节，入夜的沙滩总是这样，快乐时光已经结束。是时候抖掉脚底的沙子，收拾收拾上车回家了。

"从小到大，"身穿燕尾服的男人说道，声音严肃又不失温和。"开始吧，钥匙留在锁孔里。"

昆廷依次从钥匙圈上取下钥匙去开锁。第一把锁，也是最小的，轻松转动——能感觉到门里润滑的齿轮咬合联动，在门里转动。但余下的钥匙一把比一把更费劲。第四个锁孔的位置很高，他必须要踮着脚才够得到。第六把几乎拧不动，他的手指掰得向后弯，关节都发白了，总算动了，锁孔里发出光，迸射出来的火花刺痛了他的手腕。

最后一把钥匙干脆打不开，最后昆廷不得不向宾果借剑，用剑做杠杆抵着钥匙去使劲。最后那个穿正装的男人只好站起身来去帮忙。

最终总算松动开始转动了，感觉好像是把钥匙插进了宇宙中心的枢纽一样。他和那个男人一起使劲——昆廷的脸挤着那人的肩膀。他的礼服隐约有一股樟脑球的味道。钥匙转动，头顶的星星也跟着转动。整个宇宙在他们眼前旋转，也许是费勒里在转，可能谁转都一样。他们头顶的夜空在旋转，直到白昼代替了夜晚。他们继续转动钥匙，白昼落下，繁星再次出现。

整整一圈。钥匙回到了初始位置。只听深沉的咔吧一声，回响声一直不停，这声音从世界的外墙弹回来，好像打开了大教堂里面的银行保险柜。大门缓慢地向内打开。门后是空旷的空间，黑色的天空，繁星点点。昆廷不自觉地后退了一步。沙滩上的每个人，包括宾果，甚至还有树懒，都长舒一口气，他们都没意识到自己一直在屏息凝神。

"嗯，"伊莱恩颤抖地说。她脸都红了，甚至笑出来了。"我必须承认，之前我还不确定这到底管不管用。"

"管用吗？"昆廷问。他看看周围，想看看哪里不一样了。"我看不出来。"

"起作用了。"

"起作用了，"朱丽娅说。

有人从后面一下紧紧地抱住了昆廷。是乔希。他们一起摔倒在冰冷的沙滩上，乔希在上面。

"哥们！"乔希喊道。"行啊你！我们拯救了魔法！"

"我想是吧。"昆廷笑起来，然后就忍不住一直在笑。结束了。魔法总算是保住了。他们有了自己的魔法，魔法安全了。不只是费勒里，任何地方都有魔法。没人能从他们手里将魔法夺走。作为魔法的拯救者，可能应该稍微严肃点吧，妈的哪还管得了那么多。波比欢呼起来，也压到他们身上。

"你们这帮没出息的，"爱略特嘴里说着，脸上也笑得跟朵花似的。"我们应该带瓶香槟来的。"

昆廷躺在沙滩上，看着黑漆漆的夜空。他马上就能在沙滩上睡着，一直睡到返回到怀特斯拔厄。他闭上眼睛。他听见了伊莱恩的声音。

"如果你愿意，"她说，"可以穿过这扇门。"

昆廷又睁开了眼睛。他坐起身。

"等等，"他说。"真的吗？穿过这扇门？门那边是什么？"

"世界的那边，"海关办事人员简洁地回答。

"那边，"爱略特说。"我们不知道那是哪里。"

"让我来解释一下，"她说。她重新回到椅子上坐好。"费勒里不是球体，和你们出生的世界不同。费勒里是平的。"

"也就不是克莱因瓶喽？"乔希问。

"我有好多问题要问，"波比说。"比如说重力情况呢？"

"所以，"伊莱恩继续说，不理他们，"费勒里有另一边。也可以说是背面。"

"背面有什么？"昆廷问。"那里有什么？"

"什么也没有。又什么都有。"

昆廷决定等这事结束，一定要离神啊怪啊还有他们晦涩难懂的表达远远的。

"那里有一个新世界，正准备诞生。对那个世界来说，现在的费勒里充其量是个粗略的草稿。可以这样类比：那边之于费勒里就好比费勒里之于地球。那边更绿。也更真实，是更神奇的地方。"

没想到会有这样的新情节。昆廷、波比和乔希从沙滩上站了起来，觉得自己有点傻。他们掸去身上的沙子，认真站好。

"你们都有选择的权利，是去是留。我无法确保穿过这门的人都能返回到这边来。但如果现在不过去，那么不会再有第二次机会。"

"但那里到底有什么？"昆廷问。"那里是什么样的呢？"

她平静地直视着昆廷。

"那里有你想要的，昆廷。有你所期盼的一切。是冒险中的冒险。"

原来如此。故事的真正结局就应该皆大欢喜。他满脑子都是：爱丽丝。她可能正在那里等着他。伊莱恩扫视了一下所有人，他们差不多在门前面站成一个半圆形。她先看了一眼爱略特。他慢慢地摇了摇头。

"我是至高王。"他的声音异常严肃，昆廷第一次听到他如此严肃。"我不能走。我不会离开费勒里。"

伊莱恩转向宾果，他还背着树懒，树懒从他肩膀探出头来，像个考拉宝宝。宾果合上了他半睁半闭的眼睛。

"我命里不应返回，"他说。他向前迈了一步。他猜对了。昆廷觉得宾果的演技已经炉火纯青了。

"我也要去，"树懒在他肩膀后面说，以防大家把她忘了。

伊莱恩站到一边，示意他们向前。宾果毫不犹豫地走到门口，将门完全打开。

他的轮廓映照在无边无际还闪闪发光的空旷之中。他面前的夜空中，一颗彗星飞过，欢快地冒着火花，像廉价的烟火。昆廷想，这可以算作费勒里的外太空吧。门口下方他能看到银色月亮的一角。月亮正在升起，正在慢慢升到这边费勒里夜空月亮相应的位置。

如果站得离得太近，好像门就会像气闸一样把你吸进去。但宾果依然站在门口，左右环顾。

"在下面，"伊莱恩说，"你需要爬下去。"

肯定有梯子。宾果转身面朝他们，双膝着地，缓慢移动以免树懒掉下去，用脚在找，然后用脚找到了梯子蹬。他点头向昆廷告别，开始往下爬，一步接着一步。他窄窄的橄榄似的脸庞最后消失在门边。

"你下到一半的时候重力会反过来，"伊莱恩在他身后喊道。"那时候你就开始往上爬。其实没有听起来这么麻烦，"她对其他人说道。

她转向昆廷。

之前有两次昆廷都面对同样的抉择。站在新世界的门口，跨步进去。去布雷克比尔斯的时候，他抛弃了整个生活，整个世界和他所有认识的人，换来了闪亮的魔法世界。那时选择很简单，因为他没什么值得留恋的东西。决定去费勒里是第二次选择，也不怎么难。但现在很难，第三次非常难抉择。现在他有了不想失去的东西。

但现在他也更加强大。他更加了解自己。原来他的旅途并未终结。他不打算回去。他看看爱略特。

"去吧，"爱略特说。"我们俩有一个应该去。"

天呐，他这么容易被看透吗？

"去吧，"波比说。"这是你的，昆廷。"

他拥抱了她。

"谢谢你，波比，"他小声说。然后他对所有人说："谢谢。"

他的声音哽咽了。不过他不在乎。

他站在门口，深吸一口气，好像要爬进游泳池一样。他向门外看去，仔细审视这个新世界：他在宇宙的后台。他能看见宾果和树懒在下面很远的地方，很小，还在顺着无边无际的铁梯向下爬。整个月亮就悬挂在他面前，在深渊中明亮而灿烂，散发着属于自己的光芒。他好像可以跳到月亮上去。月亮是白色的而且很光滑，上面没有陨石坑。他先前没注意到月亮的尖角如此锋利。

他跪下准备开始爬。

"奇怪。"海关办事人员皱起眉头。"等一下。你的护照呢？"

昆廷停下，单膝着地。

"护照？"他说。又来了。"我没有护照。我把护照给了地狱那个孩子了。"

"地狱？地下世界？"

"是啊。我必须要去那儿的。最后一把钥匙在那。"

"噢。"她噘起嘴。"对不起，没有护照无法通过。"

她不是在开玩笑吧。

"不过，等等，"昆廷说。"我有护照。埃莉诺给我做过一个。我只是没带在身上。地下世界给收走了。"

伊莱恩笑了，是无奈的笑容，不是完全没有同情的成分，但也不是满心同情。

"埃莉诺只能给你做一个护照，昆廷。你已经用过了。对不起。我不能让你通过。"

别告诉我这是真的。他看向她身后的其他人，他们都站在那一脸茫然地看着他，就好像是司机超速被警察叫停，车里的乘客脸上的表情。他希望自己脸上的表情能传递些信息，比如说你们能相信这混账规定吗？不过难度不小。让他坦然面对，不过也太难了。这事关他的命运，她不能因为区区一个技术问题就剥夺他的一生。

"一定是那里出了漏洞。"他还是跪在门槛上，抬头看着她，一半身子在门外。他能感受到那边对他的吸引，那里明亮而愉悦。他的故事会在那里继续。"肯定是。我当时没有别的选择，必须要去地下世界。而且毫不客气地说，如果我没去地下世界我们就永远无法打开这扇门。我们也不可能还在这。这个世界早就完蛋了——"

"那让这一切更难办了。"

"——所以你要知道，"昆廷继续说，声音更大了，"如果我没去地下世界，现在就不存在什么去那边的事了。"他知道如果他站起来，这一切就结束了。"就没有那边了。这一切就都没了。"

她的表情没有变化。这女人疯了。她不会同意的，他说什么都没用。

"好吧，"他说。他尽可能多等了一会儿，然后站起身。他举起双手。"好吧。"

这该死的任务至少教会他要怎么挨打。他放下双手。看在上帝的分上，他好歹也还是个国王。也许这就是命吧。也没什么可抱怨的。他经历的冒险够多了。他是知道的。昆廷走过去站在波比身边，他刚刚抛弃的女人。她搂着他的腰，亲了下他的脸颊。

"你会没事的，"她说。他感到她的手冰凉。伊莱恩刚要关门。

"等等，"朱丽娅说。"我想要过去。"

办事人员停下来，不过她没觉得自己疏忽了什么。

"我要过去，"朱丽娅说。"我的树在那边等着我。我能感觉得到。"

伊莱恩和她的同事小声地沟通了一下，他们俩都摇了摇头。

"朱丽娅，这个差点发生的灾难你需要付一部分责任。你和你的朋友把神牵扯进来了，所以他们注意到了我们，是你们把他们带回来了。你为了要变强大而背叛了这个世界，即使是在不知情的情况下。必须要承担后果。"

朱丽娅一动不动地站了好一会，没看海关办事人员，而是盯着那扇半开的门。她的皮肤开始发光，她的头发噼啪作响。将要发生什么并不难猜。她准备好要强行过去。

"等等。"昆廷说。"等一下。你们漏掉了一些细节吧。"现在外面几乎全黑了，天空中出现一簇簇的繁星。"你们俩知不知道她都经历了什么？失去了什么？你们在这里谈什么后果？她已经承担了太多的后果。哦对了，不过明显你们觉得无所谓，她也一起拯救了这个世界。理应得到奖赏。"

"她做出了自己的决定，"坐在门边的男人说。"有一得必有一失。"

"你们知道吗，你们这些人——谁知道你们是什么，分配责任可是相当随意。这么说吧，如果我当初帮助她学习魔法，那么朱丽娅就不会做后面的事情。"

"昆廷，"朱丽娅说，"别说了。"她仍然蓄势待发，准备出击。

"如果你们想玩，那我就陪你们玩。朱丽娅所做的一切都是因为我。所以你们如果要责怪的话，责怪我好了。算到我头上，让她去那边。她属于那里。"

世界尽头的海滩一下子又静了下来。借着星光，从半开的门中洒出来的月光，还有朱丽娅身上的光，他们能看清事物：她发出柔和的光芒，温暖的白光将大家的影子甩在他们身后的沙滩上和粼粼的水面上。

伊莱恩和那个穿着讲究的男人又开始讨论，这次足足说了一分多钟。起码这次他们没有在护照的问题上吹毛求疵。可能因为朱丽娅根本不需要护照就能进入地下世界。她在雷达的监测范围之外。

"好，"他们谈完之后那个男人说。"我们同意。朱丽娅的错会记在你身上，她可以通过。"

"好，"他说。有时会在意想不到的时候赢上一局。他感到莫名其妙的轻松。愉快而充满信心。"太好了。谢谢。"

朱丽娅转过头对他微笑，她的笑美丽而超凡脱俗。他感到无比自由。他本来以为下半辈子他都会闷闷不乐。可在毫无预料的情况下，他突然感到解脱，感觉好像要飞上天似的。他赎了他的罪，就是这个意思。

朱丽娅握住他的双手，吻上了他的唇，一个长长的吻，爱意满满。不管她是人是神，这一刻她以真我示他，他们已经好多年没有如此坦诚，自从他们在布鲁克林度过的最后一天，他们各自的生活都发生了天翻地覆的变化。不管朱丽娅失去了什么，这是完整的她。现在昆廷也觉得自己不再有缺憾。

她迈步上前走到门口，不过她没有跪下。她挺直身体，完全无视梯子，摆好姿势，像奥运会的跳水选手一样，一跃而下，笔直朝下，消失了。

她消失之后沙滩黯淡了一些。

这回总算结束了。他等着幕布落下。他倒是不怎么期待要步行回到赤鹿号，而且天知道他们要怎么从那里回家。肯定有什么简单的方法，周围会不会有什么魔法能让他们跳过这一段。可能安火会现身。

"需要的时候惬意马怎么他妈的没了？"乔希一定也是这么想的。

"那么昆廷要付出什么代价？"海关报关员说。她是在对身着黑西装的男人说话。

昆廷突然不那么疲惫了。

"你什么意思？"他问。他们又开始低声嘀咕。

"等等，"爱略特说。"规矩不是这样的。"

"规矩，"男人说，"就是这样。朱丽娅的债现在算在昆廷头上，他必须偿还。昆廷，对你来说什么是最宝贵的？"

"嗯，"昆廷说，"我已经去不了那边了。"

好啊。他应该当律师的。一个念头吓得他愣住了：他们要带走波比。或者对她动手。他不敢和她对视，生怕让他们看出来波比对他有多重要。

"他的王位，"伊莱恩宣布。"对不起，昆廷。从此刻起你不再是费勒里的国王。"

"你越权了，"爱略特激动地说。

昆廷以为自己会痛苦难当，不过真的发生了他倒没什么感觉。他们要拿走的，他们就会拿走。事实上已经拿走了。他没有感觉到有什么不一样。毕竟国王是一个很抽象的概念。他最想念的应该是怀特斯拔厄城堡宽大而安静的卧室。他看看大家，他们看他的神情没什么变化。昆廷深吸一口气。

"好吧，"他傻傻地说，"反正来得容易。"

就这样，昆廷不再是魔法师之王。他现在是另外的什么角色。为这样的事情伤心，说真的有点犯傻。神啊，他们刚刚拯救了魔法，救了所有人的命。朱丽娅找到了属于她的平静。他们完成了探险。他没输啊，他是赢家。

伊莱恩和穿西装的男人回到各自的位置，坐回到椅子上，像一对柱子人像。出色完成任务。天啊，他简直不相信他还在外岛跟她调过情。看来她和她爸爸也没什么本质区别。

不过他对她的女儿寄予厚望。

"帮我给埃莉诺带个好，"他说。

"噢，埃莉诺，"伊莱恩说起女儿总是不屑一顾的语气。"她现在还在说你上次把她抱起来，她能看到多远。她对你真是印象深刻。"

"她是个很乖的女孩。"

"还不会看表呢。你知道吗，她现在对地球很着迷，央求我送她去地球上学，这么说吧我非常想这么做。我都迫不及待了。"

对埃莉诺来说是好事，昆廷心想。她会离开外岛。她会过得很好。

"多好啊，"他说。"等她上大学了，跟我说一声。我给她推荐个学校。"

该走了。

海面不再空旷无物。有东西从海面上向他们驶来：是安火，又迟到了，他从水面上一路小跑。错过国王废黜，可不像安火的风格。

"那么，"昆廷说。"现在回赤鹿号？还是去哪？"乘着魔法山羊回家也是不错的选择。他确实如此希望。安火在爱略特身边站住。

"你不能回去，昆廷，"他说。

然后爱略特做了一件昆廷从来没见他做过的事，毕竟他们一起经历了那么多事。他哭了。他转过身，在沙滩上走了几步，背对着他们，抱着头哭了。

"对费勒里来说，这是黑暗的一天，"安火说，"但你将永远被铭记。所有美好的事物最后都要终结。"

"等等。"

昆廷在哪听过这段说辞，书里面安火就是用这段话话别，安火最擅长这个，每一次都这么将游客赶出费勒里。

"我不明白。你闹够了没有。"

"是的，昆廷，闹够了。正是这样。"

"对不起，昆廷。"爱略特无法直视他的双眼。他呼吸急促。"我无能为力，规则一向如此。"

所幸爱略特有块别致的刺绣手帕擦眼泪。这可能是他头回拿出来用。

"天啊！"现在昆廷生气了，他还能干什么。"你不能把我送回地球，我现在生活在这里！我不是晚上需要回家的小孩，也不是要回去上学的小学生，我是他妈的成年人。这里是我的家啊！我不是地球人，我是费勒里人啊！"

安火巨大的犄角下面的脸上毫无表情。他的犄角卷曲在毛茸茸的额头后面，犄角上有古老贝壳上的花纹。

"不对。"

"结局不可能是这样！"昆廷说。"我是这该死的故事里的英雄，安火！记得吗？英雄理应得到奖赏！"

"不，昆廷，"公羊说。"英雄需要付出代价。"

爱略特把手放在昆廷肩膀上。

"你知道他们怎么说，"爱略特说。"一日为费勒里国王，一世——"

"省省吧。"昆廷甩掉他的手。"省省吧。那根本是在胡扯，你也知道。"

他叹了口气。"我想也是。"

爱略特现在已经能控制住情绪了。他从手帕里掏出来个小小的东西，像颗珠子。

"这是一颗魔法纽扣。安火带来的。它可以把你带回四不像城。你可以从那里回地球，或是去任何地方。但它无法把你带回来。"

"我能帮你联系，昆廷！"乔希说，尽量让声音欢快一些。"说真的，四不像城可以说就是我的地盘。你想找天线宝宝吗？我来给你画张地图！"

"噢，算了吧。"他还是很气愤。"走吧。我们回他妈的地球。"

全完了。他一向讨厌这样的场景，哪怕是在故事里，哪怕主角不是他。他要马上开始计划未来。也不是很糟糕。他可以和乔希去威尼斯居住。还有波比。这样看起来一点儿也不糟嘛。只是这感觉就好像他刚被切掉一条腿，现在正等着流血身亡。

"我们不走，昆廷，"波比说。她站在爱略特身边。

"我们要留在这，"乔希说。即使是在寒冷和黑暗中，昆廷也能看到他脸红得厉害。"我们不回去。"

"噢，昆廷！"他从来没见过波比这么难过，即使是当时差点冻死她都没这样。"我们不能走！费勒里需要我们。你和朱丽娅离开后，王位空缺两个。缺少一个国王，一个女王。我们必须继位。"

当然了。一个国王，一个女王。国王乔希。女王波比。吾皇万岁。他自己回去。

现在这样的情景，让他停了下来。冒险本身很艰难，这个他是知道的。他明白路途遥远，困难重重，还需要勇敢面对敌人等等。但现在的困难在他预料之外。你没法用剑杀死它，也没法用咒语解决问题。你没法打败它。只能容忍，这不是什么美好、高尚或是英雄般的壮举。其他人只会同情你，仅此而已。这不是什么好故事——事实上在他看来这故事完全搞错了，付出和所得全都错了。不是说他不愿意付出。而是他还理解不了。他还没有做好准备。

"我觉得自己是个混蛋，昆廷，"乔希说。

"不，听着，你们做得对。"昆廷的嘴唇感到麻木。他继续说道。"我应该想到的。听着，你们一定会喜欢的。"

"豪华的宫殿归你们了。"

"好，兄弟，谢谢，很棒。"

"对不起，昆廷！"波比一把搂住他。"我只能答应了！"

"没关系！天啊！"

都是成年人了，哪能说什么不公平。不过确实不怎么公平。

"是时候了，"安火说，站在那里踏着他那傻乎乎的芭蕾舞演员一样的蹄子。

"听着，我们必须现在就走，"爱略特说。他脸色发白。他也付出了代价。

"好。好的。把纽扣给我。"

乔希用力地抱了他一下，然后是波比。她还吻了他，但他几乎感觉不到。他知道等会他肯定会遗憾，不过现在一时难以承受。他必须现在就走，要不他马上就要爆炸了。

"我会想你的，"他说。"做个好女王。"

"我有样东西给你，"爱略特说。"本来想等这一切结束再给你的，但是……嗯，我想现在都结束了。"

他从上衣兜里掏出一块银怀表。到哪里昆廷都能认出来，那是皇后森林魔法空地闹钟树上的怀表，一切都是从那里开始的。爱略特一定是回森林的时候从树上取下来的。怀表滴答滴答欢快地走着，好像很高兴和他再次见面。

他把怀表放进口袋里。他现在没心情高兴。不是金表真可惜：金表才是经典的退休礼物。

"谢谢。很漂亮。"怀表确实很漂亮。

费勒里的巨大长角月亮升起来了，一下跃到世界边缘的围墙之上。月亮不像太阳那样隆隆作响，不过离得这么近能听到它微弱的鸣叫，就像敲了一下调音叉。昆廷久久地望着月亮，使劲要记住它的样子。可能他再也看不到这轮月亮了。

爱略特拥抱了他，拥抱了很久，然后他亲了昆廷，嘴对嘴。这个昆廷感觉到了。

"对不起，"爱略特说。"别人都和你亲嘴了。"

他把纽扣递过来。昆廷的手开始颤抖。他刚把纽扣拿到手里，几乎是在触摸到纽扣之前，他就在冷水中向上漂浮。

去四不像城的旅程总是很冷，不过记忆中从来没这么冷过。水刺激着他的皮肤——是南极极地的那种寒冷，就像好多年前他从布雷克比尔斯到南极时的寒冷。他身侧的伤口开始疼起来。他眼皮下流出热泪，和冷水混在一起。过了很长的一秒，他悬在原地，没有重量感。感觉他好像停住不动了，但他肯定在上浮，因为他的头毫无预警地砰地撞上了什么硬东西，撞得他眼冒金星。

雪上加霜：喷泉结冰了。昆廷疯狂地抓头顶的冰，差点把纽扣弄丢了。没人想到这个问题吗？魔法之水会溺死人吗？然后他的手指抠到了一个边。他们在冰里开了个洞，刚才他没对准洞口。

那个洞也冻上了，不过这里的冰很薄。昆廷很满意地一拳就破开了冰。现在打上一拳，把东西打碎的感觉太好了。他想再破坏点什么。他往上蹭出洞口——他必须要笨拙地用上半身在冰上爬行，像个海豹，然后他抓住喷泉的石头边沿，把整个身体拉出了洞。他在那里躺了一分钟，大口喘气，不停发抖。

有那么一瞬间他忘记了刚才发生的一切。差点死去的经历总能让你远离烦恼。魔法之水开始蒸发。他的脚还在水里的时候头发就已经干了。

就剩他一个人了。石头广场寂静一片。他有点眩晕，不但因为刚才撞到了头。还因为现在一切汹涌而来。他以为他知道未来会怎样，但他错了。他的生活又彻底改变了。他要从头再来，但这次他觉得没有力气重来了。他都不知道自己有没有力气站起来。

他感觉自己像个老头，从喷泉边上跳下来之后就倚在那。他一直很喜欢四不像城——这个存在于各个世界之间的地方能给他带来慰藉。这里哪里也不是，所以也没有非要到哪里去的压力。在这里抒发委屈正合适。不过天啊，说不定潘尼过一会就飞过来了。

跟上次他和波比来时比，这里又变样了。建筑物依然破败，广场角落里和阴暗处还有些积雪，但是雪已经不下了。天气也不那么冷了。魔法真的重新运行起来了：这里看得出来。废墟在重生。

但是还没恢复到正常的样子。一阵温暖的微风吹来。他以前在四不像城从来没感受过暖风。以前这一切都在沉睡，现在开始渐渐苏醒了。

昆廷觉得自己也被毁了。这是他和四不像城的共同之处。他觉得自己是一片冰冻的平原，什么也不生长，以后也什么都长不出来。冒险任务结束了，他的代价是失去一切，失去所有生命中重要的人。简直是完美的平衡方程：全部抵消。失去了皇冠、失去了王位、失去了费勒里、失去了朋友，他已经不知道自己是谁了。

但他的内心也发生了变化。虽然他现在还不能理解，但他能感觉得到不同。不知为何，他失去了一切，但他比以前任何时候都更像国王。不再是过家家的国王。他感觉自己是个货真价实的国王。他对着空旷的广场挥挥手，就像他以前在费勒里的阳台上朝下面的人群挥手一样。

头顶的云彩正在散去。他能看见苍茫的天空，太阳正要破茧而出。他以前都不知道这里还有太阳。爱略特给他的银怀表，在他镶嵌珍珠和银线的高档上衣内兜里嘀嗒嘀嗒，像在打呼噜的小猫，又像是他的第二颗心脏。空气凉飕飕的，不过正在回暖，地上到处是融水积成的水坑。倔强的绿芽从地上的砖缝里挤了出来，挣裂了古老的岩石，奋不顾身地。